U0566310

中国现代诗的对话性研究

吴正锋 著

商务印书馆
创于1897
The Commercial Press

本书系国家社科基金项目
"现代汉诗的对话性研究"(17BZW163)结项成果,
湖南城市学院"双一流"学科文库成果

目　录

引　言

　　对话理论是巴赫金美学思想的核心命题，但巴赫金本人的文学批评实践集中在小说，对诗歌的对话性关注不够。国内外文艺理论家也大多注重对小说的对话性或者复调进行研究。中国较早介绍巴赫金理论的论著有：《复调小说理论研究》[①]、《再登巴比伦塔——巴赫金与对话理论》[②]、《对话的喧声——巴赫金的文化转型理论》[③]、《话语的对话本质——巴赫金对话哲学与话语理论关系研究》[④]、《狂欢诗学——巴赫金文学思想研究》[⑤]、《走向对话》[⑥]等。一些学者探讨了现当代小说中的对话性或者复调，取得了不少成果。相对来说，关于中国现代诗的对话性研究的成果要少得多，大多表现为零星论述或者对单个诗人的带有对话性特征的诗歌的研究。其成果主要有：《中国现代诗歌叙述研究——以抒情诗为中心》[⑦]，涉及穆旦诗歌的复调叙述；《独白与复

---

　　① 张杰：《复调小说理论研究》，漓江出版社1992年版。
　　② 董小英：《再登巴比伦塔——巴赫金与对话理论》，生活·读书·新知三联书店1994年版。
　　③ 刘康：《对话的喧声——巴赫金的文化转型理论》，中国人民大学出版社1995年版。
　　④ 凌建侯：《话语的对话本质——巴赫金对话哲学与话语理论关系研究》，北京外国语大学1999年博士学位论文。
　　⑤ 王建刚：《狂欢诗学——巴赫金文学思想研究》，学林出版社2001年版。
　　⑥ 罗贻荣：《走向对话》，中国社会科学出版社2006年版。
　　⑦ 李建平：《中国现代诗歌叙述研究——以抒情诗为中心》，山东大学2015年博士学位论文。

调——20 世纪 20—40 年代中国现代诗歌新思考》①，认为鲁迅的《野草》和穆旦的诗歌代表诗歌复调的发展方向；《卞之琳诗艺研究》②和《从审美心理角度对抗战前〈现代〉派诗歌创作的透视》③都涉及卞之琳诗歌的对话性。一些学者专门对单个诗人诗歌的对话性进行研究，譬如对张枣诗歌的对话性研究：《论张枣诗歌的对话结构》④、《历史、诗歌与救赎——论张枣〈跟茨维塔伊娃的对话〉》⑤、《张枣诗歌中的"时间"》⑥、《论张枣诗歌中的"空间"》⑦，以及德国苏珊娜·格丝的博士学位论文《论张枣诗歌的对话性》(德文版)。这些论文探讨张枣诗歌的对话性及其独特的时间、空间表现艺术等。而从诗歌的声音视角对卞之琳诗歌的对话性进行研究的论文有：《从巴赫金对话理论看卞之琳诗歌中声音的对话性》⑧、《主体声音的对话化》⑨等。有的从语言视角探讨诗歌的对话性，譬如《对话性：巴赫金超语言学的理论核心》⑩等。与此同时，近年来学界在国外诗歌的对话性研究方面取得了不少的成绩，譬如《〈荒原〉的复调性》⑪、《意识流：模糊性、矛盾性、对话性——

---

①　李青果、周丹史：《独白与复调——20 世纪 20—40 年代中国现代诗歌新思考》，《云梦学刊》2007 年第 6 期。

②　江弱水：《卞之琳诗艺研究》，安徽教育出版社 2000 年版。

③　宋琦：《从审美心理角度对抗战前〈现代〉派诗歌创作的透视》，陕西师范大学 2003 年硕士学位论文。

④　孙捷：《论张枣诗歌的对话结构》，复旦大学 2012 年硕士学位论文。

⑤　彭英龙：《历史、诗歌与救赎——论张枣〈跟茨维塔伊娃的对话〉》，《宁夏大学学报》2015 年第 4 期。

⑥　王媛：《张枣诗歌中的"时间"》，中央民族大学 2013 年硕士学位论文。

⑦　兰甜：《论张枣诗歌中的"空间"》，云南师范大学 2015 年硕士学位论文。

⑧　赵丽谨：《从巴赫金对话理论看卞之琳诗歌中声音的对话性》，《甘肃教育学院学报》2004 年第 1 期。

⑨　江弱水：《主体声音的对话化》，《卞之琳诗艺研究》，安徽教育出版社 2000 年版，第 85—98 页。

⑩　王永祥、潘新宁：《对话性：巴赫金超语言学的理论核心》，《当代修辞学》2012 年第 3 期。

⑪　张德明：《〈荒原〉的复调性》，《当代外国文学》1999 年第 4 期。

从意识流手法在艾略特诗歌创作中的运用谈起》①、《矛盾的审美现代
性体验——波德莱尔诗歌中的城市叙事》②、《海德格尔语言之思的复
调性》③、《论托马斯·哈代诗歌中的对话性叙事》④、《诗歌话语对话
性:巴赫金对话理论的一个重要维度》⑤等。这些论文或是从主体,或
是从叙事,或是从话语,或是从狂欢精神等方面对艾略特、波德莱尔、海
德格尔、托马斯·哈代、约翰·多恩等人的作品进行研究。德国著名文
艺理论家胡戈·弗里德里希的《现代诗歌的结构:19 世纪中期至 20 世
纪中期的抒情诗》⑥是研究 19 世纪中期至 20 世纪中期抒情诗的经典著
作,其中包含丰富的对话思想。《策兰传》⑦对德国 20 世纪著名诗人策
兰进行了介绍,其中涉及其诗歌的对话性。中国现代诗的对话性也十
分突出,有必要对其进行深入研究。以上关于对话性理论以及诗歌对
话性的研究都给本书的研究提供了借鉴和启示,但是,以上研究往往只
涉及某一位诗人作品在某一方面的对话性,大多非整体性的专门研究,
而且不少研究视角单一,不够深入,故此研究有待进一步深入发掘。

　　在进行中国现代诗的对话性研究之前,我们有必要对巴赫金对话
性理论进行初步了解。巴赫金在《陀思妥耶夫斯基诗学问题》中全面
深入地对陀思妥耶夫斯基小说的对话性进行了研究,取得了杰出的学

①　张燕军:《意识流:模糊性、矛盾性、对话性——从意识流手法在艾略特诗歌创作中
的运用谈起》,《外国文学研究》1999 年第 1 期。
②　黄继刚:《矛盾的审美现代性体验——波德莱尔诗歌中的城市叙事》,《阜阳师范
学院学报》2012 年第 1 期。
③　郑丹青:《海德格尔语言之思的复调性》,《唐山师范学院学报》2013 年第 1 期。
④　张连桥:《论托马斯·哈代诗歌中的对话性叙事》,《世界文学评论》2012 年第
1 期。
⑤　汪小英:《诗歌话语对话性:巴赫金对话理论的一个重要维度》,《求索》2017 年第
1 期。
⑥　〔德〕胡戈·弗里德里希:《现代诗歌的结构:19 世纪中期至 20 世纪中期的抒情
诗》,李双志译,译林出版社 2010 年版。
⑦　〔德〕沃夫冈·埃梅里希:《策兰传》,梁晶晶译,南京大学出版社 2022 年版。

术成果。巴赫金认为陀思妥耶夫斯基创作出一种全新的艺术思维类型小说,他将这种思维类型称为"复调型",并认为它不局限在小说的创作上,还涉及欧洲美学的一些基本原则。对于陀思妥耶夫斯基小说的复调性内涵,巴赫金做出这样的经典论断:"有着众多的各自独立而不相融合的声音和意识,由具有充分价值的不同声音组成真正的复调——这确实是陀思妥耶夫斯基长篇小说的基本特点。"①从这种意义上说,陀思妥耶夫斯基的小说内容往往蕴含许多各自独立而又互相矛盾的观点,每种观点都由其所塑造的主人公为其维护,作品并不表现为作者统一意识支配下层层展开的客观世界,而表现为相互间不发生融合的众多的地位平等的意识连同它们各自的世界。这就形成对话性理论以下几个方面的特征:

(一)众多独立的意识。在对话性作品中,首先要具有两种或者两种以上的意识,这些意识具有独立的价值,而且作者对于这些独立意识的态度是平等的,并不倾向其中任何一方。众多各自独立的意识相互对立、相互交锋,不以一种意识控制其他的意识。

(二)声音的不相融合性。在对话性作品中,存在多种(有时表现为两种)声音,与意识互不融合,形成多声部性与复调性。主体在进行交谈或争论的时候,相异的观点或者意识交替占据主导地位,反映出对立的两者或多者之间繁复多样的细微差异。

(三)叙述的多角度性。在对话性作品中,不像独白型作品那样只有一个叙述角度,而是存在两个或者两个以上的叙述主体,他们都是作品内容平等的参与者,他们的思想是并行的,他们各自站在自己的立场和角度发出自己的声音,形成多声部性。

---

① 〔苏〕巴赫金:《陀思妥耶夫斯基诗学问题》,《巴赫金全集》第5卷,白春仁、顾亚铃译,河北教育出版社2009年版,第4页。

（四）对话的戏剧化。在对话性作品中，任何的对话都必然是戏剧化的，是几个意识相互作用的结果，几个意识相互作用而形成总体，除了对话双方的对峙之外，旁观者也成了参与事件的当事人，作品没有提供任何牢固的立足点。

（五）内在的矛盾性。在对话性作品中，其所体现的声音或者意识是相互矛盾和相互联系的，是矛盾的统一体，这一矛盾的统一体使得任何东西都不能独立存在，其中包含相互矛盾的思想意识、相互矛盾的情感褒贬，甚至体现为相互矛盾的修辞形式。

（六）结局的未完成性。在对话性作品中，对话的对峙得不到解决，交谈和争论总在不停地发展，永不衰歇。作者不断思索事物的意义和世界的奥秘，不能不采取这种适宜于探求哲理的形式，使得每一种意见都仿佛具有不断生长的活力，且不停地斗争下去。众多意识的对峙并没有通过辩证的发展而得到消除。

以上这六个方面的特征，构成巴赫金对话性理论的基本特征。

本书将以巴赫金对话理论作为主要理论依据，选取中国现代诗对话性特征表现得较为突出的作品：鲁迅的《野草》，以及卞之琳、穆旦、张枣等诗人的诗歌进行研究，这些作品分别产生于20世纪20年代、30年代、40年代、80年代中期至21世纪初期，它们各自代表了其所处时代最杰出，也最具有典型意义的对话性诗歌。值得注意的是，本书将鲁迅的《野草》散文诗也当作对话性诗歌看待，因为它不仅具有诗的语言的精粹，而且具有诗的意境及深刻的内涵，值得像对待诗歌一样进行反复探究与玩味。与此同时，《野草》还比较鲜明地体现了对话性的特征，它对于穆旦和张枣的诗歌创作具有一定的影响。鲁迅的《野草》对中国现代诗的对话性的确立具有开拓之功，卞之琳的诗歌拓展了中国现代诗的对话性艺术，穆旦的诗歌进一步深化了中国现代诗的对话性，张枣的诗歌则表现了中国现代诗对话性的当代形态，它为中国现代诗的写作提供了新的路径。这四位作家的代表性作品，构成了中国现代诗对话性艺术发展的一个较为清晰的脉络，呈现了中国现代诗对话性艺术不断变化的形态。对这四位作家经典作品进行深入研究，可提炼出中国现代诗对话性的总的特征：主体的分裂性、声音的复调性、表现的戏剧化、矛盾的未完成性、结构的循环性与开放性、修辞的矛盾性。这些均为中国现代诗对话性的基本关键词。本书希望通过系统化探究中国现代诗的对话性艺术的尝试，引发学术界聚焦这一话题，并对其进行整体性观照，促使其得到更加深入的研究。

第一章
沉入灵魂的幽暗与迸出冰谷的烧完：
鲁迅《野草》对现代诗对话性的开创

　　《野草》在鲁迅创作中具有特别重要的价值和意义,由于其丰富的思想内涵和深厚的艺术底蕴而深受读者的喜爱。与此同时,又因为其艺术上的艰深与晦涩,给了鲁迅研究者以巨大的阐释空间。他们从不同的理论与视角对其进行深入研究,取得了可喜的成绩,其中也包括对其对话性的研究。

第一节　《野草》对话性研究回顾

　　出版于20世纪80年代初的孙玉石的《〈野草〉研究》是《野草》研究的重要成果,特别是它分别从"韧性战斗精神的颂歌""心灵自我解剖的记录""针砭社会痼弊的投枪"等方面对《野草》中所收文章进行深入解读,取得一些新的突破。虽然由于时代的某些局限,孙玉石大多从社会历史的角度来肯定其思想内涵上"与旧思想决裂"的进步性,以及"革命者"的形象,但是由于其结合了具体的篇章进行深入探讨,一些观点与论述已经在一定程度上触及《野草》的对话性。譬如其对鲁迅内心世界中希望与失望、充实与虚无、绝望与抗争等矛盾思想的揭示与论述，纠正了某些成见与固化的思维模式。2001 年，孙玉石重新对《野草》进行阐释，出版《现实的与哲学的——鲁迅〈野草〉重释》，该著作更多地关注鲁迅内在的心灵矛盾，对于《野草》对话性的揭示更为明显和深入。

　　日本学者丸尾常喜的《野草》研究也是对其单篇一一进行研究的，他的研究结合鲁迅写作时的日常生活及其与相关作品的内在关联进行探讨，从鲁迅的"人道主义与个人主义"的矛盾来分析阐释鲁迅的内在冲突，并创新性地提出《影的告别》等篇章具有"诀别剧"的特征，认为鲁迅在《野草》中展示了其"彷徨无地"的精神状态和生命体验，这种状态和体验是一种"不能不意识到自身作为过渡时代的'中间物'"，"《墓碣文》墓主之死与其墓也是'彷徨'的可能的归宿。毋庸置疑，这是威胁鲁迅自身的事情。然而，连这死也是'未完成之死'"。① 这就进一步触及《野草》的"对话性"，但是丸尾常喜并没有系统地展开论述。

　　李玉明在《"人之子"的绝叫:〈野草〉与鲁迅意识特征研究》一书中提出了"对话理论"与"复调"等观点，譬如他指出《过客》"是一种'复调式'对话结构"，"过客"与"老翁"都是鲁迅内心中"自我"的体现。② 该著作认为《死火》中的"死火"与《影的告别》中的"影"的意识特征是同构的，《死火》中的"'死火'和'我'是鲁迅内心中两个自我的象征，是一个鲁迅所分裂成的两个不同角色(身份)而已，鲁迅借助于这一有力的结构方式，力图呈现出一个心灵深处充满着矛盾冲突、正在

---

① 〔日〕丸尾常喜:《耻辱与恢复:〈呐喊〉与〈野草〉》，秦弓、孙丽华编译，北京大学出版社 2009 年版，第 283 页。
② 李玉明:《"人之子"的绝叫:〈野草〉与鲁迅意识特征研究》，北京大学出版社 2012 年版，第 97 页。

进行着激烈博斗的灵魂的全貌"①,应该说李玉明关于《野草》的研究取得了一定的成果,但是他又认为《野草》透露出鲁迅完全"从虚无的深渊中跳出"而产生"自我新生的欣喜之情"②。这种论断虽然注意到鲁迅思想及生命体验的复杂性,但是最终却将鲁迅的思想与生命体验当作"完型",这突出表现在《〈野草〉与鲁迅思想的"完型"——兼及鲁迅思想的分期和后期"转变"问题》一文中,文章指出:"《野草》之所谓'完型',是指鲁迅在意识上和精神上所经历的一个由大痛苦大分裂到大调整大聚合的心灵炼狱过程,是由自我分裂到自我重铸的一个完整过程,是在大整理大调整基础上的某种确证、确立和完成。"③这有将鲁迅复杂矛盾的心灵斗争简单化的倾向,我比较看重文章关于"完型"的第二层内涵,《野草》中所呈现的鲁迅心灵世界更是一个极端自由、具有发散性特征的灵魂,一个'未完成'(在另外的意义上)的开放的心灵,因而也是一个既自主自足又具有无限可能性的思想体系和精神结构"④。这种论述与对《野草》对话性的把握已经很接近了。

钱理群《心灵的探寻》认为鲁迅"充满着深刻矛盾"⑤,特别提到鲁迅"历史中间物"的概念:"在进化的链子上,一切都是中间物。……至多不过是桥梁中的一木一石,并非什么前途的目标,范本。"⑥钱理群由此认为这"如实地反映了他自己以及他所处的时代的历史过渡性质",鲁迅的思想、艺术,以及他的个性、灵魂,"都不具有至善至美的特性,

---

① 李玉明:《"人之子"的绝叫:〈野草〉与鲁迅意识特征研究》,北京大学出版社2012年版,第107页。
② 同上书,第125页。
③ 同上书,第294—295页。
④ 同上书,第297页。
⑤ 钱理群:《心灵的探寻》,北京大学出版社1999年版,第3页。
⑥ 鲁迅:《坟·写在〈坟〉后面》,《鲁迅全集》第1卷,人民文学出版社2005年版,第302页。

他是无限的运动过程中一个有限的环节"①,也即鲁迅绝对没有终结一切,他也只是无数的后来者的一个"历史中间物"。钱理群的认识是深刻的,表现了鲁迅思想的开放性、历史过渡性以及未完成性。不仅如此,钱理群从一些相互对立的观念与意象入手来概括鲁迅的心灵世界和哲学思想。于是他从"于一切眼中看见无所有""于天上看见深渊""与无所希望中得救"等方面探寻鲁迅的思想;从"先觉者"与"群众"、"改革者"与"对手"、"叛逆的猛士"与"爱我者"、"生"与"死"等方面探寻鲁迅的心境;从"冷"与"热"、"爱"与"憎"、"沉默"与"开口"等方面探寻鲁迅的情感;从"人·神·鬼""人与兽""梦""悲剧意识与喜剧意识"等方面探寻鲁迅的艺术。钱理群将这些矛盾对立的观念与意象统称为鲁迅"心灵辩证法"②。鲁迅将自己放在"历史中间物"的位置,他否定那些称其可以为青年引路的"前辈"和"导师"的身份,因为在鲁迅看来他自己还不明白应当怎么走,他只是很确切地知道人生的一个终点就是"坟",这不需要谁来指引,而从此到"坟"的道路,不止一条可走,鲁迅自己也不知道该走哪一条道路好,至今还在寻求中,他担心自己"未熟的果实偏偏毒死了偏爱我的果实的人",于是鲁迅对于求教的青年们的回答不免含糊与中止,并不那么明确与果断,正如鲁迅所说的"对于偏爱我的读者的赠献,或者最好倒不如是一个'无所有'"③。鲁迅反对任何现成的理论以及所谓的人生指导,他肯定的是自我寻找人生道路的这种"寻求"精神及人生态度,这是一个"未完成"的过程。因此,鲁迅对于喜爱自己的青年们的求教的"赠献"为"无所有",在鲁迅

① 钱理群:《心灵的探寻》,北京大学出版社1999年版,第9页。
② 同上。
③ 鲁迅:《坟·写在〈坟〉后面》,《鲁迅全集》第1卷,人民文学出版社2005年版,第300页。

看来人生的关键在于自己的"寻求"。

汪晖《反抗绝望——鲁迅及其文学世界》里对于鲁迅"历史中间物"的概念有更多的论述。然而,汪晖却并没有对"历史中间物"这个概念进行比较明晰的界定,其论述较为分散,譬如,他指出鲁迅的"历史中间物",包含了"先觉者的自觉""叛逆者的自信"与"自我反观和自我否定",构成"中间物"的历史内涵十分丰富。[1] 他有时用"历史中间物"来指代鲁迅小说中的"觉醒知识分子",譬如,"鲁迅明确地意识到觉醒知识分子虽然是中国现代化进程的最初体现者,但他们无法成为这一进程的胜利的体现者——这正是'中间物'意识在小说中的体现"[2]。汪晖认为鲁迅的"中间物"意识"包含着自我否定理论",鲁迅同时意识到自身与社会传统既存在"悲剧性对立"又存在"难以割舍的联系"[3],"中间物"积淀着"中国知识分子的精神史"[4]。汪晖甚至直接用"中间物"指代鲁迅小说中的"精神战士",他把鲁迅小说中那些兼有改革者与普通知识分子双重身份的精神战士称为"中间物"[5]。汪晖认为鲁迅"历史中间物"的精神特征主要表现有三点:一是"自我反观和自我否定"[6];二是对人生命题"'死'(代表着过去、绝望和衰亡的世界)和'生'(代表着未来、希望和觉醒的世界)"[7]的关注;三是对于"人类社会无穷进化的历史信念"[8]的否定。应该说,汪晖对鲁迅的"历史中间物"的认识大大地推进了一步。汪晖还在这部著作中从存在主义

---

① 汪晖:《反抗绝望——鲁迅及其文学世界》,河北教育出版社2000年版,第182页。
② 同上书,第184页。
③ 同上书,第185页。
④ 同上书,第204页。
⑤ 同上书,第190页。
⑥ 同上书,第191页。
⑦ 同上书,第193页。
⑧ 同上书,第195页。

的视角对《野草》进行了解读,认为《野草》表现了"反抗绝望"的人生哲学,表现出存在主义的生命感受:无家可归的惶惑,走向死亡的生命,荒诞与反讽,自我选择与反抗绝望,罪感、寻求、创造,超越自我与面对世界。汪晖在这部著作里对鲁迅小说的对话性做了颇有创新性的研究,譬如他认为《狂人日记》《在酒楼上》《伤逝》等小说"包含双重或内外两层第一人称叙述者",小说的叙述语调"包含了两种不同的、具有各自特点的声音,两种声音的独白性自述构成相互的对话、论争关系",这类"双重第一人称叙述者实际上体现着主体心理现实的不同侧面,从而主观精神史是通过客观呈现的论争关系来体现的"①。此外,《孔乙己》《故乡》《祝福》《一件小事》等小说"通过第一人称在叙述非己的故事时,对自我与叙事对象的关系进行反省,从而将主体的精神历程在故事的客观叙述中呈现出来"②,应该说汪晖对于这两类小说的分析研究已经触及鲁迅小说创作的对话性艺术特征,这对于《野草》对话性的研究具有启发意义。

　　日本学者木山英雄对于鲁迅《野草》的研究也在某些方面触及其"对话性"这一特征。譬如其著作《〈野草〉主体构建的逻辑及其方法——鲁迅的诗与哲学的时代》对《野草》的相关篇目进行综合研究,认为如《希望》《死火》《墓碣文》这三篇作品"没有核心性的东西",这里的"核心"我认为木山英雄指的是鲁迅对充满悖论性的有关论题的任何一面都没有形成终极的核心,或者说最终依然是充满悖论性的论题,这就深刻地触及《野草》对话性中的未完成性。木山英雄认为鲁迅在《希望》中表明"希望不过是空洞的自我欺骗",这种说出真实,"排除欺骗的姿态本身又引导出下面的绝望亦即虚妄",最后的结果是"其认

---

① 汪晖:《反抗绝望——鲁迅及其文学世界》,河北教育出版社2000年版,第327页。
② 同上书,第328页。

识未能成为固定的世界观之基础",这最终便如《墓碣文》那样"终极的核心不曾存在",主体"我""只好在对'化为尘土'的希求与拼命的'逃走'这两个动态里边结束了",《死火》中的主体"我"由"凝视""死火"转为"出冰谷"也是一样,最后木山精辟地总结道:"归根结底,鲁迅未曾把握到使自我完成其存在及使世界得以固定的核心。我一直在追索着那求核心而不得的鲁迅之彷徨意识,而现在,突然提起什么核心来,其理由不在于鲁迅终于抓住了什么核心,或者我在鲁迅那里找到了什么核心,而在于我感到,无论哪里也没有终极核心的这一世界的痛苦,其本身终于成为一个核心。"①木山英雄这里的论述触及《野草》对话的未完成性,但是他在此并没有鲜明地提出这一观点,他在触及这一实质内容后,并没有认识到其中的价值,反而又滑向一个很平庸的词语——"象征"来概括这种特征。他说:"所以,比起核心,使用象征一词可能更好。"②

另外,日本学者竹内好对于鲁迅的评价也值得关注,譬如竹内好认为鲁迅不是"先觉者",甚至认为鲁迅"一次也没明示过新时代的方向",他只是给人"一个强韧的生活者的印象",以"挣扎"来涤荡自己,涤荡过后,"和以前也并没什么两样"。竹内好说:"在他身上没有思想进步这种东西。他当初是作为进化论宇宙观的信奉者登场的,后来却告白顿悟到了进化论的谬误;他晚年反悔早期作品中的虚无倾向。这些都被人解释为鲁迅的思想进步。但相对于他顽强地恪守自我来说,思想进步实在仅仅是第二义的。在现实世界里,他强韧的战斗生活,从作为思想家的鲁迅这一侧面是解释不了的。作为思想家的鲁迅总是落

---

① 〔日〕木山英雄:《〈野草〉主体构建的逻辑及其方法——鲁迅的诗与哲学的时代》,载赵京华编译:《文学复古与文学革命——木山英雄中国现代文学思想论集》,北京大学出版社 2004 年版,第 51 页。

② 同上。

后于时代半步。那么,这又该靠什么来说明呢? 我认为,把他推向激烈的战斗生活的,是他内心存在的本质的矛盾。"①从这里,我们可以看出,竹内好认为鲁迅始终"恪守自我",读者与其关注鲁迅思想的进步,还不如关注鲁迅强韧的生活态度,这才是更为根本的。竹内好进一步指出:"鲁迅在本质上是一个矛盾。……文学者鲁迅也是一个混沌。这种混沌,恐怕连鲁迅自己也没有清晰地自我意识到。但对混沌带给他的痛苦,他是有着切实的自觉的。……他要寻求的,只有一个,而且恐怕和元禄诗人(指松尾芭蕉——笔者注)的情形一样,也许只是一个话语,然而他最后倾吐出来的却是千言万语,以说明这个话语的非存在。"②"文学者鲁迅也是一个混沌"以及他寻求的"只是一个话语","以说明这个话语的非存在",竹内好这些关于鲁迅的论述是十分深刻而又具有创新性的,与对话理论关于对话的"未完成性"具有某种内在的一致性。

目前,一些研究《野草》对话性的论文也值得关注。高青、杨天舒的《〈野草〉的对话性释义》认为《野草》的"对话性"特征表现主要有以下三点:开放性、不相混合性和独立性,以及未完成性。③ 这种论述具有一定的启发性,但是该论文论述得较为粗浅,不够深入。张少娇的《分裂与悖论——鲁迅〈野草·墓碣文〉的修辞形象之悖论》对《墓碣文》这篇作品进行了较有深度的论述,分别从"梦境中自我分裂""语言悖论的漩涡""矛盾交织的思想"④三个方面进行论述,虽然张少娇没有明确提到《墓碣文》的"对话性"艺术特征,但是已经触及相关内容。栾

---

① 〔日〕竹内好:《近代的超克》,孙歌编,李冬木、赵京华、孙歌译,生活·读书·新知三联书店 2016 年版,第 85—86 页。
② 同上书,第 86 页。
③ 参阅高青、杨天舒:《〈野草〉的对话性释义》,《西北民族大学学报》2014 年第 4 期。
④ 参阅张少娇:《分裂与悖论——鲁迅〈野草·墓碣文〉的修辞形象之悖论》,《哈尔滨师范大学社会科学学报》2018 年第 6 期。

鹏飞的《试论〈野草〉中的"戏剧性"要素》对《野草》的"戏剧性"要素进行综合研究,从"戏剧动作""戏剧冲突""戏剧情境"①三个方面进行论述,而"戏剧性"与"对话性"其实是有内在关联的,所以对《野草》中"戏剧性"要素的探讨有利于《野草》中"对话性"的研究。

此外,近年来以下一些与《野草》的"对话性"有关的代表性论文也值得关注。譬如,李国华的《"我"的内在秩序与外部关联——也论鲁迅〈野草〉的主体构建问题》②,王学谦的《〈野草〉哲学与尼采主义——鲁迅对尼采哲学的借鉴与共鸣》③,汪卫东的《"虚无"如何面对,如何抗击?——〈野草〉与〈查拉图斯特拉如是说〉的深度比较》④及其《〈野草〉的"诗心"》⑤,叶维廉的《两间余一卒　荷戟独彷徨——论鲁迅兼谈〈野草〉的语言艺术》⑥,张枣的《鲁迅:〈野草〉以及语言和生命困境的言说》⑦,蒋济永、孙璐璐的《鲁迅的精神危机与〈野草〉的书写治疗》⑧,王本朝的《"然而"与〈野草〉的话语方式》⑨,郜元宝的《破〈野草〉之"特异"》⑩,张业松的《〈野草〉通讲(下篇):结构和线索》⑪,赵小

---

① 栾鹏飞:《试论〈野草〉中的"戏剧性"要素》,《鲁迅研究月刊》2009年第5期。
② 李国华:《"我"的内在秩序与外部关联——也论鲁迅〈野草〉的主体构建问题》,《文艺争鸣》2018年第5期。
③ 王学谦:《〈野草〉哲学与尼采主义——鲁迅对尼采哲学的借鉴与共鸣》,《文艺争鸣》2018年第5期。
④ 汪卫东:《"虚无"如何面对,如何抗击?——〈野草〉与〈查拉图斯特拉如是说〉的深度比较》,《中国现代文学研究丛刊》2015年第1期。
⑤ 汪卫东:《〈野草〉的"诗心"》,《文学评论》2010年第1期。
⑥ 叶维廉:《两间余一卒　荷戟独彷徨——论鲁迅兼谈〈野草〉的语言艺术》,《海南师范学院学报》2006年第6期。
⑦ 张枣:《鲁迅:〈野草〉以及语言和生命困境的言说》(上、下),亚思明译,《扬子江评论》2018年第6期、2019年第1期。
⑧ 蒋济永、孙璐璐:《鲁迅的精神危机与〈野草〉的书写治疗》,《广东社会科学》2020年第4期。
⑨ 王本朝:《"然而"与〈野草〉的话语方式》,《贵州社会科学》2012年第1期。
⑩ 郜元宝:《破〈野草〉之"特异"》,《鲁迅研究月刊》2019年第4期。
⑪ 张业松:《〈野草〉通讲(下篇):结构和线索》,《杭州师范大学学报》2020年第5期。

琪的《〈野草〉的狂欢化色彩》①，陈贺兰的《〈野草〉的互文性探究》②，李骞的《存在的焦虑：论〈野草〉的生存哲学》③，王乾坤的《"我不过一个影"——兼论"避实就虚"读〈野草〉》④，袁盛勇的《〈野草〉的主体性和矛盾性——1940 至 1950 年代有关鲁迅思想理解的分歧之一》⑤等，这些论文都在不同程度上涉及鲁迅《野草》的"对话性"，对于鲁迅《野草》的"对话性"研究具有一定的启发或借鉴的价值。

第二节　自我的分裂与两种声音的对话

　　鲁迅《野草》不少篇章表现主体自我的分裂，矛盾双方相互对话，相互论争，相互辩驳，主体的内心矛盾通过外在客观的两种声音的对话而得以显现，反映鲁迅本人内在心理的矛盾。巴赫金曾经指出陀思妥耶夫斯基长篇小说的基本特点在于其"有着众多的各自独立而不相融合的声音和意识"而形成的"复调"，这种复调"由具有充分价值的不同声音组成"⑥。鲁迅《野草》也如陀思妥耶夫斯基长篇小说一样有着"复调"的艺术特征。

　　我们首先来看《野草》中叙述主体自我分裂的情况。这种自我分

---

　　① 赵小琪：《〈野草〉的狂欢化色彩》，《天津社会科学》2007 年第 4 期。
　　② 陈贺兰：《〈野草〉的互文性探究》，《福建师范大学学报》2011 年第 6 期。
　　③ 李骞：《存在的焦虑：论〈野草〉的生存哲学》，《文学评论》2007 年第 6 期。
　　④ 王乾坤：《"我不过一个影"——兼论"避实就虚"读〈野草〉》，《中国现代文学研究丛刊》2007 年第 1 期。
　　⑤ 袁盛勇：《〈野草〉的主体性和矛盾性——1940 至 1950 年代有关鲁迅思想理解的分歧之一》，《山西师范大学学报》2020 年第 5 期。
　　⑥ 〔苏〕巴赫金：《陀思妥耶夫斯基诗学问题》，《巴赫金全集》第 5 卷，白春仁、顾亚铃译，河北教育出版社 2009 年版，第 4 页。

裂是主体内在精神矛盾斗争外化为独立的两个或者两个以上的客观力量(或人物),这些具有充分价值的力量(或人物)各自发出自己的声音,反映了时代的矛盾引起鲁迅内在的精神矛盾与情感困惑。《野草》第一篇《秋夜》便出现了自我分裂的描写。《秋夜》写作于 1924 年 9 月 15 日,最初发表于 1924 年 12 月 1 日出版的《语丝》周刊第 3 期。《秋夜》开篇便写在他的后园可以看见墙外的两株枣树,在这之后作品便描写了"奇怪而高"的天空,以及园里"颜色冻得红惨惨""瑟缩"的粉红色的野花,在描写完天空和野花之后,作品再回到对枣树的描写:"仍然默默地铁似的直刺着奇怪而高的天空,一意要制他的死命。"①以上的描写可以说勾勒了一幅静态的画面。在这之后突然的一声"哇"打破了这种宁静,"哇的一声,夜游的恶鸟飞过了",至此,整个作品进入一种动态的描绘,不仅仅有夜鸟的"哇"声,而且"我"还忽而听到夜半"吃吃"的笑声,"我"竟然发现"这声音就在我嘴里","我""被这笑声所驱逐",回到房间将灯焰旋高。在这一描写中,"我"被分裂为两个主体"我":一个主体"我"是"听到夜半的笑声"的"我",仿佛对"笑声"感到"吃惊"而陌生,才有了对于"笑声"的发出而感到突然,"似乎不愿意惊动睡着的人";另一个主体"我"是作为发出笑声的"我","夜半,没有别的人,我即刻听出这声音就在我嘴里",这个发出笑声的主体"我",是另一主体"我"后来才感知到的,仿佛是主体自我的回归,"我"重新回归到"我"本身。这段描写,精彩地呈现了主体自我的分裂与主体自我的复归。作品继续描写小飞虫扑火,并由灯罩上所画的"猩红的栀子花"联想到"枣树又要做小粉红花的梦"。这时,作品再次写到了"笑声","我又听到夜半的笑声;我赶紧砍断我的心绪"②,这次发出"笑

---

① 鲁迅:《野草·秋夜》,《鲁迅全集》第 2 卷,人民文学出版社 2005 年版,第 167 页。
② 同上。

声"的依然是"我",是"我"的"笑声"使"我"从"心绪"中回归现实,观看那白纸灯罩上向日葵似的颜色苍翠的小青虫。这里的"我"也显示出两个"我",一个是现实中的"我",一个是"心绪"中的"我"。《秋夜》为什么描写两次"笑声"? 我认为作品中的"笑声"代表的是赞许与肯定。那么,"我"第一次发出"笑声",是在描写那尽管已经伤痕累累、一无所有的枣树却依然保持坚决的斗争精神之后,它像铁似的直刺"奇怪而高的天空",这时主体"我"的"笑声"表达的是"我"对枣树顽强坚忍的斗争精神的肯定和赞许,所以主体"我"才不由自主地发出"笑声"。主体"我"第二次发出"笑声"是在描写小青虫扑火殒命之后,这时"我"的"笑声"是对它们热烈向往光明而不惜牺牲生命的人格精神的礼赞,然而"我"对它们牺牲的礼赞也并不是毫无保留的,而是"我"一方面觉得它们"可爱",在斗争精神上是可喜的,另一方面又觉得它们"可怜",觉得其牺牲具有一定的盲目性。由此可见,鲁迅赞许的是韧性的斗争精神,他为此提出"壕堑战",反对在斗争中不计后果地盲目牺牲。《秋夜》通过描写"笑声"而呈现两个分裂的"我",不仅渲染艺术氛围,突出深夜的寂寥、孤独,甚至带有几许诡异、怪诞的色彩,而且鲁迅通过分裂的自我的描写呈现了他理想中的自我与现实中自我的矛盾与斗争。在革命斗争的理想上,鲁迅认为革命者应该要与黑恶势力作彻底的、毫不保留的斗争,具有无私无畏的精神。但是在现实生活中,鲁迅又感觉到革命者不能为一种"理想"而轻易地奉献自己的生命,为此鲁迅曾说道:"正无需乎震骇一时的牺牲,不如深沉的韧性的战斗。"[1]孙玉石分析《秋夜》时指出,鲁迅既提倡枣树的"韧性的反抗的精神",又对遭受摧残的"小粉红花"及"小草"们表示深切的同情,也对因为追求光明

---

[1]　鲁迅:《坟·娜拉走后怎样》,《鲁迅全集》第1卷,人民文学出版社2005年版,第171页。

而献身的"小青虫"表示了悲悼与敬意。孙玉石同时指出鲁迅对"做着好梦的'小粉红花'一类天真的青年,和以身殉火的小青虫式的'英雄',隐藏在内心深处的批评之意,浮上思考的表层"①。孙玉石的这种分析十分深刻。李长之则在《鲁迅批判》里分析指出:"人得要生存,这是他的基本观念。因为这,他才不能忘怀于人们的死。他见到的,感到的,甚或受到的,关于生命的压迫和伤害是太多了……生存这观念,使他的精神永远反抗着,使他对于青年永远同情着,又过分的原宥着,这也就是他换得青年的爱戴的根由。"②日本学者片山智行认为:"鲁迅就是这样执着于业已流过的牺牲者的'血',并对其事实决不作过低的评价。但是,他不愿有无谓的牺牲者出现,有着'一种纯粹生物学的信念',却又是另外一种事实。这些看似矛盾,但其结局,不过是重视'生命'的立场的两个侧面。"③其实,鲁迅也曾经跟许广平谈到"壕堑战"的必要。这源于鲁迅对生命的敬重与信仰,他说:"对于社会的战斗,我是并不挺身而出的,我不劝别人牺牲什么之类者就为此。"④

《影的告别》也表现了主体的自我分裂以及两种具有充分价值力量的意识的辩驳与斗争。《影的告别》写于 1924 年 9 月 24 日,即鲁迅创作《秋夜》后的第 9 天,这两篇作品都反映了鲁迅当时矛盾痛苦的心境。鲁迅在创作《影的告别》的当天给一位青年的信中对自己的心境做了这样的坦承:"我自己总觉得我的灵魂里有毒气和鬼气,我极憎恶

① 孙玉石:《现实的与哲学的——鲁迅〈野草〉重释》,北京大学出版社 2010 年版,第 24—25 页。
② 李长之:《鲁迅批判》,北京出版社 2003 年版,第 3 页。
③ 〔日〕片山智行:《鲁迅〈野草〉全释》,李冬木译,吉林大学出版社 1993 年版,第 17 页。
④ 鲁迅:《两地书·二》,《鲁迅全集》第 11 卷,人民文学出版社 2005 年版,第 16 页。

他,想除去他,而不能。"①《影的告别》正揭示了作者内在心灵的阴暗虚无、彷徨痛苦、犹疑挣扎。作品开篇写道:"人睡到不知道时候的时候,就会有影来告别,说出那些话——"由此展开了主体的"影"与"形"的告白,即"影"向自己的"形"——"你"进行告白。在《影的告别》中,"你"——"形"虽然没有发声,但是,"影"向"你"诀别,"你"作为一个在场者,形成了主体的自我分裂,这是鲁迅内心矛盾与精神困苦的最紧张、最曲折的表述。孙玉石分析认为《影的告别》是"一篇曲折的自喻性的作品。鲁迅所设拟的'影'与它的依附的'你'的'告别',不过是鲁迅内心的一种对话的表现形式"②,也就是说,"影"与"形"都是鲁迅内心的表现,是鲁迅内心矛盾的一种表现形式。片山智行也认为《影的告别》表现了鲁迅"自身内面世界的分裂",他说:"这篇作品所讲的梦,是一个人在熟睡的时候,他的影子来向他'告别'。有着'形影相随'关系的'影'来向主人宣称绝交,这本身已经相当难以理解了,但作者通过这种描写所要表现的,大概是自身内面世界的分裂,即日常生活中的作者('形')和潜意识里的作者('影')的分裂。"③可见,孙玉石与片山智行都将《影的告别》当作鲁迅表达内在心灵深处的矛盾和分裂的作品。"影"之所以要与"形"告别,是因为"形"更多表现为一种盲从于外在意识形态宣传的形象,相信"天堂""地狱"以及"将来的黄金世界",相信一切虚幻的存在,是沉沦于日常生活的庸众者形象,由此"影"决心挣脱对"形"的跟随,向"形"发出"我不想跟随你了"的声明,在"影"

---

① 鲁迅:《240924　致李秉中》,《鲁迅全集》第 11 卷,人民文学出版社 2005 年版,第 453 页。

② 孙玉石:《现实的与哲学的——鲁迅〈野草〉重释》,北京大学出版社 2010 年版,第 37 页。

③ 〔日〕片山智行:《鲁迅〈野草〉全释》,李冬木译,吉林大学出版社 1993 年版,第 20 页。

多次重复"我不愿去"的声音中,感受到"影"毅然决然的态度。从"我不如彷徨于无地"可以看出"影"清醒的现实主义精神以及直面现实的勇气。鲁迅曾经翻译过阿尔志跋绥夫的小说《工人绥惠略夫》,绥惠略夫说为了创造将来的"黄金世界",就必须唤醒众人,给予他们痛苦,但是他向子孙们保证"黄金世界"会到来。鲁迅对此深表怀疑。鲁迅在《两地书·四》中同样表达了对"黄金世界"①的质疑。鲁迅否定了廉价地承诺人们黄金世界将来的行为,表现了他思想认识的深刻性。"影"向"形"发出"然而你就是我所不乐意的"的声音,这是"影"企图结束对"形"的依附,获得自我独立的主体地位的努力,表现了"影"不愿意继续作为"影"而存在。对"形"的否定就是对自我的肯定,这是"影"的觉醒,且"影"即使无地可以彷徨,它也要离"形"而去。鲁迅通过描写"影"与"形"("你")的分离与决裂,表现了其自我灵魂的分裂。"形"("你")暗示了自我的一种沉沦状态,"影"则暗示了一种回归自我的本真状态,然而,觉醒了的"影"却陷入了绝境。鲁迅曾经感叹:"人生最苦痛的是梦醒了无路可以走。"②"影"的存在既不能完全处于黑暗之中,也不能完全处于光明之中,因为"然而黑暗又会吞并我,然而光明又会使我消失",这就造成了"影"存在的困境,即"影"的存在只能是"彷徨于明暗之间",然而"影"却不愿彷徨于明暗之间,"我不如在黑暗里沉没",这一描述是"影",同时也是鲁迅本人人生选择困境的形象化体现。李玉明指出:"'影'的两难境地和游移不定表明,鲁迅的自我已然分裂为两种方向上的张力与相互冲突,而且这两种张力都围绕着一个终点——'死亡'的轴心旋转,象征着鲁迅精神上失去自我和自我的

---

① 鲁迅:《两地书·四》,《鲁迅全集》第 11 卷,人民文学出版社 2005 年版,第 20 页。
② 鲁迅:《坟·娜拉走后怎样》,《鲁迅全集》第 1 卷,人民文学出版社 2005 年版,第 166 页。

悲剧性死亡。仍然是'人醒了无路可走'的痛苦的反复与彷徨!"①但
是,在现实之中,"影"终于"彷徨于明暗之间",无论黄昏还是黎明,
"影"都将消失与灭亡。既然如此,"我将向黑暗里彷徨于无地",走向
"黑暗和虚空",鲁迅也进入对人生和自我的一种阴暗虚无的心理危机
之中。但是,鲁迅坦然面对现实的黑暗和自我的精神危机,"影"勇于
承担并选择黑暗,独自走向黑暗并与整个旧世界一同消亡,从而实现自
我的超越。"影"独自远行,它被黑暗沉没时却拥有了生命的自由,
"影"独自承担起自己命运的重荷,却拥有了全世界。这正如鲁迅所说
的,这是一种"绝望的抗战",他说:"但我的作品,太黑暗了,因为我常
觉得惟'黑暗与虚无'乃是'实有',却偏要向这些作绝望的抗战,所以
很多着偏激的声音。"②

　　《野草》常常让主体自我分裂的两方面进行对话与论争,这样便可
以将自我独白性话语转化为客观对白话语。《野草》作品中的主体自
我常常分裂为对偶式的两个主人公,这种对偶式主人公的争论在作品
中表现为并列的、共时的、空间的关系,无疑强化了各自的独立性和相
互关系的平等性。他们之间的对话或争论并不仅仅指人物之间的相互
谈话和论辩,更重要的是包含对立的人生态度与对立的意识形态之间
的冲突与碰撞,不是一位主人公的人生观与精神意识的一览无余的直
接表现。也就是说,整部作品由两种各自独立、相互渗透、相互缠绕的
声音组成,超越了单纯的外部叙述者的单一语调。由于对话关系建立
在双方的主体性存在或平等意识主体的交流过程中,对偶式主人公围
绕某一事件而展开的争论,不仅强化了各自的独立性和相互关系的并

　　① 李玉明:《"人之子"的绝叫:〈野草〉与鲁迅意识特征研究》,北京大学出版社 2012
年版,第 21 页。
　　② 鲁迅:《两地书·四》,《鲁迅全集》第 11 卷,人民文学出版社 2005 年版,第 21 页。

列性,并以此为前提各自衬托了对方的特点,同时也呈现了自己的特点。叙述者"我"往往通过"确立他人之'我'不作为客体而作为另一主体(即'自在之你')"①,使得双方关心和敏感对方对自己的评价和判断,并做出积极的反应。《死火》由叙述者"我"与遗弃在冰谷被冻结的"死火"的一长串对话构成。"我"梦见自己坠入冰谷,看见"纠结如珊瑚网"的"死火","我"的温热将"死火"惊醒,于是,"我"与"死火"展开了关于"死火"应该"冻灭"还是"烧完"的人生道路选择的对话:

> "我原先被人遗弃在冰谷中,"他答非所问地说,"遗弃我的早已灭亡,消尽了。我也被冰冻冻得要死。倘使你不给我温热,使我重行烧起,我不久就须灭亡。"
>
> "你的醒来,使我欢喜。我正在想着走出冰谷的方法;我愿意携带你去,使你永不结冰,永得燃烧。"
>
> "唉唉! 那么,我将烧完!"
>
> "你的烧完,使我惋惜。我便将你留下,仍在这里罢。"
>
> "唉唉! 那么,我将冻灭了!"
>
> "那么,怎么办呢?"
>
> "但你自己,又怎么办呢?"他反而问。
>
> "我说过了:我要出冰谷……。"
>
> "那我就不如烧完!"②

　　"我"与"死火"的对话,也可以说是在黑暗严酷的社会现实中鲁迅

---

　　①　〔苏〕巴赫金:《陀思妥耶夫斯基诗学问题》,《巴赫金全集》第5卷,白春仁、顾亚铃译,河北教育出版社2009年版,第15页。
　　②　鲁迅:《野草·死火》,《鲁迅全集》第2卷,人民文学出版社2005年版,第201页。

内在矛盾精神的对话,关于两种生命形态该如何选择的对话,带有鲁迅自体生命的自喻特征。"死火"在"冻灭"与"烧完"之间的选择困境,折射出的是鲁迅自己人生选择的困境,这种困境在鲁迅爱情、婚姻的选择中体现得尤为突出。与朱安的婚姻,鲁迅认为这是他的母亲给他的一件"礼物",爱情是他所不知道的,而对于朱安来说,鲁迅对她只是抱着同情的态度。鲁迅认为她是"做了旧习惯的牺牲",鲁迅自己则"自觉着人类的道德","又不能责备异性",只好在无爱的相处中"陪着做一世牺牲,完结了四千年的旧账"①。鲁迅按照长辈意愿与朱安结婚,痛苦地在"人道主义"的名目下忍受着无爱的婚姻,但是鲁迅同时清醒地认识到"做一世牺牲,是万分可怕的事",他难免会有被压抑的复杂感慨。

鲁迅曾经在 1919 年 8 月 19 日发表过《火的冰》,作品写道:

> 流动的火,是融化的珊瑚么?
> ……
> 好是好呵,可惜拿了要烫手。
> 遇着说不出的冷,火便结了冰了。
> ……
> 好是好呵,可惜拿了便要火烫一般的冰手。
> 火,火的冰,人们没奈何他,他自己也苦么?
> 唉,火的冰。
> 唉,唉,火的冰的人!②

---

① 鲁迅:《热风·随感录四十》,《鲁迅全集》第 1 卷,人民文学出版社 2005 年版,第 338 页。
② 鲁迅:《自言自语·火的冰》,《鲁迅全集》第 8 卷,人民文学出版社 2005 年版,第 115 页。

　　这里"火的冰"可以视为鲁迅的被压抑的"爱情",虽然有"火"一样的热情,但是却被压抑成了"火的冰","拿了便要火烫一般的冰手",以冰冷的态度拒绝别人,这种孤独苦闷的心情,表现了鲁迅深深的悲哀。1925年4月23日鲁迅再次写作《死火》,这时的鲁迅与许广平正在频繁地通信,从1925年3月11日许广平第一次给鲁迅写信,到鲁迅写作《死火》这段时间,大约40天,许广平发了8封书信,鲁迅则回了7封书信,从书信的内容及语调来看,两人的关系已经逐步突破单纯的师生关系,而有了暧昧的男女之情。鲁迅也曾有种种顾忌,但是他终于解放了自己,坚定地与许广平恋爱了,终于发出"我可以爱"①的热烈的呼声。鲁迅过去每一想到"爱情",就感到"惭愧","怕不配",就如那被人遗弃在冰谷的"死火",然而在与许广平的交往过程中,他被压抑的生命之火重新被许广平的"温热"点燃。

　　"死火"在面临"烧完"与"冻灭"的选择困境之后,它终于宁可烧完,跟随点燃其生命之火的"我"跃出冰谷口。正是在这个意义上,日本学者丸尾常喜认为：

　　　　《死火》正是基于这种自我解剖而产生的作品。意志与感情的冲动,最终是激烈的自我主张占上风,还是被作为一场"诀别剧"角色的作者自身所克服？作品就是这种危机场的产物。篇末的"仿佛就愿意这样似的"这一句,透露出倾斜与克服之间危险的摇动,留下了鲁迅身上"人道主义"与"个人主义"纠葛的印迹。②

　　①　鲁迅：《两地书·一一二》,《鲁迅全集》第11卷,人民文学出版社2005年版,第280页。
　　②　〔日〕丸尾常喜：《耻辱与恢复：〈呐喊〉与〈野草〉》,秦弓、孙丽华编译,北京大学出版社2009年版,第256—257页。

　　一些左翼研究者认为"死火"是中国共产党领导下革命者的象征，革命者只是在白色恐怖下暂时蛰伏，只要有党的热情召唤就可以重新加入革命斗争行列中去。尽管这种解释也有一定的道理，但是联系到这部作品产生于 1925 年，鲁迅当时还没有与我党有什么联系，所以这种解释有待商榷。

　　《过客》在鲁迅《野草》中具有重要的地位，创作于 1925 年 3 月 2 日。如果说在《影的告别》中，鲁迅在"影"向"形"告别的话语中体现其内在自我的分裂，同时形成并存的两重自我，他们相互辩驳、相互斗争，共同表现鲁迅复杂矛盾的内心世界；《死火》留下了鲁迅"人道主义"与"个人主义"两种思想的相互激荡与回响；那么，《过客》则戏剧式地展现了鲁迅面临"向前走"与"息下来"两种人生选择时的矛盾心境，以及他在两种对立的人生诉求中艰难前行的身影。不过，在《过客》中，鲁迅将自己内在的矛盾心声转化为过客与老翁两个人物的声音，让他们围绕自己的人生追求发出各自的声音，有力地展开对话，与此同时，过客又因为其内在的矛盾冲突而展开两种声音的对话，形成繁复的对话性与多重的复调性。

　　《过客》中过客代表的是虽然在人生道路上曾经"彷徨动摇"过，但是仍然执着向前的形象。老翁代表的是安逸于现状的隐者形象。他们两人对于"前面的声音"的召唤，具有不同的反应，各自发出不同的声音。过客发出的是积极呼应前行的声音——"况且还有声音在前面催促我，叫唤我，使我息不下"，"但是，那前面的声音叫我走"。老翁发出的则是安于现状，甚至消极避世，对于前行的呼声不予理睬的声音——"是的。他似乎曾经也叫过我"，"他也就叫过几声，我不理他，他也就不叫了，我也就记不清楚了"。这两种声音相互对立，相互对话，形成一种复调。这种情况正如鲁迅与金心异（钱玄同——笔者注）关于铁屋子的对话一样，金心异邀请鲁迅写文章，鲁迅一方面对思想启蒙的作用表示怀疑，另一方面又终于答应金心异，在铁屋子里呐喊，对民众进行思想启蒙。

《过客》中过客与老翁不仅对待"前行"的呼声反应截然不同，而且他们在对待"回转去"的声音时也表现出完全相异的人生态度，发出意义完全相反的两种声音。当过客得知"料不定可能走完"时，他也曾有过"沉思"，但他在"沉思"之后是"忽然惊起"，发出"那不行！我只得走"的誓言，表现出绝不回转、执意前行、毅然决然的人生态度。过客对自己走过道路所遭遇的一切丑恶表现出极其"憎恶"的态度，他面对一切"名目""地主""驱逐和牢笼"以及"皮面的笑容"和"眶外的眼泪"均发出"我不回转去"的坚定声音，甚至连世间的"心底的眼泪"与"为你的悲哀"也要加以拒绝，表现了过客对一切名目、一切压迫、一切虚伪的坚决的否定。老翁则积极响应"回转去"的声音，他认为退回到自己最熟悉的地方是"最好的地方"，他劝过客"还不如回转去"，因为在他看来，过客"已经这么劳顿了"，而且"前去也料不定可能走完"，老翁展现的是安于现状的人生观。

《过客》还特别展示过客与老翁对人生走向坟地这一目标的不同的人生态度，表现两种不同的人生选择。当老翁告诉过客前面是"坟"之后，过客虽然有所诧异，但还是很坦然地面对，而当小女孩否定坟的存在，告诉他那里有许多野百合、野蔷薇时，过客表现出清醒的现实主义精神和勇于求索的勇气，他指出那里的确有许多野百合、野蔷薇，"但是，那是坟"。过客并没有因为那里长满了鲜花就否定坟的存在，他也没有因为老翁告诉他那是坟而否定那里有许多野百合、野蔷薇的存在。过客既不像老翁那么绝望，也不像小女孩那样充满幼稚而单纯的希望，他是有过复杂的人生经历的，所以他能够对未来的人生道路有一个全面清醒的认识。过客并不在乎前面是坟,也不管能否走完,不在乎自己受伤、劳顿不堪,乃至于拒绝小女孩的"布施",多次发出"我只得走了""还是走好"的决然的声音。最后,过客跄跄踉踉地向前闯去,表现了他奋然前行的人生态度,哪怕前面是坟也阻挡不了他前进的步伐。与过客形成对照的是老翁安于现状的人生态度,他不时发出歇息下来的声音。

老翁不仅没有走过坟地,甚至连想也没有想过坟地之后是怎样的,他安逸于自己熟悉的生活,缺少像过客那样的求索精神,更是缺乏行走下去的勇气。老翁最后被女孩搀扶着走进土屋,他永远停留在自己的小家庭里,而从来不曾有过战斗的精神与勇气。

过客的"我只得走了""还是走好"的声音仿佛是一支深沉而坚定的曲调贯穿整个作品,形成作品积极向上的主旋律。相反,老翁的声音多为负面"消极"的声音。在开篇,老翁不让小女孩看过客,发出"还是进去罢"的声音。过客询问走过坟地之后的情况,老翁回应:"那我可不知道。我没有走过。"如果我们将"坟"当作死亡的话,老翁没有思索过死亡,更没有思索死亡之后的事情。当过客抱怨少走了路,是力气太稀薄、血里面太多水的缘故,老翁则劝过客:"太阳下去了,我想,还不如休息一会儿的好罢,像我似的。"老翁希望过客像他一样休息,安于现状。当小女孩给过客"布施",过客虽然认为"这于我没有什么好处",但同时,于他来说"这布施是最上的东西了"。然而,老翁却对过客说:"你不要当真就是。"当过客得到小女孩的布片,感到太沉重,无法行走时,老翁依然劝过客"休息一会,就没有什么了",甚至表示过客可以随时将小女孩的布片"抛在坟地里面的",可见他的精神贫乏,从不思索那"布施"所蕴含的价值和意义。老翁安于现状,凡事苟安,自得其乐,平凡庸俗,他是一个满足于家庭伦理之乐的庸人。过客反抗绝望的声音与老翁消极退隐的声音构成有力的对比,这两种声音相互碰撞,相互激荡,相互影响,相互消长,形成一种对话关系和复调的艺术特征,大大增强了《过客》的思想内涵与独特的艺术魅力。

《过客》还特别表现了过客内在的精神矛盾与自我声音的对话。过客一面奋然前行,发出积极前行的声音,一面又总是犹豫徘徊,甚至怀疑动摇,发出质疑自身的声音。过客的内心形成两种独立的声音,他们相互纠结、相互否定、相互斗争,形成一种内在的自我对话。作品在表现过客内心的对话时,常常一段话的前面部分表现过客的犹豫与动摇,紧接着后面的部分,过客又重新振作起来,更加坚定了前行的信心与决心。这两种声音在过客心里同时并存,并进行激烈的斗争和对话。譬如,过客发出:"唉唉,不理他……(沉思,忽然吃惊,倾听着)不行!我还是走的好。我息不下。"前面部分"唉唉,不理他……"即过客想不理睬召唤前行的声音,然而紧接着过客沉思,忽然吃惊,倾听着,他立刻又发出了这样的声音:"不行!我还是走的好。我息不下。"这两种声音在过客内心同时存在,又相互对立、相互否定、相互斗争。又如,过客发出声音:"对咧,休息……(默想,但忽然惊醒,倾听。)不,我不能!我还是走好。"这段话的前一部分"对咧,休息……"与这段话的后一部分"不,我不能!我还是走好"同时存在而又相互对立、相互否定,构成内在的对话关系。再如这段话:"多谢你们。祝你们平安。(徘徊,沉思,忽然吃惊)然而我不能!我只得走。我还是走好罢……"过客对于"好意"和"布施"感恩、祝福,然而他依然坚持前行,"然而我不能!我只得走。我还是走好罢……"同样体现了两种声音的同时存在又相互对立、相互否定、相互斗争。总之,在过客的内心同时存在两种对立的声音,它们相互碰撞、相互斗争、相互否定,形成内在对话关系,具有复调的特征。

　　需要指出的是,《过客》深刻地表现了鲁迅个人的人生体验,过客的形象带有鲁迅的自况,是其反抗绝望的生动体现。过客的形象约三四十岁,眼光阴沉,黑须,乱发,脚受伤,穿黑色短衣,状态困顿倔强,这种形象颇与鲁迅自身形象相似。特别是过客的内在精神与鲁迅自身更为相似。譬如过客对于世间各种"名目"的桎梏与倾轧表示厌恶,对于假友好与假慈悲表示憎恨,对于"爱"与"布施"可能影响前行保持清醒认识,对于先驱者号令的遵从与执着前行,这些方面都与鲁迅极为相似。鲁迅写作《野草》时,五四运动已经落潮,《新青年》队伍分化了,他再次感受到"寂寞"与"彷徨"。鲁迅在北京女子师范大学执教,正好发生女师大风潮,他与陈源等人进行激烈的斗争,此时的鲁迅开始与许广平通信并产生爱情。由此,丸尾常喜指出:"过客,是作为鲁迅自身的'彷徨'象征性的具象人物而设定的。"①这是非常有见地的看法。此时的鲁迅如过客一样,内心非常复杂矛盾,面临着两难的选择。由于五四新文化运动统一战线的分裂,鲁迅一方面独立地同反动势力进行着坚忍的斗争,一方面又感到孤独,"只因为成了游勇,布不成阵了"②,这样便使他的内心出现了奋然前行与彷徨动摇的两种声音,正如鲁迅《题〈彷徨〉》一诗所说:"寂寞新文苑,平安旧战场。两间余一卒,荷戟独彷徨。"③而"爱"与"布施",鲁迅也视其为独立前行的绊脚石,这可以从鲁迅与赵其文的书信中得知,他说:"《过客》的意思不过如来信所说那样,即是虽然明知前路是坟而偏要走,就是反抗绝望,因为我以为绝望而反抗者难,比因希望而战斗者更勇猛,更悲壮。但这种反抗,每容易

---

　　① 〔日〕丸尾常喜:《耻辱与恢复:〈呐喊〉与〈野草〉》,秦弓、孙丽华编译,北京大学出版社 2009 年版,第 237 页。
　　② 鲁迅:《南腔北调集·〈自选集〉自序》,《鲁迅全集》第 4 卷,人民文学出版社 2005 年版,第 469 页。
　　③ 鲁迅:《集外集·诗·题〈彷徨〉》,《鲁迅全集》第 7 卷,人民文学出版社 2005 年版,第 156 页。

蹉跌在'爱'——感激也在内——里,所以那过客得了小女孩的一片破布的布施也几乎不能前进了。"①鲁迅早几天在给赵其文的另一封信里也曾指出:"你的善于感激,是于自己有害的,使自己不能高飞远走。我的百无所成,就是受了这癖气的害,《语丝》上《过客》中说:'这于你没有什么好处',那'这'字就是指'感激'。我希望你向前进取,不要记着这些小事情。"②所以过客在得到女孩的布片时,内心产生两种声音,一种声音是"感激",另一种声音是"没法感激",后来,过客对于女孩的"布施"不仅不感激,甚至是"诅咒","祝愿她的灭亡",然而终于"我也不愿意她有这样的境遇",甚至称"我就应该得到咒诅",这又形成了过客内心世界两种声音的对话与辩论。过客将布片还给小女孩,小女孩不要,最终过客只好带着布片离去,这可以看出过客妥协性的一面。鲁迅曾经在给许广平的信中说道:"又如来信说,凡有死的同我有关的,同时我就憎恨所有与我无关的……而我正相反,同我有关的活着,我倒不放心,死了,我就安心,这意思也在《过客》中说过,都与小鬼的不同。"③由此可见,过客内心两种声音的对话其实表现的是鲁迅内心的矛盾与挣扎,这是鲁迅切身的痛苦体验与切实的社会教训,这是他处于严酷而危险的现实之中怀着对于所爱者的一种痛苦的"爱"的表现。

鲁迅还将自我的分裂与两种声音的对话引向"死亡",自我裂变为"游魂"与死尸,描写自我与"游魂"、死尸的对话,或者描写死者内心的两种声音的对话,主要表现于《墓碣文》《死后》等作品,这些作品充满阴森怪诞、诡异奇谲的色彩。在这些作品中,鲁迅正像他评述陀思妥耶夫斯基——他是"人的灵魂的伟大的审问者","他早将自己也加以精

---

① 鲁迅:《250411　致赵其文》,《鲁迅全集》第 11 卷,人民文学出版社 2005 年版,第 477—478 页。

② 鲁迅:《250408　致赵其文》,《鲁迅全集》第 11 卷,第 472 页。

③ 鲁迅:《两地书·二十四》,《鲁迅全集》第 11 卷,第 81 页。

神底苦刑了"①那样,他发掘着自己灵魂的深处,对自己施以精神的苦刑,拷问死亡,经受苦的洗涤,指向苏醒的路。

在《墓碣文》中,叙述者"我"与"墓碣"对立,我审视墓碣上斑驳的文句,也是审视内在的自我,是自我与自我的一种对话,"于浩歌狂热之际中寒;于天上看见深渊。于一切眼中看见无所有;于无所希望中得救",这些描述既是对坟墓中主人的概括,又是叙述者自我意识的反映,其实也是鲁迅个人精神的写照。墓碣文记述一"游魂"化为长蛇,可以认为是"墓主人"化为长蛇,也可以理解为叙述者"我"就是那"游魂",是叙述者"我"裂变为长蛇,"不以啮人,自啮其身,终以殒颠","抉心自食,欲知本味"。②张少娇指出"文中的游魂即是鲁迅自我形象的一个分离"③,我认同这种观点。鲁迅在《写在〈坟〉后面》中说:"我的确时时解剖别人,然而更多的是更无情面地解剖我自己,发表一点,酷爱温暖的人物已经觉得冷酷了,如果全露出我的血肉来,末路正不知要到怎样。"④这里"游魂"化成长蛇"自啮其身""抉心自食",带有鲁迅自己严于解剖自己,对自己进行深入批判的自况,这种自我解剖的过程是一个"创痛酷烈"的过程,然而他依然执着坚忍地进行,"痛定之后,徐徐食之"。但同时,鲁迅对这种严苛的自我解剖与批判的结果也深表怀疑,"创痛酷烈,本味何能知?""然其心已陈旧,本味又何由知?"⑤表

---

① 鲁迅:《集外集拾遗·〈穷人〉小引》,《鲁迅全集》第7卷,人民文学出版社2005年版,第106页。

② 鲁迅:《野草·墓碣文》,《鲁迅全集》第2卷,人民文学出版社2005年版,第207页。

③ 张少娇:《分裂与悖论——鲁迅〈野草《墓碣文》〉的修辞形象之悖论》,《哈尔滨师范大学社会科学学报》2018年第6期。

④ 鲁迅:《坟·写在〈坟〉后面》,《鲁迅全集》第1卷,人民文学出版社2005年版,第300页。

⑤ 鲁迅:《野草·墓碣文》,《鲁迅全集》第2卷,第207页。

现了鲁迅浓重的悲观意识与虚无思想。死尸的"胸腹俱破,中无心肝",而它"脸上却绝不显哀乐之状"①,这也显示了鲁迅如陀思妥耶夫斯基一样"是一个'残酷的天才'"②。作品中的墓碣文写道:"答我。否则,离开!"这句话可以理解为它是死尸——墓主人,叙述主体"我"的化身——"另一个我"与叙述主体"我"的对话,即叙述主体自我的内在对话。但是,"我"并没有对死尸("另一个我")的问话进行回答,"我"就要离开时,死尸骇然从坟墓中坐起,说道:"待我成尘时,你将见我的微笑!"③这里所说的死尸成尘,也就是长蛇将自己全部啮食掉,连自己也变成尘土,也就是"死之死"。《墓碣文》中"死尸成尘"与《影的告别》中"影"最终沉没于黑暗相似,"影""只有我被黑暗沉没,那世界全属于我自己"④。《墓碣文》中的"死尸"含笑成尘与《影的告别》中的"影"主动沉没于黑暗之中,这两者都体现了彻底反抗绝望的精神与意志,特别是"死尸"含笑成尘还洋溢着一种乐观精神,显示出艺术的诡异来。

《死后》呈现出的是死者心里的对话,具有奇崛的艺术特点。作品是叙述者"我"梦见自己死在道路上,"我"肉体已经死去,但是"我"的知觉系统仍然可以感知外在世界,周围人的种种议论依然能够引起"我"的反应并在内心产生种种"对话"与思考。主人公"我"的每一个感觉、每一个念头,总是同他人的意识发生作用,与之进行辩驳或是准备接受他人的影响,叙述者"我"总是左顾右盼看别人如何反应,揣测他人会如何对待自己,如何评价自己,在自我的精神世界中出现他人的

---

① 鲁迅:《野草·墓碣文》,《鲁迅全集》第2卷,人民文学出版社2005年版,第207页。

② 鲁迅:《集外集拾遗·〈穷人〉小引》,《鲁迅全集》第7卷,人民文学出版社2005年版,第105页。

③ 鲁迅:《野草·墓碣文》,《鲁迅全集》第2卷,第208页。

④ 鲁迅:《野草·影的告别》,《鲁迅全集》第2卷,第170页。

声音，从而使得"我"的内在意识具有对话和辩论的色彩。譬如《死后》描写已经死去的"我"躺在马路上，十分关注围观者对"我"的议论，"还有更多的低语声"，"我忽然很想听听他们的议论"：

> "死了？……"
> "嗡。——这……"
> "哼！……"
> "啧。……唉！……"

　　这种议论不仅在我的"意识"中展开，而且"我"又非常在乎他们的议论对我的影响，与此同时，"我"还在"我"的"意识"中展开自我的辩论，这种对话方式具有巴赫金所说的"微型对话"的特征。譬如，"我"对生存时的看法的驳斥："我生存时说的什么批评不值一笑的话，大概是违心之论罢：才死，就露了破绽了。"另外，"我"为没有听到一个熟悉的声音议论"我"而感到高兴，如果"我"的死会使他们或"伤心"，或"快意"，或"加添些饭后闲谈的材料"，"这都会使我很抱歉"，现在谁也不受影响，"好了，总算对得起人了！"①《死后》这种写作方式使人想到陀思妥耶夫斯基的《地下室手记》，巴赫金指出："'地下室人'想的最多的是，别人怎么看他，他们可能怎么看他……每当他自白时讲到重要的地方，他无一例外都要竭力去揣度别人会怎么说他、评价他，猜测别人评语的意思和口气，极其细心地估计他人这话会怎么说出来，于是他的话里就不断插进一些想象中的他人对语。"②陀思妥耶夫斯基的《地下

---

　　① 鲁迅：《野草·死后》，《鲁迅全集》第 2 卷，人民文学出版社 2005 年版，第 215 页。
　　② 〔苏〕巴赫金：《陀思妥耶夫斯基诗学问题》，《巴赫金全集》第 5 卷，白春仁、顾亚铃译，河北教育出版社 2009 年版，第 67 页。

室手记》以第一人称"我"展开叙述，没有直接的人物之间的交流与对话，但是，阅读者却可以感觉到"地下室人"与自我，与他人的意识不断进行辩论，让人感受到蕴藏到文本中的内心的对话。巴赫金认为陀思妥耶夫斯基小说中的主人公具有与通常小说不同的特性，那就是他不以塑造典型人物或者具有个性特征的人物作为自己的目的，他说："陀思妥耶夫斯基对主人公的兴趣，在于他是对世界及对自己的一种特殊看法，在于他是对自己和周围现实的一种思想与评价的立场。对陀思妥耶夫斯基来说，重要的不是主人公在世界上是什么，而首先是世界在主人公心目中是什么，他在自己心目中是什么。"①

　　总之，《野草》表现了作者内在的自我分裂，文中形成两重自我，各自发出自己的声音，或者是主体自我意识出现两种声音。这两种声音相互对立、相互影响、相互激荡、相互斗争，形成对话性关系，表现了鲁迅内在的执着追求与矛盾困惑。

第三节　不确定性与未完成性

　　《野草》具有"不确定性"与"未完成性"，这是其对话性的又一重要表现。《野草》的不确定性与未完成性指的是作品中的主体"我"对于事物的认识和判断不是单一的、固定不变的，而是充满矛盾悖论与变化发展的，主体"我"的认识与主张总是处于矛盾对立的两极，总是处于不断转换之中，在循环往复之间形成对立与对话、辩驳与转化。巴赫金

① 〔苏〕巴赫金:《陀思妥耶夫斯基诗学问题》,《巴赫金全集》第 5 卷,白春仁、顾亚铃译,河北教育出版社 2009 年版,第 60 页。

对陀思妥耶夫斯基小说的不确定性与未完成性给予极高的评价,他甚至认为"陀思妥耶夫斯基好像是实现了一场小规模的哥白尼式变革",而这种变革体现在陀思妥耶夫斯基"把作者对主人公的确定的最终的评价,变成了主人公自我意识的一个内容",而主人公由于具有独立的自我意识和视域,他就可以同时"从各种可能的角度自己阐发自己"①,这样便打破了过去由作者完成的固定的评价,从而导致小说的"不确定性"与"内在未完成性"。巴赫金指出:"一个人的身上总有某种东西,只有他本人在自由的自我意识和议论中才能揭示出来,却无法对之背靠背地下一个外在的结论。"巴赫金认为在陀思妥耶夫斯基的《穷人》中,"初次尝试展示出人身上某种内在的未完成性的东西",而在他后来的作品中,主人公"都深切感到自己内在的未完成性……只要人活着,他生活的意义就在于他还没有完成,还没有说出自己最终的见解。……人不是据之进行精确计算的有限数、固定数;人是自由的,因之能够打破任何强加于他的规律"②。

《野草》中许多篇章都呈现了事物二元对立的两极,这些对立的两极的共同存在构成了整个事物本身,仅仅用单方面的一个特征来指代事物,是不恰当的,这就是《野草》的不确定性与未完成性。正如鲁迅在《野草·题辞》中所说:"我以这一丛野草,在明与暗,生与死,过去与未来之际,献于友与仇,人与兽,爱者与不爱者之前作证。"③《野草》中出现一系列对立的词语,譬如:人与影、天堂与地狱、明与暗、爱与憎、拥抱与杀戮、悲悯与诅咒、希望与绝望、生与死、冻灭与燃烧、主与奴、魔鬼与天神、眷念与决绝、爱抚与复仇、伤心与快意、聪明人与傻子等等,这

---

① 〔苏〕巴赫金:《陀思妥耶夫斯基诗学问题》,《巴赫金全集》第5卷,白春仁、顾亚铃译,河北教育出版社2009年版,第62页。
② 同上书,第75—76页。
③ 鲁迅:《野草·题辞》,《鲁迅全集》第2卷,人民文学出版社2005年版,第163页。

些对立词语大范围的同时出现,表现了鲁迅对事物认识的深刻,他从事物的两极,从矛盾的两方面来认识事物。这些事物具有不定性、悖论性的特征,而不是单一的、固定不变的。这一点在陀思妥耶夫斯基的小说中也体现得非常明显。巴赫金认为:"奥拓·考斯在他著的《陀思妥耶夫斯基和他的命运》一书中,同样指出在陀思妥耶夫斯基的小说中,存在有多个同样举足轻重的思想立场,而小说的材料也极驳杂;他同样认为这两点是陀思妥耶夫斯基小说的基本特点。据考斯看来,没有任何一个作者如陀思妥耶夫斯基那样,一身汇集了如此相互矛盾、相互排斥的不同概念、论断、评价。但最令人惊奇的是,陀思妥耶夫斯基的作品仿佛在为所有这些极端矛盾的观点辩护。其中每一种观点,确实也都能在陀思妥耶夫斯基的小说中,为自己找到支持。"[1]

《希望》很好地表现了叙述主体"我"在希望与绝望之间彷徨的"不确定性"与"未完成性"状态,"我"的内心同时呈现"希望"与"绝望"两种声音,两者之间相互独立、相互辩驳,形成一种对话性关系。叙述主体"我"在希望与绝望之间反复,呈现了希望背后的虚空,绝望之为虚妄,然而"我"究竟是处于希望的境地还是绝望的境地? 只是简单地认为主体"我"处于"希望"之中,或者只是简单地认为主体"我"处于"绝望"之中,这两种看法都是不准确的,也是不恰当的。其实,主体"我"始终在希望中感受到绝望,而在绝望中又感受到希望,处于这两极之间的不确定性与未完成状态之中。作品首先叙述在许多年以前,主体"我"曾感受到"希望","我的心"也曾充满"血与铁",充满热情的火焰与严酷的批判,充满"恢复和报仇",这就是"我"年轻时充满激情与希

---

[1] 〔苏〕巴赫金:《陀思妥耶夫斯基诗学问题》,《巴赫金全集》第 5 卷,白春仁、顾亚铃译,河北教育出版社 2009 年版,第 22 页。

望的表现,然而,这些激情与希望在现实的打击下都一一落空了。鲁迅早年在日本读书期间就参加过同盟会,他的老乡秋瑾、徐锡麟等一帮同盟会成员为了推翻清王朝付出了生命的代价。辛亥革命爆发后,鲁迅也在浙江参加了革命行动。鲁迅后来在教育部任职,并在北京兼任几所大学的教职,参加新文化运动,在《新青年》上发表作品响应"文学革命","步调是和大家大概一致的"①。但是后来新文化阵营分化瓦解了,《新青年》团体解散了,鲁迅再一次感到人生的孤独与希望的幻灭,"我又经验了一回同一战阵中的伙伴还是会这么变化"②。正是这种人生经历,鲁迅的"希望"陆续地破灭,这才使他在《希望》中写道"忽而这些都空虚了",空虚的境地便只能"填以没奈何的自欺的希望",用"希望"来抗拒"空虚"③,叙述主体"我""以为身外的青春固在",然而"我"却发现现在的青年却让"我"感到"失望",鲁迅扪心自问:"世上的青年也多衰老了么?"④也正是在这一点上,鲁迅才在《〈野草〉英文译本序》中指出写作《希望》的缘由:"又因为惊异于青年之消沉,作《希望》。"⑤青年的消沉使得"我"的"希望"落空,"我"只得与"空虚中的暗夜"⑥进行肉搏。匈牙利诗人裴多菲的诗句:"绝望之为虚妄,正与希望相同。"⑦这一诗句又使"我"再一次否定了"绝望",重新燃起"希望","我""希望"可以在青年中寻找到"星和月光""僵坠的蝴蝶""笑"与"爱",然而这却又使"我"感到"失望",因为当下的"青年们很平安",

---

①　鲁迅:《南腔北调集·〈自选集〉自序》,《鲁迅全集》第 4 卷,人民文学出版社 2005 年版,第 468 页。

②　同上书,第 469 页。

③　鲁迅:《野草·希望》,《鲁迅全集》第 2 卷,人民文学出版社 2005 年版,第 181 页。

④　同上。

⑤　鲁迅:《〈野草〉英文译本序》,《鲁迅全集》第 4 卷,第 365 页。

⑥　鲁迅:《野草·希望》,《鲁迅全集》第 2 卷,第 182 页。

⑦　同上。

这一切都是那么"渺茫"。① 叙述主体"我"在对"青年之消沉"再次"失望"之后,再次升起了"希望",哪怕"我"已经处于"迟暮"之年,"我"依然决心"来肉搏这空虚中的暗夜了",作品再次回响起裴多菲的诗句:"绝望之为虚妄,正与希望相同。"②这作为《希望》全篇的结尾,也是叙述主体"我"再次确信"绝望"背后"希望"之存在。整个作品呈现出希望—绝望—希望—绝望—希望的反复,甚至可以一直反复下去。"希望"与"绝望"两种声音在主体"我"的内心同时存在,两者之间相互对立、相互辩驳、相互转化、相互斗争,呈现出自我心灵的对话性特征。

《影的告别》与《死火》也体现了这种矛盾对立两极循环往复的"不确定性"与"未完成性"的特征,作品中矛盾对立两极同时存在,两者相互对立、相互斗争,形成对话性关系。我在前面从主体分裂角度分析过这两篇作品的对话性特征,这里我将从作品表现的矛盾对立的两极的循环往复进行再分析。《影的告别》中"影"的存在既不能完全处于黑暗之中,也不能完全处于光明之中,否则"影"都将不复存在,因为黑暗会"吞并"它,光明也会使它"消失"③,"影"的存在必须在"明暗之间",然而"影"却"不愿彷徨于明暗之间",那么"影"该如何存在呢? 这是"影"面临的根本问题,"影"面临着艰难的选择。"影"首先表达出的愿望是"我不如在黑暗里沉没"④,"影"一开始"彷徨于明暗之间",它并没有如其所愿地沉没于黑暗之中。"影"虽然并不知道这种"明暗之间"究竟是"黄昏还是黎明",但是"影"清醒地知道自己处于明暗之间

①　鲁迅:《野草·希望》,《鲁迅全集》第 2 卷,人民文学出版社 2005 年版,第 182 页。
②　同上。
③　鲁迅:《野草·影的告别》,《鲁迅全集》第 2 卷,第 169 页。
④　同上。

的短暂性。"影"最后毅然决然地选择了黑暗,只有"被黑暗沉没"[①],"影"才真正回归自我,同时拥有全世界。在《影的告别》整个作品中,"影"的声音充满矛盾,即"然而我不愿彷徨于明暗之间""然而我终于彷徨于明暗之间""我将向黑暗里彷徨于无地","影"的这种选择,从"不愿"到"终于"再到"将",其意义表现为否定—肯定—否定的关系,在这种循环反复中,形成一种内在的对话性。

《死火》中"死火"的存在也与《影的告别》中的"影"一样表现出其存在的艰难处境。"死火"被遗弃在冰谷,是"我"的温热使它重新烧起,不然它就会冻灭。"我"愿意携带"死火"出冰谷,它便永不冰结,永得燃烧,然而这将使它烧完;"我"如果将它留在冰谷,它又将被冻灭。"死火"这种存在的两难处境与"影"颇为类似,"影"无论选择"黑暗"还是"光明"都会使它不复存在,如果说"影"选择的是"黑暗",那么"死火"选择的则是"光明"。从这个意义上说,《死火》是《影的告别》的姊妹篇,是"影"的另一种选择的表现。"死火"在得知"我"要出这冰谷后,它发出毅然决然的声音:"那我就不如烧完!"[②]"死火"一跃而起如红彗星一样并"我"都出了冰谷口。可以看出"死火"也是在"冻灭"—"烧完"—"冻灭"—"烧完"之间循环反复,发出"冻灭"与"烧完"两种声音。这是矛盾对立的两极的一种"未完成性"的选择,其结果可以是矛盾对立两极的任何一种,但是作品最终选择结果的不同,体现了作者的思想意识和情感倾向的不同。譬如,《影的告别》中的"影"最后沉没于"黑暗",更多地体现了鲁迅的"虚无意识";而《死火》中的"死火"最后选择"烧完",更多地体现了鲁迅思想中的积极因素。其实,无

---

① 鲁迅:《野草·影的告别》,《鲁迅全集》第 2 卷,人民文学出版社 2005 年版,第 170 页。

② 鲁迅:《野草·死火》,《鲁迅全集》第 2 卷,第 201 页。

论是鲁迅的"虚无意识",还是鲁迅思想中的积极因素,这两方面都是鲁迅复杂的思想情感的体现,只有正反两方面因素的共同存在才构成一个完整的鲁迅。正如鲁迅在给许广平的信中指出自己的作品"太黑暗了",然而鲁迅又指出"我常觉得惟'黑暗与虚无'乃是'实有'"。然而,鲁迅又终于不能证实"惟'黑暗与虚无'乃是'实有'"①,这本身表明鲁迅对事物看法的"不确定性"与"未完成性",这也是他经历了太多的打击与磨难而得出的人生观。鲁迅的这种对事物的"未完成性"的看法,必然影响到他艺术表现上的"未完成性",在彼此对立意识的多次往复中形成其作品的对话性艺术特征。丸尾常喜曾经指出:"这种'往返运动',正如木山论文所指出,是《野草》构成方法最显著的特征,木山论文所重视的,是由其中能够见出的'认识的飞跃与深化'而实现《野草》建构的过程。也就是说,'形'与'影'并非截然有别、固定不变的,而是在相互对峙、相互排斥的同时,相互浸透,同时抓住对方、相互建构的复杂的运动体,它支撑着鲁迅的'彷徨',使'诀别剧'不断上演。"②

另外,《复仇》也含有"不确定性"与"未完成性"的艺术特征。《复仇》描写一对男女全身赤裸,对立于旷野,捏着利刃,路人们从四面赶来,要鉴赏他们或拥抱或杀戮,然而这对男女只是对立着,毫不见行动,甚至连"或拥抱或杀戮之意"③也没有,这样这对捏着利刃的男女下一步的行动就充满了"不确定性"与"未完成性"。《复仇》中这对男女所处的境地与《影的告别》中的"影"和《死火》中的"死火"的处境颇为类

---

① 鲁迅:《两地书·四》,《鲁迅全集》第 11 卷,人民文学出版社 2005 年版,第 21 页。
② 〔日〕丸尾常喜:《耻辱与恢复:〈呐喊〉与〈野草〉》,秦弓、孙丽华编译,北京大学出版社 2009 年版,第 279 页。
③ 鲁迅:《野草·复仇》,《鲁迅全集》第 2 卷,人民文学出版社 2005 年版,第 176—177 页。

似,然而这对男女偏偏拒绝了这两种选择,即他俩既不拥抱又不杀戮,而是采取不行动的方式。也就是说,在《影的告别》中"影"选择的是"沉没于黑暗",在《死火》中"死火"选择的是"烧完",《复仇》中这对男女选择的是不在"或拥抱或杀戮"中二选一,他们超出这种思维惯性,选择的是站立—站立—站立—永久地站立,一次次破灭着无聊的路人对他们采取行动的期望,好像一记记响亮的耳光抽打在路人们的脸上,又好像一声声洪大的声音斥责着路人们潜在的要求他们"将要拥抱,将要杀戮"的呼声。他们俩长久地对立于旷野,"也不拥抱,也不杀戮",直至身体干枯。这使路人们感到无聊,"甚而至于居然觉得干枯到失去了生趣",这对男女依然干枯地立着,对习惯于非此即彼的国人进行挑战与嘲讽,漠然地鉴赏路人的干枯,而他们自己却"永远沉浸于生命的飞扬的极致的大欢喜中"。①

《复仇》中无聊的路人们要赏鉴这对男女或拥抱或杀戮的行为,没想到他们自己反而被这对男女所赏鉴与复仇,从而实现了鲁迅对无聊者的反讽与批判。鲁迅曾经两次谈到《复仇》的主题,第一次是他在《〈野草〉英文译本序》中所指出的:"因为憎恶社会上旁观者之多,作《复仇》第一篇。"②第二次是鲁迅在致郑振铎的信中所写:"我在《野草》中,曾记一男一女,持刀对立旷野中,无聊人竟随而往,以为必有事件,慰其无聊,而二人从此毫无动作,以致无聊人仍然无聊,至于老死,题曰《复仇》,亦是此意。但此亦不过愤激之谈,该二人或相爱,或相杀,还是照所欲而行的为是。"③《复仇》作品潜在地构成一种对话性,即

---

① 鲁迅:《野草·复仇》,《鲁迅全集》第 2 卷,人民文学出版社 2005 年版,第 177 页。
② 鲁迅:《〈野草〉英文译本序》,《鲁迅全集》第 4 卷,人民文学出版社 2005 年版,第 365 页。
③ 鲁迅:《340516 致郑振铎》,《鲁迅全集》第 13 卷,人民文学出版社 2005 年版,第 105 页。

这对男女或将采取行动与或将拒绝行动这两种行为的对立与对话,最终这对男女坚定地选择拒绝行动,打破了无聊的路人们企求这对男女行动的呼声,无聊的路人们本来企图"赏鉴"这对男女的相爱或相杀,然而,他们却反过来被这对男女所"赏鉴"与复仇,表现了鲁迅高超的反讽艺术。

此外,《这样的战士》也具有"不确定性"与"未完成性"的艺术特征。在《这样的战士》中,战士拿着脱手一掷的投枪,走进无物之阵,所遇见的是头上有各种旗帜,绣出各样好名称,身穿绣出各式好花样的各样外套的各色人等,他们都对战士一致点头。这种"点头"可以理解为他们对战士的献媚与拉拢,这是他们与战士的一种无声的"对话"。战士能够通过这种无声的话语读懂其中包含的意义,他们的点头就是"炮弹",就是"杀人不见血的武器",其威力无穷,"使猛士无所用其力","许多战士都在此灭亡①,而战士的反应是"但他举起了投枪",这也是战士与一切朝他点头的人的一场无声的"对话"。各种美好名称的各色人等开始了同声立誓,他们说他们的心的位置和别的偏心的人类两样,他们的心都在胸膛的中央,这可以从他们的胸膛前放着的护心镜而得到证明,他们仿佛自己也深信他们的心"在胸膛中央"②,而战士不被他们的花言巧语所迷惑,他以自己精准的判断对他们的誓言进行了"回答":"但他举起了投枪。他微笑,偏侧一掷,却正中了他们的心窝。"③战士不被他们的谎言所蒙蔽,直指他们的要害。被战士掷中了的他们虽然都颓然倒地,"——然而只有一件外套,其中无物",他们不仅得以逃脱,战士反而成了"戕害慈善家等类的罪人",由此,他们反

---

① 鲁迅:《野草·这样的战士》,《鲁迅全集》第 2 卷,人民文学出版社 2005 年版,第 219 页。

② 同上。

③ 同上。

而取得了胜利。战士再次遇见"一式的点头,各种的旗帜,各样的外套……"也就是说,战士再一次遇见各种甜言蜜语的诱惑和拉拢,但他并没有气馁认输,没有被他们蒙蔽,他继续着自己的武器的批判,"但他举起了投枪"。战士不断地用自己的投枪代替自己的语言进行"回答"。战士与有着美好名称的各色人等的关系是循环往复的,具有"不确定性"与"未完成性"的特征。战士"终于在无物之阵中老衰,寿终",然而他对于"无物之物"的胜者,对于所谓的"太平"依然"举起了投枪!"表明哪怕是"死亡"也不能改变战士的战斗。战士坚忍不屈的斗争精神带有鲁迅自身的精神特质,从他身上我们感受到鲁迅的战斗精神。鲁迅对当时的"《现代评论》派"等进行不妥协斗争的精神,在这样的战士身上得到了鲜明的体现。

总之,《野草》的不确定性与未完成性表现了作品内部矛盾对立的双方始终处于一种交织纠缠的状态,两者之间不断地辩驳、交流、斗争。作品仅仅展现矛盾对立的状态及其过程,叙述主体并没有将其最后结果表现出来,使得矛盾对立的状态始终处于一种不确定与未完成状态。它很好地表露了鲁迅内心无所凭依、进退维谷的困惑,以及与社会黑暗战斗时自我常常不得不面对无物之阵的困境。《野草》本身就是鲁迅在"彷徨"中不断求索,期望挣脱社会"黑暗"的自我灵魂的挣扎,然而他却深切地认识到自身作为过渡时代的"中间物"的虚无,自己灵魂的"幽暗","连这死也是'未完成之死'"[1]。这恰恰显示了《野草》思想内涵的深刻性,以及艺术探索的开放性与多元性,显示了生机勃勃的艺术创新精神。

---

[1]　〔日〕九尾常喜:《耻辱与恢复:〈呐喊〉与〈野草〉》,秦弓、孙丽华编译,北京大学出版社 2009 年版,第 283 页。

第四节 空间化与戏剧化

　　《野草》中许多作品较少描写故事发生、发展、结束的全过程，而是将人物事件放置在一个较为封闭的空间进行叙述，在相对固定的空间中，在戏剧性冲突与戏剧性情境中进行人物表现，极具画面感和立体感，呈现出空间化与戏剧化的艺术特征。《野草》的"空间化与戏剧化"是其"对话性"艺术特征的重要表现之一，因此有必要对其"空间化与戏剧化"进行探讨。

　　《过客》是一篇短小的话剧形式的散文诗，它有时间、地点、人物的介绍，整个作品都是在过客、老翁、女孩三个人物的对话中进行的，而且具有确定的时间、地点，事件的单一情节线索，符合古典戏剧的"三一律"特征，在某种程度上可以说是一个短的独幕话剧。作品中的人物、故事、场景都具有较强的象征性，而且人物的对话充满了深刻的哲理，由此孙玉石称《过客》为"一篇杰出的戏剧对话形式的散文诗"[①]。在《过客》中，三个人物可以认为是人生的三个不同的阶段、三种不同形态的生活态度。老翁代表的是生活平稳、享受天伦之乐的老年人，这个阶段的人大多保守，安逸于现状；过客代表的是饱经风霜、困顿倔强的中年人，这个阶段的人大多负重前行、执着坚忍；女孩代表的是懵懂幼稚、单纯可爱的少年，这个阶段的人大多积极乐观、天真烂漫。《野草》

---

　　① 孙玉石：《现实的与哲学的——鲁迅〈野草〉重释》，北京大学出版社 2010 年版，第 136 页。

将这三个不同阶段的人物按戏剧的方式加以对比，可以认为它展现的是一个人一生的三个阶段，而非三个人的人生发展的某一阶段。

作品通过叙述这三个人物在一个时间、一个空间的对话来表现他们对于生活的不同态度。《过客》故事发生的时间是：或一日的黄昏；地点是：或一处。这两个"或"表现故事的发生具有普遍性。这个故事中的具体地点是：老翁的一间小土屋的家门口，西边是荒凉破败的丛葬地，其间有一条似路非路的痕迹。故事情节非常简单：一个困顿倔强的中年男子，脚受了伤，支着等身的竹杖，他来到老翁的门口向老翁问路，并讨要了水喝。老翁劝过客回转去，女孩则给他布片，以便让他包扎脚的伤口。过客拒绝他们的"好意"，继续向西走向墓地，老翁和女孩则走进土屋关了门，故事就此结束。作品正是在过客向老翁、女孩问路这一事件上展开他们的对话。老翁单知道前面是坟而停止不前，对于坟的前面还有些什么，他缺乏探索精神，坟的这边的情况才是他"最熟悉的地方"，他仅仅满足于在自己熟悉的生活环境里过着平庸的生活，他甚至认为这个熟悉的地方也许倒是过客最好的地方。老翁也曾听到前面的声音叫他去，但是他对此不予理睬，"他也就不叫了"[1]，老翁因此也就忘记此事了。老翁劝劳顿的过客回转去，并对过客能不能走完这行程表示怀疑。女孩则对生活充满了希望，她常常到坟地里去玩，完全不知道坟所预示着的死亡和恐怖，她只看到生活中光明的地方，没有看到光明背后的阴暗。这显示了女孩的天真与纯粹。只有过客既如女孩那样看到生活的光明与希望，又如老翁那样清楚地知道前面是坟，但是他比老翁思索得更深远，更能听从前方声音的召唤，更具有坚强不屈的意志和决心。过客无视了老翁的劝阻，也努力摆脱女孩的"布施"的负

---

① 鲁迅：《野草·过客》，《鲁迅全集》第2卷，人民文学出版社2005年版，第197页。

累,虽然前方是坟,但是他依然"向野地里踉跄地闯进去"①,无所顾忌地昂然前行。《过客》通过把不同阶段的人物与事件按戏剧方式加以对比映照,以"诀别剧"②的横截面形式,充分表现过客"反抗绝望"的精神,鲁迅曾对《过客》的主旨做了如此说明——"虽然明知前路是坟而偏要走,就是反抗绝望"。鲁迅甚至认为"反抗绝望"比"因希望而战斗者更勇猛,更悲壮"③,这也是鲁迅本人精神的生动写照。

《秋夜》也是在一个空间将相关的事物加以对比映照,对一个特定时刻进行横截面的展示,具有较强的空间色彩与戏剧化特征。《秋夜》描写秋天的夜晚及"我"的后园里的枣树、夜空、小粉红花、小青虫等的存在状态,空间化明显。它们同处于一个空间,在秋夜这一时刻,它们形成相互对比的两组关系,有力表达作品的主旨。

首先,《秋夜》表现了枣树与夜空微妙的对抗关系。枣树尽管"皮伤"累累,叶子也"简直落尽",但是它依然用单剩下的枝干"默默地铁似的直刺着奇怪而高的天空",④直刺着在天空中窘得发白的月亮。月亮躲到东边去了,而一无所有的枝干"一意要制他的死命"⑤,仍然默默地铁似的直刺着它。如何理解"枣树"与"夜空"的对抗关系? 他们的关系不只是在同一空间中互相对立的事物之间的关系,而且象征了社会进步力量与黑暗的社会现实之间的根本冲突与不妥协的斗争,反动势力在革命者英勇不屈的攻击下的恐惧与颓败。"枣树"是一个坚忍的战斗者的形象,这是一种象征的手法,很显然带有鲁迅的自况。此

---

① 鲁迅:《野草·过客》,《鲁迅全集》第2卷,人民文学出版社2005年版,第199页。
② 〔日〕九尾常喜:《耻辱与恢复:〈呐喊〉与〈野草〉》,秦弓、孙丽华编译,北京大学出版社2009年版,第241页。
③ 鲁迅:《250411 致赵其文》,《鲁迅全集》第11卷,人民文学出版社2005年版,第477—478页。
④ 鲁迅:《野草·秋夜》,《鲁迅全集》第2卷,第166—167页。
⑤ 同上书,第167页。

外,"过客""死火""这样的战士"等形象也都带有鲁迅的自况。

其次,《秋夜》描写了枣树与小粉红花、小青虫的对比映照关系。夜空下做着好梦的、颜色冻得红惨惨的、瑟缩着的"小粉红花"象征着做着好梦而又被黑暗势力压迫的青年,他们在凛冽的寒秋一样的恶势力的压迫下,遭受悲惨的命运,然而他们仍然对未来充满着"理想",虽然这种"理想"带有某些不切实际的"幻想"成分。作品描绘小粉红花在冷的夜气中梦见"春""秋"的到来,梦见"瘦的诗人"流泪,诗人告诉它"秋""冬"虽然来,此后仍然会有蜂唱蝶飞的春天。[1] 同样在寒冷的夜气压迫下,"枣树"虽然"受伤",但是它依然体现出顽强不屈的抗争精神,这与"小粉红花""瑟缩"地做着好梦的单纯天真形成对照,这既是作者对当下青年单纯与纯粹的革命梦想的善意的批评,又可以说这是鲁迅自身青年时期的一种精神写照。青年鲁迅何曾不是像这些"小粉红花"一样,对未来充满了天真的好梦。这使人想起鲁迅在《〈集外集〉序言》里回忆自己少年之作时说:"我惭愧我的少年之作,却并不后悔,甚而至于还有些爱,这真好像是'乳犊不怕虎',乱攻一通,虽然无谋,但自有天真存在。"[2]这样说来,"小粉红花"带有鲁迅的某些自况,这样鲁迅实现了把自己不同阶段的精神状态外化为不同的事物并按戏剧方式加以呈现,但却不把它们延伸为自己的精神发展变化的过程。

最后,《秋夜》还描写许多奋不顾身扑火的"小青虫",它们与"枣树""小粉红花"形成对比。"小青虫"象征那些为了追求革命理想而不惜牺牲生命的烈士。一方面,鲁迅觉得他们"可爱",让人敬重,赞颂他们为了革命敢于牺牲生命的英雄气概;另一方面,鲁迅又觉得他们"可

---

① 鲁迅:《野草·秋夜》,《鲁迅全集》第 2 卷,人民文学出版社 2005 年版,第 166 页。
② 鲁迅:《〈集外集〉序言(1933 年)》,《鲁迅全集》第 7 卷,人民文学出版社 2005 年版,第 5 页。

怜",他们的行为带有某些盲目性,从而造成了不必要的死亡,这对于革命斗争的胜利实际上并没有多大的帮助。这是鲁迅目睹了秋瑾、徐锡麟、邹容等同龄人的悲惨命运而得出的血的教训与切身体会。鲁迅既"敬奠"这些英雄,又告诫人们在与黑暗社会和凶恶势力做斗争时,应避免无谓的牺牲。"小粉红花"们如果不抛弃不切实际的"好梦"的盲目冲动,不像"枣树"那样做"韧性"的抗战,他们的命运就将如"小青虫"那样只会做悲剧的演出。

　　鲁迅在《秋夜》中通过对比"枣树""小粉红花"与"小青虫"的形象及其不同的命运,实现了他对革命的深入思考。至于作品中出现的发出"哇"的尖叫的"夜游的恶鸟",日本学者片山智行分析道:"或许可把这'夜游的恶鸟'看做是'给旧时代报丧'的猫头鹰。作者在《音乐?》(1924年)中说,'只要一叫而人们大抵震悚的怪鸱的真的声在哪里?'那'哇'的一声鸣叫的恶鸟,很有可能是猫头鹰。"①由此看来"夜游的恶鸟"的出现,是有一定的象征意义的,它既突出了黑暗社会与凶恶势力的险恶,也预示了黑暗险恶的反动势力终将走向灭亡的历史必然。其实,"夜游的恶鸟"的出现在艺术表现上也具有一定的价值,主要表现在两个方面:一是起到了渲染艺术氛围的作用,增添了秋夜的阴森恐怖;二是在结构上起承前启后的作用,实现了两个空间图景的转换,由室外转向室内,由描写室外"小粉红花""枣树"与秋夜的关系,转向室内对"小青虫"扑火的命运的思考,在两个空间图景中间起着过渡性的作用。

　　通过以上分析,我们在某种程度上可以说《过客》《秋夜》等作品中的几个人物或者事物,都或多或少地隐含着鲁迅不同时期的自我,是鲁

---

① 〔日〕片山智行:《鲁迅〈野草〉全释》,李冬木译,吉林大学出版社1993年版,第15页。

迅不同阶段的自我的外化。鲁迅让不同时期、不同阶段的自我在同一时空存在,他们相互对比、相互映衬、相互对话,这样的书写与只展示主体自我前后的生命历程相比,更为有力、深刻地表达了作者对自我生命的认识和对社会的反思,在艺术上也呈现出空间化与戏剧化的特征,使得其表现更为生动、鲜活。

《复仇》作品也具有空间化与戏剧化的色彩。作品描写一对全身赤裸的男女,捏着利刃,对立于广漠的旷野之上,路人们从四面奔来围观他们,路人以为他们会拥抱或杀戮,然而这对男女干脆放弃了或拥抱或杀戮的行为,两人长久地对立,并赏鉴着围观路人们死后干枯的身体。男女站立的地点为"旷野",具有广场化的特点,路人们奔来赏鉴这对赤裸男女或拥抱或杀戮的行为,反而被这对男女所赏鉴,具有戏谑化、狂欢化与戏剧化的特点。这对男女青年与路人的行为都发生在广场式的空间情境中,形成观看与被观看的戏剧化特点。

接下来,我们再看《野草》中几篇具有"诀别剧"色彩的作品,其空间化及戏剧化的特征也比较突出,表现出较强的对话性特征。"诀别剧"指的是表现再无会期的离别戏剧或者是表现死别内容的戏剧。《野草》中具有"诀别剧"色彩的作品有《影的告别》《死火》《墓碣文》等,它们都是鲁迅将自己内心矛盾外化为几个对立的形象,让这几个形象进行戏剧性的辩驳与"对话",从而使自己内在的矛盾形象化、空间化、戏剧化地展现出来,有力地表现鲁迅对社会人生的思考与批判。

《影的告别》开篇写道:"人睡到不知道时候的时候,就会有影来告别,说出那些话——"这就将"影"与"形"分裂开来,"影"从"形"的附属中独立出来,形成独立的"影"与"形"。"影"准备与"形"告别,在告别这一过程中,并不是随着时间的流动不断展现新的空间范围,而是固定在某一个空间。在开篇的"说出那些话——"的破折号以下整个文章内容都是"影"向"形"的告别话语，也就是说，在作品中只有"影"的一方在向"形"进行述说，"形"只是作为"影"的告别对象或聆听对象而存在，"形"并没有发声。但是，这依然具备"形"与"影"对话的特征。对此，日本学者丸尾常喜说：

> 《影的告别》表现出作者内部两个鲁迅的搏击对抗：一个是为"惟黑暗与虚无乃是实有"这一思想所迷住，停止了行进，想要委身于缠着自己的激烈的阴暗冲动的鲁迅，另一个则是正因为如此而要与之进行"绝望的抗战"的鲁迅。今天，我们综观鲁迅这一时期（《彷徨》《野草》时期）所留下的作品，就会发现"形"与"影"的纠葛这种可以称为"诀别剧"的形态反复出现。这种"诀别剧"是这一时期鲁迅文学创作的重要特征，同时，对其思想的形成也具有值得注意的重要作用。①

丸尾常喜的认识是深刻的。"影"只能存在于"明暗之间"，它在明与暗选择上的困惑与窘境，表现了鲁迅内部精神世界的矛盾，是鲁迅内在矛盾的外化。"影"与"形"的对话表现了鲁迅内在精神两方面的激烈斗争。

《死火》叙述的是"我"梦见自己坠入冰谷，"我"的体温使那被人遗弃在冰谷的死火"重行烧起"，"死火"与"我"之间展开对话：如果"死火"随"我"出冰谷，"死火"将烧完；如果"死火"被留下，它将冻灭。"我"与"死火"都是从鲁迅内心矛盾中分裂出来的，代表鲁迅本人思想的两个方面。鲁迅将自己思想的两方面转化为两个人物形象，来展示

---

① 〔日〕丸尾常喜：《耻辱与恢复：〈呐喊〉与〈野草〉》，秦弓、孙丽华编译，北京大学出版社2009年版，第156页。

两者之间的斗争与对话。这种对话发生的地点是在"冰谷"这个特定的空间,围绕"烧完"与"冻灭"这一生存问题展开对话,具有空间化与戏剧化的特点。

《墓碣文》中,鲁迅也将自己内心矛盾外化到"我"与"墓主"两个主体形象上来,"我"阅读"墓碣文"实质是"我"对"另一个我"的解剖与审视,丸尾常喜认为可以"把孤坟里的人相当程度上看做鲁迅的分身"①。作品通过"我"阅读墓碣文这一活动,展示了"我"对"墓主"的审视。作品最后,主体"我"就要离开,而此时死尸竟然自坟中坐起,还十分诡异地说:"待我成尘时,你将见我的微笑!"②这使"我"生怕死尸追随,不敢反顾地急忙逃走了。这一描写颇显怪异、荒诞,具有戏剧化的艺术特征。丸尾常喜认为《墓碣文》是一部"新'诀别剧'",他说:"孤坟中令人生惧的尸体,是《影的告别》里的'影'的直接再现,但又不是简单的再现。而是经过《希望》与《过客》之后的再现。在《墓碣文》中,我们看得见经由这些诗篇而形成的新思想的新'诀别剧'。"③与此同时,丸尾常喜发现了《墓碣文》与《影的告别》的不同,他指出:"《墓碣文》中鲁迅的'诀别剧',与《影的告别》不同,是由'我'的遁走而实现。"④丸尾常喜的这种分析颇为深刻,他既说明了墓主是鲁迅的分身,《墓碣文》与《影的告别》具有内在关联,二者在形式上都是"诀别剧",又指出《墓碣文》的新的结局。

《死后》也是一部"诀别剧"。作品以梦的形式表现"我"死在道路上,故事发生地点具有固定性;各种人都来观看、发表议论,这"道路"

---

① 〔日〕丸尾常喜:《耻辱与恢复:〈呐喊〉与〈野草〉》,秦弓、孙丽华编译,北京大学出版社 2009 年版,第 279 页。
② 鲁迅:《野草·墓碣文》,《鲁迅全集》第 2 卷,人民文学出版社 2005 年版,第 208 页。
③ 〔日〕丸尾常喜:《耻辱与恢复:〈呐喊〉与〈野草〉》,秦弓、孙丽华编译,第 279 页。
④ 同上书,第 282 页。

转化为一个围绕死尸"我"而进行表演的舞台,作品呈现出空间化与戏剧化的特征。不仅如此,人们的种种议论及他们对待"我"的种种方式,竟然还引起死尸"我"的各种"揣测"与"对话"。譬如,对于路人议论"我"死之事,"我"为这些声音没有"我"所熟悉的而感到宽慰。又如,面对"怎么要死在这里"的议论,"我"感到自己连随意死掉的权利都没有的悲哀。勃古斋旧书铺的小伙计给"我"送来明版《公羊传》,"我"也与他进行"对话"。《死后》的艺术格调颇为奇崛、怪异。应该说,《死后》具有巴赫金所说的微型对话的艺术特征。《死后》中,"我"的生命感受与陀思妥耶夫斯基塑造的"地下室人"的生命感受具有相似性。巴赫金曾对"地下室人"做了如此分析,他认为"地下室人""想的最多的是,别人怎么看他,他们可能怎么看他","每当他自白时讲到重要的地方,他无一例外都要竭力去揣度别人怎么说他、评价他,猜测别人评语的意思和口气,极其细心地估计他人这话会怎么说出来,于是他的话里就不断插进一些想象中的他人对语"。①《死后》的结局是"我"的眼前火花一闪,于是坐了起来,实现了死而复活。丸尾常喜分析指出,这是"还魂",他说:"'我'从梦中的觉醒,是向'生'的世界的复归,若用传统的话语来说,就是'还魂'。这也是鲁迅的'诀别剧'(诀别死神)。"②丸尾常喜对鲁迅作品中的诀别剧做了总的评论,他说:"这一'诀别剧'的历程,经历了《过客》、《墓碣文》、《颓败线的颤动》、《死后》,由《孤独者》最终实现。那么,鲁迅复归了的'生'的世界。"③丸尾常喜颇为深刻地揭示出鲁迅"诀别剧"作品的内在关联。

---

① 〔苏〕巴赫金:《陀思妥耶夫斯基诗学问题》,《巴赫金全集》第 5 卷,白春仁、顾亚铃译,河北教育出版社 2009 年版,第 67 页。
② 〔日〕丸尾常喜:《耻辱与恢复:〈呐喊〉与〈野草〉》,秦弓、孙丽华编译,北京大学出版社 2009 年版,第 311 页。
③ 同上书,第 312 页。

　　以上我分析了鲁迅的《过客》《秋夜》《复仇》以及几个"诀别剧"作品(包括《影的告别》《死火》《墓碣文》《死后》)等这些具有空间性与戏剧化的作品,展示了鲁迅的反抗绝望的人生哲学。这些作品反映了鲁迅深刻的生命危机与执着追求。鲁迅将自己内在的精神痛苦和生命的困惑外化为几个对立的形象,通过他们戏剧化的交流、对话与辩驳,深刻有力地表现了自己的人生哲学与社会思考。

第五节　结构的循环性与开放性

　　《野草》突出的"对话性"特征,使其在结构上也有自己独有的特征,主要表现为回环往复的循环性,在循环性的前提下,又有它的变化性、开放性,形成循环性与开放性的统一。有关《野草》结构的循环性与开放性的研究,有助于深入认识《野草》的"对话性"艺术。

　　《野草》文本结构的循环性与开放性又表现为两种结构形态,一种是矛盾的双方经过几次斗争,一方最终取得主导地位,形成主体内容的循环性和最后结构的开放性;一种是矛盾双方的斗争直至作品的最后也没有完结,其主体内容的结构一直循环到篇末,因为这种循环的未完结性,它可以一直循环下去,从这个意义上来说,它又具有另一种性质的开放性特点。

　　我们首先看《野草》文本结构的循环性与开放性的第一种形式:就是文本结构在循环反复中走向新的发展,由此使得作品的思想内涵达到一个新的高度。这种结构形式,在《影的告别》《希望》《墓碣文》《死火》《复仇》等作品中都有表现。

　　首先，《影的告别》较为鲜明地体现了文本结构的循环性与开放性特征。《影的告别》开篇是"影"来告别，可以说这是一个楔子，也就是这部作品的一个引言。作品的主体结构可以分成三个部分，第一部分为："有我所不乐意的在天堂里，我不愿去……然而我不愿彷徨于明暗之间，我不如在黑暗里沉没。"从情感上来说，这一部分主要表现"我"的否定性的情感，"我"不愿去"天堂""地狱"和"黄金世界"，甚至"影"不愿跟随"形"而存在，不愿被"光明"或"黑暗"吞没，乃至于不愿"彷徨于明暗之间"。第二部分为："然而我终于彷徨于明暗之间……否则我要被白天消失，如果现是黎明。"这一部分的"然而我终于彷徨于明暗之间"与第一部分的"然而我不愿彷徨于明暗之间"形成一个对照，表现的是"我"由否定性的情感到不得不接受现实，这可以说是一个反复的过程，或者说是一个由否定到肯定的过程。第三部分为："朋友，时候近了。我将向黑暗里彷徨于无地。……只有我被黑暗沉没，那世界全属于我自己。"这一部分的"我将向黑暗里彷徨于无地"是对第二部分"然而我终于彷徨于明暗之间"的突破，这是"我"由彷徨于"明暗之间"转向"黑暗""无地"，是对"彷徨于明暗之间"的一个否定和转折，两者之间是正与反的关系，表现了"我"决心脱离与背弃"我"的当下现实。与此同时，第三部分的"我将向黑暗里彷徨于无地"与第一部分的"我不如在黑暗里沉没"又构成递进的关系，这样《影的告别》形成了"反—正—反"的矛盾结构形式，即"我不愿彷徨于明暗之间，我不如在黑暗里沉没"（矛盾的反面，或者说否定性矛盾），"然而我终于彷徨于明暗之间"（矛盾的正面，或者说是肯定性矛盾），"我将向黑暗里彷徨于无地"（矛盾的反面，或者说是否定性矛盾）。整体来看，作品的主体是一个循环结构形式，然而，这种结构形式又都是"影"向"形"告别的话，这样又具有了相对开放性的结构形式，既体现了内在矛盾的对话性特征,又有外在的对话形式,特别是作品内在的思想内涵实现了一种螺旋式的提升,很好地展现了文本结构的循环性与开放性的统一。

其次,《希望》的结构也具有循环性与开放性的特征。文本展开了主人公的现在与过去之间循环往复的叙述,以及在希望与绝望之间的兜转与再复返的书写。作品开篇便是对"我"现在的心境的述说,"我的心分外地寂寞",接下来述说自己年轻时期也曾经充满希望与斗争,一直到"然而究竟是青春"为止,作品至此形成了一个主体"我"现在的寂寞与过去的热血的对比。作品紧接着又转入对现在的思考与行动的书写,"然而现在何以如此寂寞?……我只得由我来肉搏这空虚中的暗夜了……然而青年们很平安"。作品再次转入对当下现实的记述。可见,作品的叙述到此已经形成一个循环的叙述闭环,即关于"现在—过去—现在"的叙述。这是作品结构循环性的体现。作品的最后,所叙述的依然是现在的存在状态,但是,它含有对前一部分的"现在"的提升与深化,从而具有开放性。作品由"青年们很平安"的叙述,转向只得由我"来肉搏这空虚中的暗夜了"。从时间的呈现上,《希望》完美地体现了它的循环性与开放性的特征,即在"现在—过去—现在"的循环结构基础上,再次对"现在"进行叙述。这是从时间上展现的结构形式的循环性与开放性。

另外,我们可以再从《希望》所体现的内容来探讨其内在结构的循环性与开放性。作品所叙述的主要内容是对"希望"与"绝望"的深沉思考。《希望》一开始叙述主体"我"寂寞的心境,也可以说是一种没有希望的心境。很快,作品对之进行否定,即在许多年前,"我"也是一个充满"血和铁"的热血青年,对未来充满了希望,用"希望的盾"抗拒"空虚中的暗夜的袭来"。"我"对身外的青春也是抱有"希望"的,身外的青春虽然悲凉缥缈,"然而究竟是青春"。过去的"我"无论对自己,还是对青年都充满了"希望"。但是现在，"我"的这种"希望"却寻找不到了，"我"感到"如此寂寞"，世上的青年也让人感到失望。这就形成了由过去的"希望"转到现在的"失望"。这又是一个转折，也就是说，文本在此形成一个循环，即"现在的失望"、"过去的希望"、"现在的失望"。紧接着，"我"终于从现在的"失望"中震醒，决心独自一人来"肉搏这空虚中的暗夜了"，这显然是"我"重新振起"希望"的举动。但是，叙述者"我"并不停留于此，而是叙述了匈牙利诗人裴多菲有关希望与绝望的诗句。裴多菲一方面否定了"希望"的虚妄性，认为"希望""是娼妓"，娼妓不仅对谁都诱感，而且在你付出青春及许多宝贝之后，"她就弃掉你"；另一方面，裴多菲又否定了"绝望"，在他看来"绝望之为虚妄，正与希望相同"，也就是说，裴多菲同时否定了"希望"与"绝望"，认为两者都是"虚妄"。"我"不仅自己要"肉搏这空虚中的暗夜"，而且还要寻求身外的"青春"，这些都是现在的"我"的"希望"。从以上"现在的失望"到"现在的希望"，中间包含了裴多菲对"希望"和"绝望"的否定，而正是裴多菲视"希望"与"失望"同为"虚妄"的看法，反而激起了叙述者"我"的反抗，也即鲁迅所说的"反抗绝望"。然而"青年们很平安"，这让"我"又感到了"失望"，"真的暗夜"无从寻找，正像是《这样的战士》中的"无物之阵"，深切地表现了鲁迅作为一个真正的战士的孤独与寂寞，这简直就是一种绝望！孙玉石认为，《希望》"出现了鲁迅反抗绝望中的双重的矛盾和痛苦"。[①] "我"重新退回到绝望的深渊。然而，最后，"我"再次以裴多菲的诗句"绝望之为虚妄，正与希望相同"来否定"绝望"，这一次比前面一次情感更为激越，态度更为坚决。也就是《野草》的后一部分诗作表现了"希望—失望—希望"的情感，这与

---

① 孙玉石：《现实的与哲学的——鲁迅〈野草〉重释》，北京大学出版社 2010 年版，第90 页。

前一部分诗作的"失望—希望—失望"情感形成一种对比,这样作品就实现了在希望与绝望两者之间的循环与反复,但是前后两部分又是有变化的,表现出一定的变异性与开放性的特征。

《墓碣文》《死火》与《复仇》的结构也同样具有循环性与开放性的特征,它们在展示结构的循环性的同时,又总是对这种循环的结构进行突破,从而实现对循环结构的超越,具有开放性的特征。

《墓碣文》以"我梦见"开篇,作品中墓碣正面与反面内容形成一个对照,全文内容具有某些循环性。譬如墓碣正面谈到"游魂"化为"长蛇""不以啮人,自啮其身",墓碣反面提到"抉心自食""徐徐食之"。两者都提到自食之事,而且无论是墓碣的正面还是反面都有墓主人要求阅读墓碣文者"离开"的呼声,这具有一定的相似性与循环性。然而,打破这种循环性,使作品结构具有开放性的是,当"我"就要离开之时,死尸却自坟中坐起,虽然口唇不动,却念念有词,"我"被吓得赶快逃走了,这样便打破了前面封闭的、循环的结构,在内容上也有了新的变化,即作品不再停留在死尸的自食阶段,而是死尸从坟中坐起,并说:"待我成尘时,你将见我的微笑!"表现了鲁迅彻底的自我解剖、自我批判精神,以及正视现实、反抗绝望的乐观态度。

我们再分析《死火》的结构形式。《死火》中"死火"在"烧完"与"冻灭"两种选择间不断徘徊,这两种选择结果似乎形成了一个走不出的循环圈套,即"死火"无论怎样选择,它都将灭亡。"死火"面对"我"的询问,反问"我"该怎样行动,这就跳离了前面循环的问答形式,使作品的结构及其对话具有了开放性。"死火"最终跟随"我"的选择,"并我出冰谷口外",选择"烧完"。然而,"我"却被突然驶来的大石车碾死在车轮底下,在临死之前,"我"为黑恶势力再也遇不着"死火"而发出得意的笑声,表现了"我"对"死火"摆脱压制,并最终走向生命升华之路的由衷赞许。作品最终结果是不仅"死火""烧完"了，而且连作为"死火"引路人的"我"也灭亡了，但是"我"依然对此感到欣慰，因为"我"为自己完成引路人的使命而满足。在作品的最后，作者实现了结构上的超越，作品的结构彻底摆脱了循环的形式，而具有了结构的开放性特征。

《复仇》在结构上也有循环反复性与开放性的特点。作品首先是对生命的"大欢喜"的循环叙述：一种是人们的"偎倚，接吻，拥抱"而"以生命的沉酣的大欢喜"，也就是爱能使人感到"大欢喜"；另一种是用利刃刺破皮肤导致血的飞溅而"得到生命的飞扬的极致的大欢喜"，也就是憎也能使人感到"大欢喜"。作者对这种或相爱或相杀的"大欢喜"的叙述带有某种循环性。如果说这还只是《复仇》中一小部分循环性的描写的话，那么作品结构上更大的循环是描写人们对旷野上捏着利刃的一对男女的反应。路人争着观看他们，或"将要拥抱"或"将要杀戮"，然而这对男女打破了这帮无聊路人的心理期待，这对男女"将要拥抱"或"将要杀戮"的两种行为都没有出现，甚至连或拥抱或杀戮之意都没有。由此，关于"拥抱或杀戮"的描写形成了一个循环与反转。在这种循环与反转之后，并没有再反转过去，这对男女对立着干枯至死，鉴赏着的路人也一样干枯至死。作品最后打破了关于他俩"将要拥抱"或者"将要杀戮"这种循环结构，具有一定的开放性特征。然而，从另一个视角看，作品最后呈现的是这对男女的"大欢喜"，呼应了作品前一部分关于相爱或相憎的"大欢喜"。这是一种循环，是一种更大结构上的循环，在其内涵上也是一种突破。那就是，这对男女既不相爱也不相憎，但同样感受到"大欢喜"，而且不是两人之间非得相爱，或者非得相憎才能感受到"大欢喜"。这对旷野上捏着利刃的男女并不仅有相爱或者相杀这两种选择，他俩还有第三种选择，也就是既不相爱也不相杀,对立着直到死亡。这就打破了人们机械的思想认识,具有深刻的哲学内涵。

《野草》结构的循环性与开放性所表现的另一种情况为:作品主体面临一次又一次的阻力,但是主体却总是能一次又一次地把握自己的方向,不为所动,勇往直前,坚决斗争,从而形成一次又一次的循环性的结构特征。在最后的结果中,主体所面临的处境及其遭遇似乎并没有得到解决,主体依然处于对立的矛盾冲突与矛盾斗争之中。这种开放性特征,在《过客》《这样的战士》等作品中都有十分生动的体现。

我们首先来分析《过客》的结构特征。《过客》的内在结构可以说是过客排除一次又一次前行的阻力勇往直前的过程,而在排除每一次阻力时,其叙述结构都有某种相似性与循环性。过客面临的第一次劝阻是老翁告诉过客前面是坟,而且料不定可能走完,劝过客还不如回转去;过客坚定地回答道:“是的,我只得走了。”第二次劝阻是老翁告诉过客可以像他自己年轻时一样,不要理睬前面声音的叫唤,休息一会儿;过客的回答是:“不行! 我还是走的好。我息不下。”第三次劝阻是女孩给予过客布施,过客前行意志遭到冲击;过客的回答是:“然而我不能! 我只得走。我还是走好罢……”作品的主体结构就是过客面临三次劝阻,以及过客对三次劝阻的回绝,结构上具有重复性与循环性,甚至连过客的每一次回答都是大同小异的。

与此同时,《过客》在结构上还具有开放性的特点,那就是在作品的最后,过客终于跟跄着向西方的坟地闯去。显然,这只是过客旅途中的一次遭遇,过客在他一直向西的行走路途中这样的遭遇应该不少,而且过客虽然经历了这样一次与老翁、女孩的交谈之事,然而其处境并没有丝毫的改变。作品也没有告诉我们过客从哪里来? 过客要到哪里去? 过客最后的结局是什么? 他的目的是什么? 这些都没有告诉读者,过客只是说"我单记得走了许多路"①,从内容上看,过客的这种行为具有未完成性,从结构上来看则具有开放性。因而《过客》的结构同时具有循环性与开放性的特征。

《这样的战士》与《过客》的结构特点具有相似性,同样具有循环性与开放性的特征。《这样的战士》叙述战士连续五次对"无物之物"举起了投枪。第一次,作品描写战士走进无物之阵,他见到各种"旗帜"和各样"好名称","但他举起了投枪";第二次,他们施出各种骗人的诡计,都被战士识破,"但他举起了投枪",正中"他们的心窝";第三次,"无物之物"逃走,战士成为"戕害慈善家等类的罪人","但他举起了投枪";第四次,战士在无物之阵中走,再次遇见各种"旗帜"和"外套","但他举起了投枪";第五次,他终于老衰寿终,终于不再是战士,"无物之物"是"胜者","但他举起了投枪"。可见,战士连续五次"举起了投枪",这在结构上形成循环反复的特征。如果说《过客》中"我还是走"是其循环结构的重要标志,那么在《这样的战士》中"但他举起了投枪"也是其循环结构的重要标志。另外,《这样的战士》结构的开放性,首先体现在其作品的开篇:"要有这样的一种战士——"这是对战士的热情呼唤;其次,更重要的是,它还体现在战士的攻击和斗争持续不断。虽然战士始终战胜不了"无物之物",但他一直战斗下去。由此可见,《这样的战士》与《过客》一样,具有结构的循环性与开放性。

总之,《野草》的结构主要体现了以上两种形式的循环性与开放性,一种形式是作品主体结构在循环反复之后,结尾突然打破这种循环反复或是上升到一个新的高度,从而使得作品的结构在循环反复中走向新的发展;另一种形式是主体结构中一方矛盾不断克服另一方矛盾,

---

① 鲁迅:《野草·过客》,《鲁迅全集》第 2 卷,人民文学出版社 2005 年版,第 195 页。

"对话"在两种矛盾斗争中不断展开,从而在结构上形成循环性与开放性(或者是未完成性)。《野草》这种结构的循环性与开放性有力地表现了其"对话性"艺术特征,对于作品的主题内涵的表现也具有积极作用。

第六节　隐形对话与反转话语

《野草》语言句式的对话性特征主要体现在两个方面:一是隐形对话形式,二是反转话语形式。这两种语言形式有力地表现了《野草》深刻的思想内涵与独特的语言艺术。所谓隐形对话形式就是在《野草》中常常存在一种隐含的对话,透过其外在的似乎仅仅是独白的话语,我们可以发现其内部隐藏着很强的对话形式。而反转话语形式,就是将互相矛盾对立的句子或者词语通过转折连词将其意义进行反转。鲁迅的隐形对话句式与反转话语形式,使得《野草》具有较强的对话性。

《野草》中的隐形对话表现为某一主体 A 与另一主体 B 进行对话,虽然有时 B 并不明显地出现在作品之中,但是通过 A 的话语,可感知 B 具有较为明显的在场性,并且 A 考虑到 B 可能的种种反应而调整着自己话语的内容,以自己不断变化的话语来回应 B 可能的潜在的话语。这在《影的告别》《希望》等作品中有十分生动的体现。

在《影的告别》中,"影"对"形"进行告别,这种告别语是"影"的自白式的自我表述,但无处不贯穿着"影"对"形"的紧张揣测,并潜在地展开与"形"的对话。在"影"与"形"的对话过程中,"影"要考虑到"形"可能会说什么,"形"对"影"的话语会有何反应。"影"在这一番猜测之后,再与之进行对话,从而形成隐形对话。这里,我将"影"揣测"形"的话语用"（　）"表示出来,"影"的话语与揣测的话语形成对话,也就是说"影"的告别语中潜存着"形"的声音,从而形成"对话性"。

（形:有你不乐意的地方,你愿意去吗?）

影:有我所不乐意的在天堂里,我不愿去;有我所不乐意的在地狱里,我不愿去;有我所不乐意的在你们将来的黄金世界里,我不愿去。

（形:那么我会是你所乐意的吗?）

影:然而你就是我所不乐意的。

（形:我不是你乐意的,你还会跟随我吗?）

影:朋友,我不想跟随你了,我不愿住。

（形:你真的不愿意吗?）

影:我不愿意!

（形:你不愿意,那你会怎么办?）

影:呜乎呜乎,我不愿意,我不如彷徨于无地。

（形:你知道你离别我后,你会怎样吗?）

影:我不过一个影,要别你而沉没在黑暗里了。然而黑暗又会吞并我,然而光明又会使我消失。

（形:如果是这样,你愿意彷徨于明暗之间吗?）

影:然而我不愿彷徨于明暗之间,我不如在黑暗里沉没。

（形:你不彷徨于明暗之间,真的如你所说在黑暗里沉没? 还是怎么办?）

影:然而我终于彷徨于明暗之间,我不知道是黄昏还是黎明。我姑且举灰黑的手装作喝干一杯酒,我将在不知道时候的时候独自远行。

(形:倘若是在黄昏,或在黎明,你将会怎样呢?)

影:呜乎呜乎,倘若黄昏,黑夜自然会来沉没我,否则我要被白天消失,如果现是黎明。

(形:时候近了吗?)

影:朋友,时候近了。

(形:你将怎么样呢?)

影:我将向黑暗里彷徨于无地。

(形:你会给我赠品吗?)

影:你还想我的赠品。我能献你甚么呢?无已,则仍是黑暗和空虚而已。但是,我愿意只是黑暗,或者会消失于你的白天;我愿意只是虚空,决不占你的心地。

(形:你真愿意这样吗?)

影:我愿意这样,朋友——

(形:有没有谁与你同行?)

影:我独自远行,不但没有你,并且再没有别的影在黑暗里。只有我被黑暗沉没,那世界全属于我自己。

可见,《影的告别》包含了隐蔽的对话关系。笔者在此通过"影"的告别而揣测"形"相应的对话。这种"形"与"影"两个"主体"的对话,哪怕"形"的对语被全部略去,整个意思却丝毫没有损失。在这里,

"形"作为一个对谈者是无形的存在,虽然不见他的话语,可在"影"的话语里潜在地留下了"形"的话语的深刻痕迹,正是"形"的种种痕迹左右着"影"的话语。我们感觉得出这是一场对话,尽管只有"影"一个主体在说话,但还是可觉出两个主体交谈得很热烈,观点碰撞很激烈,因为从"影"的告别话语中能感觉"影"在全力以赴地应对无形的交谈者,暗示在自身之外存在另一个主体的对语。这种隐蔽的对话在《影的告别》中占据重要的地位,获得了十分深刻而精彩的表现。

在《希望》里,叙述者"我"的整个内心活动也是在对话中展开的。作品的开篇便是主人公"我"的寂寞而平安的心态的叙说,并认为自己"大概老了"。这时的"我"可能猜测到会有人认为"我"一直都是意志消沉的,所以"我"马上进行辩驳:"然而这是许多年前的事了。这以前,我的心也曾充满过血腥的歌声:血和铁,火焰和毒,恢复和报仇。……虽然是悲凉漂渺的青春罢,然而究竟是青春。"①这是"我"对潜在的认为"我"一直都消沉的人进行反驳:"我"过去不仅不消沉,而且我坚信"身外的青春固在","我"对青年们也充满希望。但这时"我"的内心中又响起了质疑者的声音:"然而现在何以如此寂寞?难道连身外的青春也都逝去,世上的青年也多衰老了么?"②这是在"我"的内心中嵌入了质疑者的声音,是质疑者与"我"辩驳,对当下"我"内心的寂寞与青年们的热情的逝去进行审问。"我"由此进行了回答、争辩与反抗,那就是"我"用行动来反抗"这空虚中的暗夜","我只得由我来肉搏这空虚中的暗夜了"。然而,"我"的反抗也并不具有"希望",因为在"我"的内心中响起裴多菲的关于"希望"是虚妄的,以及裴多菲认为"绝望"同样也是虚妄的诗句:"绝望之为虚妄,正与希望相同。"鲁迅

① 鲁迅:《野草·希望》,《鲁迅全集》第 2 卷,人民文学出版社 2005 年版,第 181 页。
② 同上。

不惜将"希望"与"绝望"这两种不同指向的声音都推进到极其强烈的程度,使两种声音并存并大放异彩。正如鲁迅在《〈穷人〉小引》中指出:"世界竟是这么广大,而又这么狭窄;穷人是这么相爱,而又不得相爱;暮年是这么孤寂,而又不安于孤寂。"①《野草》中的《希望》与鲁迅对陀思妥耶夫斯基小说的评论一样,表现了矛盾双方的同时存在与相互纠结。裴多菲关于"希望"与"绝望"同为虚妄的声音在"我"的内心回环旋绕,又引起"我"的内在对话,那就是"我"还要寻求那逝去的青春。然而身外的青春都"很平安",只能再次由"我"独自承担起反抗"暗夜"的重任,然而"我"的反抗仍然落了空,因为"我"面临的是"没有真的暗夜"。正如《这样的战士》中战士面临的无物之阵一样。作品最后,叙述者"我"的内心再次响起裴多菲的诗句:"绝望之为虚妄,正与希望相同!"这是裴多菲的"声音"在"我"的内心世界的嵌入,是一种与"我"对话的"声音",与此同时它更是"我"彻底认同与信服的对话,"我"借此发出了反抗绝望的强烈的声音。

接下来,我们再来探讨《野草》的反转话语。《野草》中反转话语极为普遍,形成其语言形式的一大特点。张宏曾对这一语言特点有一个比较精彩的论述。他注意到《野草》相互对立的词语组合在一起的矛盾构词法,将这种构词法称为"平行、对峙的词法结构",并以《野草》的《题辞》为例,分析提出了"'对冲'句式"。张宏说:"它向我们展示了一个平行的,但却是充满对立和冲突的世界,语义上完全对立的语词,却并置一处,构成了一种紧张而又微妙的平衡。我们姑且将这种句式命名为'对冲'句式。'对冲'关系不仅意味着对立、相反和悖谬,同时

---

① 鲁迅:《集外集拾遗·〈穷人〉小引》,《鲁迅全集》第7卷,人民文学出版社2005年版,第107页。

又是相互依存、相互联结,甚至相互激发并形成可能产生全新语义的空间。"①我在这里之所以将张宏关于鲁迅《野草》词法的研究特地提出来,因为他突破简单分析《野草》词语的构成特点的研究,而开始从句式方面进行研究探讨,创新性地提出"对立、冲突"句式,简称"对冲"句式,具有一定的价值和意义。但是,作者很快离开句式研究,转向了对鲁迅《野草》中的深渊意识及沉沦焦虑等内容的分析研究,并没有展开对鲁迅《野草》具有重要价值的反转话语的研究。反转话语是在"对冲话语"基础上形成的一种具有对话性特征的又一重要的话语方式。

其实我们在前面分析《影的告别》与《希望》时,已经大量接触与感受到转折话语与其对话性艺术具有紧密的关系,这里特地从反转话语的角度研究其对话性。在陀思妥耶夫斯基的小说中,人物往往具有旋风般的思想意识的反转,可能他在前面的思想意识中是这样的,然而在很短的时间之后,他的思想意识立刻发生了彻底的反转。这两种思想意识都走向极端,两种思想意识谁也否定不了谁,两者并存,形成分离与对峙,构成两种声音的辩驳与对话。在鲁迅《野草》中,大量的"然而""而""但是"组成的反转话语,将前后截然相反或者相对的意思联结在一起,两种观点或者两种意识同时并列对立,形成一种悖论性的存在,表现出对话性的艺术特征。

鲁迅《野草》反转话语表现为两种形式:一种是几个句子(三个句子及以上)甚至两个段落之间前后语句意义的反转,我将之称为句群意义的反转,简称为反转句群;另一种是并列存在的两个句子,其前后句子的意义相反,或者一个句子中前后两个部分意义相反,我将之称为语句意义的反转,简称为反转语句。

---

① 张宏:《"于天上看见深渊"——鲁迅〈野草〉中的深渊意识及沉沦焦虑》,《文艺争鸣》2018 年第 5 期。

　　首先,我们分析《野草》的反转句群。《野草》中存在大量的反转句群形成的对话关系。譬如《影的告别》中有这样的段落:前面一自然段中的"然而黑暗又会吞并我,然而光明又会使我消失"与后面一自然段的"然而我不愿彷徨于明暗之间,我不如在黑暗里沉没",这两个自然段的两句话语形成一个对立关系。因为不论是"黑暗"还是"光明"都会使"影"消失,"影"的存在只能是处于"明暗之间",然而"我不愿彷徨于明暗之间",否定了"我"处于"明暗之间"的选择,这样在两个自然段的前后部分就构成了一种对立与对话的关系。又如,"然而我不愿彷徨于明暗之间,我不如在黑暗里沉没"这一自然段的话语,它与后面一自然段中的"然而我终于彷徨于明暗之间,我不知道是黄昏还是黎明"形成意义的对立,同样构成一种对立与对话的关系。

　　在《希望》中,作者也通过多次使用"然而""忽而""但""而"等转折词连接两句话语而实现句意的转变,在句意突转中将对立的意思推向两极,从而形成两个意思的相互对峙、相互激荡与相互对话。譬如作品在一开头呈现的是一幅"我"寂寞衰老的景象,后面马上以"然而"连接一个句子来表明"我"在许多年前的过去也曾充满希望地战斗过,"然而这是许多年前的事了"。这样前后两个部分就通过"然而"的转折话语而形成相互对立、相互激荡与相互对话的作用。但是作品很快紧接着一句由"忽而"引导的句子,又实现了对过去充满"希望"的生活的否定:"而忽而这些都空虚了。"紧接着,作品又很快对"空虚"进行否定,所使用的转折词为"但""然而"等词语,"但有时故意地填以没奈何的自欺的希望","但以为身外的青春固在","虽然是悲凉漂渺的青春罢,然而究竟是青春",这些话语都是对前面提到的"空虚"的否定。在描述过去的"希望"之后,作品又再次以"然而"这一转折词连接话语,以当下的"寂寞"与"衰老"的存在实现对过去的"希望"的否定:"然而现在何以如此寂寞?"作品由此回归当下叙述,用"只得"连接的话语实现对"寂寞"与"衰老"的现况的超越,"我只得由我来肉搏这空虚中的暗夜了"。此后作品引述裴多菲关于"希望"与"绝望"的诗句对这两者都做了否定,"希望是甚么? 是娼妓","绝望之为虚妄,正与希望相同"。虽然"希望"与"绝望"同为"虚妄",但是"我"还是要寻求那逝去的身外的青春。接下来再由两个"然而"连接话语实现对"我"寻找"青春"的打击与否定,"然而现在没有星和月光""然而青年们很平安"。但是"我"并不因为青年们很"平安"而放弃对暗夜的"肉搏",以下又通过"但""而"这些转折词连接的话语对"我"的"肉搏"行为进行否定,"但暗夜又在那里呢?""竟至于并且没有真的暗夜"。在此作者向读者展现了"暗夜"的"虚无性",正是这种"无物之阵"的特点,使得"我"的"肉搏"也显得"虚妄"与"绝望"起来。作品的最后再次实现转折,那就是对"绝望"之否定:"绝望之为虚妄,正与希望相同!"《希望》就是这样通过各种转折话语而不断地对对立意思与语义进行否定与再否定,从而使得作品意义指向不断地在"希望"与"绝望"两者之间相互对立、相互排斥、相互激荡、相互跳动、相互转化,由此形成丰富的对话性的关系。

在《复仇》《这样的战士》《死火》《过客》等作品中,由转折话语而形成的对话性关系也大量存在。这些话语对作品思想内涵的挖掘与艺术对话性的表现,都具有重要意义。

譬如,《复仇》的文本也是通过一系列的"然而"形成转折话语。作品描写一对男女赤裸着全身,捏着利刃,对立于广漠的旷野之上,路人们从四面奔来,"要赏鉴这拥抱或杀戮"。作品通过转折词"然而"实现对路人们期待的否定,"然而他们俩对立着","然而也不拥抱,也不杀戮,而且也不见有拥抱或杀戮之意"。路人们期盼两人相拥或是相杀

的愿望越是强烈,那么他们的失望也更大。这对男女对立着直至干枯,
"然而毫不见有拥抱或杀戮之意"。路人们于是无聊,甚而至于居然觉
得他们自己也干枯到失了生趣。这对男女则以死人的眼光赏鉴着路人
们的干枯。在《复仇》中,转折话语将这对男女与路人进行了对照与对
比,形成了矛盾对立的双方,两者相互对峙、相互"赏鉴"。双方之间具
有一种内在的张力,相互之间进行着无声的对话与交流。

　　《这样的战士》通过转折词"但"实现"这样的战士"与"无物之阵"
的斗争与"对话"。在战士走入无物之阵时,无物之物无论有怎样的
"旗帜""外套",怎样的欺骗与花招,无论怎样的死而复生,战士都不断
地"举起了投枪"。终于战士在无物之阵中老衰、寿终,"但他举起了投
枪"。作品通过转折词"但"表现了"这样的战士"与"无物之阵"的势
不两立与彻底斗争,表现了战士永不妥协的精神。"这样的战士"与
"无物之阵"的这种相互对立、相互缠绕、相互斗争、永远对抗的关系,
就是一种对话关系,这种对话关系通过"但"这一转折话语得到了非常
生动的体现。

　　如果说《影的告别》《希望》《复仇》《这样的战士》通过运用带有
"然而""但""而"等转折词的转折话语来表现这些作品的"对话性",
那么像《死火》《过客》这些作品虽然没有转折词,但是同样具有转折话
语,表现两种事物的相互对立、相互斗争、相互否定,从而使作品具有
"对话性"。

　　在《死火》中,"死火"与"我"关于"烧完"与"冻灭"的对话也是通
过转折话语而得到实现的,不过这里不是以转折词语连接的,而是通过
连续的感叹词"唉唉"来实现的。"我"与"死火"的对话中,"死火"连
续发出"唉唉"的声音,表示它对"我"的建议的否定:"唉唉! 那么,我
将烧完!""唉唉! 那么,我将冻灭了!"转折话语"唉唉"对表现"死火"

的两难选择具有重要作用。作品通过呈现"烧完"与"冻灭"二者的相互对立、相互转化，在矛盾对立的同时又保持内在的一致性，从而使得矛盾对立双方具有未完成性，也就具有了内在的对话性。"死火"选择的两难性导致"我"对"死火"命运选择的疑惑："那么，怎么办呢？""我"的质疑又引来"死火"的反问："但你自己，又怎么办呢？"最终"死火"选择与"我"并出冰口外，"我"被突然驶来的大石车压死，但"我"为人们再也遇不着"死火"而得意地笑了。这表现了"我"宁愿自己粉身碎骨，以换来身外青春的燃烧。这也是值得欣慰的乐观主义精神。

在《过客》中，多数情况以否定词"不"来实现话语转折，表现过客与老翁所代表的两种人生观点的相互对立、相互否定、相互斗争，这也是作品对话性的生动体现。老翁的人生观多为消极的、退隐的、安逸于现状的；过客虽然受到老翁这些消极人生观的劝阻与诱惑，但总能以铿锵的"不"回答与回击老翁的问话。二人的对话形成一个又一个的转折与否定的话语，表现过客坚忍向前、反抗绝望、积极进取的人生追求。譬如，作品开始时，老翁告诉过客前面是坟，而且料不定可能走完，劝过客回去，回到过客熟悉的地方去。这时过客的回答是断然的"不"。后来老翁叫过客不要理会前面的叫唤声。过客的回答是"不行"！在这之后，女孩给予过客布施，老翁要过客不要为此感激，不要当真。过客却回答"但是我不能"，拒绝了女孩的布施。后来，老翁又劝过客休息一下。过客的回答同样是否定的，他说："但是，我不能……"最后，老翁在女孩的搀扶之下进屋去了，而过客则坚定地说道："然而我不能！我只得走。我还是走好罢……"总之，《过客》中一连串的"不"组成的转折性话语，表现了过客与老翁人生观的截然对立，表现了作者对过客反抗绝望的人生态度的肯定，以及对老翁安于现状、消极退隐生活态度的否定。《过客》呈现了反抗绝望、勇往直前的人生观与安于现状、不思进取的人生观的对立与斗争,这形成其艺术上的对话性。

　　其次,我们再来看《野草》的反转语句。在反转语句中,前后两部分的意义是相反的。《野草》这种反转语句有两种形式:一种是前后两个句子意义的反转;另一种是在同一个句子中,前后意义的反转所构成的反转语句。

　　我们先看两个句子中前后语句意义反转的情况,这种表现为两个反转性的句子,后面句子对前面句子的意义实现反转,前后句子的意义与声音同时并存,相互对立、相互斗争、相互辩驳,形成一种复调,构成对话性关系。譬如《野草·题辞》的开篇便写道:"当我沉默着的时候,我觉得充实;我将开口,同时感到空虚。"这里的"当我沉默着的时候,我觉得充实",这句话的前后意义颇具有反转性;同样,"我将开口,同时感到空虚",这句话的前后意义也具有反转性。因为通常情况是:沉默往往使人空虚,而开口却使人充实。这种反转性的话语潜在地蕴含与通常话语的对立与辩驳。而且这里"沉默"与"开口"又形成对立,"充实"与"空虚"也形成对立,这样两句充满反转性的话语组织在一起,便形成两种声音的相互对立与缠绕、斗争与辩驳,构成一种复调性与对话性。

　　我们再看《野草》中一个语句前后意义的反转所构成的反转语句。这种反转语句,又可以分为两种形式:一种是语句仅仅只是意义的不同,而并不运用反义的词语;另一种则不仅前后语句意义相反,而且前后词语互为反义词。

　　我们首先看第一种情况,即一个语句中的前后词语并不是反义的,仅仅只是意义反转的语句。譬如《墓碣文》中一语句:"于浩歌狂热之际中寒",通常人处于情绪激动、热情高涨之际,这个时候往往是不会"中寒"的,然而"于浩歌狂热之际中寒"便形成一个反转语句。"于天上看见深渊"也是一反转语句,这一语句中的"于天上"是说处于天上,由于距离太远通常是看不见"深渊"的,"于天上看见深渊"便为一反转语句。同样,"于一切眼中看见无所有"也是一反转语句,"于一切眼中看见"本应该是"所有",然而这里却是"丁一切眼中看见无所有",构成反转语句。最后,"于无所希望中得救"照样是一反转话语,"于无所希望中"通常是不会得救的,这里的"于无所希望中得救",同样构成一反转句。这四句反转话语与通常的非反转话语(这四句潜在的话语是"于浩歌狂热之际不中寒;于天上看不见深渊。于一切眼中看见所有;于无所希望中不得救")便形成潜在的对立与对话,形成文本的复调性。

　　我们再来看《野草》中一个句子前后词语互为反义词的反转语句。这种反转语句的形式为:在一个话语中出现相反或相悖的语词,它们并列组织在一起,构成一种矛盾性的修辞,共同表达一种复杂的相互对立的意义,形成两种声音的对立与意义的悖论性存在。这使《野草》表现出另一种复调性与对话性特征。譬如《野草·题辞》写道:"我以这一丛野草,在明与暗,生与死,过去与未来之际,献于友与仇,人与兽,爱者与不爱者之前作证。"这句话充满了意义对立的两个词(或者词组),譬如"明"与"暗"互为反义词,"生"与"死"互为反义词,"过去"与"未来"互为反义词,"友"与"仇"互为反义词,"人"与"兽"意义相对,"爱者"与"不爱者"意义互反,它们在句子中形成对立的两种声音,以一种复调的形式表达作者复杂矛盾的情感和思想。又如在《淡淡的血痕中——纪念几个死者和生者和未生者》也是由矛盾性词语的组合而形成复调性。譬如作品中写道:"叛逆的猛士出于人间;他屹立着,洞见一切已改和现有的废墟和荒坟,记得一切深广和久远的苦痛,正视一切重叠淤积的凝血,深知一切已死,方生,将生和未生。他看透了造化的把戏;他将要起来使人类苏生,或者使人类灭尽,这些造物主的良民们。"①其中"已改"与"现有"、"已死"与"方生"、"将生"与"未生"、"苏生"与"灭尽"等词语皆具有对立的含义,形成两种声音的对话与斗争,具有复调性与对话性特征。

可见,《野草》在语言句式上呈现出独特的形式,主要体现为隐形对话和反转话语。《野草》的隐形对话与反转话语都很好地表现了鲁迅复杂矛盾的精神世界,形成鲜明的对话性艺术特征,具有独特的艺术价值。

总之,《野草》表现了自我的分裂与分裂主体的对话,矛盾对立两极斗争的不确定性与未完成性,人物与事件发生的空间化与情节的戏剧化;结构上,《野草》既具有回环往复的循环性,又有其变化性、开放性;话语上,较多运用隐形对话与反转话语;等等。在多个维度与多个方面,《野草》都呈现出对话性的特点。

鲁迅《野草》丰富了中国现代诗的对话性艺术表现,奠定了中国现代诗对话性艺术的基础,对中国现代诗对话性艺术的发展具有开拓之功,为中国现代诗歌艺术的发展做出了开创性的重要贡献。

---

① 鲁迅:《淡淡的血痕中——纪念几个死者和生者和未生者》,《鲁迅全集》第2卷,人民文学出版社2005年版,第226—227页。

第二章
多重主体的复合声音与循环往复的内在情思：
卞之琳对现代诗对话性的拓展

.

在 20 世纪中国诗人中,卞之琳绝对是一流的。卞之琳诗歌艺术手法极其多变,他充分吸收中国传统诗歌艺术手法,又将中国诗歌艺术的现代化推进到一个新的历史高度,尤其是拓展了中国现代诗的对话性艺术,他在中国现代诗发展史上具有非常独特的地位和价值,对中国现代诗的发展产生重要的影响。袁可嘉认为卞之琳"上承'新月',中出'现代',下启'九叶'","他和其他诗人一起推动新诗从早期的浪漫主义经过象征主义,到达中国式的现代主义"[①],高度肯定卞之琳在中国现代诗歌发展史上的地位。

第一节　卞之琳诗歌对话性研究回顾

卞之琳独特而杰出的诗歌艺术成就引起不少诗人和学者的关注,其艺术特征得到学者们很好的总结与概括,其中的不少研究成果初步

---

① 袁可嘉:《略论卞之琳对新诗艺术的贡献》,《文艺研究》1990 年第 1 期。

触及卞之琳诗歌艺术的对话性。

不少诗人和学者都指出卞之琳诗歌"智性化"的艺术特征。譬如，朱自清1933年5月22日在《大公报·文学副刊》上发表《三秋草》，他在文章中指出卞之琳诗歌在"平淡无奇"而"极小的角落里"蕴涵着"精微的道理"，指出其理性化的特征，而且这种理性化的特征隐含着"现代人尖锐的眼"，[①]也就是说卞之琳诗歌艺术的理性化特征具有现代人的现代意识，越出了中国传统诗歌的理性化特征。李健吾的《〈鱼目集〉——卞之琳先生作》[②]和《答〈鱼目集〉作者》[③]则比较明确地指出了卞之琳诗歌的"现代性"特征。金克木在《论中国新诗的前途》（文章署名：柯可）一文中称卞之琳诗歌为"新智慧诗"[④]。穆旦认为中国新诗"自从五四以来的抒情成分"，到卞之琳创作《鱼目集》时"才真正消失了"。[⑤] 穆旦同时指出卞之琳诗歌艺术受到艾略特《荒原》的影响。徐迟在《圆宝盒神话》中说卞之琳诗歌语言方式表达出的是一种"感情的思想"。[⑥]

在关注卞之琳诗歌"现代性"与"智性"同时，同属"汉园三诗人"的李广田，发表了《诗的艺术——论卞之琳的〈十年诗草〉》，该文撰写于其与卞之琳在西南联大共事的1943年。此文对卞之琳诗歌艺术的研究取得了新的重要成果。这篇论文分"章法与句法""格式与韵法""用字与意象"三个部分，立足于对具体诗篇进行深入细致的辨析，其不少成果精辟独到，发人深省。譬如，文中指出："在一首诗中有两种力量

---

① 朱自清：《三秋草》，《大公报·文学副刊》，1933年5月22日。
② 李健吾：《〈鱼目集〉——卞之琳先生作》，《大公报·文学副刊》，1936年4月12日。
③ 李健吾：《答〈鱼目集〉作者》，《大公报·文学副刊》，1936年6月7日。
④ 柯可：《论中国新诗的前途》，《新诗》第4期，1937年1月。
⑤ 穆旦：《〈慰劳信集〉——从〈鱼目集〉说起》，《穆旦诗文集》（增订版）第2卷，人民文学出版社2018年版，第59页。
⑥ 徐迟：《圆宝盒神话》，《抗战文艺》1943年第8卷第4期。

在互相影响着,仿佛送了出去又牵了回来,复又送了出去,但这中间却没有像前面所说的那个焦点。譬如《候鸟问题》一首中表现的那种去又去不得留又留不得的感情,在形式上便成了这种章法。"①这种分析关注到诗歌内部"两种力量"的"互相影响",也可视为"两种声音"的对话。虽然作者可能并没有意识到这一点,但是这已经触及卞之琳诗歌对话性艺术的一些本质特征了。

此外,袁可嘉关注到卞之琳诗歌的"思辨之美",他在《诗与主题》中指出卞之琳"和废名一样,卞之琳的诗中常常透出一种'思辨之美'","感情借感觉而淋漓渗透"②。废名认为卞之琳诗歌"他的格调最新,他的风趣却最古了"③,即认为卞之琳诗歌虽然外在形式上受到西方象征派诗歌影响,但在内蕴上却与中国古典诗歌传统紧密相连。废名《十年诗草》中所选卞之琳11首诗的标准是"卞之琳跳动的诗而能文从字顺,跳动的思想而诗有普遍性,真是最好的诗了"。④ 尽管卞之琳的一些诗歌非常有影响,但如果不符合其选诗的标准,废名也不加以选择,由此他说:"有观念跳得厉害而诗不能文从字顺,不普遍者不选,如《圆宝盒》《距离的组织》《鱼化石》等篇是。"⑤

1949年后,卞之琳的诗歌在香港等地颇受重视。香港三联书店印行卞之琳的《雕虫纪历　1930—1958》(增订版),其封底写道:"卞诗继承中国诗传统,借鉴西方现代诗新风,独辟蹊径,形式、语言、风格有一贯的个人特色,亲切、含蓄又多变化;有的冲淡而清新,有的俊逸而深

①　李广田:《诗的艺术——论卞之琳的〈十年诗草〉》,《李广田文学评论选》,云南人民出版社1983年版,第239页。
②　袁可嘉:《诗与主题》,《论新诗现代化》,生活·读书·新知三联书店1988年版,第71页。
③　废名:《十年诗草》,《谈新诗》,商务印书馆2018年版,第199页。
④　同上书,第201页。
⑤　同上。

邃,有的为人传诵不绝,有的为人争议不休。因都富于回味,至今仍拥有不少的读者……"①1974 年,由张曼仪、黄继持等编辑的《现代中国诗选 1917—1949》②选入卞之琳诗作 19 首,仅次于何其芳选入的 20 首,而高于艾青、臧克家、田间等诗人,编者指出,"诗人(卞之琳)从新月派的格律诗,脱胎为自成一格的象征诗,以至抗战期间的爱国诗,已经过了一个漫长的生长和发展",认为卞之琳在本质上"始终是个对生命的玄思者","把他从生命感悟得来的吐成浑圆的诗句",而且诗句"平常""洗练""含义深远"。③ 编者特别称道卞之琳诗歌创作的戏剧化手法和口语的灵活使用。张曼仪的《卞之琳著译研究》对卞之琳各个时期的创作和翻译作了较为深入的研究,并为其著译进行编年。这本书在材料的收集、使用和文本的细读上颇有特色,是卞之琳研究的一个突破,她的许多成果具有启发意义。譬如,张曼仪指出卞之琳诗歌《春城》具有对话性特征,她说:"通篇用说话的调子:不是单一的调子,却是几种不同的声音。主要说话人是个知识分子吧,能够在第一节文绉绉地惆怅唏嘘,接着就马上换了日常说话的口吻,第四节直接引入洋车夫的对话,第六节又加插流行歌曲的滥调。"④所有这些声音都在作者的意识中展开,但是又各自具有相对的独立性,它们之间相互对话、相互碰撞,像巴赫金指出的陀思妥耶夫斯基小说人物内心独白一样,具有对话性。1978 年 6 月,香港大学中文系硕士生陈少元在其导师指导下完成硕士论文《卞之琳诗艺评论》,重点从结构、语言、意象、格律、主题等方面对卞之琳诗歌的独特艺术进行了研究,认为其为中国新诗提供了发展的

---

① 卞之琳:《雕虫纪历 1930—1950》(增订版),三联书店香港有限公司,1982 年 8 月 1 版,封底。

② 张曼仪、黄继持、黄俊东等编:《现代中国诗选 1917—1949》,香港大学出版社、香港中文大学出版社 1974 年版。

③ 同上书,第 740 页。

④ 张曼仪:《卞之琳著译研究》,香港大学中文系 1989 年版,第 38 页。

新方向。

20世纪80年代以后,随着内地社会环境的改善,卞之琳研究开始复苏并且升温,研究者从不同的研究视角,运用不同的研究方法研究卞之琳诗歌艺术,取得不少令人欣喜的成果。值得注意的是,不少论著关注到卞之琳诗歌艺术的现代特征,关注其诗歌艺术的对话性。譬如,代表性的论文或论著有:王佐良的《中国现代诗中的现代主义——一个回顾》①,赵毅衡的《从〈尺八〉看复杂主体》②,赵毅衡、张文江的《卞之琳:中西诗学的融合》③,蓝棣之的《论卞之琳诗的脉络与潜在趋向》④,舒建华的《卞之琳诗歌投射型的空间调度》⑤,袁可嘉、杜运燮、巫宁坤主编的《卞之琳与诗艺术》⑥,陈丙莹的《卞之琳评传》⑦等。特别是江弱水的卞之琳诗歌艺术研究取得了重要的成果。江弱水的《卞之琳诗艺研究》⑧对卞之琳的诗歌艺术作了较为全面综合的研究,尤其是在"意识与声音"这一章的第三节,对卞之琳诗歌主体声音的对话化进行了深入研究,分别从"直接引语""以心问心,自家商量""多变的语气与复调""喧哗的众声"等方面进行探讨,论述极富启发性。他还发表重要论文《意识的客观化与声音的对话化:从巴赫金看卞之琳》,⑨论述卞之琳诗歌的对话性。刘祥安的著作《卞之琳　在混乱中寻求秩序》第三章第三节重点探讨了卞之琳诗歌的戏剧化特征,认为卞之琳诗歌戏

---

①　王佐良:《中国新诗中的现代主义——一个回顾》,《文艺研究》1983年第4期。

②　赵毅衡:《从〈尺八〉看复杂主体》,《萌芽》1984年第11期。

③　赵毅衡、张文江:《卞之琳:中西诗学的融合》,载曾逸主编:《走向世界文学——中国现代作家与外国文学》,湖南人民出版社1985年版。

④　蓝棣之:《论卞之琳诗的脉络与潜在趋向》,《文学评论》1990年第1期。

⑤　舒建华:《卞之琳诗歌投射型的空间调度》,《文学评论》1993年第4期。

⑥　袁可嘉、杜运燮、巫宁坤主编:《卞之琳与诗艺术》,河北教育出版社1990年版。

⑦　陈丙莹:《卞之琳评传》,重庆出版社1998年版。

⑧　江弱水:《卞之琳诗艺研究》,安徽教育出版社2000年版。

⑨　江弱水:《意识的客观化与声音的对话化:从巴赫金看卞之琳》,《诗》双月刊1997年第6期。

剧化主要表现在"戏剧性独白""戏剧性情境""戏剧性对话","乃至小说化"①,他还具体分析了卞之琳几首诗歌的戏剧化的情况,认为《奈何（黄昏和一个人的对话）》通篇由戏剧性对话构成,《寒夜》营造了一个小说场景,《苦雨》的戏剧性首先体现为两种人的对比。这种论述给人以启发,但是不够深入。张枣的《传统与实验:卞之琳和冯至的客观化技巧》关注到卞之琳诗歌的客观化写作,他认为卞之琳如艾略特那样运用"客观对应物"理论,用意象将大都市描绘成"一片精神的荒地",使用"面具和个人形象","以一个叙述的声音替代抒情'我'的显著在场","将'内心世界'如'外部世界'一般塑造出来","卞之琳凭此技巧写成《西长安街》《春城》等诗"②,应该说,张枣的分析是非常准确的。董卉川的《论中国现代诗剧的意象艺术》关注到卞之琳诗歌意象的客观化特征,认为卞之琳"他把自己的感情潜藏于客观的意象"③。近年来一些论文关注到卞之琳诗歌的戏剧化。譬如,袁可嘉的《略论卞之琳对新诗艺术的贡献》特别将"注重刻画典型的戏剧手法"作为卞之琳诗歌艺术的重要贡献之一。胡苏珍的《现代诗歌"戏剧化"言说中口语的诗化策略》对卞之琳诗歌的"戏剧化"做了有益的研究,作者关注到卞之琳诗歌戏剧化场景中的"戏剧独白、对话、场景中的角色均置于'无戏'的'戏剧性处境'当中"④,这种论述具有一定的启示意义。吴珊的《论中国现代新诗中的戏剧性独白——以卞之琳〈酸梅汤〉为例》⑤认为卞之琳的《酸梅汤》运用戏剧性独白来客观地表现诗人哲思

---

① 刘祥安:《卞之琳　在混乱中寻求秩序》,文津出版社2007年版,第114页。
② 张枣:《传统与实验:卞之琳和冯至的客观化技巧》,亚思明译,《文艺研究》2019年第7期。
③ 董卉川:《论中国现代诗剧的意象艺术》,《山东师范大学学报》2016年第6期。
④ 胡苏珍:《现代诗歌"戏剧化"言说中口语的诗化策略》,《浙江学刊》2013年第3期。
⑤ 吴珊:《论中国现代新诗中的戏剧性独白——以卞之琳〈酸梅汤〉为例》,《河南科技学院学报》2017年第9期。

的抒情方式,为中国现代新诗的智性构建做出了重要贡献。赵丽瑾的
《从巴赫金对话理论看卞之琳诗歌中声音的对话性》①侧重于从巴赫金
对话理论之间的关联揭示卞之琳诗歌声音的对话性特点。以上便是一
些关于卞之琳诗歌研究的论文及著作,其中关于卞之琳诗歌对话性的
研究取得了一些成果,但是总体来说还有待于做进一步系统的深入
研究。

　　本章尝试细读文本,以分析卞之琳诗歌创作中对话性艺术的特点,
及其对现代诗歌对话性的开拓。

第二节　复杂的主体与复合的"声部"

　　卞之琳诗歌艺术的对话性首先体现在其诗歌中叙述主体的复杂性
以及主体"声部"的复合性,也就是说,卞之琳诗歌中呈现出多个叙述
主体以及多重主体发声的形式。这些不同的主体以及主体的不同层次
各有不同的声音,这些声音交织在一起形成多层与复合的声调。这种
复杂的主体与复合的声调是卞之琳诗歌艺术的一个突出特点,在《春
城》《登城》《尺八》《白螺壳》《苦雨》《淘气》《奈何(黄昏和一个人的对
话)》等一系列作品中都有十分生动的表现。

　　《春城》整体以"我"作为叙述的主体,描绘北京的春天,但是在局
部的叙述中又不断插入别的主体的声音,从而使整首诗歌的叙述主体
不断变化,形成多个主体的发声与对话,表现多种声音的混合与多重的

---

　　① 赵丽瑾:《从巴赫金对话理论看卞之琳诗歌中声音的对话性》,《甘肃教育学院学
报》2004 年第 1 期。

声部。诗歌叙述呈现复杂化、多声部性特点,从多个角度展示了北京的春天。

《春城》一开始便是:"北京城:垃圾堆上放风筝。"①诗歌首句的叙述视角为第三人称。紧接着,诗歌对放风筝的情形进行了描绘:"描一只花蝴蝶,描一只鹞鹰/在马德里蔚蓝的天心。"②远远望去,在蔚蓝的像马德里一样明净的天空里,飘荡着形状似花蝴蝶、鹞鹰一样的风筝。然而从第四句诗开始,叙述主体转为第一人称"我",并述说:"天如海,可惜也望不见你哪/京都!"③与此同时,读者从诗人对京都的注释中也可以得知诗歌的叙述主体为"我"。这条注释为:"因想到我们当时的'善邻'而随便扯到,其实京都的天并不甚蓝,1935 年在那里住了以后才知道。"④

诗歌第二节是"我"对北京春天下雨后满城泥浆的抱怨,叙述主体是"我"。"我"被在泥水中奔驰的汽车溅了一身泥浆:"倒霉!又洗了一个灰土澡。"⑤这里的语言活泼调皮。主体"我"质问汽车是在跟"我"开玩笑:"汽车,你游在浅水里,真是的,/还给我开什么玩笑?"⑥在"我"的话语中,"汽车"仿佛成为一个生命体。"我"认为汽车"游"在浅水里,这个"游"字用得非常巧妙,体现汽车的轻快,而北京城大街在一场春雨后变成一滩浅水,这暴露出北京城道路的失修,一派破敝的场景。"我"被汽车溅起的泥浆洗了一个灰土澡的描述,极为生动形象。

---

① 卞之琳:《雕虫纪历 1930—1958》(增订版),人民文学出版社 1984 年版,第 32 页。
② 同上。
③ 同上。
④ 同上。
⑤ 同上。
⑥ 同上。

　　诗歌第三节是"我"对北京春天刮起的陈灰的厌恨与抱怨，叙述主体仍然是"我"，且以对话的方式进行。第二节作者曾叙述自己"又洗了一个灰土澡"的倒霉之事，这里的叙述主体"我"感到读者对"我"的遭遇可能会产生同情，于是"我"便对此进行了反驳："对不起，这实在没有什么。"[1]对比泥浆里洗澡，黄沙吹得陈灰满街跑更令人讨厌，更令人恐怖，如"扑到你的窗口，喷你一口"，打落你的屋角的琉璃瓦，"那才是胡闹（可恨，可恨）"[2]。诗歌对大香炉里千年的陈灰被从黄土高原吹来的风沙"黄毛风"搅弄的情形做了非常精彩的描绘："飞，飞，飞，飞，飞/飞出了马，飞出了狼，飞出了虎，/满街跑，满街滚，满街号。"[3]这里连续用了五个"飞"字，形容陈灰漫天飞舞。陈灰变为一只只飞奔的"马""狼""虎"等动物，满街奔跑、翻滚、呼号。这里"飞出了"各种奔跑的动物的描写，非常精妙、简洁、生动。正是对陈灰这种汹涌气势的描写，才有了陈灰"扑到你的窗口，喷你一口"，才有了陈灰"扑到你的屋角"，打落一角琉璃瓦的追问。[4]

　　第四节，叙述的主体发生了改变，不再是叙述主体"我"的叙述和发声，而是"我"之外的另外几个主体。至于这几个主体究竟是谁？诗歌没有明确显示，但是读者可以从他们的对话中得知。第四节首先便是一个主体的惊叹声，"好家伙！真吓坏了我，倒不是/一枚炸弹——哈哈哈哈！"[5]至于这是谁发出的惊叹声，作者没有告知，只是截取两个人的对话："真舒服，春梦做得够香了不是？/拉不到人就在车磴上歇

　　①　卞之琳：《雕虫纪历　1930—1958》（增订版），人民文学出版社1984年版，第32页。
　　②　同上。
　　③　同上。
　　④　同上书，第32—33页。
　　⑤　同上书，第33页。

午觉,/幸亏瓦片儿倒还有眼睛。"①读者可以从他们的对话中得知,刚刚发出惊叹声的是一个人力车夫,他一天拉不到客,在车蹬上做着春梦,被打落的瓦片儿发出炸弹似的声音所惊醒。这个人力车夫被另一个人力车夫所嘲笑和讽刺。人力车夫的嘲笑又引来另一个主体的嘲笑:"鸟矢儿也有眼睛——哈哈哈哈!"②最后一个主体是谁这里无法确定,他确切的身份只能从后面诗节的内容中得到。

第五节,叙述主体再次回归到"我",叙述前面几位对话者的话语所引起的"我"的心理活动。通过"我"的心理活动,不仅读者可以得知前面发出"鸟矢儿也有眼睛"的人是一个放风筝的小孩,而且诗人还将这小孩的话语直接引入主体"我"的内心世界中,形成一种复调的艺术。在前面一节中,两个人力车夫的对话引发小孩发出没有节制的"哈哈哈哈"的笑声,促使"我"的内心有一种辩驳的触动,也可以说引起了主体"我"的反感:"哈哈哈哈,有什么好笑,/歇斯底里,懂不懂,歇斯底里!/悲哉,悲哉!"③叙述主体"我"认为小孩放肆发笑的行为是一种"歇斯底里",并为此感到"悲哀","真悲哉,小孩子也学老头子,/别看他人小,垃圾堆上放风筝,/他也会'想起了当年事……'"④至此,读者可以得知上一节诗中发出"鸟矢儿也有眼睛——哈哈哈哈"声音的是在垃圾堆上放风筝的小孩,主体"我"对小孩学老头子说话及唱歌之事进行了批评,认为这是"真悲哉"。诗歌这里直接引入了小孩所唱歌词:"想起了当年事……"⑤这仿佛是小孩子正在歌唱,形成另一种叙述

---

① 卞之琳:《雕虫纪历 1930—1958》(增订版),人民文学出版社1984年版,第33页。
② 同上。
③ 同上。
④ 同上。
⑤ 同上。

声调,与主体"我"的叙述声调相交织,在主体"我"的声音中出现了小孩子的歌唱声,构成复调的艺术特征。诗歌主体"我"进一步将"悲哉"之情扩大到整个风沙肆虐的故都,发出"归去也"的强烈呼喊:"悲哉,听满城的古木/徒然的大呼,/呼啊,呼啊,呼啊,/归去也,归去也,/故都故都奈若何!……"①

第六节,诗歌叙述主体"我"深情地向故都倾诉自己的"爱",表现了"我"对故都的依恋和牵挂。这与上一节诗歌中叙述主体"我"必离开故都而后快的情感形成了突转。两种对立的情感在极短的时间发生转变,这也是一种复调艺术的体现。"我"自喻为一只断线的风筝,"我是一只断线的风筝","碰到了怎能不依恋柳梢头","我"热切地向北京故都倾诉"我"的爱:"你是我的家,我的坟,/要看你飞花,飞满城","我"对故都北京之爱正像古人为自己所爱之美人"为伊消得人憔悴"那样"让我的形容一天天消瘦"。②

第七节,诗歌又呈现复调的情形。这一诗节的第一句为:"那才是胡闹,对不住。"③它与前面第三节的开头"对不住,这实在没有什么;/那才是胡闹(可恨,可恨)"④相呼应、相对比,同时也是关于什么才是"胡闹"的"对话"。第三节诗认为黄沙搅起千年的陈灰是胡闹,而这里却认为由昨日糟糕的天气转为今天的好天气是一种"胡闹"。关于北京天气的转换,本节通过多个主体的述说,从多个视角展示,形成多种声音合奏的情形。诗歌写了"老方"的怨春骂天,"昨儿天气才真是糟呢,/老方到春来就怨天,昨儿更骂天/黄黄的压在头顶上像大坟";"老

① 卞之琳:《雕虫纪历 1930—1958》(增订版),人民文学出版社1984年版,第33页。
② 同上书,第33—34页。
③ 同上书,第34页。
④ 同上书,第32页。

崔"则对漫天的沙土的不祥来势发出感慨:"老崔说看来势真有点不祥,你看/漫天的土吧,说不定一夜睡了/就从此不见天日,要待多少年后/后世人的发掘吧。"①他对今天祥和的天气则进行了赞叹:"可是/今儿天气才真是好呢,/看街上花树也坐了独轮车游春,/春完了又可以红纱灯下看牡丹。"②"老崔"充满了对昨天天气的绝望以及对今天晴好天气的喜悦之情。值得注意的是,这里"老方"和"老崔"的发声,虽然没有用引号,但都呈现出对话的主体性,表现出直接与诗人对话的语调。诗歌随后转入主体"我"的叙述,这里"我"的声调又分为两层:一层是潜意识层的话语,"他们这时候正看樱花吧?"③这是主体"我"对日本京都春天的想象;另一层则是主体"我"对于北京故都现实的叙述,"天上是鸽铃声——/蓝天白鸽,渺无飞机"④。叙述主体"我"对北京明丽祥和的天气感到由衷的喜爱,此时"我"还不忘与"你"进行对话:"飞机看景致,我告诉你,/决不忍向琉璃瓦下蛋也……"⑤这里,多个主体的声音相交织,主体"我"的声音又分为两个层次,形成了复杂的多声调的乐章,将北京城的春天展现得瑰丽多彩、形象立体而又充满质感。

　　第八节,这是诗歌的最后一节,重复开篇的诗句:"北京城:垃圾堆上放风筝。"⑥这一诗句使得全诗首尾呼应,浑然一体,它既是全诗的核心意象,也是回荡在全诗的主声调,表现了北京城的春天让人充满了望不见出路的绝望感,但同时又让人对它抱有无限的希望。这便是作者

---

　　①　卞之琳:《雕虫纪历　1930—1958》(增订版),人民文学出版社1984年版,第34页。
　　②　同上。
　　③　同上。
　　④　同上。
　　⑤　同上。
　　⑥　同上。

要向读者展示的主旨以及作者对北京城所具有的复杂的情感。

　　总之,《春城》表现了多个主体的叙述,以及主体叙述的分层,形成多种形式的对话,呈现比较鲜明的对话性艺术特征。

　　下面,我们再分析卞之琳的著名诗篇《距离的组织》中复杂的叙述主体与复合的声调。这首诗的叙述主体也是不断变化的。这些叙述主体各自发出自己的声音,形成一种复调。诗歌开始铺写了一种情景:"想独上高楼读一遍《罗马衰亡史》,/忽有罗马灭亡星出现在报上。"①字里行间有一种淡淡的孤独的情愫。主体"我"想起远方朋友的嘱咐,"报纸落。地图开,因想起远人的嘱咐。/寄来的风景也暮色苍茫了"②,这里写远方朋友寄来的明信片里的景色也是暮色苍茫的,加重了"我"当下处境的浓重的迟暮之感。这时诗歌突然插入一句:"醒来天欲暮,无聊,一访友人吧。"③这是主体"我"发出的声音吗? 不是!这是来访友人的内心独白,作者对此有一个注释:"这行是来访友人(即末行的'友人')将来前的内心独白。"④注释中所说的"末行的友人",即末行诗中写道"友人带来了雪意和五点钟"中的友人。可见友人在生活中实实在在来拜访过"我",是"我"近处的一个友人。这样这首诗歌就出现了三个人物:我、远方的友人、近处的友人。近处的友人因无聊而访问"我","我"却因远处友人寄来的风景明信片而做梦去拜访远方的友人,在迷离的梦境中"我"失去了方向,处于一片茫然之中,"灰色的天。灰色的海。灰色的路。/哪儿了? 我又不会向灯下验一

<hr />

① 卞之琳:《雕虫纪历　1930—1958》(增订版),人民文学出版社 1984 年版,第 36 页。
② 同上。
③ 同上。
④ 同上。

把土"①。"我"正处于拜访远方友人的梦境中,近处的友人却已经到达"我"的门外,"忽听得一千重门外有自己的名字",近处友人唤"我"名字的声音,打破了我访友的美梦,诗歌写道:"好累啊! 我的盆舟没有人戏弄吗?"②这句诗里"我的盆舟"被人戏弄乃是用典,说"我"在梦中寻访远处的友人,正处于舟车旅行梦境之中却被近处拜访"我"的友人的叫唤声终止了。《聊斋志异·白莲教》中的"盆舟",写仆人掀起家中主人留下的覆盖着的盆子观看,从而导致航行在大海上的主人的航船倾覆,使得主人无法再进行后面的旅程。"我的盆舟"正像《聊斋志异》中"盆舟"的遭遇一样,诗歌叙述因为友人的到来,"我"从梦境中惊醒,后面的梦境没法继续进行,"友人带来了雪意和五点钟"。整首诗叙述了"我"去拜访"远方的友人"以及"近处的友人"来拜访"我",在诗歌中叙述主体包含了"我"与"近处的友人","我"与访友的叙述视角巧妙转换,各自都发出自己的声音。譬如,"近处的友人"发出访友的内心独白,诗人指出这种内心独白"语调戏拟我国旧戏的台白",采用的是一种话外音的形式。与此同时,"我"在梦中追问"哪儿了?""我的盆舟没有人戏弄吗?"近处友人的内心独白与"我"梦中的追问这两种声音交织在一起,现实中的与幻梦中的声音浑然一体,构成一种复调的艺术。

张曼仪对这首诗做出过精彩的论述,她说:"'我'在梦中怀想远人,怎料自己也恰在别人想念之中;'我'在梦中跋涉往远方访友(第6—7行),当地的友人也正在前来访我。这个处境上的对调,正是诗人爱用的构思方法(见下节)。从第五行同时开始发展的两条线,一幻一

---

① 卞之琳:《雕虫纪历 1930—1958》(增订版),人民文学出版社 1984 年版,第36 页。

② 同上。

真,到第八行因友人的到来才汇合在一点上,而梦境也因友人的呼唤而打破了,只有最后一行是直叙其事——'友人带来了雪意和五点钟'。"①在这里,张曼仪认为:"('醒来天欲暮,无聊,一访友人吧。')这句话不是'我'说的,这时'我'正在梦中想起远方的友人而开始了灰茫茫的旅程。这句话是'我'当地另一个友人说的,这么巧,他也午睡过,醒来见是个无聊的黄昏天,也想起'一访友人',这个'友人'正是诗中的'我',而说这句话的人却是末行的'友人'。"②这里,张曼仪将"友人"分为当地的友人和远方的友人,"我"因收到"远人""寄来的风景"而在梦中跋涉去访问他,而当地的友人又在与"我"同样无聊的处境下(醒来天欲暮,无聊)来访问"我",形成一种叙述的环形结构,也就是卞之琳自己所说的"采取近似我国一折旧戏的结构方式"③,很好地表现了一种迷茫与困顿、朦胧与清醒等交互的复杂意境与心情。正如张曼仪所说:"梦境似断而实续,醒来暮色苍茫,雪前的晦冥仿佛梦里昏暗的天地,当前衰亡感的压迫又正如梦中失路一样使人劳累。就算读者未能理解诗篇的细节,但整体情景的交融,虚实的相托,组织成一幅灰濛濛的图画,已足以引起情绪上无限的回响。"④张曼仪的这种论述是十分准确的。

《登城》这首诗也具有若干个说话的主体,这些主体各自发出自己的声音,与此同时,叙述主体"我"的内心里也存在一种对话。这样形成一种复合的主体形式,构成复合声调的对话形式。诗歌首先便介绍朋友和"我"来到城台,诗句非常简洁地写道:"朋友和我穿过了芦苇,/

---

① 张曼仪:《卞之琳著译研究》,香港大学中文系1989年版,第43页。
② 同上书,第42页。
③ 卞之琳:《雕虫纪历　1930—1958》(增订版),人民文学出版社1984年版,第37页。
④ 张曼仪:《卞之琳著译研究》,第43页。

走上了长满乱草的城台。"①显然,这首诗的重点不在于叙述登城的过程,而在于登上城台后的人生感慨。果然,诗歌以第三人称的视角对守兵与朋友的对话进行了叙述:"守台的老兵和朋友攀谈:/'又是秋景了,芦苇黄了⋯⋯'"两人的对话表现出对时光流逝与季节转换的淡淡的悲哀,"大家凝望着田野和远山",②显然此时无声胜有声,人们都陷入各自的情愫之中。此时的静默符合眼前的朋友的心境,"正合朋友的意思",因为他怕秋季的到来会引起老兵情感的刺痛。老兵过去的历史曾使他的心理受到创伤,而朋友如果此时再次提及此事,老兵的心定然会再次受伤,这才有了朋友"他不愿/揭开老兵怀里的长历史"③。这里依然是第三人称叙述视角。与此同时,诗歌很快转入第一人称叙述,"我"的思绪跳开眼前的朋友和老兵,思念远方的朋友,"我对着淡淡的斜阳,也不愿/指点远处朋友的方向","我"对远方朋友的思念只外化为一句话:"只说,'我真想到外边去呢!'"④在这之后,诗歌进行倒叙,正常的叙述秩序应该是:如果朋友问"我",然后才引起"我"内在心理的活动,然而诗歌却是先叙述"我"的心理活动,然后才是如果朋友问"我"。诗歌写道:"虽然我自己也全然不知道/上哪儿去好,如果朋友/问我说,'你要上哪儿去呢?'"然而,这一切都只是"我"想象的朋友的问话,实际上在城台"我们"三个人都不作声,"当我们低下头来看台底下/走过了一个骑驴的乡下人",⑤表现了诗人的一种深层的人生沧桑与生命寂寞之感。

《登城》这首诗既有守城台的老兵与"我"的朋友之间的攀谈:"又

①　卞之琳:《雕虫纪历　1930—1958》(增订版),人民文学出版社1984年,第121页。
②　同上。
③　同上。
④　同上。
⑤　同上。

是秋景了,芦苇黄了……"又有叙述主体"我"的话语:"我真想到外边去呢!"还有"我"心里的想象,或者说是"我"猜测朋友问"我"的话语:"你要上哪儿去呢?"这种"问话"使得发声的主体形成了两个层次:一个叙述层次是现实中的叙述层次,即老兵、朋友和"我",是"我们"三个主体在现实中的一场对话;另一个叙述层次是想象中的叙述层次,叙述主体"我"与朋友的一个想象性(或者说猜测性)的对话。这两个层次的对话复合在一起,形成对话的复调性。而这种复调性的对话却结束于"沉默"——台底下走过了一个骑驴的乡下人。从某种角度上来说,这其实是一种对于问话的"悬置",是对话的未完成状态,由此给人以艺术的想象与回味。

卞之琳诗歌主体的复杂性还表现在诗歌主体中的"我"具有某种客观化、非唯一性的、泛化的特点,从而导致"我"可以与其他主体进行互换。卞之琳自言:"这时期的极大多数诗里的'我'也可以和'你'或'他'('她')互换,当然要随整首诗的局面互换,互换得合乎逻辑。"[1]这种人称的可互换性表现了诗中多重声部、多重角色的复合。赵毅衡、张文江在《卞之琳:中西诗学的融合》中分析卞之琳诗歌复杂的主体时指出:"一首诗(也可以说,任何一部文学作品)的作者,或隐含作者、叙述者、主人公都是主体在不同层次上的表现。在浪漫派自我表现式的诗中,几重主体往往很接近,以至于叠合起来了,读者也往往把全诗当作诗人的'心声'。但在'非个性'化的现代诗人笔下,主体的分层往往是比较明显的,也是我们理解作品时所必须密切注意的。"[2]我以为这种论述非常恰当而深刻。

---

① 卞之琳:《雕虫纪历 1930—1958》(增订版),人民文学出版社1984年,"自序"第3页。

② 赵毅衡、张文江:《卞之琳:中西诗学的融合》,载曾逸主编:《走向世界文学》,湖南人民出版社1985年版,第515页。

《尺八》这首诗被王佐良先生评为卞之琳创作成熟期的"最佳作"①。诗的第1、2、3行是对历史的叙述,叙述尺八的历史来源,"像候鸟衔来了异方的种子,/三桅船载来了一枝尺八,/从夕阳里,从海西头"②,也就是说日本的尺八来源于"海西头"的中国,通过"三桅船"载来,但是诗人却以灵动的神来之笔将尺八的载来喻为"像候鸟衔来了异方的种子"③。这种表述在诗歌的后面有了进一步的描述,即这首诗歌的第14、15行与第1、2行是一个重复,第16行为"尺八乃成了三岛的花草",诗歌前后形成呼应并有所变化。第4、5行诗句"长安丸载来的海西客/夜半听楼下醉汉的尺八"④,这是对"海西客"现实的叙述。"海西客"来自尺八的故乡,他在异乡听闻尺八,催动了怎样的乡愁呢?诗歌没有直接叙述"海西客"的乡愁,而是借唐朝时期寄居于长安孤馆中的番客的乡愁进行表现,番客的乡愁也就是"海西客"的乡愁,"想一个孤馆寄居的番客/听了雁声,动了乡愁"⑤(第6、7行诗句)。对番客乡愁的叙述,诗人并没有像浪漫主义诗人那样进行大段情感的宣泄,而是通过番客听闻尺八、获取尺八等的客观行为透露出来,"得了慰藉于邻家的尺八,/次朝在长安市的繁华里/独访取一枝凄凉的竹管……"⑥(第8、9、10行诗句)。诗人将番客浓浓的乡愁外化为一系列客观的行为动作表现出来,体现了现代派诗歌通过外在的"客观对应物"表现诗人内在思想情感的诗学主张,尽量避免直截了当地抒情,从而使其情感的表现具有客观性与间接性的戏剧化特点。第11、12行诗

① 赵毅衡、张文江:《卞之琳:中西诗学的融合》,载曾逸主编:《走向世界文学》,湖南人民出版社1985年版,第517页。
② 卞之琳:《雕虫纪历 1930—1958》(增订版),人民文学出版社1984年,第39页。
③ 同上。
④ 同上。
⑤ 同上。
⑥ 同上。

句从对历史的追叙拉回到"海西客"在日本当下的现代生活的描写："（为什么霓虹灯的万花间/还飘着一缕凄凉的古香?）"[1]在霓虹灯的闪烁中飘着凄凉的古香,现代生活的繁华改变不了"海西客"内心的凄凉,才有了"海西客"强烈的归乡之情的呼号:"归去也,归去也,归去也——"（第13行诗句）而这种情感正如当年长安的番客因为思乡而回归日本一样,番客乘了三桅船将尺八载来,"尺八乃成了三岛的花草"（第16行诗句）。[2] 这种采用"客观对应物"表现"海西客"情感的方式,不仅与诗歌的开头呼应,而且在诗歌的情感表现上具有特殊重要的作用。"海西客"继续在其内心追问:"（为什么霓虹灯的万花间/还飘着一缕凄凉的古香?）"（第17、18行诗句）,这里与第11、12行诗句完全相同,但是通过这种重复的艺术手法,将"海西客"内在凄凉的乡愁情愫表现得更为强烈,由此,"海西客"再次一连三次地发出归乡之呼号:"归去也,归去也,归去也——"（第19行诗句）诗歌的最后,则由"海西客"的叙述视角转为第三人称的叙述视角,诗歌似乎在追问每一个读者:"海西人想带回失去的悲哀吗?"（第19行诗句）这就形成一种余音袅袅的感觉。

　　以上关于《尺八》的解读可以说是一种通常的诗歌解读方法,诗歌的阐释立场确定于"海西客",有其合理性,能够较为完整地阐释整个诗歌。但是,依据"诗无达诂"的古训,读者对诗歌的解读并不是一成不变的,它会因时、因人,甚至因为视角的不同而产生不同的解读。这首诗歌具有多样阐释的可能性,我们可以认为诗歌叙述的不仅仅只是"海西客"的情感,而且同时也是寄居在长安的番客的情感。在两者同样的乡愁的对比叙述中,诗人思考的是日本与中国、历史与现实的乡愁

----

① 卞之琳:《雕虫纪历 1930—1958》（增订版）,人民文学出版社1984年,第39页。
② 同上。

的不同结果,从而实现他对于历史与现实的思考。这里,我们可以将诗歌的第6—10行,以及第13—16行,都看作是"海西客"遥想唐朝时期"孤馆寄居的番客"的思乡,但是海西客的这一系列的遥想并不是连贯的,其中的第11、12行诗句则是海西客对现实的问话,追问的是霓虹灯的万花间为什么还飘着一缕凄凉的古香? 这将本来连贯的诗歌叙述时空打断了,特别是我们可以将诗歌第一次出现的诗句"归去也,归去也,归去也——"(第13行诗句)当作是"海西客"遥想的寄居于长安孤馆的番客发出回归家乡的呼声,之后才有了番客载回尺八而成为三岛的花草的行动。诗歌从第6行诗句"想一个孤馆寄居的番客",一直到第16行诗句"尺八乃成了三岛的花草",叙述的时空整体上是寄居长安孤馆的番客的叙述,但是在这叙述的中间插入的第11、12行诗句,诗人用括号括了起来,说明它是"海西客"当下自我心里的问话,由历史的叙述回复到当下的现实(表现为"霓虹灯的万花间"),再由当下的现实折转回历史的叙述(表现为"一缕清凉的古香"),由此叙述的时空在过去与现在之间不断地转化,使得诗歌叙述更有波折,更具韵味。第12行诗句既然是追问"清凉的古香",那么第13行诗句便自然而然地叙述的是番客对于"归去也"的呼号,而不再如前面解读的这是"海西客"的归家的呼号。可以说,这两种解读方式都能成立,只不过前面的解读是以"海西客"的情感叙述为基点,而这里却是以番客的情感叙述为基点。由于番客急切地想回家,他便载来尺八回三岛。

　　值得注意的是,诗歌插入海西客当下自我心里的问话与海西客心里所遥想的"番客"的急切的呼喊,两者之间形成两重声音,这两种声音相互独立、相互呼应、相互影响,构成一种复调艺术。可以说此诗的精妙,就在于在整体叙述海西客所想象的"番客"的行为与发声时,插入海西客追问的潜在的"声音"。诗歌在叙述完番客载来的尺八成为

"三岛的花草"之后,再次转入现实的叙述,再次插入了"(为什么霓虹灯的万花间/还飘着一缕凄凉的古香?)"(第17、18诗句),与此紧接着的是"归去也,归去也,归去也——"(第19诗句)的诗句。这种书写似乎与第11、12、13行诗句相同,但是内在的含义发生了变化,这里的第17、18行与第19行诗句都是"海西客"的"发声",其中第17、18行诗句可以理解为"海西客"心里的问话,是没有发出声音的潜在"话语",而第19行诗句则是海西客直接发出的呼喊。这样"海西客"潜在的"话语"与现实的发声同时并存又相互激荡,有力地表现了"海西客"归乡情感之切。第20行诗,也就是诗歌最后一句:"海西人想带回失去的悲哀吗?"这其实是叙述者的声音。这样诗歌的第17、18行,第19行,第20行分别代了三种"声音",即"海西客"潜在的"话语"与他现实的呼声,以及叙述者"我"的声音。这三种声音同时叠加,呈现出多声调的复调现象。

卞之琳诗歌主体的多元性,形成了"多声部的艺术效果"①,在《尺八》这首诗中体现得十分鲜明。《尺八》对比叙述了"海西客"与番客的乡愁,两者都发出了"归去也"的急切呼声。"海西客"在现代霓虹灯的万花间追寻到番客"凄凉的古香",诗歌最后,叙述者"我"追问"海西客"能不能也像番客一样"带回失去的悲哀吗?"可见,诗歌通过"海西客"与番客对尺八所引起的乡愁的不同反应,表现了诗人对中国与日本两国历史与现实的思考,隐隐寄托了诗人对当下祖国衰落的历史哀怨与深深的现实忧惧。

《白螺壳》也呈现了两个叙述主体和两种声音,这两种声音相互交织、相互对照,但又相互统一。诗歌表面上写白螺壳,其实质是写"我"

---

① 何志云:《层层叠叠"梦之根"——读卞之琳的〈尺八〉》,载孙玉石主编:《中国现代诗导读》,北京大学出版社1990年版,第268页。

的人格精神,表现了诗人对于生命存在的思考,具有哲理性。诗歌第一
节便是叙述主体"我"对白螺壳的赞叹,"空灵的白螺壳,你/孔眼里不
留纤尘,/漏到了我的手里/却有一千种感情"[1],"我"感叹白螺壳的空
灵、纯洁、神工、精细,并惊呼:"你这个洁癖啊,唉!"诗人通过描写白螺
壳来隐喻高洁的人格精神,引发人们对美好品质的向往。诗歌第二节
转向了"白螺壳"自我口吻的叙述。这样便形成两个叙述主体和两种
声音,构成艺术上的复调。这一节诗歌进一步表现"白螺壳"——"我"
的内在精神品质,"我"被一湖烟雨浸透,像一片鸟的羽毛一样浸透,因
为鸟的羽毛上面有一层油脂,哪怕遭到雨淋,也不容易湿掉,以此表现
"我"的纯洁、一尘不染。"我"仿佛一座小楼,让"风""柳絮"自由穿
过,"燕子穿过像穿梭",表现"我"的虚怀若谷及对尘世的不执着,对于
种种外来的厄运和打击,"我"采取超然的态度应对。诗句"楼中也许
有珍本"隐喻白螺壳"自我"所拥有的美好理想和情感;"书叶给银鱼穿
织",这里的"银鱼"喻指书虫,书虫将书叶蛀空后在中间自由穿行,比
喻"自我"美好的理想和情感遭受破坏;"从爱字通到哀字——"对这样
的不幸遭遇,白螺壳依然采取的是超然物外的态度;"出脱空华不就
成",这里的"空华"即佛经中的"空花",指的是虚妄之花,这句诗的意
思是美好的理想和情感最终都是虚妄的,都必然遭到毁坏与消灭,而成
为虚妄,因此没有必要执着于世间色相。可以说,这节诗是白螺壳以
"我"的口吻表现了生命彻悟之后的超脱与自由。

诗歌第三节开篇仍然是白螺壳以"我"的口吻叙述:"玲珑吗,白螺
壳,我?/大海送我到海滩……"[2]白螺壳"我"经历了大海的淘洗,被海

---

[1] 卞之琳:《雕虫纪历 1930—1958》(增订版),人民文学出版社 1984 年版,第
54 页。
[2] 同上书,第 55 页。

水送到海滩,面临人的拾取,因为"我"已经悟出了种种色相均为虚妄之花,所以"我"对自己的各种结局都能坦然面对,尽管"我"玲珑剔透,价值不菲,但是"我"宁愿被不看好"我"的价值的"原始人"得到,在"原始人"的心目中,"我"的价值在他的眼里比一只山羊的价值还差得很远,"换一只山羊还差/三十分之二十八",价值仅仅值"一只蟠桃"。① "我"的价值即使这样大大地被低估,"我"也不愿让"多思者"拾取并引起他的愁潮。值得注意的是,这节诗的最后三句实现了叙述主体的再次变化,即由白螺壳"我"的口吻转变为"多思者"的叙述,"怕叫多思者想起:/空灵的白螺壳,你/卷起了我的愁潮——"②第四节诗歌除了最后三行诗句外,其余的都是"多思者"的愁潮的具体表现,"我梦见你的阑珊",这种"阑珊"主要为:"檐溜滴穿的石阶"(即屋檐水将石阶滴穿)、"绳子锯缺的井栏"(即绳子将石井栏锯缺),这些都是在长期的磨砺中形成的,即诗歌所说的"时间磨透于忍耐"。③ 这也就是说人只要"忍耐"种种痛苦磨砺(譬如"滴穿""锯缺"之类)便可获得人生的真谛。一切事物只有还原到本然的颜色与形态,才能体现自己的本真:"黄色还诸小鸡雏",小鸡雏的颜色本来就是黄色;"青色还诸小碧梧",小碧梧的颜色本来就是青色;"玫瑰色还诸玫瑰",玫瑰的颜色本来就是玫瑰色。也就是说小鸡雏、小碧梧、玫瑰等等一切事物都只有还原到自己的本色,才能体现自己的本质,才能各安其所。

　　这一切都是"白螺壳"怕"多思者"想起来的内容,而这些内容都不是"白螺壳"的直接发声,而是在"白螺壳"的意识中直接以"多思者"——"我"为叙述主体发声,也就是在"白螺壳"的声音中出现"多思

---

① 卞之琳:《雕虫纪历　1930—1958》(增订版),人民文学出版社 1984 年版,第55 页。

② 同上。

③ 同上。

者"叙述主体"我"的声音,形成一种复调。而"多思者"的发声并没有一直延续到诗歌的结束,而是在诗歌的最后三行诗句中又实现了叙述主体的改变,由"多思者"叙述角度转变为"白螺壳",以它作为叙述主体进行叙述,"可是你回顾道旁,/柔嫩的蔷薇刺上/还挂着你的宿泪"①,这里的"你"指的是"多思者"。"多思者"总是无法摆脱自己内心的执念,才对不如意的事物悲悲戚戚,这是"白螺壳"对"多思者"的批判,这也是"白螺壳"之所以宁愿被"原始人"拾取而不愿被"多思者"获得的原因。诗人在此表明,只有回归生命的本源,摆脱一切外在的色相,经受种种的磨砺,挣脱生活的一切羁绊,才能实现生命真正的超脱与自由。

《白螺壳》的叙述主体实现了多次自由灵活的转换,由诗人主体"我"相对"白螺壳""你"的叙述,转变为"白螺壳"的"我"的叙述,在"白螺壳"的"我"的叙述中,又出现"多思者"的"我"的叙述,最后再转变为"白螺壳"对"多思者""你"的叙述。这样形成多个叙述主体以及叙述主体的多层形式,他们各自发出不同的声音。这些声音相互交织、相互对照、相互呼应,构成《白螺壳》叙述艺术的重要特征,形成一种复调艺术。

此外,在《苦雨》《淘气》《奈何》等作品中也出现两个主体的对话,这些对话往往具有"戏剧性台词"的艺术特点,有力地表现了作品中的人物,表达了诗人的思想与情感。

《苦雨》描写底层民众生活的困窘,以及他们面临困窘生活时坚韧执着的精神。诗人使用"戏剧性台词"表现了一群底层民众在屋檐下避雨的戏剧性情境。首先,诗歌非常简洁地叙述下雨致使底层小商贩

① 卞之琳:《雕虫纪历 1930—1958》(增订版),人民文学出版社1984年版,第55页。

们的生意无法开张,"茶馆老王懒得没开门"[1],人力车夫们的车也一排
儿在屋檐下摆开,他们都知道今天的生意几乎会泡了汤,但是都不肯轻
易放弃。诗人没有直接叙述人力车夫空等乘客上车的情况,而是通过
"小周"的视角进行表述,"小周躲在屋檐下等候,/隔了空洋车一排檐
溜",[2]可见叙述视角之妙。也正因为是"小周"这一特定的视角,才非
常具有视觉效果地呈现了卖烧饼的老人的出现,"一把伞拖来了一个
老人"[3],这一诗句非常生动形象地描绘出老人出现的场景:先出现一
把大雨伞,之后才在雨伞下面出现一个老人,非常具有动态感。但是,
此时的读者依然不明白老人是做哪一行的? 他又为何冒如此大的雨也
要出来? 作品紧接着通过"戏剧性台词"而将这一切表现了出来,那是
有人与老人进行了对话:"早啊,今天还想卖烧饼?"[4]这时,读者才明白
老人是卖烧饼的,在雨天卖烧饼生意肯定冷落,境况虽然如此,然而由
于生活的困窘,老人依然在无所希望中行动,他的回答是:"卖不了什
么也得走走。"[5]从老人的话语里,读者可以感受到老人面对困苦生活
时坚韧而达观的人生态度。诗人通过这一问一答的"戏剧性台词",将
老人的人格精神鲜明生动地呈现了出来,表现了言浅意深的高超的诗
歌语言艺术。

　　我们再来看《淘气》如何通过"戏剧性台词"表现小孩的"淘气"。
诗歌一开始就对淘气孩子的行为进行叙述,诗人采取的是叙述主体
"我"与淘气的孩子"你"的对话的方式行文。诗歌通过三件事情来表

---

　　① 卞之琳:《雕虫纪历　1930—1958》(增订版),人民文学出版社 1984 年版,第
16 页。
　　② 同上。
　　③ 同上。
　　④ 同上。
　　⑤ 同上。

现孩子的淘气：一是"叫游鱼啮你的素足"，诗句非常形象地描述小孩踩在清溪水里，他的白皙的小脚被游动的小鱼啮咬的情境，诗歌"叫游鱼啮"用"叫"这一动词，体现了小孩的主动性和淘气，非常精妙；二是"叫黄鹂啄你的指甲"，诗句让读者仿佛看见淘气的小孩将自己的小手指甲放到黄鹂嘴边，让黄鹂啄咬的情景；三是"野蔷薇牵你的衣角……"，[①]表现小孩在野蔷薇地里乱走，野蔷薇牵扯着他的衣角的情景。第一诗节中的这三行诗句非常生动形象地展现了小孩淘气的个性。

　　第二节诗诗意也非常浓郁，生动地描画小孩的淘气可爱。"白蝴蝶""寻访你午睡的口脂"，因为它"最懂色香味"，[②]表明小孩口脂"色香味"的美好。"你"饮泉水是身体俯在水面上，嘴直接进行吮吸，诗人不仅表现小孩这一淘气的行为，而且通过主体"我"的"窥候"与"取笑"的视角——"我窥视你渴饮泉水／取笑你吻了你自己"[③]，突出"我"对小孩"你"的喜爱。诗歌随后进入叙述主体"我"与小孩的直接交流与对话："我这八阵图好不好？"小孩的反应是笑与写字，"你笑笑，可有点不妙"，"你在我对面的墙上／写下了'我真是淘气'"。[④]　小孩写下的"我真是淘气"，一般读者可能理解为小孩对于自己淘气的评价，然而，其所指的应该是小孩认为叙述主体"我""真是淘气"，这可以从小孩有意将这句话写在"我"对面的墙上的行为得知，也可以从诗人在"我真是淘气"后面写下的注释得知，注释写道："旧时顽童往往在墙上写'我是乌龟'之类，使行人读了上当"[⑤]，那么，主体"我"如果读了小孩写下的"我真是淘气"，是不是"我"也上当了呢？这才有了"我"认为小孩"你

---

①　卞之琳：《雕虫纪历　1930—1958》（增订版），人民文学出版社1984年版，第56页。
②　同上。
③　同上。
④　同上。
⑤　同上。

还有花样——"①"我"并且自嘲道:"哈哈! 到底算谁胜利?"②显然在"我"看来,淘气的小孩是胜利者。诗歌最后的"我真是淘气"是一句"戏剧性台词",它极大地深化和丰富了小孩淘气可爱的形象,并将其形象推向一个新的艺术境地。

《奈何》这个作品完全由对话组成,诗歌副标题是"黄昏和一个人的对话"③,诗歌是树木与一个人互为主客体进行的两场对话,"对话性台词"在诗歌中得到生动体现。全诗分为两节。第一节诗歌主体是人,"我看见你乱转过了几十圈空磨",这里树木被当作磨心,这里不说磨石的转动而说是磨心转过空磨,显示卞之琳诗歌艺术的高超;"看见你尘封座上的菩萨也做过",指的是树木曾被雕塑成受人尊敬的菩萨;"叫床铺把你的半段身体托住",预示树木被当作过铺板。最后,人问树木:"现在你要干什么呢?"树木的回答是:"真的,我要干什么呢?"④树木对自己要干什么感到一片茫然。

诗歌第二节前面四句叙述了树木的经历,它经历了这样的旅程:街路边("我先是在街路边")——庭院("不知怎的,回到了更加清冷的庭院")——屋子里("又到了屋子里")——墙跟前("重新挨近了墙跟前")等的过程。⑤ 树木最后问人:"你替我想想看,我哪儿去好呢?"人的回答是:"真的,你哪儿去好呢?"⑥这首诗歌的戏剧性台词在于:"真的,我要干什么呢?"与"真的,你哪儿去好呢?"这两句戏剧性台词是批评一个不知道自己要干什么、要往哪里去的人,别人如何又能知道你该

① 卞之琳:《雕虫纪历　1930—1958》(增订版),人民文学出版社1984年版,第56页。
② 同上。
③ 同上书,第111页。
④ 同上。
⑤ 同上。
⑥ 同上。

干什么、往哪里去。戏剧性台词极大地深化了诗歌的主旨与内涵。

树木与一个人的对话充满了反转与悖论,形成一种环形的结构。诗歌通过树木与一个人戏剧性的对话,表现了树木既无法掌控自己的被使用的命运,又无法知道自己该去哪儿,而与树木对话的人对此也同样感到茫然无知。也就是说,不仅是树木,人也处于一种无可奈何、茫然无知的生命状态,他们都无法把握自己的命运。这样这首诗歌便具有深刻的象征内涵。

总之,卞之琳诗歌不论是《春城》《登城》,还是《尺八》《白螺壳》,以及《苦雨》《淘气》《奈何(黄昏和一个人的对话)》,这些诗歌都呈现了两个或者两个以上的复杂的主体或者主体的多层形式,这些主体都各自发出自己的声音,形成多声部性。各种声音相互对话、相互呼应、相互交织,表现出鲜明的对话性艺术特征。

第三节　矛盾的情思与多声的对话

在卞之琳诗歌中,一些诗歌表现出矛盾对立的两种思想与情感,诗歌在这两种对立的思想与情感之间反复转变,不断纠缠,发出不同的声音,表现出矛盾的情思与多声的对话,从而使得情感的表现与理性的思考具有复杂性与多样性,在艺术上形成多种声音对话的复调性艺术特征。

首先,《候鸟问题》较为生动地表现了卞之琳诗歌中矛盾的情思与多声的对话性。这首诗呈现两种对立的情感,即"要走"与"挽留"这两种意向,它们在"我"的内心里一直纠缠不休。诗歌第1、2行表现的是诗人"我"决心"要走","多少个院落多少块蓝天/你们去分吧。我要走"①,也就是"我"不与"你们"一样留在各个院落里,"我要走"。诗人用"你们"划分院落和蓝天,来指称对方要留下来,非常生动形象,具有意象之美。诗歌第 3 行"让白鸽带铃在头顶上绕三圈"②则是一种挽留,绕来绕去是一种欲走还留的不舍与牵挂,"绕三圈"喻为很多次。白鸽多次在"我"的头顶上绕飞,意思为挽留"我"。第 4 行"可是骆驼铃远了,你听",这是"我"与"你"讲话,"我"对"你"的挽留表示委婉的拒绝,"骆驼铃远了"意思为"我"得离开了。第 5、6、7 行转换了叙述主体,是"你们"对诗人"我"的挽留,在你们看来,诗人"我"就像那"陀螺"与"风筝","陀螺"被抽打了就不可能离开,"风筝"被底下的线牵引着便不可能飞走,"抽陀螺挽你,放风筝牵你",③这样诗人"你"便走不了了,从而实现对诗人"你"的挽留。第 6、7 行则描写放风筝的热闹场面,表示挽留的热情与执着,诗歌写道:"叫纸鹰、纸燕、纸雄鸡三只四只/飞上天——上天可是迎南来雁?"④"南来雁"表明是春天,天上的各种纸做的风筝都欢迎从南方归来的大雁,隐喻为"你们"对诗人的欢迎与挽留。可见以上第 5、6、7 行重点转入"你们"对诗人"我"的挽留,诗歌由第 1 至第 4 行的"要走"转换到第 5 至第 7 行的"挽留",实现诗歌情感的第一次转变。诗歌第 8 行:"而且我可是哪些孩子们的玩具?"⑤诗歌意义渐渐倾向于"要走",叙述视角也再次转变为诗人"我"

　　① 卞之琳:《雕虫纪历　1930—1958》(增订版),人民文学出版社 1984 年版,第 46 页。
　　② 同上。
　　③ 同上。
　　④ 同上。
　　⑤ 同上。

的叙述视角。第 7 行为:"飞上天——上天可是迎南来雁?"①其实这诗
句中破折号后面的内容就实现了叙述视角的转折以及叙述内容的转
折,"上天可是迎南来雁?"这是诗人"我"对"你们"将"我"喻为"南来
雁"的质疑,甚至于反对,即"我"不是"你们"认为的要居留在此的"南
来雁","我"也不与孩子们一起游戏。诗人将与孩子们一起玩游戏的
人喻为"孩子们的玩具",这种比喻颇为新奇。因为诗人"我"否定了自
己为"南来雁"这一候鸟,为了探究候鸟问题,便有了第 9 行:"且上图
书馆借一本《候鸟问题》。"②以上第 7 行的后一部分以及第 8、9 行表
明,诗人"我"还是有"要走"的意向,但是"我"要走的这种意向还不毅
然决然,还充满着游移不定,所以第 7 行的后一部分"上天可是迎南来
雁?"以及第 8 行"而且我可是哪些孩子们的玩具?"的末尾都是一个
问号。

　　"我"既然对"要走"与"要留"游移不定,一下子还难以决断,那么
就有了"我"的"求签问卜"之举,上图书馆借《候鸟问题》来决定自己的
去留。第 10、11 行是"我"对挽留者"你"的问话:"且说你赞成呢还是
反对/飞机不得经市空的新禁令?"③如果飞机不得经过市空飞行,暗示
有利于"留",而如果飞机可以经市空飞行,则有助于"走"。第 12、13
行可以说是这首诗的"诗眼",也是这首诗最精彩的部分:"我的思绪像
小蜘蛛骑的游丝/系我适足于飘我。我要走。"④诗人"我"的思绪犹如
蜘蛛丝那样纵横交错,剪不断理还乱,既可以系"我",让"我"留下来,
又可以使"我"像蜘蛛游走那样,让"我""飘"走。于是"我"下定了决

---

　　①　卞之琳:《雕虫纪历　1930—1958》(增订版),人民文学出版社 1984 年版,第
46 页。
　　②　同上。
　　③　同上。
　　④　同上。

心："我要走。""我"既然去意已决，就不管那么多了，才有了第 14、15
行："等到了别处以后再管吧：/多少个院落多少块蓝天？"①第 14、15 行
与第 1、2 行既有重复的地方，又有变动的地方，第 1、2 行还只是强调
"我要走"，而第 14、15 行则强调等"我"到了别处以后再管"多少个院
落多少块蓝天？"句尾的问号表明主体"我"虽然去意已决，但是仍然多
少还是有一点不舍与牵挂。

　　诗歌的最后三行则是一个响亮的决然的回答，"我"必须走，因为
再留下来只不过是一种绝望的结果，丝毫得不到想要的东西，诗歌写
道："我岂能长如绝望的无线电/空在屋顶上伸着两臂/抓不到想要的
远方的音波！"②这表现了"我"要走的坚决态度。

　　总之，《候鸟问题》呈现出"要走"，到"挽留"，再到"要走"的矛盾
情感的变迁。李广田在他的《诗的艺术——论卞之琳的〈十年诗草〉》
中对这首诗做了精彩的评论，他说："在一首诗中有两种力量在互相影
响着，仿佛送了出去又牵了回来，复又送了出去……譬如《候鸟问题》
一首中表现的那种去又去不得留又留不得的感情，在形式上变成了这
种章法。当你要离开这个地方时，你对这地方却又有了无限的系恋，你
又如何能走得开呢。"③在这里，李广田敏锐地把握住了《候鸟问题》中
"两种对立力量在互相影响着"及其"走"与"留"的反复变化，应该说这
种分析是非常深刻的。但是，李广田忽略了在矛盾对立力量的背后其
实有两种声音的对话，这两种声音的对话既有"我""要走"与"你""挽
留"的对话，又有"我"内心中"要走"与"想留"的对话，这两组话语相

① 卞之琳：《雕虫纪历　1930—1958》（增订版），人民文学出版社 1984 年版，第
46 页。
② 同上。
③ 李广田：《诗的艺术——论卞之琳的〈十年诗草〉》，《李广田文学评论选》，云南人
民出版社 1983 年版，第 239 页。

互交织、相互影响，共同构成一种复调艺术。

另外，《春城》中也"有两种力量在互相影响着"，主体"我"对故都既喜爱又诅咒，这两种矛盾的感情相互交织。同时，这首诗中多个主体形成多种声音，相互对话，形成复调艺术。《春城》第一节描写了北京的天空像马德里的天空一样蔚蓝、像大海一样蔚蓝，在天空里飞翔着各式各样、五彩缤纷的风筝，一幅春和景明、热闹非凡、生机勃勃的景象！这种景象让人充满了愉悦的情感，哪怕是在垃圾堆上放风筝，仍然可以放飞轻松自由的心灵，心灵漂洋过海，飞到日本的京都，感受京都天空的蔚蓝。但是，诗歌第二、三、四、五节展现的却是满城的灰土、破蔽萧疏的北京城景象，令人无比厌恶，呈现一种灰色无望的情感色彩。譬如，第二节描写汽车在灰土里洗澡，第三节描写北京千年的尘灰满街跑，第四节描写大风吹落琉璃瓦惊到车夫，第五节描写少年老成的孩子歇斯底里地嘲笑车夫以及大风吹得满城古木呼啸，"我"不由得发出强烈地离开故都的哀叹声："归去也，归去也，/故都故都奈若何！"

在第五节的末尾，"我"似乎已经对北京城的春天感到绝望，但是在第六节中，诗歌却描写了"我"对北京城的依恋，如风筝依恋柳梢头。看北京城飞花满城，"我"为它形容消瘦。此时，"我"的情感基调发生了明确的变化，已经从诗歌第二节至第五节悲观绝望的情感向依恋不舍的情感转变。随着天气的转好，不仅"我"的情感在变化，其他人的情感也发生了巨大的变化。这种具有典型意义的描写主要体现在诗歌的第七节，它描写了"老方""老崔"他们昨天"怨天""骂天"，"黄黄的压在头顶上像大坟"，"看来势真有点不祥"，"说不定一夜睡了/就从此不见天日"[1]，表现了他们非常悲观绝望的心情。然而，随着天气的变

---

① 卞之琳：《雕虫纪历　1930—1958》（增订版），人民文学出版社1984年版，第34页。

好,他们的情感也转变为欣喜,"今儿天气才真是好呢,看街上花树也坐了独轮车游春",他们想象着"春完了又可以红纱灯下看牡丹"。①"老方""老崔"他们都转为积极乐观的态度,兴奋愉悦之情溢于言表。此时"我"的心情也是轻松快乐的,"我"想象日本的朋友:"他们这时候正看樱花吧?"当下的北京春城是一派美丽祥和的景象,"蓝天白鸽,渺无飞机,/飞机看景致,我告诉你,/决不忍向琉璃瓦下蛋也……"②诗歌的这种描写典型地呈现了两种情感的对立与转化,多种声音的对话与交流。第八节,诗歌结束于"北京城,垃圾堆上放风筝"。这与第一节诗歌的第一行相对应,整首诗歌的情感呈现出欢乐—愁苦—欢乐的变化。这一情感的书写是通过不同主体与不同视角的对话来展示的。《春城》描写的北京城由明净而灰暗,再而明丽,同时也带给人们欢乐—愁苦—欢乐的情感变化。

总之,通过分析探讨《候鸟问题》《春城》等作品,我们可以看出卞之琳诗歌充分展示了矛盾的思想情感。两种或多种对立的思想情感往往同时并存且相互转化,形成多声部的发声与对话,构成一种复调的艺术。

第四节　潜在对话与戏剧性独白

卞之琳常常通过潜在对话与戏剧性独白来呈现其诗歌的对话性。

---

① 卞之琳:《雕虫纪历　1930—1958》(增订版),人民文学出版社1984年版,第34页。

② 同上。

潜在对话是两个主体或两个以上的主体之间潜在地进行对话或交流。戏剧性独白是某个人物通过其内心的戏剧性冲突来表现自己的情感，对具体事件和情境做出反应，以此构成戏剧性独白。这在《音尘》《雨同我》《圆宝盒》《酸梅汤》《西长安街》等卞之琳诗歌中都有精彩的表现。无论是潜在对话还是戏剧性独白，这些诗歌中都出现两种或多种声音，构成对话性关系，形成复调艺术，充分而立体地展示了不同主体间的相互关系或者主体内在的精神关系。

《音尘》这首诗生动地运用了潜在对话与戏剧性独白的写作艺术。这首诗歌深切地表达了叙述主体对远方朋友的思念之情，然而诗歌并不像浪漫主义诗歌那样直接宣泄，而是通过一系列戏剧化的书写来呈现思念之情。诗歌开篇便是对邮递员投送邮件的书写，"绿衣人熟稔的按门铃／就按在住户的心上"。"熟稔"二字表现了邮递员经常到这一住户家投寄邮件，从侧面表明住户与远方朋友书信来往的频繁。门铃"就按在住户的心上"，表明了住户等待信件的急切心情："是游过黄海来的鱼？是飞过西伯利亚来的雁？"[1]这是中国传统文化"鱼雁传书"的现代书写，这是叙述者"我"期待收到来自"远人"书信的迫切心情的客观表现。紧接着诗人写道："'翻开地图看，'远人说。"[2]这里的"远人"指的是叙述者"我"刚刚收到来信的远方的朋友，这里使用"远人"的称谓，很明显地表明了邮寄书信的朋友不在叙述者"我"的身边。有的读者误认为这是叙述者"我"的一个朋友在现实中与"我"的真实对话，便是没有联系诗歌上下文情境而做出的错误判断。

---

① 卞之琳：《雕虫纪历　1930—1958》（增订版），人民文学出版社 1984 年版，第 42 页。

② 同上。

诗歌接着写道:"他指示我他所在的地方/是那条虚线旁那个小黑点。"①这是"远人"在书信中指示"我"看"他"指示的"虚线旁那个小黑点",可见在"远人"所寄来的书信中应该还附有一张地图,才有了他在书信中"指示""我""翻开地图看""他"所在之处。诗歌直接引用书信中"翻开地图看"的话语,其实是"远人"与"我"的潜在"对话",是无声的话语。这种潜对话是作者"戏剧化"呈现出的一种客观性的"对话"。接下来的诗句则应该是叙述者"我"对"远人"——"你"的猜测和想象,想象"你"的处所,寄托"我"对"你"的思念,这是一种戏剧性独白,诗人通过这种"戏剧化独白"来表现"我"内心的情感。诗歌写道:"如果那是金黄的一点,/如果我的坐椅是泰山顶,/在月夜,我要猜你那儿/准是一个孤独的火车站。"②如果我们调整这几句诗的顺序,便能更好地理解,"在月夜,如果我的坐椅是泰山顶,/如果那是金黄的一点,/我要猜你那儿准是一个孤独的火车站"。如此调整,诗的意义容易理解一些,但是却缺少诗歌原来的韵味了。月夜下,"我"坐在泰山顶,遥望"你"那儿金黄的灯火,猜想一定是"你那儿"孤独的火车站,"我"的心已经被那远行的火车带到了"你"的身边,"我"便不再孤独。然而,现实却是"你""我"天各一方,"我正对一本历史书",一个人阅读历史书籍,沉浸在历史往事之中,追发历史之幽思。"我"等待"远人"的消息,然而等到的是夕阳西下快马送邮件的蹄声,"西望夕阳里的咸阳古道,/我等到了一匹快马的蹄声"③,表现了诗人内心的寂寞与孤独。诗的最后一句,与诗篇开头相呼应、相联结,形成一个环形的封闭结构。可以说,

---

① 卞之琳:《雕虫纪历　1930—1958》(增订版),人民文学出版社1984年版,第42页。
② 同上。
③ 同上。

《音尘》这首诗很好地体现了卞之琳诗歌的潜在对话与戏剧化独白的
艺术特征。

　　《雨同我》这首诗也较为鲜明地体现出潜在对话与内心戏剧性独
白的艺术特征。诗歌表现了"我"对真挚友情的怀念以及对家乡的思
念。《雨同我》这首诗的第 1、2 句可以理解为两地友人在书信中谈论
下雨之事,既然是书信之中发生的事情,就可以理解为一种潜在对话。
第 1 句诗是叙述者"我"从第一个友人那里回来之后,友人写信告诉
"我"他们那里天天在下雨,"'天天下雨,自从你走了'"①。第 2 句诗
是叙述者"我"来到第二位友人那里之后,一直到如今都在下雨,包括
后来"我"已经离开了,"他"那里依然下雨不断,"自从你来了,天天下
雨"②。这两位友人在与"我"的通信里,都表现了"雨同我"有着紧密
的联系。但是,这种"雨同我"的描述,在诗歌中采用的是直接引用信
中话,是一种潜对话。两地友人那里下雨都与"我"的离去或到达有
关,才有了第 3 句诗:"两地友人雨,我乐意负责"③,"我"要为下雨负
责。而我的第三位友人没有消息,他那里怎样了呢? 他那里是不是也
因为"我"曾经到达过而同样在下雨呢? 他需要"我"寄一把雨伞过去
吗? 这就有了第 4 行诗句:"第三处没有消息,寄一把伞去?"④由此可
见,《雨同我》这首诗的第一节,主要通过"我"与三位友人通信来表现
"雨同我"的关系,通过这种潜在对话而体现"我"与朋友们的真挚情
感,"我们"的思念正如那绵绵不绝的雨水没有停歇。

　　如果说这一节诗歌主要将几个主体的潜对话通过外在的戏剧化手

---

①　卞之琳:《雕虫纪历　1930—1958》(增订版),人民文学出版社 1984 年版,第
48 页。
②　同上。
③　同上。
④　同上。

法进行展示的话,那么诗歌的第二节主要展示的是叙述者"我"内心的戏剧化独白。同样是关于"雨同我"关系的书写,诗歌第二节转入主体"我"担忧下雨的叙述。"我的忧愁随草绿天涯"①,表示"我"的忧愁像草一样无比宽广而且不断地生长,诗歌将"我"的忧愁通过"草"的生长这一意象非常生动形象地展现出来,"我"的忧愁的戏剧性独白主要体现在自我的"问话":"鸟安于巢吗?人安于客枕?"②这问话实际表明叙述主体"我"是不会安于在外的漂泊的,希望能有一个好的天气以便回到家乡,才有了急切的关心今夜下雨的多少:"想在天井里盛一只玻璃杯,/明朝看天下雨今夜落几寸。"③诗人"我"的这种担忧下雨耽误自己行程的想法,是通过在井里放杯子测量下雨多少的外在戏剧化描写而展现的。

《圆宝盒》同样呈现出潜在对话与内心的戏剧性独白。这首诗虽然表面上写的是圆宝盒,但是这个空灵的圆宝盒其实只是作者寄托自己人生感悟与心得的一种载体,它是诗人的一种深邃的哲理性思考的戏剧化书写的载体。这也就是作者在自己的论文《关于〈鱼目〉》中所说,"圆宝盒"指的是"心得""道""知""悟",或者称之为"理智之美"。诗人在关于圆宝盒的书写中,既表现"我"与"你"的潜在对话,又呈现"我"内心世界中两种声音的对话,呈现出潜在的对话性与内心独白交织的戏剧性的艺术特征。《圆宝盒》可以分为三个部分。诗歌第一部分是从第1行"我幻想在哪儿(天河里?)"到第9行"含有你昨夜的叹气……"。④ 这一部分叙述了"我"幻想捞到一只装有珍珠的圆宝盒。

---

① 卞之琳:《雕虫纪历　1930—1958》(增订版),人民文学出版社1984年版,第48页。

② 同上。

③ 同上。

④ 同上书,第135页。

但是从另一个方面来说，也可以说这是"我"对"我"的"幻想"的客观化书写，这一空灵的无形的"幻想"被幻化为"圆宝盒"，它内涵丰富、可感可触，包含有"几颗珍珠"：一颗为"水银"，一颗为"灯火"，一颗为"雨点"，而且这三组意象都小中寓大，有限中蕴含无限，正如佛经中经常所说的"一砂一世界，一叶一菩提"，由此，一颗小小的晶莹的水银里竟然"掩有全世界的色相"；从远处看只是"一颗金黄的灯火"，凑近看竟然是"笼罩有一场华宴"，灯火璀璨；一颗雨点竟然"含有你昨夜的叹气……"，"你"昨夜的哀怨转化为今天"新鲜的雨点"。诗歌不仅具有哲理性，而且化无形为有形，非常精妙。

　　如果说以上主要是诗人从正面表达对相对性关系以及人生的认识，那么，诗歌第二部分主要从否定性方面提醒"你"不应该做什么。这一部分是从第 10 行"别上什么钟表店"到第 13 行"买你家祖父的旧摆设"，它是叙述者"我"与"你"的"潜对话"，虽然不见"你"的声音。这一部分是"我"告诫"你"不要为现实的物质世界所羁绊而消耗你的"青春"（"听你的青春被蚕食"），使你遭受传统的束缚（"买你家祖父的旧摆设"），而应该始终坚持对"幻想"的追求，对"永恒"的向往，"你看我的圆宝盒/跟了我的船顺流/而行了"[1]，也即圆宝盒是一个完整无缺的宇宙，是一个永远向前流动不居的存在。正如作者在《十年诗草》附录《关于圆宝盒》中所说："至于'宝盒'为什么'圆'呢？我以为'圆'是最完整的形相，最基本的形相。"[2]诗歌的第三部分是从第 14 行"你看我的圆宝盒"到诗歌结尾，这一部分叙述的是：时间如流水，"我们"

　　① 卞之琳：《雕虫纪历　1930—1958》（增订版），人民文学出版社 1984 年版，第135 页。
　　② 转引自李广田：《诗的艺术——论卞之琳的〈十年诗草〉》，《李广田文学评论选》，云南人民出版社 1983 年版，第 243 页。

是时间长河里的"舱里人"，"虽然舱里人／永远在蓝天的怀里"①，"我们"仰卧舱中，观看蓝天里的白云飘荡，正如孔子观看流水，发出咏叹："逝者如斯夫，不舍昼夜。"这表达了一切皆流动不居，一刹那未尝不是千古。由此，"虽然你们的握手／是桥"，预示两个人的友情虽然是有限的，"可是桥／也搭在我的圆宝盒里"，②表明这友情的有限也可以包含在无限之中。诗歌由"我"与"你"的潜在对话再次转向自我内心的戏剧性独白，诗句中的两个"虽然"，"虽然舱里人／永远在蓝天的怀里"与"虽然你们的握手／是桥"，③这两句诗分别表现的是"人"与宇宙空间的关系、人与人之间的关系，这些关系包含了一种相对的关系。"圆宝盒"是诗人"我"认识世界的一个水晶般的视镜，是一种具有辩证色彩的思想利器。诗歌最后追问"你们"或"他们"如何看待"我的圆宝盒"，它究竟是一颗人间的"珍珠——宝石"？还是天上的一颗"星"？而这又与诗歌开篇诗句"我幻想在哪儿（天河里？）"相呼应。正如《关于圆宝盒》中所说："《圆宝盒》第一行提到'天河'，最后一行是有意的转到'星'。"④诗歌作了一个圆转之后，重新回到起点，"但转过来后那意境已经不是在原来的平面上了"⑤。

《酸梅汤》也鲜明地体现了对话、潜对话与戏剧性独白的艺术特征，它是卞之琳代表性诗歌作品之一。作品通过喋喋不休的车夫"我"与卖酸梅汤的老人、用睡觉打发时光的车夫"老李"以及路人等人进行

---

　①　卞之琳：《雕虫纪历　1930—1958》（增订版），人民文学出版社 1984 年版，第135 页。

　②　同上书，第136 页。

　③　同上书，第135—136 页。

　④　转引自李广田：《诗的艺术——论卞之琳的〈十年诗草〉》，《李广田文学评论选》，第243 页。

　⑤　同上。

"对话""潜对话"以及"戏剧性独白",生动展现了故都北平下层人们的生活困顿与无聊、人与人之间的陌生与隔膜,以及面对困难时从容与达观的人生态度。

　　这首诗开篇便是车夫"我"对卖酸梅汤老人说的话,"我"认为他的酸梅汤"只怕没有人要喝了",这里直接呈现的是车夫"我"对卖酸梅汤的老人"你"的直接"对话","你得带回家去";季节变换了,又将是"你"在街边卖些"柿子"与"花生"的时候了,并且"我"风趣地调侃老人所卖的"柿子"与"花生"都与去年的一样,"柿子""想必还是那么红,那么肿","花生"则是一样的"黄瘪"与"瘦"。[①] 在车夫"我"的整个说话过程中,卖酸梅汤的老头始终是沉默不语的,这可以从车夫"我"的内心独白里得到印证。诗歌写道:"我问你,/(老头儿,倒像生谁的气,/怎么你老不作声?)你说,/有什么不同吗?"[②]这里形成两种声音:一种声音是"我"对卖酸梅汤老头的问话,询问今年的柿子和花生与去年的有什么不同;另一种声音是"我"的内在声音,带有自言自语的感慨:"老头儿,倒像生谁的气,/怎么你老不作声?"这两种声音同时出现,形成复调。诗歌紧接着的是"我"的话语的继续,说道:"哈,不错,/只有你头上倒是在变,/一年比一年白了。"[③]这句话的背后隐含着卖酸梅汤老人的话语(也可以说是"我"猜测卖酸梅汤老人的话):"今年的柿子和花生与去年的相同,一切都没有变,变的只是我的头发的颜色。"这才有了"我"的回应:"哈,不错,/只有你头上倒是在变,/一年比一年白了。"[④]

---

　　① 卞之琳:《雕虫纪历 1930—1958》(增订版),人民文学出版社1984年版,第12页。
　　② 同上。
　　③ 同上。
　　④ 同上。

由此可见,诗歌在此形成了卖酸梅汤的老人与"我"的潜在"对话"。然而这种对话在现实中却没有发生,卖酸梅汤的老人对"我"仍然只是沉默,甚至在车夫"我"嘲笑"树叶掉在你杯里了"时①,他仍然只是沉默以对。在此之后,"我"转向了与因生意不好而在树荫下犯困的车夫老李的对话,"我"嘲笑他"有树叶作被",然而,老李对"我"的嘲笑也不作反应。车夫"我"又与过路者"对话":"哪儿去,先生,要车不要?"②"我"对路人招揽生意,但是同样得不到回应。车夫"我"便发出感慨:"不理我,谁也不理我!"③这让"我"感到极端的无聊,准备无趣地离开。然而,此时的"我"却突然发现身上有一大枚铜板,由此产生意外的惊喜,"这儿倒有一大枚","我"便用它买了一杯酸梅汤来解暑,说道:"喝掉它!得,老头儿,来一杯。/今年再喝一杯酸梅汤,/最后一杯了。……啊哟,好凉!"④这种书写便与诗歌的开头进行了呼应。诗歌首尾呼应,结构完整。

诗歌中,"我"与卖酸梅汤的老人、树荫下睡觉的车夫老李、路人等人的"对话"转换自如,形式各异,摇曳多姿,极富表现力,特别是"我"与卖酸梅汤老人的"对话"既有说出口的话语,又有内心的自言自语,还有在"我"内心中猜测的卖酸梅汤老人的回应。这样几种声音的同时出现,相互交织与对应,形成复调的艺术特色。

《酸梅汤》通过戏剧性场景的设置与戏剧性对话与独白的运用,将诗人的主观叙述声音降至最低点,勾画出北平故都街市一个普通、无聊的生活画面,表达诗人对底层人民窘迫生活的同情与对他们坚韧达观

---

① 卞之琳:《雕虫纪历　1930—1958》(增订版),人民文学出版社 1984 年版,第 12 页。
② 同上。
③ 同上书,第 13 页。
④ 同上。

生活态度的赞赏,在平静的画面下渗透着诗人对于社会与人生的深刻思考。诗人用平淡的文字写出底层人的情感,展现了整个北平底层社会灰色的时代剪影,呈现出难言之美。

《西长安街》通过叙述"我"与"老人""士兵""老朋友"进行的"潜对话"与戏剧性独白,表达诗人对灰色荒凉、孤独平庸的故都生活的不满,对国土沦陷、人民流离失所的痛心,以及对权势阶层对老百姓作威作福、对外却卑躬屈膝的批判,取得了重要的艺术成就。《西长安街》开篇书写"老人"与"我"在西长安街上行走,勾勒的是一幅故都北平荒凉灰色的画面,人与人之间是隔膜与孤独的。"老人"的影子留在夕阳里的红墙上,"我们"一声不响,只跟着各自的影子走着,这种孤独情境的书写还通过"我"的戏剧性独白来进一步表现,在"我"的内心里展开着与"老人"的"对话"。诗歌写道:"啊!老人家,这道儿你一定/觉得是长的,这冬天的日子/也觉得长吧?"①但是这种"对话"并没有在现实中发生,而只是"我"内心的一种独白,"我"并且在心中自问自答:"是的,我相信。""我"猜测"老人"的回答,并由此企图邀约"老人"一起谈谈话:"看,我也走近来了,真不妨/一路上谈谈话,谈谈话儿呢。"②这种"对话"其实只是"我"内心的一种戏剧性独白,并不是现实中真正进行的谈话,是无声的"潜对话",因为"可是我们却一声不响",只是跟着个人的影子走着。诗歌表现了人与人之间渴望交流与了解,但是现实中却彼此隔膜与无法沟通。

诗歌的中间部分,叙述国土的沦丧与人民的反抗,统治阶级却暴露出倒行逆施的丑恶嘴脸。叙述主体"我"仍然行走在街边,"也不见旧

---

① 卞之琳:《雕虫纪历 1930—1958》(增订版),人民文学出版社1984年版,第17页。
② 同上。

日的老人",穿黄衣的士兵站在一个大门前站岗,"我"展开内心的独白:"(这是司令部?从前的什么府?)"①"我"还猜想这些士兵在思念东北的乡土:"还思念乡土,/东北天底下的乡土?一定的!"②表现了诗人强烈的民族情感。诗人对日本侵略者占领东北表示强烈的抗议,"纵然想起这时候敌人的/几匹战马到家园的井旁/去喝水了",与此同时,诗人对东北人民用土枪与日本帝国主义做斗争的英勇行为进行歌颂:"拍拍!/什么?枪声!打哪儿来的?/土枪声!自家的!"③但是,这一切都只存在于"我"内心的活动之中,"我"在现实中"不做声,不谈话",这种对于士兵思乡心理的"猜测"其实也只是"我"的一种戏剧性独白。

诗人并对长安街上乘坐汽车对老百姓耍威风,却对日本侵略者堆满笑容的上层统治者进行了讽刺与批判,"看汽车掠过长街"多"摩登"与舒服,"尽管威风/可哪儿比得上从前的大旗/红日下展出满脸的笑容"④。诗歌最后一个部分,诗人叙述了比北平故都更古老的后方的长安城人民的平庸与麻木,人与人之间同样隔膜与孤独。"我"想象"我"那在更古老的城里(长安城)的老朋友的情况,"我"想知道"他""这时候怎样了?"⑤说不定"他"与西长安街上的那位"老人"一样,"伴着斜斜的淡淡的长影子"在"荒街上走过"?以及"我"想象"老朋友"与"我"的"对话":"告诉我你新到长安的印象吧。"⑥这种话语只是在"我"的心里进行的,而又是以"老朋友"的口吻叙述,即"表现为他者的

---

① 卞之琳:《雕虫纪历　1930—1958》(增订版),人民文学出版社1984年版,第18页。
② 同上。
③ 同上。
④ 同上书,第18—19页。
⑤ 同上书,第19页。
⑥ 同上。

声音侵蚀到自我的声音中来。换句话说,卞之琳的诗中充满了对话性"①,构成诗歌的复调艺术。之后诗歌又回到叙述主体"我"的叙述视角,叙述主体"我"感到"(我身边仿佛有你的影子)",这是叙述主体"我"内在的感受,"我"像对待开篇中的老人那样,发出交谈的请求:"朋友,我们不要学老人,谈谈话儿吧。"②然而,这不过是"我"的戏剧性的独白而已,交流成为奢望,人与人之间无法进行交流与沟通。这是20世纪30年代可悲的中国社会现实的表现,也是现代人的现代处境与孤独情感的真实写照。

总之,卞之琳通过对话、潜对话及戏剧独白,乃至于小说化,设置戏剧化情境,使内在情感通过外在客观对应物得到表现,进行一种客观的抒情,实现诗歌艺术的创新,丰富了现代诗歌的艺术手法。卞之琳曾说他自己"总喜欢表达我国旧说的'意境'或者西方所说'戏剧性处境',也可以说是倾向于小说化,典型化,非个人化,甚至偶尔用出了戏拟(parody)"③。还说自己写抒情诗"着重'意境',常通过西方的'戏剧性处境'而作'戏剧性台词'"④。卞之琳诗歌采用对话、潜对话以及戏剧独白艺术,使其诗歌呈现出小说化、客观化、典型化的特征,在戏剧性场景中透露自己内在的思想情感,表现出较为鲜明的现代诗歌艺术色彩。

卞之琳诗歌的"戏剧化"写作受到闻一多、徐志摩等前辈诗歌的小说化与戏剧化创作的影响。闻一多的《天安门》《飞毛腿》,徐志摩的《一条金色的光痕》等作品都采用了戏剧化手法。卞之琳指出他在写诗"技巧"上,除了从中国古代及外国直接学来的一部分,另外还向中

---

① 江弱水:《卞之琳诗艺研究》,安徽教育出版社2000年版,第86页。
② 卞之琳:《雕虫纪历 1930—1958》(增订版),人民文学出版社1984年版,第19页。
③ 同上书,"自序"第3页。
④ 同上书,第15页。

国现代诗人学习借鉴,他说:"从我国新诗人学来的一部分当中,不是最多的就是从《死水》吗? 例如,我在自己诗创作里常倾向于写戏剧性处境、作戏剧独白或对话,甚至进行小说化,从西方诗里当然找得到较直接的启迪,从我国旧诗的'意境'说里也多少可以找得到较间接的领会,从我的上一辈的新诗作者当中呢? 好,我现在翻看到闻先生自己的话了,'尽量采取小说戏剧的态度,利用小说戏剧的技巧'等等(《全集》卷首"朱序"第 22 页)。而以说话的调子,用口语来写干净利落、圆顺洗练的有规律诗行,则我们至今谁也没有能赶上闻、徐旧作,以至超出一步,这也不是事实吗?"①当然,在这里,卞之琳非常自谦,他其实在诗歌的戏剧化、小说化写作方面所取得的成就已经远远超过徐志摩、闻一多等前辈。

第五节　自我意识中的他者声音与
他者声音中的自我意识

　　卞之琳诗歌对话性的一个突出特征,就是诗歌叙述主体自我意识中出现另一个人的声音,或者是在他人的叙述中出现诗人自我的意识。也就是说,在卞之琳诗歌中,不少作品表现叙述主体自我的意识(声音),然而在自我意识(声音)中却出现他者的声音;或者是自我的意识隐匿到他者声音中去,在他者的声音中表现自我意识。这两种情况都

---

　　①　卞之琳:《完成与开端:纪念诗人闻一多八十生辰》,《卞之琳集》,中国社会科学出版社 2009 年版,第 317 页。

使得卞之琳诗歌中同时存在两种声音,呈现出复调的诗歌艺术特征。

　　首先,我们看卞之琳诗歌自我意识中他者声音的情况。这种情况其实在上面不少作品的分析研究中都已初步涉及。

　　譬如我们在分析《西长安街》时指出,在叙述主体"我"的戏剧性独白中出现长安城老朋友的声音"告诉我你新到长安的印象吧",同样在这首诗中,在"我"的戏剧性独白中描写士兵听到土枪声后发出声音:"自家的! 不怕,不怕!"这些都是在诗歌叙述主体"我"的戏剧性独白中出现的他者声音,"我"的声音交织着他者的声音,形成多声部性,具有复调的艺术特征。

　　《春城》叙述主体"我"的声音中也出现他者的声音。这首诗第 1、2、3 节都是叙述主体"我"的叙述声音,而在诗歌第 4 节,直接出现两车夫的对话,一个车夫被大风刮起的琉璃瓦从睡梦中惊醒,发出惊叹声:"好家伙! 真吓坏了我……"另一个车夫认为被惊醒的车夫没被砸中是因为"幸亏瓦片儿倒有眼睛",这两个车夫的对话又遭到小孩的嘲笑:"鸟矢儿也有眼睛——哈哈哈哈!"这三个人的声音出现在叙述主体"我"的叙述声音之中,并且引起叙述主体"我"的心理反应和戏剧性独白:"哈哈哈哈,有什么好笑……""我"认为小孩歇斯底里,悲哉! 他也学老头子,"他也会'想起了当年事…'"这里又直接引用小孩唱歌的歌词,也是在"我"的叙述声音中出现他者的声音。另外,这首诗后面出现的老方和老崔抱怨北京昨天的坏天气,以及对今天的好天气的称赞等。这些他者的声音都是在叙述主体"我"的戏剧性独白中出现的,形成多种声音的相互交织、相互辩驳、相互激荡,构成比较鲜明的对话性与复调的艺术特征。

　　同样,在《尺八》中,"海西客"夜半听闻楼下醉汉的尺八,从而想象唐代孤馆寄居的番客在长安发出"归去也"的声音,这种声音是在"我"

的整体叙述中的,是"我"的意识中的他者声音。《音尘》中也出现自我意识中的他者声音,叙述主体"我"的独白中出现了"远人"的声音:"翻开地图看。"①这里的"翻开地图看"是朋友的声音插入"我"的叙述声音中的直接表现。在《距离的组织》中,诗歌的叙述主体为"我",在"我"的叙述中出现了"我"的来访友人的声音("醒来天欲暮,无聊,一访友人吧"),诗歌在叙述主体"我"的自我意识中突兀地增加来访友人(即末行的"友人")将来拜访前的内心独白。在诗歌中,"我"的叙述中渗透了他者的声音,也就说明,诗人并没有专注于自身的陈述,而是让身外的声音加入到"我"的世界中来,"我"倾听到身外的声音,"我"与外在世界彼此敞开,相互交流与对话。这种他者声音的插入,有力地阻隔了叙述主体"我"单一声音单线地向前发展,引起叙述语气的停顿与转变。对此,江弱水分析指出:"他不是只顾自己说话,而是常常停下来倾听别人的说话,且他对于这些说话者采取的态度,也是完全平等的。"②

其次,我们看卞之琳诗歌他者声音中自我意识的表现。卞之琳诗歌不仅表现自我意识中的他者声音,而且有时也在他者的声音中渗透着自我的意识。这两种声音相互影响、相互作用,形成一种对话关系,表现为复调艺术。卞之琳曾经认为自己的诗歌创作"我总怕出头露面","这时期我更多借景抒情,借物抒情,借人抒情,借事抒情。没有真情实感,我始终是不会写诗的,但是这时期我更少写真人真事。我总喜欢表达我国旧说的'意境'或者西方所说'戏剧性处境',也可以说是倾向于小说化,典型化,非个人化,甚至偶尔用出了戏拟(parody)。所

---

① 卞之琳:《雕虫纪历　1930—1958》(增订版),人民文学出版社 1984 年版,第42 页。
② 江弱水:《卞之琳诗艺研究》,安徽教育出版社 2000 年版,第 88 页。

以,这时期的极大多数诗里的'我'也可以和'你'或'他'('她')互换"①,这为我们分析卞之琳诗歌他者声音中的自我意识提供了重要的提示,从这一论述中我们可以得出,正因为采用"借景抒情,借物抒情,借人抒情,借事抒情"的写作方式,"我"的情感和声音已经客观化地通过他者,包括通过外在的"景""物""人""事"而得到体现,实现自我意识在他者中的渗透与体现。譬如,《尺八》一诗中,从寄寓在长安城的番客连续发出"归去也"的声音中,读者可以感觉到这不仅仅只是番客在盼望归家,同时也是"海西客"借番客之口而表达自己期盼早日归家的强烈愿望。诗歌在这之后才让"海西客"亲自连续发出三次"归去也"的呼声,更加加强了这种归心似箭的情绪。这些声音其实都是诗人身处异乡、渴求早日归家的心理写照,是作者真实情感的体现。这也为我们理解卞之琳所说的"没有真情实感,我始终是不会写诗的"提供了重要的依据,卞之琳甚至认为"这时期我更少写真人真事"②,但是,这并不妨碍他借助外在的事物来表达自己的真情实感。

又如,《鱼化石》诗歌主体内容的叙述直接以"我"的形式出现,但是诗人还是不忘记在诗歌的主体内容前安置一个叙述者,那就是用括号括起来的副标题"一条鱼或一个女子说",叙述者为"一条鱼"或者"一个女子",以增强诗歌的"小说化""戏剧化"的特点。这里,诗歌通过"鱼"或者"女子"之口来言说,一方面使得叙述具有一种客观化的效果,与"自我"拉开了一定的距离;另一方面又恰当地暗示出诗歌蕴含的自我的爱情观。当然,作品借着"鱼"与"女子"之口发声,实际表达的是"我"对于男女情爱的认识,在他者的声音中,渗透着主体"我"的

----

① 卞之琳:《雕虫纪历 1930—1958》(增订版),人民文学出版社1984年版,"自序"第3页。
② 同上。

自我意识。这里的"女子"也不妨认为是自我色彩很强的诗人"自我"。诗歌第一行,"我要有你的怀抱的形状"①,这一诗句应该说借鉴与化用了法国诗人保尔·艾吕亚(今译保尔·艾吕雅)的两行诗:"她有我的手掌的形状,她有我的眸子的颜色。"保尔·艾吕亚的这两行诗是以一个男子的口吻述说的,而《鱼化石》的叙述主体是"一条鱼或一个女人",也就是说卞之琳的《鱼化石》的叙述主体与保尔·艾吕亚上面这首诗歌的叙述主体实现了男女身份的互换,由保尔·艾吕亚诗歌的男性的叙述者"我"转换为卞之琳《鱼化石》中女性的叙述者"我",但这也许是卞之琳有意使用的一个障眼法,他故意将读者的注意力引向与诗人自我无关的叙述者身上,从而隐藏起诗人自我的真实情感。但是,卞之琳在这里又特地使用保尔·艾吕亚的诗句来对"我要有你的怀抱的形状"这一诗句进行注释说明,读者由此可以联想到《鱼化石》的叙述主体也可能为男性的"我"。与此同时,诗人又害怕读者对此会有所领悟,马上又用另一注释"我们有司马迁的'女为悦己者容'"进行掩盖。这样,卞之琳通过诗歌的提示语及两条注释,实现对诗歌情感的"隐藏自己"——"表现自己"——"隐藏自己"的多次转变。王攸欣先生曾指出这一诗句"不着痕迹地化入诗句,寓意为爱而调整自己的一切,同时也是为所爱的人展示自己。生命的绽放因为爱,也为了爱。因为自我表现少不了对方的注视,观看"②。

　　《鱼化石》第二行诗句为:"我往往溶化于水的线条。"③这里的"我"是一条"鱼"(当然更是主体诗人自己),"水的线条"通过鱼身而

①　卞之琳:《雕虫纪历　1930—1958》(增订版),人民文学出版社1984年版,第138页。
②　王攸欣:《卞之琳诗作的文化——诗学阐释》,《中国现代文学研究丛刊》2015年第3期。
③　卞之琳:《雕虫纪历　1930—1958》(增订版),第138页。

得到展示,鱼将水的线条的无形转化为有形来呈现,正如风的吹拂通过旗帜的飘舞来展现。诗人对这一诗句进一步注释道:"从盆水里看雨花石,水纹溶溶,花纹也溶溶,令人想起保尔·瓦雷里的《浴》。"①诗人通过水盆中的雨花石来表现水的波纹,同时也透过水波来展示雨花石溶溶的花纹。鱼与水的关系在中国传统文化中暗指相互依赖的亲密关系,尤其是男女关系,譬如汉乐府《江南》中歌咏鱼在莲间水下嬉戏就是暗指男女之间隐秘的性关系。这样,"我往往溶化于水的线条"这一诗句喻示男女双方的两情相悦,彼此感受到爱与被爱的幸福,具有融合如水的完美,这正如注释谈到的使人想起保尔·瓦雷里的《浴》。《浴》中,沐浴中的女性是如此美丽与动人,读者通过作者这一注释的暗示,就可以肯定诗歌的叙述者为男性之诗人"自我"。保尔·瓦雷里的诗歌《浴》写道:"水在多情地摇曳/苍苔与琼石间朦胧含笑的瑰丽芳姿/一尊辉耀潋潋苍穹的玉体/潜入,激起粼粼幸福的涟漪……沐浴的女性呵!……你的笑是一种神秘/在水的爱抚里你成熟的欲望已然静息……你伏于浴池等待着时刻的骤止……浴水幻幻的明媚里涸着一片烂漫的旖旎。"②

《鱼化石》第三句诗为:"你真像镜子一样的爱我呢。"③诗人注释道:"斯特凡·玛拉美《冬天的颤抖》里有'你那面威尼斯镜子'一段。"④那是"深得像一泓冷冷的清泉,围着翼兽拱抱、金漆剥落的边岸;里头映着什么呢? 啊,我相信,一定不止一个女人在这一片止水里洗过

---

①　卞之琳:《雕虫纪历　1930—1958》(增订版),人民文学出版社 1984 年版,第 138 页。

②　转引自李卫国:《卞之琳情诗的精神分析性解读》,《龙岩学院学报》2016 年第 3 期。

③　卞之琳:《雕虫纪历　1930—1958》(增订版),第 138 页。

④　同上。

她美的罪孽了；也许我还可以看见一个赤裸裸的幻象呢，如果多看一会儿"①。由此可见，诗句中的"镜子"显示的是一种"幻象"，也就是喻示第二句诗中表现的男女相悦是一种虚幻，"你"（女方）对诗人"我"的爱并不像"我"对"你"的爱那样真诚、热烈、坦率，"我"与"你"之间具有很深的隔膜，鱼与水之间融洽的情感原来只是昙花一现，极其短暂。

卞之琳在这首诗的末尾标注创作于 1936 年，而卞之琳在《雕虫纪历·自序》中写道："在 1933 年初秋，例外也来了。在一般儿女交往中有一个异乎寻常的初次相识，显然彼此有相通的'一点'。由于我的矜持，由于对方的洒脱，看来一纵即逝的这一点，我以为值得珍惜而只能任其消失的一颗朝露罢了。不料事隔三年多，我们彼此有缘重逢，就发现竟是彼此无心或者有意共同栽培的一颗种子，突然萌发，甚至含苞了。我开始做起了好梦，开始私下深切感受这方面的悲欢。隐隐中我又在希望中预感到无望，预感到这还是不会开花结果。仿佛作为雪泥鸿爪，留个纪念。"②这里卞之琳更进一步地证实了这首诗带有诗人自我的情感体验，是夫子自道式的情诗，尽管"你""我"之间的鱼水之情只是一种无望的幻象，但是诗人"我"仍然珍惜这"雪泥鸿爪"。作为生命的纪念，这才有了这首诗的最后一诗句："你我都远了乃有了鱼化石。"诗人为此注释道："鱼成化石的时候，鱼非原来的鱼，石也非原来的石了。这也是'生生之谓易'。近一点说，往日之我已非今日之我，我们乃珍惜雪泥上的鸿爪，就是纪念。"③我们知道"生生之谓易"出自《周易·系辞上》："一阴一阳之谓道。……富有之谓大业，日新之谓盛

---

① 卞之琳：《鱼化石后记》，《卞之琳文集》上卷，安徽教育出版社 2002 年版，第123 页。

② 卞之琳：《雕虫纪历　1930—1958》（增订版），人民文学出版社 1984 年版，"自序"第6—7 页。

③ 同上书，第138 页。

德,生生之谓易。"①诗人在这里引用"生生之谓易"是感悟阴阳转易,一切都只是大化流变中的一个环节,人生情爱同样如此,变易是根本。这才有了"你""我"的情感从热恋到分离,乃至于"你我都远了"的结果。尽管"你""我"的恋情最终"无望","不会开花结果",然而"你""我"的生命仍然彼此发生了改变,也正如"鱼成化石的时候,鱼非原来的鱼,石也非原来的石了","你""我"在彼此的生命里留下了美好的印记。虽然它如"雪泥上的鸿爪"那样美好而稍纵即逝,但是这依然值得"我"纪念。

值得注意的是,卞之琳在《雕虫纪历·自序》里称自己真实而"无望"的恋情是"雪泥鸿爪",在《鱼化石》的注释中再次谈到"往日之我已非今日之我,我们乃珍惜雪泥上的鸿爪,就是纪念"②。这难道不是诗人喻示给读者这是自己的恋情的真实写照吗?我们知道卞之琳1933年夏天与张充和相识后,一直苦恋她,尽管两人也有过比较深入的交往,但是最终还是因为卞之琳的"矜持"等方面的原因而导致两人的恋情没有最终的结果。卞之琳是否在这篇诗歌中将自己喻为热恋的"鱼",而将张充和喻为冷冰冰的"石"呢?一个深情脉脉,一个冷若冰雪,"你我都远了乃有了鱼化石"这一诗句难道不是诗人自身情感追求的一个"纪念"?如果是这样,可以说《鱼化石》是一首现代派的"男人"的怨诗!

据说,《断章》这首诗是卞之琳写给张充和的情诗,但是读者却很难从诗歌的外在表现看出它所蕴含的"真人真事",但是正如卞之琳所说的"没有真情实感,我始终是不会写诗的",也就是说,这首情歌浸透了诗人内在的"真情实感",只不过这首诗采用了小说化、典型化、非个

---

① 杨天才、张善文译注:《周易》,中华书局2011年版,第571页。
② 卞之琳:《雕虫纪历 1930—1958》(增订版),人民文学出版社1984年版,第138页。

人化的艺术手法。诗歌第一行"你站在桥上看风景"①,这句诗用非常简洁的话语呈现出一幅诗意的画面,但是诗人写作的态度是非常客观的。诗歌第二行"看风景人在楼上看你",这里的"看风景人"浸透了叙述主体"我"的情感体验,但是诗歌却没有直接呈现出来,而是将"我"的情感外化到"看风景人"的身上,从而隐匿起个人的真实情感,诗歌的表现也更为客观。"你"成为"看风景人"的一道亮丽的"风景",可见"你"在叙述主体"我"的心目中的地位有多重要!诗歌第三行"明月装饰了你的窗子",这又为读者勾画出一幅温馨、甜美,充满诗情画意的画面。诗歌第四行"你装饰了别人的梦",这句诗更是浸透了诗歌叙述主体"我"的一番深情,"别人的梦"其实质就是"我的梦",意思是"我"爱"你"入梦,因为"我"深爱着"你","你已经"闯入了"我"的梦境,但是诗歌不是直接写"我",而是叙述"你装饰了别人的梦"。"我"的情感和声音在他者中实现了深度的渗透与融合,诗歌使用"别人的梦"就比"我的梦"更加具有宽泛、客观的色彩。诗歌感情的呈现也更加含蓄,更加具有隐匿性的特征。

此外,卞之琳自称"极大多数诗里的'我'也可以和'你'或'他'('她')互换",这也体现了卞之琳诗歌叙述主体自我意识的他者声音与他者声音中的自我意识的复调艺术特征。譬如,《候鸟问题》诗句"抽陀螺挽你,放风筝牵你"②中的"你"其实可以理解为"我","你"与"我"在这里互换并不影响诗句的含义,说明在他者的声音中渗透着自我的意识。这里之所以用"你",是诗人以挽留者的口气"你"挽留"我",故"你"称"我"为"你",由此才有了"我"对"你"种种挽留的反

---

① 卞之琳:《雕虫纪历 1930—1958》(增订版),人民文学出版社 1984 年版,第40 页。
② 同上书,第 46 页。

驳:"而且我可是哪些孩子们的玩具?"①诗歌通过人称视角的转变,使诗歌的叙述变得摇曳多姿。

又如,《无题一》第二节写道:"百转千回都不跟你讲,/水有愁,水自哀,水愿意载你。/你的船呢? 船呢? 下船去! /南村外一夜里开齐了杏花。"②这里的"你"也可以当作叙述主体"我"的客体化,"你"与"我"可以互换,且并不影响诗歌的意义。这首诗中"我"的情感借助于"你"这一客体得到了表现。然而,为什么要将"我"转化为"你"? 这种转化有什么意义呢? 其实,如果从头至尾都是"我",那么这首诗很容易变成一首自我抒情的浪漫派诗歌,而《无题一》使用"你",客观上构筑了一个隐形的"我"向"你"述说的形式,一种对话的形式。其他如《无题二》《无题三》《无题四》《无题五》,这一组诗歌中的"你"也几乎可以改换为"我"或"他",或者"我"可以改换为"你"或"他",且并不影响诗歌的含义。这表现了卞之琳诗歌主客体间的相互渗透性,有时可以互相交换,而并不影响诗歌意义的表达。

最后,在卞之琳诗歌中,有时诗歌中的多个主体都浸透叙述主体"我"的意识,或者说诗人"我"的自我意识通过几个叙述者的叙述而得到体现,极大地丰富了中国现代诗歌的艺术内涵。譬如在《白螺壳》这首诗里,叙述主体"我"、"白螺壳"与"多思者"这三个叙述者,其实都是诗人"我"自我意识的不同方面的表现者。诗歌第一节是叙述主体"我"对空灵的白螺壳的由衷赞美,表达了诗人"我"对美好、纯洁人格精神的崇拜与向往。诗歌第二、三节以"白螺壳"作为叙述者,是"白螺壳"对自我精神品德的剖析,展现的是诗人自我虚怀若谷、"出脱空华"

---

① 卞之琳:《雕虫纪历 1930—1958》(增订版),人民文学出版社1984年版,第46页。

② 同上书,第49页。

的精神特质。诗歌第四节叙述主体是"多思者",是"多思者"对坚韧执着地回归本色,摆脱尘世纷扰的期盼。这也是诗人自我精神的内在要求。

卞之琳诗歌中这种多种叙述声音、叙述声调的运用,最大限度地降低了诗人对他者声音的主观限制。卞之琳说:"这种抒情诗创作上小说化、'非个人化',也有利于我自己在倾向上比较能跳出小我,开阔视野,由内向到外向,由片面到全面。"①这种艺术处理,不仅有助于构筑戏剧性情境,而且有助于与浪漫主义诗风相区别,增加了诗歌艺术的对话性。巴赫金则对浪漫主义典型话语的特征做这样的描述,他说:"对浪漫主义来说,典型的话语是作者的饱含感情、不能自已的直接指述的话语,它绝不允许因引入他人话语而把自己的热情冷却下来。"②由此,我们可以看出卞之琳的现代派诗歌与浪漫主义诗歌的区别。

总之,卞之琳诗歌不论是自我声音中出现他者声音,还是他者声音中渗透着自我意识,两种声音相互影响、相互作用,使诗歌跳出自我,由内向转向外向,或由外向转向内向,构建戏剧性情境,呈现出对话性特征,呈现复调的艺术特征。

第六节　多变的语气与插入语句

卞之琳诗歌的对话性,不仅体现在诗歌内容上,而且也体现在诗歌

---

① 卞之琳:《雕虫纪历　1930—1958》(增订版),人民文学出版社1984年版,第7页。
② 〔苏〕巴赫金:《巴赫金全集》第5卷,白春仁、顾亚铃译,河北教育出版社2009年版,第263页。

的语气及语句上。卞之琳诗歌往往具有多变的语气,使用疑问、祈使、反诘、感叹、转折等语气打破单一的陈述,形成各式各样的对话语气。此外,卞之琳诗歌有时在书写过程中,不断插入新的语句,对原有话语进行补充、修饰、限定、夸张、丰富,形成一种隐蔽的他者的反应与反馈,构成与原有话语的对话。而无论是多变的语气,还是插入语句的使用,这些都与卞之琳诗歌复杂多样的语言符号的使用有着紧密的关系。

　　首先,卞之琳诗歌充满了大量问号。这些问号在诗歌中存在形式多样,表示反问、疑问、诘问语气,构成微型对话。譬如《候鸟问题》的疑问句式的精彩呈现,有力地体现了这首诗歌的对话性。诗歌叙述纸鹰、纸燕、纸雄鸡形状的风筝三只、四只飞上天,叙述主体“我”问道:“上天可是迎南来雁?/而且我可是哪些孩子们的玩具?”[1]这两句诗是对“放风筝牵你”的质疑和否定,形成对话性。诗歌还写道:“且说你赞成呢还是反对/飞机不得经市空的新禁令?”[2]这诗句是说,如果飞机禁止飞入城市的空中,那么叙述主体“我”就不得不留下来,“你”究竟是赞同呢？还是反对？也就是“你”究竟希望“我”留下来还是希望“我”离开？这是叙述主体“我”的疑问。诗歌后面是叙述主体“我”下定决心要走,不再犹豫不决了,“我”发出声音:“等到了别处以后再管吧:/多少个院落多少块蓝天?”[3]这里虽然使用了疑问号,但是更多带有感叹号的意义。《候鸟问题》中疑问句式的广泛使用,体现了“我”在“走”与“留”之间的彷徨、犹豫与动摇,叙述主体“我”内心的对话得到了十分生动的体现。《酸梅汤》的疑问句式也生动地体现了“我”与卖酸梅汤老人间潜在的对话与现实的对话相交织。叙述主体“我”问卖酸梅

---

[1]　卞之琳:《雕虫纪历　1930—1958》(增订版),人民文学出版社 1984 年版,第 46 页。

[2]　同上。

[3]　同上。

汤的老人今年的柿子和花生是不是同往年一样,诗歌写道:"我问你,/(老头儿,倒像生谁的气,/怎么你老不作声?)你说,/有什么不同吗?"①这里有两个疑问句,一个疑问句发生在叙述主体"我"的内心之中,一个疑问句是叙述主体"我"与卖酸梅汤的"老人"的现场对话,两种疑问的声音同时存在,形成艺术上的复调性。

《落》中的疑问号比较生动地表现了叙述主体"我"的戏剧独白,对表现"我"情感的转变具有重要作用。叙述主体"我"发现"你"眼角摇摇欲坠的孤泪随时下坠,"我"为此极度担忧、发愁,"怕它掉下来向湖心直投!"②这时"我"展开内心的戏剧独白:"你想说不要紧?可是平静——"这里的疑问号带有反问与质疑的意思,诗歌很快实现转折:"唉,真掉下了我这颗命运!"③"你"对自己孤泪的抛坠感到不要紧,但是却仿佛要了"我"的命。疑问号对实现诗歌情感的转折具有引发作用。

此外,《古镇的梦》写小孩子老是夜间梦里哭,吵得人睡不成觉,小孩的妈妈对小孩的爸爸说:"明天替他算算命吧?"④这里的疑问号具有询问的意思。《无题一》的诗句"你的船呢?船呢?下船去!"⑤其中的两个疑问号是"我"非常紧迫地向你询问的意思。《航海》中以第三人称叙述"多思者"在家乡认一夜的长度为蜗牛在窗槛上的一段"银迹",而他在大海上乘坐轮船航行一晚则表现为:"可是这一夜却有二百海里?"⑥这里的疑问号既是对轮船一夜是否航行了二百海里的疑问,又

---

① 卞之琳:《雕虫纪历 1930—1958》(增订版),人民文学出版社 1984 年版,第12 页。

② 同上书,第 116 页。

③ 同上。

④ 同上书,第 30 页。

⑤ 同上书,第 49 页。

⑥ 同上书,第 137 页。

突出了同样是一个夜晚,轮船所航行的路程与蜗牛所爬行的距离两者相差是多么远啊！在《距离的组织》《尺八》等诗作中也有疑问号,主要表示疑问与质疑。

　　特别值得关注的是《圆宝盒》中疑问语的使用和改写。在卞之琳诗集《十年诗草》中,诗歌写道:

　　　　虽然你们的握手
　　　　是桥——是桥？——可是桥
　　　　也搭在我的圆宝盒里①

　　对此,李广田分析道:"这里的中间一行,在文字上可以说又简单,又重复,然而他的意义却是变而又变的。第一个'是桥'是肯定语,第二个'是桥'是疑问语,有否定的意味,第三个'可是桥',是进一步作了另一个肯定,有'否定之否定'的意味。而且这里三个'是桥'似重复而实不重复,读起来是三种语调,声音上也就描绘出了桥的颤动。"②值得注意的是,后来卞之琳在《雕虫纪历》中对这首诗进行了修改,将第二个"是桥"后的疑问号改为感叹号,具体为:"是桥——是桥！——可是桥"。江弱水对此评论道:"第二个'是桥'出之以感叹语气,但同样可以听得出隐藏的对第一个'是桥'的质疑与对此一质疑的坚决否定,而且否定得更加醒豁,使第三个'可是桥'的转折也更加有力。"③江弱水的评论是十分深刻的。

　　与此同时,卞之琳之所以做出这种改动,应该放在整个诗歌中进行

----

①　转引自李广田:《李广田文学评论选》,云南人民出版社1983年版,第248页。
②　李广田:《李广田文学评论选》,第248页。
③　江弱水:《卞之琳诗艺研究》,安徽教育出版社2000年版,第92页。

考察,这首诗歌的后面是:"而我的圆宝盒在你们/或他们也许也就是/好挂在耳边的一颗/珍珠——宝石?——星?"①这里最后一诗句是"珍珠——宝石?——星?"它通过两个疑问号,非常有效地表达了挂在耳边的究竟是珍珠——宝石?还是星?充满了不确定性。这种不确定性恰好与前面诗句"你们的握手/是桥"的确定性形成对比:一方面在内容上,"是桥——是桥!——可是桥"就比"是桥——是桥?——可是桥"的肯定性更强,其意义上的确定性与"珍珠——宝石?——星?"意义的不确定性的对比就更为鲜明;另一方面,在诗歌形式上,"是桥——是桥!——可是桥"与"珍珠——宝石?——星?"两者的对照性也更加明显。

　　其次,卞之琳诗歌也充满了感叹号,表示祈使或者感叹语气,同时形成主体"我"内心的戏剧对比。譬如《春城》中车夫没有被大风掀起的瓦片击中,小孩发出嘲笑声:"鸟矢儿也有眼睛——哈哈哈哈!"然后是"我"对小孩的嘲笑的批驳,认为小孩"歇斯底里!/悲哉,悲哉!"诗歌中的感叹号表现了叙述主体"我"对小孩子强烈的即时反应,也就是"我"对小孩嘲笑车夫的反应,形成典型的双声语。《白螺壳》诗歌的第一节有两句诗都带有感叹号,一是"你细到可以穿珠!"②二是以叙述主体"我"发出的惊呼:"我也不禁要惊呼:'你这个洁癖啊,唉!'"③诗歌中两个感叹号呈现的是两个层次上的感叹。前一个是"我"的直接的感叹,后一个是"我"一句引语中的感叹。诗歌便打破了单一的声音和整一的陈述,形成语气的断续,诗行的破碎,呈现两个声音、两种语调,构成复调性。

---

　　①　卞之琳:《雕虫纪历　1930—1958》(增订版),人民文学出版社1984年版,第136页。

　　②　同上书,第54页。

　　③　同上。

　　卞之琳诗歌中夹杂多种标点符号,形成多样的语气,有力地表现了诗歌的多声调性与对话性。这些标点符号除了"?""!",还有"——""……"等,这些标点符号有时共同使用,形成多种声音的交织。譬如,《寒夜》诗歌中一方面有疑问号,如诗句"哪来的一句钟声?"①这是叙述主体发出的声音;另一方面又有省略号,如"又一下,再来一下……"这是钟声;还有引号和感叹号,如"什么,有人在院内/跑着:'下雪了,真大!'"②这是在院内跑动的人发出的声音,诗歌使用多种标点符号表达多种声响,形成复合的声调。《淘气》中有叙述主体"我"的戏剧独白:"哈哈! 到底算谁胜利?"包含了感叹号和疑问号。又如,小孩在"我"对面的墙上写下的"'我真是淘气'",包含了引号,形成两种声音的交织。又如,《妆台》有叙述主体的声音:"给那件新袍子一个风姿吧。"③也有不知道是哪一个人写给"我"的话:"'装饰的意义在失却自己,'/谁写给我的话呢? 别想了——"这两句诗里包含了引号、疑问号、破折号,既有一个不知道是谁的声音,又有叙述主体的发问声,以及转折意义,最后一诗句:"讨厌! '我完成我以完成你。'"④这一诗句包含感叹号和引号等标点符号,也是两种声音的混合,一种是叙述主体的发声"讨厌!"另一个声音是另一个人的声音"我完成我以完成你"。这首诗歌也形成多声调的复调性。此外,《距离的组织》《水分》《酸梅汤》《春城》《尺八》《候鸟问题》等诗歌也运用多种语言符号,形成多样的语气,这里就不再一一举例说明了。

　　最后,卞之琳诗歌大量使用插入语,形成多种不同声音的并列与交流。卞之琳诗歌插入语使用的一个鲜明的特征,就是诗歌中使用括号

---

① 卞之琳:《雕虫纪历　1930—1958》(增订版),人民文学出版社1984年版,第5页。
② 同上。
③ 同上书,第144页。
④ 同上。

插入新的话语,这新插入的话语能对原来的话语进行补充,或是对原有话语进行限定或修饰,或者增添新的内容,能够使作者自我的意识直接地侵入诗中或者他者声音之中,有力地改变原来话语的单一陈述,形成多种声音的交织与碰撞。譬如,《投》诗歌写小孩儿被人好玩地捡起,像捡起一块小石头向尘世一投,其中关于捡起这一诗句为"说不定有人,/小孩儿,曾把你/(也不爱也不憎)好玩的捡起"①,括号中的"也不爱也不憎"对捡起的行为进行了修饰,表明小孩来到世上只是一个平平淡淡的自然过程,大人们对此并不是特别的喜爱,也不是特别的憎恨。这是叙述者的一种具有权威性的语气的侵入,形成两种声音的杂存。又如《道旁》叙述一个因旅行感到疲倦的人向树下人问北安村怎么走,诗歌在"树下人"之后有一个括号,括号中有一诗句"(闲看流水里流云的)"②,它是对前面提到的"树下人"当时在干什么的补充说明,这也是一种新的语气插入,与前一诗句"倦行人挨近来问树下人"的叙述语气并不一致,也与倦行人的问话"请教北安村打哪儿走?"语气不一致,形成三种声音和语调。又如,《古城的心》一诗叙述古城的寂寥,在晚上七点钟的市场,就可以听到自己的脚步声,在关于七点钟的市场后有一括号中括注的诗句:"这还算是这座古城的心呢。"③它补充说明市场在古城的中心地位,在诗歌的叙述语气上形成新的画外音,用以增强市场的寂寥与衰落。又如,《春城》诗歌括号中的"他们这时候正好看樱花吧?"打破原来的叙述,想象在日本京都,天气极佳的情况下,他们该不会正在观赏樱花吧?将北京的春天与日本京都的春天进行对比,为诗歌增添了新的内容。又如,《距离的组织》诗歌括号中的"醒来

---

① 卞之琳:《雕虫纪历　1930—1958》(增订版),人民文学出版社1984年版,第9页。
② 同上书,第35页。
③ 同上书,第31页。

天欲暮,无聊,一访友人吧",这是来访友人拜访前的内心独白,"语调戏拟我国旧戏的台白",①这仿佛画外音一样出现在诗歌的主调之外。又如,《尺八》中的诗句:"为什么霓虹灯的万花间/还飘着一缕凄凉的古香?"它被括号括了起来,这样就打破了单一叙述口气,对实现时空转换具有重要作用。又如,《圆宝盒》中的诗句:"我幻想在哪儿(天河里?)"括号中的"天河里?"是对诗歌主体中提到的"在哪儿"的一种猜测,这也是一种戏剧独白,形成一种对话。再如,卞之琳诗歌的括号,有的还如戏剧的科白一样,构成一种对话的戏剧性场景的介绍说明。譬如《酸梅汤》中"我"对卖酸梅汤的老人的心理进行猜测:"(老头儿,倒像生谁的气,怎么你老不作声?)"这种猜测与"我"质问老人关于今年的柿子和花生与去年的是不是一样的问话交织在一起,形成两种不同的声音,构成复调的艺术特征。读者能够想象到"我"与卖酸梅汤老人对话的戏剧性情境:老人的默不作声,"我"的爽快饶舌,"我"的内在心理活动与外在的对话,跃然纸上、如在目前。卞之琳诗句中运用这些括号,非常娴熟妥帖,体现了高超的艺术手法。

可见,卞之琳诗歌通过使用一系列标点符号,如"?""!""……""——""( )"等,打破了单一、完整的陈述,在主体声音之外,还具有疑问、感叹、祈使、省略、转折、补充等等语气,插入另外一种声音,形成微型对话,显示了诗歌的复调性。卞之琳诗歌的语言艺术符合巴赫金关于对话性语言的论述。巴赫金说:"本来,完整的对话本身是统一的,只有一种语气。但不同对语一相遇,在融合后出现的新表述里,就变成了相互对立的声音的尖锐交锋。这种交锋体现在表述的每个细节、每个元素中。对话性的冲突深入到内心,言语结构的各种细微成分

① 卞之琳:《雕虫纪历 1930—1958》(增订版),人民文学出版社1984年版,第36页。

中(相应地又深入到意识的各种成分中)。"①

　　总之,卞之琳诗歌具有非常鲜明的对话性艺术特征,主要表现在:常常呈现多个叙述主体及叙述主体的多层形式;矛盾对立的思想情感同时存在,不断纠缠并向对方转变;诗歌表现出几种声音的对话、潜对话及戏剧性独白,在叙述主体的自我意识中呈现他者声音,以及他者声音中透露出自我意识;诗歌使用多种标点符号,以及插入语的使用,形成多变的语气。这一切都使卞之琳诗歌呈现多种声音的相互并存、相互辩驳、相互碰撞、相互激荡,形成复调的艺术,大大拓展了中国现代诗的对话性艺术的发展,为中国现代诗的发展做出了杰出的贡献。

---

　　①　〔苏〕巴赫金:《陀思妥耶夫斯基诗学问题》,《巴赫金全集》第 5 卷,白春仁、顾亚铃译,河北教育出版社 2009 年版,第 275 页。

第三章
"恶毒地澎湃着的血肉"与
"永不能完成"的"我自己":
穆旦对现代诗对话性的深化

    穆旦在中国现代诗歌史上具有非常重要的地位,他不仅是"九叶诗派"最具独特艺术价值的诗人,而且也是20世纪最重要的诗人之一。袁可嘉认为:"穆旦是站在40年代新诗潮的前列,他是名副其实的旗手之一。在抒情方式和语言艺术'现代化'问题上,他比谁都做得彻底。"① 唐祈说:"穆旦是中国现代杰出的诗人。他创作的诗,抽象玄奥,意象繁复,沉郁凝重,风格独特,擅长运用现代形象表现现代生活,写出他同代人(尤其是知识分子)的心灵世界和历史经验——前人所未遇到过的独特经验,使他当之无愧地获得现代派诗人的声誉,成为'九叶诗派'有代表性的诗人之一。"② 谢冕认为:"穆旦有可能成为能够代表这一时代的大诗人。"③ 李怡认为:"穆旦是中国现代诗坛上绝无仅有的奇才、怪才,但是引起当代评论界的重视,却只是近年来的事,而诗人对

---

① 袁可嘉:《诗人穆旦的位置——纪念穆旦逝世十周年》,载杜运燮、袁可嘉、周与良编:《一个民族已经起来:怀念诗人翻译家穆旦》,江苏人民出版社1987年版,第17页。
② 唐祈:《现代杰出的诗人穆旦——纪念诗人逝世十周年》,载杜运燮、袁可嘉、周与良编:《一个民族已经起来:怀念诗人翻译家穆旦》,第55页。
③ 谢冕:《一颗星亮在天边》,载《穆旦诗文集》(增订版)第2卷,人民文学出版社2018年版,第370页。

中国新诗独一无二的贡献,也仍然没有得到深入的认识和肯定。"①
1994年,王一川、张同道主编的《20世纪中国文学大师文库 诗歌卷》
(海南出版社)出版,在此书中,穆旦被推为诗歌卷作者之首,当然,这
种排列不一定准确,但是也反映了穆旦在20世纪中国诗歌史上的崇高
地位。

第一节 穆旦诗歌对话性研究回顾

穆旦诗歌艺术在20世纪40年代就引起人们的重视与研究,并且
初步涉及"玄学""戏剧化""论辩性""主体的分裂"等与穆旦诗歌"对
话性"相关的诗歌艺术特点。王佐良于1946年6月在英国伦敦《生活
与文学》(*Life and Letters*)杂志发表《一个中国诗人》(A Chinese Po-
et),对穆旦的诗歌艺术进行了专题研究,中文稿刊载于1947年7月
《文学杂志》第2卷第2期。《穆旦诗集 1939—1945》出版时此文被
收为"附录"。王佐良认为穆旦:"他总给人那么一点肉体的感觉,这感
觉,所以存在是因为他不仅用头脑思想,他还'用身体思想'。"②王佐良
还认为《诗八首》"这个将肉体与形而上学的玄思混合的作品是现代中
国最好的情诗之一"③。王佐良关注到穆旦诗歌"玄思"的特征。

袁可嘉于1946年冬至1948年底在北京大学西方语文学系任助理

---

① 李怡:《现代:繁复的中国旋律》,中央编译出版社2001年版,第188页。
② 王佐良:《一个中国新诗人》,载李怡、易彬编:《中国文学史资料全编 现代卷 穆旦研究资料》(上),知识产权出版社2013年版,第280页。
③ 同上。

期间,写了不少关于新诗的评论文章,其对穆旦诗歌艺术做了非常精彩的论述。袁可嘉在《新诗现代化》一文中指出20世纪40年代以来出现一种"现代化"的新诗,"现代诗歌是现实、象征、玄学的新的综合传统"①。在这篇论文中,袁可嘉以穆旦的《时感》(也即《穆旦诗文集》增订版中的《时感四首》第4部分)为例,分析指出"作为主题的'绝望里期待希望,希望中见出绝望'的两支相反相成的思想主流在每一节里都交互环锁,层层渗透"②,这种关于"希望"与"绝望"之间的认识,仿佛让我们听到鲁迅在《野草·希望》中关于"希望"与"绝望"的声音。袁可嘉还在《诗与民主——五论新诗现代化》一文中认为穆旦诗歌具有戏剧化的特征,并由此而表现出他对穆旦戏剧诗的偏爱更甚于徐志摩的抒情诗。

郑敏关注到穆旦诗歌对"矛盾"的书写,她说:"他的诗以写矛盾和压抑痛苦为主。……诗又总是围绕着一个或数个矛盾来展开的。"③"他的诗基本上建立在一对对的矛盾着的力所造成的张力上。"④

另外,周钰良、李瑛对穆旦诗歌"哲理性""情思"的特征进行了很好的论述。周钰良指出:"所谓属于穆旦自己的,是情思的深度、敏感的广度,同表现的饱满的综合。"⑤李瑛认为穆旦的诗歌装下了"哲理新意识的内容"⑥。唐湜则注意到穆旦,"他有一份不平衡的心,一份思想者的坚忍的风格","他表现了一个真挚的灵魂的风格,他愿像仇虎那

---

① 袁可嘉:《新诗现代化——新传统的寻求》,《论新诗现代化》,生活·读书·新知三联书店1988年版,第4页。
② 同上书,第9页。
③ 郑敏:《诗人与矛盾》,载杜运燮、袁可嘉、周与良编:《一个民族已经起来:怀念诗人翻译家穆旦》,江苏人民出版社1987年版,第30页。
④ 同上书,第31页。
⑤ 周钰良:《读穆旦的诗》,《益世报·文学周刊》1947年7月12日。
⑥ 李瑛:《读穆旦诗集》,《益世报》1947年9月27日。

样在幻想与观念的森林里兜圈子,而永不停止追求",①并进一步指出穆旦把"自我分裂为二",一个是"自然的生理的自我",另一个是"'永不能完成'的'我自己'"的"心理的自我","使二者展开辩证的追求与抗争"②。这种认识无疑是非常深刻的。

1949年之后,因为社会环境的巨大变化,穆旦很少进行诗歌创作。他将自己的主要精力放在诗歌的翻译上,因此,诗人身份的穆旦逐渐被翻译家身份的穆旦所代替,他的诗歌也逐渐被世人所遗忘。直到20世纪70年代中后期,随着政治气氛的逐渐宽松,穆旦重新进行诗歌创作,迎来他的诗歌创作的又一个辉煌时期,可惜不久穆旦就逝世了。

70年代末期,穆旦诗歌也重新被世人关注。特别是穆旦逝世十周年和穆旦逝世二十周年,穆旦的好友及研究专家先后出版了两个纪念文集,即《一个民族已经起来:怀念诗人翻译家穆旦》③和《丰富和丰富的痛苦——穆旦逝世20周年纪念文集》④,它们对于新时期以来的穆旦研究起到了重要的推动作用。第一,穆旦诗歌的思想性、哲理性、矛盾性被一些学者进一步做了较为深入的论述。在穆旦去世后,杜运燮便发表纪念文章,他认为穆旦"具有现代知识分子的特有的思想和感情……对灵魂深处的痛苦和欢欣进行细致剖析,但又竭力把内容压缩在尽可能少的字里行间,以获得强烈的效果"⑤,再次肯定穆旦诗歌"深思"的特点。蓝棣之认为穆旦诗歌"知性成份重",带有"玄学"和"西方现代派文学的色彩"⑥特征。谢冕认为"穆旦的这种自我拷问是他的诗

---

① 唐湜:《探求者穆旦》,《新意度集》,生活·读书·新知三联书店1990年版,第103页。
② 同上书,第104页。
③ 杜运燮、袁可嘉、周与良编:《一个民族已经起来:怀念诗人翻译家穆旦》,江苏人民出版社1987年版。
④ 杜运燮、周与良、李芳等编:《丰富和丰富的痛苦——穆旦逝世20周年纪念文集》,北京师范大学出版社1997年版。
⑤ 杜运燮:《忆穆旦》,香港《新晚报》1979年2月27日。
⑥ 蓝棣之:《论四十年代的"现代诗"派》,《中国现代文学研究丛刊》1983年第1期。

的一贯而不中断的主题",而穆旦最动人的诗情是他"站立在过去与未来两大黑暗之间,揭示自我的全部复杂性"①。邵燕祥认为穆旦的"诗的深度来源于社会生活的矛盾和诗人自己的内心矛盾"②。谢冕和邵燕祥都关注到穆旦诗歌的矛盾性。李怡关注到穆旦诗歌的"矛盾冲突",他认为正是穆旦诗歌中"几种方向各异的力量的相互纠结,矛盾才最终在诗人那里迸射出闪电一般的惊人的光芒"③。第二,有关穆旦诗歌戏剧化的研究成为这一时期学者关注的重要内容。譬如,林真认为穆旦诗歌具有戏剧化冲突的特点,他认为穆旦将"那些好像有关系,又好像没有关系的事物"进行排列,这"其实是他小心翼翼地布置的冲突因素",穆旦"最后让这些冲突因素不可避免地碰在一起而爆发出高潮,这就大大地加强了诗的张力"。④ 曹元勇则分析指出《防空洞里的抒情诗》《漫漫长夜》具有"戏剧化的独白与言谈",《森林之魅》《神魔之争》具有"诗剧化的体裁与结构"。⑤ 第三,对穆旦诗歌中"自我"的认识也达到一个新的高度。譬如李焯雄认为穆旦诗歌主体自我是"解体"的,他说:"'诗人'往往是自我'解体'的(自省和自剖的),由'情话绵绵'的感性,'向着一个不可及的谜底'(哲学玄思)而沉淀出智性。"⑥李焯雄的论述初步涉及穆旦诗歌主体的分离等与对话性理论相关的内容,特别值得关注。方稚(为李方、徐稚合作所用笔名)则在香港学者梁秉钧

　　① 谢冕:《一颗星亮在天边》,载《穆旦诗文集》(增订版)第2卷,人民文学出版社2018年版,第365页。
　　② 邵燕祥:《重新发现穆旦》,载杜运燮、周与良、李芳等编:《丰富和丰富的痛苦——穆旦逝世20周年纪念文集》,北京师范大学出版社1997年版,第35页。
　　③ 李怡:《黄昏里那道夺目的闪电——论穆旦对中国现代新诗的贡献》,《中国现代文学研究丛刊》1989年第4期。
　　④ 林真:《穆旦诗作的特色》,香港《文汇报》1983年4月26日。
　　⑤ 曹元勇:《走在汉语写作的最前沿》,载杜运燮、周与良、李芳等编:《丰富和丰富的痛苦——穆旦逝世20周年纪念文集》,第126页。
　　⑥ 李焯雄:《欲望的暗室和习惯的硬壳——略论穆旦战时诗作的风格》,载杜运燮、周与良、李芳等编:《丰富和丰富的痛苦——穆旦逝世20周年纪念文集》,第44页。

的论文《穆旦与现代的"我"》(此文收入穆旦逝世 10 周年纪念文集《一
个民族已经起来:怀念诗人翻译家穆旦》中)的引发下,对穆旦诗作中
的抒情主体"自己"重新加以解读,写作了《穆旦的"自己的葬歌"》,分
别从"全新的抒情主体""人生极地的'探险'与'搏求'""智性的抒情
与人格的魅力"及"殉道者的'葬歌'"四个方面对穆旦诗歌中的主体
"我"进行了非常深入的论述。① 第四,一些学者将穆旦诗歌与鲁迅《野
草》相联系进行比较研究,关注到二者内在精神实质上具有某种一致
性。譬如,李方认为穆旦诗歌中的"被围者"形象"犹如鲁迅笔下'困顿
倔强'的'过客'"。② 张同道关注到穆旦的诗歌与《野草》一样展示了
"灵与肉的搏斗",他说:"穆旦的诗正是《野草》传统的暗接与赓续,展
示了迷暗沉郁的灵与肉的搏斗。"③总之,20 世纪 70 代末至 20 世纪末
期,穆旦诗歌研究取得了一些令人关注的成果,但是不少成果也还有待
于进一步扩展与深入。

　　进入 21 世纪之后,在前期研究成果基础上,涉及穆旦诗歌对话性
的研究更为专业、深入、具体。首先,值得注意的是孙玉石主编的《中
国现代诗导读(穆旦卷)》④,这部著作对穆旦的代表性诗歌进行了解
读,非常具有启发意义。段从学的《穆旦的精神结构与现代性问
题》⑤对穆旦诗歌中"自我"的分裂进行了较为深入的研究和探讨,一些
篇章的分析颇有创见。李怡、易彬编的《中国文学史资料全编　现代

---

① 方稚:《穆旦的"自己的葬歌"》,载杜运燮、周与良、李芳等编:《丰富和丰富的痛
苦——穆旦逝世 20 周年纪念文集》,北京师范大学出版社 1997 年版,第 129—143 页。
② 李方:《悲怆的"受难的品格"——穆旦诗歌的审美特质》,载杜运燮、周与良、李芳
等编:《丰富和丰富的痛苦——穆旦逝世 20 周年纪念文集》,第 72 页。
③ 张同道:《带电的肉体与搏斗的灵魂:穆旦》,载杜运燮、周与良、李芳等编:《丰富
和丰富的痛苦——穆旦逝世 20 周年纪念文集》,第 76 页。
④ 孙玉石主编:《中国现代诗导读(穆旦卷)》,北京大学出版社 2007 年版。
⑤ 段从学:《穆旦的精神结构与现代性问题》,人民出版社 2014 年版。

卷　穆旦研究资料》[1]也值得关注,虽然其中所收录的论文大部分都在穆旦逝世 10 周年的纪念论文集《一个民族已经起来》[2]和穆旦逝世 20 周年的纪念论文集《丰富和丰富的痛苦——穆旦逝世 20 周年纪念文集》[3]中出现过,但是还是收录了 20 世纪末以来的一些重要的穆旦诗歌研究论文,譬如钱理群的《鲁迅与穆旦》(上、下)、姜涛的《冯至、穆旦四十年代诗歌写作的人称分析》、江弱水的《伪奥登风与非中国性:重估穆旦》、王家新的《穆旦与"去中国化"》、张桃洲的《论穆旦"新的抒情"与"中国性"》等等,这些论文有不少涉及穆旦诗歌对话性的相关内容。

　　另外,其他涉及穆旦诗歌对话性研究的成果主要有以下几个方面。首先,探讨穆旦诗歌戏剧化是当下穆旦研究的一个重要内容。譬如,卢乔、胡苏珍的论文《穆旦诗中的"戏剧性"》[4]分别从"相互矛盾冲突的主体情思""正话反说和悖论中的反讽戏剧性""异质图式并置中的结构性反讽"三个方面对穆旦诗歌的戏剧性进行论述,具有一定的价值。胡苏珍的博士学位论文《跨语际实践中的新诗"戏剧化"研究》[5]有专节对穆旦戏剧化写作进行研究。白若凡的《穆旦诗歌的戏剧张力研究》专题探讨穆旦诗歌的戏剧张力,认为其主要表现为"寻找诗歌的另一种'声音'""神魔之争""旷野及其他""诗体的撕裂"等。刘青松的

---

　　① 李怡、易彬编:《中国文学史资料全编　现代卷　穆旦研究资料》,知识产权出版社 2013 年版。
　　② 杜运燮、袁可嘉、周与良编:《一个民族已经起来:怀念诗人翻译家穆旦》,江苏人民出版社 1987 年版。
　　③ 杜运燮、周与良、李芳等编:《丰富和丰富的痛苦——穆旦逝世 20 周年纪念文集》,北京师范大学出版社 1997 年版。
　　④ 卢巧、胡苏珍:《穆旦诗中的"戏剧性"》,《名作欣赏》2013 年第 17 期。
　　⑤ 胡苏珍:《跨语际实践中的新诗"戏剧化"研究》,浙江大学 2009 年博士学位论文。

《"新诗戏剧化"的理论建构及其诗学实践——以九叶诗人为中心的考察》①一文探讨以九叶诗人为中心的"新诗戏剧化"理论与实践的成就。以上这些研究都具有有启发意义的观点。

其次,有关穆旦诗歌中"自我"的研究也是当下穆旦诗歌研究的重要方面,主要成果有张岩泉的《分裂的自我形象与破碎的世界图景》②、丁凯的《矛盾与痛苦中的追寻——穆旦诗歌中丰富的"我"》③,蒋裕银、杨东的《论穆旦诗歌中的"自我"意象》④,李蓉的《论穆旦的"身体信仰"》⑤等。

最后,有关穆旦诗歌"智性化"特点的研究也成为穆旦诗歌研究的一个重要内容,相关研究文章有《略论穆旦诗作中的"智性化抒情"》⑥、《知性美与"新诗现代化"——论穆旦与"九叶"诗人的诗美追求与实践》⑦等。另外,一些论文从比较的视角研究穆旦,主要有《新诗"精魂"的追寻——穆旦与鲁迅的诗学比较》⑧、《存在主义文学的对位性解读——陀思妥耶夫斯基与穆旦》⑨、《冯至与穆旦抒情诗风格比较》⑩、《T.S.艾略特诗学理论在中国的旅行——以下之琳和穆旦的新诗创作

---

① 刘青松:《"新诗戏剧化"的理论建构及其诗学实践——以九叶诗人为中心的考察》,湖南师范大学 2011 年硕士学位论文。

② 张岩泉:《分裂的自我形象与破碎的世界图景》,《社会科学》2013 年第 11 期。

③ 丁凯:《矛盾与痛苦中的追寻——穆旦诗歌中丰富的"我"》,《殷都学刊》2011 年第 1 期。

④ 蒋裕银、杨东:《论穆旦诗歌中的"自我"意象》,《南方论坛》2015 年第 12 期。

⑤ 李蓉:《论穆旦的"身体信仰"》,《文学评论》2019 年第 5 期。

⑥ 宋海婷:《略论穆旦诗作中的"智性化抒情"》,《西安建筑科技大学》2003 年第 1 期。

⑦ 程国君、钟海林:《知性美与"新诗现代化"——论穆旦与"九叶"诗人的诗美追求与实践》,《陕西师范大学学报》2017 年第 6 期。

⑧ 李玉辉:《新诗"精魂"的追寻——穆旦与鲁迅的诗学比较》,《宁夏大学学报》2021 年第 3 期。

⑨ 杨经建:《存在主义文学的对位性解读——陀思妥耶夫斯基与穆旦》,《学术界》2013 年第 4 期。

⑩ 史红华:《冯至与穆旦抒情诗风格比较》,《长春工程学院学报》2013 年第 3 期。

为例》①、《奥登对穆旦诗歌创作技巧的影响》②、《重读穆旦〈诗八首〉：原诗、自译和安德鲁·马维尔》③等。个别学者关注到穆旦诗歌的语言艺术，如熊权的《穆旦诗歌与西方反讽诗学——对诗歌语言的悖论修辞、戏拟和语境的分析》④一文从语言上比较研究穆旦诗歌与西方反讽诗学，做出了具有启发意义的探讨。以上这些研究对本章有关穆旦诗歌对话性的研究都具有一定的启发意义，本章循着这些研究足迹进一步深入探讨，对穆旦诗歌的对话性进行全面深入的系统研究，弥补前期学者零星的论及，希望能为后来的穆旦诗歌研究起到一个抛砖引玉的作用。

第二节　自我的分裂与心灵的辩驳

穆旦诗歌中的主体"自我"具有鲜明的特征，那就是其诗歌中的"自我"是分裂的、多变的，呈现出残缺性、论争性、未完成性的特征。这与中国新文化运动后的现实主义诗歌或者浪漫主义诗歌中的主体"自我"有着巨大的差别。后两种诗歌的主体"自我"是统一、完整、确定的。这种差异显示出穆旦诗歌对主体"自我"的探索与转变，具有现

---

①　袁奉亚、杨尉：《T. S. 艾略特诗学理论在中国的旅行——以卞之琳和穆旦的新诗创作为例》，《浙江外国语学院学报》2014 年第 2 期。

②　龙晓滢：《奥登对穆旦诗歌创作技巧的影响》，《名作欣赏》2019 年第 32 期。

③　王毅：《重读穆旦〈诗八首〉：原诗、自译和安德鲁·马维尔》，《文学评论》2019 年第 5 期。

④　熊权：《穆旦诗歌与西方反讽诗学——对诗歌语言的悖论修辞、戏拟和语境的分析》，《河北大学学报》2010 年第 6 期。

代派诗歌的特征。

　　穆旦诗歌中的主体"自我"在其诗歌创作中占有重要地位,只有深刻把握其诗歌主体"自我"的特征,才能够理解其诗歌的深刻内涵。穆旦对"自我"的描写,是其诗歌创作的一个核心,贯穿其诗歌创作的各个时期。唐湜认为穆旦诗歌创作是从"我"这个起点开始,"其实这个起点原是他全部诗作的起点"。[①] 穆旦甚至直接在诗歌的标题中呈现"自我",譬如《我看》(1938 年 6 月)、《我》(1940 年 11 月)、《我向自己说》(1941 年 3 月)、《三十诞辰有感》(1947 年 3 月)、《我想要走》(1947 年 10 月)、《我歌颂肉体》(1947 年 10 月)、《听说我老了》(1976 年 4 月)、《自己》(1976 年 7 月)、《"我"的形成》(1976 年)等。穆旦另外一些诗篇虽然在标题上没有呈现"自我",但是诗歌内容上紧扣"自我"、表现"自我"的作品就更多了,代表性的作品有《防空洞里的抒情诗》(1939 年 4 月)、《蛇的诱惑》(1940 年 2 月)、《玫瑰之歌》(1940 年 3 月)、《在旷野上》(1940 年 8 月)、《诗八首》(1942 年 2 月)、《出发》(1942 年 2 月)、《自然的梦》(1942 年 1 月)、《神魔之争》(1941 年 6 月)、《隐现》(1943 年 3 月)、《葬歌》(1957 年 2 月)、《冥想》(1976 年 5 月)等。方稚曾经指出:"贯穿穆旦创作始终而困扰最深、索求最苦又殚精竭虑不断深化的主题之一,正是其诗艺世界的'自己'。"[②]我认为这种认识十分深刻。

　　穆旦诗歌中的"自我"是一个不稳定的、残缺的"自我",处于"荒原"般的世界之中。譬如,《我》诗歌中的"我""从子宫割裂","从静止的梦离开了群体","遇见部分时在一起哭喊"。"我"是孤独的,"渴望

---

　　① 唐湜:《探求者穆旦》,《新意度集》,生活・读书・新知三联书店 1990 年版,第 94 页。

　　② 方稚:《穆旦的"自己的葬歌"》,载杜运燮、周与良、李方等编:《丰富和丰富的痛苦——穆旦逝世 20 周年纪念文集》,北京师范大学出版社 1997 年版,第 130—131 页。

着救援","我""痛感到时流",渴求"初恋的狂喜",但是"我""伸出双手来抱住了自己""没有什么抓住";"我"处于孤立无援的境况,越是努力寻求"救援",越是陷入"更深的绝望"。回荡在全篇的是"我"的孤独绝望的声响:"永远是自己,锁在荒野里。"①可见,《我》中的"我"不仅是"残缺"的,而且永远是孤独的、封闭的。诗歌非常深刻地揭示了现代人的"荒原"处境。《隐现》叙述20世纪是一个"有机器和制度却没有文明"的黑暗时代,"我们站在这个荒凉的世界上"②。

　　穆旦诗歌的主体往往幻化为多种形态,从而得以多方面地呈现社会生活内容,表现诗人复杂的思想情感。《诗八首》中的"自我",是"无数的可能里一个变形的生命,永远不能完成他自己"③。正因为"自我"的未定型性,才使得"我"对"你"的"爱"也充满了不确定性。其实,作为客体的"你"也不是一成不变的,"你"也与主体"我"一样处于不断变化之中。正如诗歌所说的"不断地他添来另外的你我",这导致你我的爱只是暂时的,"我却爱了一个暂时的你",这个"暂时的你"就说明了"你"的可变性。④ 同样,在这里也表现了"我"的不断变化的生命形式,"即使我哭泣,变灰,变灰又新生"⑤,鲜明地体现了"我"的生命形式的不断变化。正因为"你""我"双方都处于不断变化之中,那么"我"与"你"的爱也是多变而危险的,也就是诗歌所说的"使我们丰富而且危险"。诗歌深入地体现了主客体的变化导致"爱"的不稳定性,以及生命的丰富多彩及其面临的各种挑战。

　　穆旦诗歌通过赋予"自我"各种迷离变幻的称谓,来表现"我是谁"

① 穆旦:《穆旦诗文集》(增订版)第1卷,人民文学出版社2018年版,第38页。
② 同上书,第239页。
③ 同上书,第76—77页。
④ 同上书,第76页。
⑤ 同上。

这一现代性命题。诗中的"自己",有时是"我",有时是"他",有时是
"你";有时这些称谓可以变换,有时既相互对立又统一;有时既统一又
对立,有时其他的称谓是全部的"我",有时其他的称谓只是部分的
"我";甚至有时"他不是你也不是我"①,"我"不知道他是谁。主体
"我"有时非常伟大,有时又颇为平庸,"我"呈现为一个复杂的"自我"
形态。《从空虚到充实》中的"自我"便是如此。作品首先描写在自然
灾害与民族危亡的双重灾难面前,"我"努力寻找"自我",寻找自己的
"一些可怜的化身"②。那么"我"的"化身"是谁呢?诗歌先后叙述了
四个人:一个是"张公馆的少奶奶";一个是认为"这不过是一场梦"的
具有虚无感的"我的朋友";一个是辗转祖国各个城市,创作了《中国的
新生》并渴望温馨的家的作家;一个是家被敌人的炮火轰毁了,痛苦地
诅咒战争的人。诗歌叙述了战争背景下的各色人等,"我"与这四个人
的生命都或多或少地存在某种相似性,譬如张公馆的少奶奶发出呼救
声:"我不能支持了援救我!"③此外,写作《中国的新生》诗歌的"这个
人"发出呼号:"唉,我多么渴望一间温暖的住屋,/和明净的书几!"④他
们的这种呼救声及其呼号,其实也是诗人自我的心声,由此他们部分地
成为"我的化身"。诗人在记述这四个人之后,又写了一个人:"他不是
你也不是我……我不知道他是谁。"⑤那么这个"他"究竟是谁呢?诗歌
的第3部分写道:"只有你是我的弟兄,我的朋友。"⑥这个"他"可以理
解为"自我"的另一方面。诗歌中的"他"不懂得忏悔,也不会饮下这杯
"彷徨、动摇的甜酒",突出"他"的坚决和果断,与此对应的是"我"的优

---

① 穆旦:《穆旦诗文集》(增订版)第1卷,人民文学出版社2018年版,第17页。
② 同上书,第16页。
③ 同上。
④ 同上。
⑤ 同上书,第17页。
⑥ 同上。

柔寡断,不断沉浸在回忆里。"我"与"他"虽然彼此熟悉,温柔地"在一块走路",仿佛"我"与"他"是亲密无间的,但是"我"与"他"依然无法沟通,"我们交换冷笑,阴谋和残酷",这实在是太让人震惊了! 对此作者发出惊叹声:"然而什么!"①

《从空虚到充实》一诗中,"我"具有各种"化身",颠沛流离,经受各种苦难,渴求温暖,与此同时,"我"既"生"又"死",与鬼魂展开对话,展现对生命的思考。此诗脚注中说第四章结尾的最后两节叙述"原野上丢失的自己正在滋长","我梦见小王的阴魂向我走来",诗歌展开"小王的阴魂"与"我"的对话,"阴魂"说"你的头脑已经碎了,跟我走",然而"我"却回答道:"我不愿意下地狱/只等在春天里缩小,溶化,消失。……流不尽的血磨亮了我的眼睛。"这里混合了"我"的独白以及"我"与"小王的阴魂"的对白,充满着戏剧性和诡异性,表现了"我"勇于追求理想,渴望光明的新社会的到来,以及坦然面对生死的大无畏的牺牲精神。

可以说《从空虚到充实》通过对"自我"的"化身"及"自我"的魂魄的书写,较为全面地反映了当时的社会人生,以及"自我"的复杂多面,"我"的形象不再只是单一的,而是综合了社会各色人等的特征,混合了崇高与卑微正反两方面的特质。

在穆旦诗歌中,哪怕一个平凡的人,也面临着"生"与"死"的考验。《控诉》写道:"一个平凡的人,里面蕴藏着/无数的暗杀,无数的诞生。"②面对生活,"我们"究竟该反抗? 还是苟活? 这是一个值得深思的问题。在时代的巨压之下,诗人发出追问:"我们做什么? 我们做什

---

① 穆旦:《穆旦诗文集》(增订版)第 1 卷,人民文学出版社 2018 年版,第 17 页。
② 同上书,第 67 页。

么?"①对待生命有两种态度:一是反抗,"也是立意的复仇",与别人心上的蔑视、欺凌和敌意进行斗争;二是苟活,"或者半死",每天"勉强在腐烂里寄生"。② 诗歌对人的生存状态的逼视与追问,以及对自己灵魂的拷问,也必然指向历史的批判:"历史的矛盾压着我们,/平衡,毒戕我们每一个冲突。"③正是这种沉重的历史负担迫使"我们"就范,"而智慧使我们懦弱无能"。同样,在《隐现》中,"自我"在"非我"之中扩大"自己","我们"已经有太多的"战争""不满""利害""分裂阴谋""报复","这一切把我们推到相反的极端"。④ "自我"处于各种黑暗之中,但并不阻碍"我们"对光明的寻求。

可见,穆旦诗中的"我"不仅是残缺的、孤独的,而且是复杂多样的,具有各种各样的"化身",绝不是单一的形态,呈现出复杂的现代性来。梁秉钧认为穆旦诗歌中的"我"可以是坚强的或软弱的,可佩的或可悯的,是暧昧的甚至是遭人非议的,他不塑造表面的英雄形象,不粉饰自我,"也拒绝让读者辨别:哪一个'我'是诗人本身,哪一个'我'是虚构的",他要无所顾忌地探究人性中复杂的、混乱的、非理性的部分。梁秉钧认为这是"穆旦与前辈诗人不同的地方,也是他的现代性所在,正在他更自觉也更复杂地实验诗中的'我'"。⑤

穆旦诗歌中的"自我"常常是分裂的,分裂为两个"自我",呈现复杂的两面性。譬如,《防空洞里的抒情诗》诗篇中的"我"便分裂为两个"我":一个是在防空洞里躲避飞机轰炸的"我",一个是被炸死在大楼

---

① 穆旦:《穆旦诗文集》(增订版)第1卷,人民文学出版社2018年版,第66页。
② 同上。
③ 同上书,第67页。
④ 同上书,第241页。
⑤ 梁秉钧:《穆旦与现代的"我"》,载李怡、易彬编:《中国文学史资料全编 现代卷 穆旦研究资料》(上),知识产权出版社2013年版,第386页。

里的"我"。诗歌描写在防空洞里的"我""擦着汗珠,弹去爬山的土",与同在防空洞中的人们交谈各种平庸烦琐的事情。诗歌最后写道:"我是独自走上了被炸毁的楼/而发见我自己死在那儿。"①这一诗句使得诗歌的主体"我"实现了分裂,给人以生命的思考,也就是"我"虽然在防空洞里躲过了敌机的空袭,但是"我"如此碌碌无为、苟且偷生地生活,其实与死去差不多。应该说,这里的"我"与"他""他们"等人物,并没有太大的区分,在躲避防空洞时,大家依然津津乐道于五光十色的花边新闻,忘不了市场价格的变动,关注的是与己无关的某某女士的婚事,都是平庸的芸芸众生。"我"也完全忘记一切高雅、向上的生活追求,"我在精神追求上"与"他"(或者"他们")是没有区别的。在某种意义上,在防空洞躲避敌机的"他"(或者"他们")也可以当作是另一个"我",甚至可以认为"他"(或者"他们")是"我"的内心世界中的另一个"我",是"我"的思想意识的客观化。"他"(或者"他们")与"我"的交谈,可以理解为是"我"自己内心两种声音的对话。《智慧的来临》同样表现叙述"不断分裂的个体"的窘迫处境。诗歌写道:"不断分裂的个体/稍一沉思会听见失去的生命,/落在时间的激流里,向他呼救。"②这两首诗表现了叙述主体"自我"的分裂以及当下平庸琐碎、无所作为的现实处境,表现了诗人对知识分子处境的思考,对消极无为思想的批判。

《三十诞辰有感》中的"自我"也具有分裂性,呈现出"渺小"与"伟大"并存的"自我"。"自我"需要"重新发现",因为"我"经历了"毁灭",而又在"火焰之中"得到新生,正如诗歌写道:"重新发现自己,在

---

① 穆旦:《穆旦诗文集》(增订版)第1卷,人民文学出版社2018年版,第12页。
② 同上书,第41—42页。

毁灭的火焰之中。"①"我"形成于充满矛盾的搏击之中,"创造时而毁灭,/接连地承受它的任性于是有了我",在"我"的三十岁的生命历程中,既有"泥土"(暗示人生的平庸),又有"思想和荣耀"(暗示人生的辉煌),这一切在"我"的身上都有。诗歌写道:"在过去和未来两大黑暗间,以不断熄灭的/现在,举起了泥土,思想和荣耀,/你和我,和这可憎的一切的分野。"②这里的"你和我",可以理解为"自我"的两面,一个代表"自我的平庸"、一个代表"自我的辉煌",也就是说,"我"有时是默默无闻的渺小者,有时又是万众瞩目的伟大者,这两个方面共同组成了一个"我",或者说是"你和我"。"我"不仅分裂为"你和我",而且还分裂为"一个敌视的我"与"一个沉默的同伴"③,是"恨"与"爱"、"恶"与"善"共同推动"我"的生命发展,"自我"永远处于矛盾的张力之中。

《葬歌》创作于 1957 年,是穆旦创作的一首反映自己思想变迁的重要诗歌。诗歌中的"自我"分裂为"现在的自己"与"过去的自己",既有向前看的"希望"又有留恋过去的"回忆",表现了"自我"在历史巨变时期放弃独立的知识分子地位的痛苦与无奈。这两个"自我"进行对话与辩驳,形成两组复合的对话性艺术。

在《葬歌》第一部分中,"自我"的分裂主要表现为"现在的自己"与"过去的自己"的对话,"现在的自己"是融入新政权集体生活中的"自我",然而,"现在的自己"在告别"过去的自己"时,却始终在留恋"过去的自己",因为"过去的自己"曾经是他生命的"骨干",是他的个体生命价值所在,一旦失去了,"你从此失去了新鲜空气","连你的微笑都那

① 穆旦:《穆旦诗文集》(增订版)第 1 卷,人民文学出版社 2018 年版,第 253 页。
② 同上书,第 254 页。
③ 同上。

么寒伧"。① 由此，"现在的自己"与"过去的自己"进行对话时，总是那么恋恋不舍，诗歌写道："你可是永别了，我的朋友？／我的阴影，我过去的自己？"②"现在的自己"总是那么希望得到"过去的自己"的谅解，希望能与"过去的自己"讲和，"我欣然走出自己"，"你却冷漠地只和我避开"，自从这之后"你病了"，这让"我"难过、辗转不眠，"只要对你讲和"。③ 为什么"过去的自己"不能与"现在的自己""讲和"？因为"现在的自己"完全背离了"过去的自己"，"现在的自己""欣然"走向新生活，而"过去的自己"却依然坚守自我独立存在的价值标准，特别是书籍"冒出了熊熊火焰，／这热火反使你感到寒栗"④。"现在的自己"走过正在拆除破旧房屋的街道，然而"过去的自己"的"魂魄"牵挂着"多少年的断瓦和残椽"⑤。诗歌生动地表现出诗人在时代的巨压下告别"过去的自己"时的深层悲哀与恋恋不舍。

《葬歌》第二部分中，"自我"内心展开"希望"与"回忆"的对话与辩驳，也可以认为是"希望的自己"与"回忆的自己"的对话与辩驳。《葬歌》第二部分一开头就是"希望"在对"我"呼喊，要求"我"埋葬"过去"，"过去只是骷髅"，不值得"我"留恋。作为"希望底仇敌"的"回忆"，她使"我"不愿舍弃"过去"，因为"回忆"有数不清的"女儿"，"其中'骄矜'最为美丽"。这里的"骄矜"是诗人自我的良知，是他独立精神的体现，所以诗人才发出这样的感慨："'骄矜'本是我的眼睛，／我怎能把她舍弃？"⑥"希望"又对"我"呼号，认为"过去"有"冷酷的心"，会

---

① 穆旦:《穆旦诗文集》(增订版)第1卷,人民文学出版社2018年版,第293页。
② 同上书,第294页。
③ 同上书,第292页。
④ 同上书,第293页。
⑤ 同上。
⑥ 同上书,第294页。

让自己进入迷雾。"爱情"跑来援助"我","希望"又对"我"规劝,但是"我"这回却感到害怕:"'希望'是不是骗我?""我"对"希望"产生了怀疑:"要是把'我'也失掉了,/哪儿去找温暖的家?"①这里"温暖的家"指的是诗人的精神家园。大洋彼岸的"信仰"使"我"决心"埋葬""过去",不再"留恋这边",然而,对此"我"依然感到"忏悔"和"茫然"。《葬歌》第二部分通过"希望"与"回忆"之间的辩驳,生动地展示了"自我"在"希望"与"回忆"间的犹豫与彷徨、在两种力量之间的摇摆动摇与苦苦挣扎。

《葬歌》第三部分是"自我"在经历了长长的斗争与摇摆之后,决心"和你们并肩前行",但是诗人对未来的展望依然是犹疑反复的。诗歌将"自我"比喻为一只鸟,"飞出长长的阴暗甬道","会见阳光和你们",表现了"自我"希望能与"你们"一起奔向灿烂的光明。然而,在这个时代,别人"不知写出了多少篇英雄史诗",作为诗人的"自我"因为失去了自己的独立人格精神和艺术方向,只能使自己的"心"变得如此的"贫穷","我"虽然还苟且活着,但是"我"的"心"已经死亡,"只有自己的葬歌"。诗人在此表现的是"一个旧的知识分子",他在新旧历史剧变下"所经历的曲折",尽管"自我"包袱沉重,但是"我"依然愿意"和你们并肩前行",并希望得到"同志们"的帮助,"请帮助我变为生活"。②

由此可见,《葬歌》表现了一位旧知识分子在新的时代的精神困惑,在坚守自我独立主体地位与融入大的群体这两者之间彷徨动摇,代表了那一代知识分子共有的精神遭遇。穆旦在《葬歌》中通过自我灵魂的分裂,呈现"现在的自己"与"过去的自己"、"希望的自己"与"回忆的自己"这两组"自我"的对话与辩驳,展现两者之间的矛盾冲突,体

① 穆旦:《穆旦诗文集》(增订版)第1卷,人民文学出版社2018年版,第295页。
② 同上书,第296页。

现了自我在时代转折中的精神裂变与痛苦。他既希望能够坚守自我独立的人格地位，担心个人价值的毁灭，又希望能汇入时代的大潮，融入新的集体之中。这两者之间构成尖锐的冲突，从而造成精神痛苦。

　　穆旦还经常表现"自我"心灵的对话与辩驳，这种对话与辩驳一直到诗歌的最后，也没有明确的结论，具有巴赫金对话理论的未完成性特征。譬如在《蛇的诱惑》中，"我"面临两种生活。一种是以德明太太为代表的小资产阶级的生活：德明太太坐着汽车去百货公司，在那里挑选着"才二千元"的珠宝和式样新款的鞋子。但是，这种生活却是空虚、枯寂的，"枯落的空壳，/播种在日用品上，也开了花"，由此，"我"对这种只剩下空壳、失去灵魂的生命发出深深的追问："我是活着吗？我活着吗？我活着/为什么？"[1]表现"我"对这种生活的质疑和拒绝。另一种是睡在破烂旅居房，生活在垃圾堆旁的下等人的生活："从二房东租来的/人同骡马的破烂旅居旁，在/哭喊，叫骂，粗野的笑的大海里。"[2]"我"过着屈辱、低贱的牛马般的生活，"我只是夏日的飞蛾，/凄迷无处"，但是，"我"却依然坚守道德的规范，依然不放弃追求人生的理想，"虽然生活是疲惫的，我必须追求"[3]。为此，段从学分析指出："《蛇的诱惑》实际上是借《创世纪》对苦难的神学解释，书写诗人在两种生活道路、两个'自我'之间的矛盾徘徊。一条是物质生活的丰厚与精神的虚无交织而成的小资产阶级生活道路……另一条，是连接着垃圾堆、脏水洼、死耗子、从二房东租来人和骡马混居的破烂旅店，伴随着'贫穷、卑贱、粗野，无穷的劳役和痛苦'，但却有着大海粗野的笑声，充满了生命气味的宿命的，但也是神给定的真实——甚至可以说是不乏

① 穆旦：《穆旦诗文集》(增订版)第1卷，人民文学出版社2018年版，第26页。
② 同上书，第24页。
③ 同上书，第25页。

神圣意味的生存道路。事实上,这也是人类历史上一直存在的价值难题:不道德的富庶与有道德的贫困之间的冲突……诗中两条生活道路,两个'自我'之间的冲突,自然也就不可能在穆旦这里得到解决,而只能体现为诗人最终无力回答的一个生存论难题。"①这两种生活如"两条鞭子的夹击",让"我"感觉到内在的冲突和选择的困境。两种生活道路、两种不同的人生追求在"我"的内心挣扎,"我将承受哪个? 阴暗的生的命题……"②两种对立的声音激烈辩驳,作者只是客观呈现这种矛盾与纠结,并没有得出最终结论。这具有思想斗争的未定性,也是巴赫金对话理论的一个重要特征。

　　穆旦诗歌主体的分裂及内在的对话,一直受到穆旦研究者的关注。特别是唐湜对穆旦诗歌中"自我"的研究取得了重要的成果。唐湜将穆旦诗歌中的"自我"分为"自然的生理的自我"与"心理的自我"。在穆旦心目中,"自然的生理的自我"更多指的是"自我的潜意识",是"与社会没有关连"的、带有生理的本能的"自我",穆旦指称其为"恶毒地澎湃着的血肉";"心理的自我"更多指的是"他的理想",是"他的半意识甚至意识的代表","与社会是永远联结着的,不可分的",带有超越本能的社会的"心理的自我"。唐湜认为"二者展开辩证的追求与抗争:生理的自我是他的主宰",也就是"自然的生理的自我"更加处于主体地位,"用自然的精神来统一历史","以自然主义的精神,以诚挚的自我为基础,写出他的心灵的感情,以感官与肉体思想一切,使思想与感情,灵与肉浑然一致,回返到原始的浑朴的自然状态"。③唐湜准确把握了穆旦诗歌中主体的分裂及其背后的"布尔乔亚"式的个人主义

①　段从学:《穆旦的精神结构与现代性问题》,人民出版社2014年版,第56—57页。
②　穆旦:《穆旦诗文集》(增订版)第1卷,人民文学出版社2018年版,第27页。
③　唐湜:《探求者穆旦》,《新意度集》,生活·读书·新知三联书店1990年版,第104页。

和悲剧精神,是"自我意识旺盛的个人主义与悲剧精神",并由此导致"悲观气氛与动摇、怀疑的色彩"①。段从学对穆旦诗歌主体的研究也取得了一定的成绩。段从学在唐湜"自我分裂"的理论基础上又有重要发展,他在《穆旦的精神结构与现代性》中指出:"穆旦全部的诗歌创作,可以说都是围绕着这个分裂的自我及其生存困境而展开的。"②他从民族国家与个人关系的视角论述穆旦诗歌中"自我"的矛盾冲突。这种矛盾冲突主要表现如下:"必须告别旧我的理性要求与留恋旧我的感情需要之间的冲突、想要决裂的意愿与能够决裂的能力之间的冲突、拥抱'新时代'的焦灼与对'新时代'的怀疑之间的冲突、对自我力量的确信与因告别旧我之难而生的对自我之怀疑……这种矛盾重重的心态,使得不同的'我'都具有相对的独立性,构成了相互对话和争吵的话语主体。"③

　　穆旦诗歌中主体的分裂与心灵的对话,既是他有关现代性认识的表现,又是其诗歌现代化艺术追求的结果。唐湜认为以穆旦为代表的"中国新诗"派要求对人的精神生活和与之相联系的社会生活进行深刻的剖析与辩证的统一,"自内而外,由近而远,推己及人地面对生活,在泥泞中挣扎奔走,坚定地起立了自己的足跟,凝集或集中一切生活力与直觉力,向生活的深沉处半意识或非意识搏斗而前,开创丰厚的雄浑的新天地"④。这就突破了20世纪40年代"红得发紫的'人民诗'"对人的简单化理解,以及"以口号的'现实'为借口逃避生活的现实"⑤的

①　唐湜:《探求者穆旦》,《新意度集》,生活·读书·新知三联书店1990年版,第106页。
②　段从学:《穆旦的精神结构与现代性问题》,人民出版社2014年版,第28页。
③　同上书,第55—56页。
④　唐湜:《论〈中国新诗〉》,载王圣思选编:《"九叶诗人"评论资料选》,华东师范大学出版社1996年版,第8页。
⑤　同上书,第7—8页。

诗歌写作方式。袁可嘉在谈到新诗现代化时,也绝对强调"人与社会、人与人、个体生命中诸种因子的相对相成,有机综合,但绝对否定上述诸对称模型中任何一种或几种质素的独占独裁,放逐全体"[①],他并且强调这种认识"植基于'最大量意识状态'的心理分析……且特别重视正确意义下自我意识的扩大加深所必然奋力追求的浑然一片的和谐协调"[②]。在唐湜、袁可嘉看来,以穆旦为代表的中国新诗派注重自我的心理分析,突出潜意识,突出"个体生命中的诸种因子相对相成",不再如传统诗歌主体一样只表现人的理性意识。这就与传统诗歌中的主体具有非常大的区别,实现其对诗歌主体的现代性的认识。正是在这种认识下,穆旦诗歌的主体与现实主义诗歌和浪漫主义诗歌的主体呈现出不一样的特点,不再是完整的、单一的表现形态,而呈现出分裂的、多样的表现形态。

总之,穆旦诗歌表现了主体自我的分离与灵魂的对话和辩驳,这种自我灵魂的分裂、矛盾、对话与辩驳,超越了许多前辈诗人,同时使得穆旦在自我灵魂探险方面承接了鲁迅正视自我灵魂的清醒意识,"是你们教了我鲁迅的杂文"[③]。穆旦诗歌中所表现的主体的分裂与心灵的对话的艺术手法,既是他对人的现代性和社会现实的清醒认识的结果,又是其积极吸取西方现代派诗歌艺术、追求现代化诗歌创作道路的结果。

---

① 袁可嘉:《新诗现代化——新传统的寻求》,《论新诗现代化》,生活·读书·新知三联书店 1988 年版,第 6 页。
② 同上。
③ 穆旦:《穆旦诗文集》(增订版)第 1 卷,人民文学出版社 2018 年版,第 35 页。

第三节　矛盾的两极与斗争的未完成性

穆旦诗歌常常充满了矛盾：现实与理想、希望与绝望、充实与空虚、欢乐与悲伤、永恒与短暂、寒冷与温暖。这些矛盾的两极同时并存，彼此对立、对话、斗争，对立的双方有时会相互转化，甚至出现"循环往还"的情况。此外，矛盾的对立没有终结，体现出斗争的未完成性。这是穆旦诗歌对话性的重要体现之一。穆旦诗歌中对话性艺术的使用，有力地表现了穆旦诗歌的主题。

首先，穆旦批判现代文明对人的戕害，渴望人的自我意识的苏醒，呼唤一种健康自由的精神品格。其诗歌同时呈现了人的现代意识与奴隶意识的矛盾斗争。

穆旦批判现代文明对人的蹂躏，抨击现代文明对人性的扭曲与戕害。诗歌《出发》写道，"蹂躏它的方法，排成机械的阵式/智力体力蠕动着像一群野兽"，"给我们善感的心灵又要它歌唱/僵硬的声音"，"个人的哀喜/被大量制造又该被蔑视"。[1] 这些很容易导致国民精神的奴隶性。穆旦在《"我"的形成》中批驳了外在的强权，它使"我"变成了"非我"，"我"被"谎言"所"恫吓"。权力人物"挥一挥手"就能将"我""抓入生活的一格"，忙碌运转的机关公文"只为了我的生命"凝固在它的印章之下。"我"知道外在的权威只是"由泥土塑成的"，迟早会倾

---

[1]　穆旦：《穆旦诗文集》（增订版）第 1 卷，人民文学出版社 2018 年版，第 80 页。

倒,"泥土将归于泥土",然而当它倾倒之时,"我已被它摧毁"。① "我"一方面表达了对一切"权力者"必然毁灭的坚定信念,另一方面也为自己将被"摧毁"而感到悲哀无助。

穆旦批判现代都市生活对人性的压抑,批评人成为现代生活高速运转的附庸。《成熟》一诗写到,人在现代生活中、在琐碎日子中"沉沦",在日常生活中迷失自己,禁锢在"那投下阴影的高耸"的楼房里,"从中心压下挤在边沿的人们/已准确地踏进八小时的房屋"。② 人们在"八小时的房屋"里耗尽生命,"八小时躲开了阳光和泥土,/十年二十年在一件事的末梢上",③人们长年累月地在犹如囚牢的办公室里,每天工作八小时,这不仅将一个个活生生的生命蜕变为惨白无力的形体,而且使其精神意志也不再积极进取,变得萎靡不振起来。《线上》一诗写道:"那无神的眼!那陷落的两肩!/痛苦的头脑现在已经安分,/那就要燃尽的蜡烛的火焰!"④这表现了诗人对现代生活的强烈批判。一旦投入到现代都市,我们就没有办法掌握自己的命运。《城市的舞》展现的也是这方面的内容。诗人称"我们已跳进这城市的回旋的舞",这一"跳"字非常鲜活、生动,用"城市的回旋的舞"来喻指高速运转的城市、高速变化的现代生活是非常形象和新颖的。在快节奏的城市中,人们不仅失去了人身自由,"我们不过是寄生在你玻璃窗里/的害虫",而且还失去了自我的思想,变成一模一样的物件了,"把我们这样切,那样切,等一会就磨成一颜色的细粉"。在这钢铁水泥的世界里,"我们以渺小、匆忙、挣扎来服从/许多重要而完备的欺骗",这些欺

---

① 穆旦:《穆旦诗文集》(增订版)第 1 卷,人民文学出版社 2018 年版,第 350—351 页。

② 同上书,第 92 页。

③ 同上书,第 97 页。

④ 同上。

骗包括"一步挨一步的名义和/头衔","想着一条大街的思想,或者它灿烂整齐的空洞"。①诗人在《城市的舞》中进一步指出现代生活的荒谬本质:"不正常是大家的轨道,生活向死追赶。"②诗人对现代生活的批判非常深刻而又具有哲理性,特别是"生活向死追赶"一句格外让人警醒。诗歌告诉读者再也不能继续这样生活了。

穆旦诗歌也描写人在现代社会"异化"的情形。他在《幻想底乘客》中指出人一旦成为"别人愿望"的工具,那么他就失去了人之为人的"光辉"。诗人将人比喻为"从幻想底航线卸下的乘客",一个人一旦成为别人实现自己愿望的工具,那么这个人就只能是"铁掌下的牺牲者",他就会失去他作为人应有的光芒,是时代的巨轮把他旋进了"一个奴隶制度附带一个理想"③。人在平庸琐碎的现代社会"无形"的压力之下感受到的是"一片砂砾","成了你不要的形状","相结起来是平庸的永远"。④为此,穆旦如鲁迅那样陷入"无物之阵"的茫然,"如果有形竟能无形,别让我们拖进在这里相见!"⑤人的生机与活力都被现代制度绞杀了,为此穆旦在《隐现》中指出这是一个"荒凉的世界","我们有机器和制度却没有文明"。⑥谢冕给予《隐现》极高的评价,他认为"《隐现》是迄今为止很少被人谈论的穆旦最重要的一首长诗"。这首诗表现了当代人的缺失和疑惑,诅咒那使世界变得僵硬和窒息的"偏见"和"狭窄"。谢冕认为穆旦在这首诗里"继续着对于心灵自由的追

---

① 穆旦:《穆旦诗文集》(增订版)第1卷,人民文学出版社2018年版,第277页。
② 同上。
③ 同上书,第83页。
④ 同上书,第99页。
⑤ 同上。
⑥ 同上书,第239页。

寻以及对于精神压迫的谴责",①谢冕的这种评论是非常恰当的。

穆旦在诗歌中呼吁恢复人的本性,反对一切压迫者。在《被围者》一诗中,面对平庸得让人绝望的"圆",穆旦发出了毁坏这个"圆"的呼声:"毁坏它,朋友!让我们自己/就是它的残缺。"只有打破了平庸,走出被围的现实,"闪电和雨"以及"新的气温和泥土"才会带来新的希望。② 诗歌在书写"平庸"与反抗"平庸"之间构成矛盾的两极,表现了作者坚忍的斗争精神。此外,诗歌对现代社会的一切压迫者发出反抗的呼声,不管这些压迫者是"神"还是"魔",作者发出了"我歌颂肉体"的强烈呼声。穆旦在《神的变形》中写道:"我们既厌恶了神,也不信任魔,/我们该首先击败无限的权力! ……神和魔都要绝对地统治世界,而且都会把自己装扮得美丽。"③诗人深刻批评那些"神和魔"对绝对权力的追求,特别是不论是"神"还是"魔",他俩都通过伪装来欺骗人们,使他们上当受骗。"哪里有压迫,哪里就有反抗"④表现了作者歌颂敢于反抗一切压迫的斗争精神,不管是受到"谁的束缚",都要将他推翻,实现人的彻底解放。如何将人从一切有形和无形的压迫中解放出来呢? 穆旦发出"我歌颂肉体"的强烈呼声,提出恢复人的"自然本性"与"自由"天性,因为肉体"原是自由的"和"丰富"的,它"和那远山的花一样",如同蕴藏在地底的"煤"一样,"它原是一颗种子而不是我们的奴隶"。⑤ 可是在现实中,肉体却遭到"伤害""隔离","我们畏惧它而且给它封以一种律条"。⑥ 某些群体之所以对"肉体"感到不安与害怕,

---

① 谢冕:《一颗星亮在天边——纪念穆旦》,载李怡、易彬编:《中国文学史资料全编 现代卷 穆旦研究资料》(上),知识产权出版社2013年版,第377页。
② 穆旦:《穆旦诗文集》(增订版)第1卷,人民文学出版社2018年版,第100页。
③ 同上书,第359—360页。
④ 同上书,第360页。
⑤ 同上书,第271页。
⑥ 同上。

因为"肉体"是一种不受束缚的"自然",这种"自然"是唯物的,是人的"自由意志"与"自觉意识"的体现,也就是唐湜认为的"自然主义"。唐湜说道:"穆旦的基本精神虽是自然主义的……自然主义只是他的自觉的强烈表现。"①这种"肉体"对专制构成了严重的威胁。穆旦写道:"那压制着它的是它的敌人:思想/……自由而活泼的,是那肉体。"②在"思想"与"肉体"之间,穆旦明显地倾向于冲破一切束缚的"肉体"。穆旦不仅批判外在的对"肉体"的迫害,而且还将批判的矛头指向"我们"自身的不觉悟与奴性,"我们害怕它,歪曲它,幽禁它;/因为我们还没有把它的生命认为我们的生命,/还没有把它的发展纳入我们的历史,/因为它的秘密远在我们所有的语言之外"③。穆旦最后发出"我歌颂肉体"的热切呼声,他称"肉体"为"美的真实,我的上帝"④,表现了"肉体"在穆旦心目中的至高地位,穆旦对"自由而活泼"的"肉体"将使人从黑暗走向光明寄予了热切的希望。

其次,穆旦诗歌呈现了现实与理想、过去与未来等的矛盾与冲突。穆旦在《出发》一诗中深刻地表现了现实与理想的差异,"我们"需要"和平""希望""真理",这是"我们"的理想,然而现实却是"杀戮""蹂躏""紊乱",充满悖论,诗人深刻批判了现实的荒谬与丑恶。诗歌写道"告诉我们和平又必需杀戮",意味着要想获得和平,必须通过杀戮,通过与敌人进行殊死的斗争取得。诗句"而那可厌的我们先得去欢喜",也就是人们对现实中的权势人物感到讨厌,但是迫于他们的威势及权力,人们又不得不表现出喜爱的样子。"让我们相信你句句的紊乱/是

---

① 唐湜:《穆旦论》,载李怡、易彬编:《中国文学史资料全编　现代卷　穆旦研究资料》(上),知识产权出版社2013年版,第348页。

② 穆旦:《穆旦诗文集》(增订版)第1卷,人民文学出版社2018年版,第271—272页。

③ 同上书,第272页。

④ 同上。

一个真理"①,意思是本来"你"所说的每一句话都是"紊乱"的、错误的,但是"我们"却慑于"你"的权势,而不得不将它当作"真理"一样来服从和执行,表现了现实的一种荒谬。正像历史上赵高指鹿为马一样,迫于外在的压迫和威胁,大臣们只好将谎言当真话。同样,《幻想底乘客》中的诗句"一个奴隶制度附带一个理想"②,一个"奴隶制度"怎么还会给人理想呢? 这呈现出理想与现实的矛盾,理想在现实中显得极其脆弱与虚幻。《被围者》也是现实的"平庸"与反抗"平庸"两者构成矛盾斗争,对于"圆"的平庸,作者发出战斗的呐喊:"毁坏它,朋友!"穆旦表现出如鲁迅在《影的告别》中"影"决心隐没于黑暗之中的彻底的战斗精神,诗歌为此写道:"我们消失,乃有一片'无人地带'。"③《成熟》的第二章与鲁迅的《希望》一样,表现在传统的重压下、在丑恶现实的扭曲下,追求光明者跌落黑暗里,新生的希望被压制,年青人学得世故,年老者继续着他们愚昧麻木的生活,感到如鲁迅所说的"铁屋子"一样令人绝望,"那改变明天的已为今天所改变"④,在这诗中可以感受到鲁迅在《狂人日记》中"救救孩子"的声音。革命者的肉被吃掉,人们却依然世故、麻木与愚蠢。

同样,穆旦创作于 1941 年的《哀悼》也表现了"我们"的"爱情、希望、勇敢"等理想的无法实现,"这里跪拜,那里去寻找",乞求别人也只是枉然。诗人将这个社会称为"这样广大的病院",诗歌写道:"O,那里是我们的医生? /躲远!"因为这些人有他们的"病症","人世的幸福在于欺瞒",这使"我们"感到"无边的荒凉"。⑤ 在《我向自己说》中,生命

---

① 穆旦:《穆旦诗文集》(增订版)第 1 卷,人民文学出版社 2018 年版,第 81 页。
② 同上书,第 83 页。
③ 同上书,第 100 页。
④ 同上书,第 93 页。
⑤ 同上书,第 58 页。

变质,爱有缺陷,纯洁的友情变得冷却,"我不再祈求那不可能的了","虽然不断的暗笑在周身传开,/而恩赐我的人绝望地叹息,/不不,当可能还在不可能的时候,/我仅存的血正毒恶地澎湃"①,表现了鲁迅式的反抗绝望的战斗精神。《还原作用》一诗更是体现了现实的"丑恶",它与理想遥不可及。诗歌以一头污泥里的猪为喻来表现现实的卑贱,但是,"污泥里的猪梦见生了翅膀"。这表现一个人虽然处境平庸、龌龊,但他依然具有崇高的理想,"从天降生的渴望着飞扬",猪虽然身处污泥之中但是它却渴望着飞扬。然而这不过只是一个美好的梦想,"当他醒来时悲痛地呼喊",它认识到自己的现实离理想是多么遥远时,它便感到如此的悲哀!"胸里燃烧了却不能起床",污泥里的猪已经明白自己前进的方向,胸中的激情也已经点燃,但是它却不能起床,整天与跳蚤、耗子们在一起。这种痛苦正如鲁迅所描写的先觉者梦醒了却感到无路可走的悲哀。特别是猪身上黏着跳蚤,耗子问它:"你爱我吗?"猪还得回答:"我爱你。"②这种叙述具有黑色幽默的味道。穆旦曾在《致郭保卫》中谈到此诗,认为污浊的现实能使青年的理想破灭,他说:"在三十年以前,我写过一首小诗,表现旧社会中,青年人如陷入泥坑中的猪(而又自认为天鹅),必须忍住厌恶之感来谋生活,处处忍耐,把自己的理想都磨完了,由幻想是花园而变成一片荒原。"③然而,理想对于人的存在是极其重要的,哪怕是面临各种艰难困苦,也依然能给人以希望和奋斗的勇气,可怕的是这种人生理想竟然被人当作"笑谈",当它被当作一种虚幻之时,它将给人以致命之伤。1976年,穆旦在《智慧之歌》中写道:"另一种欢喜是迷人的理想,/它使

①　穆旦:《穆旦诗文集》(增订版)第1卷,人民文学出版社2018年版,第51—52页。
②　同上书,第39页。
③　穆旦:《穆旦诗文集》(增订版)第2卷,人民文学出版社2018年版,第218页。

我在荆棘之途走得够远,/为理想而痛苦并不可怕,/可怕的是看它终于成笑谈。"①

《退伍》表现了现实与过去的对立与冲突。退伍士兵的过去是充满理想与荣光的,无论是"城市的夷平者,回到城市来",还是"城市的保卫者,回到母亲的胸怀",这都使他感觉到这是一种有信仰的生活,感到"那钢铁的伴侣曾给你欢乐""巨大的意义""牺牲的欢快"与"难忘的荣光",然而一旦他退伍,他就由"没有个性的兵,重新恢复一个人"。此时的他却感觉到当下现实的"陌生"与"平庸",人没有了幻想,在习惯中接受一切,在自私的等待中腐烂,这样的生活如行尸走肉一样。由此,作者发出这样的感慨,"过去是死,现在渴望再生,/过去是分离违反着感情,/但是我们的胜利者回来看见失败";退伍士兵在平庸的生活里感到"空虚","在和平里粉碎,/由不同的每天变为相同","当你们巨大的意义忽然结束,/要恢复自然,在行动后的空虚里"。② 作者深刻地把握了士兵退伍后所感受到的生存困境。

如果说《退伍》主要呈现的是现实与过去的对立,表现了退伍士兵"巨大的意义忽然结束"后的茫然与空虚。《摇篮歌——赠阿咪》则展现了作者对未来的清醒认识。这首诗是为王佐良夫妇的第一个孩子诞生而作,诗中描述了婴儿初来人间的"纯净"与"幸福",描写其在成年以后将面临的各种"罪名"与"批评","等长大了你就要带着罪名,/从四面八方的嘴里/笼罩来的批评"③,这将使婴儿在成年以后感到"迷惑"与"苦痛"。正因为婴儿的未来与当下现实构成对立,"恶意的命运

---

① 穆旦:《穆旦诗文集》(增订版)第1卷,人民文学出版社2018年版,第312—313页。
② 同上书,第101—102页。
③ 同上书,第62页。

已和你同行",诗人希望她"为了幸福","先不要苏醒"①。婴儿来到成人的世界里,也使得其母亲充满了复杂的感情:"摇呵,摇呵,/我的忧郁,我的欢喜。"②

最后,穆旦诗歌表现互相对立或矛盾的两种情感,两者同时并存并相互转化。穆旦的诗歌如鲁迅《野草》一样,同时表现矛盾对立的情感于一体,在永远的矛盾情感张力之中展现事物。正如郑敏所说,穆旦诗歌表现"思想的复杂化,情感的线团化"③。譬如在《合唱二章》中,描写"黄河,扬子,珠江""多少欢欣,忧郁,澎湃的乐声","欢欣"与"忧郁"这两种矛盾的情感同时对"黄河,扬子,珠江"的"乐声"进行修饰。《从空虚到充实》一诗中有这样的句子:"一些影子,愉快又恐惧,/在无形的墙里等待着福音。"④"愉快"与"恐惧"是对立却并存的两种情感。同样在这首诗里,有一句表现在"绝望"里生长出"希望"的精彩诗句:"要从绝望的心里拔出花,拔出草。"⑤《蛇的诱惑》一诗描写德明太太在珠宝店里挑选珠宝,"无数年青的先生/和小姐"在玻璃的夹道里穿行,"带着陌生的亲切,/和亲切中永远的隔离"⑥,这一描写非常精彩地将珠宝推销者的神态传神地表现出来,特别是两组矛盾的词语"陌生的亲切"与"和亲切中永远的隔离",将推销者与购买者的关系揭示得特别深刻:推销者与购买者之间本是陌生的关系,但是推销者为了金钱的利益,尽力推销珠宝而保持亲切的笑容,这就是所谓的"陌生的亲切";而推销者对购买者亲切只为赚取金钱,购买者的利益并不是他真正关

---

① 穆旦:《穆旦诗文集》(增订版)第1卷,人民文学出版社2018年版,第62—63页。
② 同上书,第62页。
③ 郑敏:《诗人与矛盾》,载杜运燮、袁可嘉、周与良编:《一个民族已经起来:怀念诗人翻译家穆旦》,江苏人民出版社1987年版,第39页。
④ 穆旦:《穆旦诗文集》(增订版)第1卷,第15页。
⑤ 同上书,第19页。
⑥ 同上书,第26页。

心与爱护的。推销者与购买者的关系从根本意义上来说是冷漠的,两者甚至是利益冲突的对立方,这样才有了诗句"和亲切中永远的隔离"。这种描写是很深刻而敏锐的。正因为彼此的隔离,现代都市生活中的每个人都被寂寞锁住,处身一片荒野之中,为此,诗人写道:"寂寞,/锁住每个人。"这是极其深刻而又富于哲理性的。《五月》描述"我"被枪所暴击的生命感受:"绝望后的快乐。"①《潮汐》中描写跋涉漫长路程的朝拜者复杂的生命感受:"看见到处的繁华原来是地狱。"②外在繁华的背后是让人痛不欲生的地狱。爱情如果没有结果,不能洒脱地结束这种关系,那么往往会蜕变为仇恨,这似乎是一条挣脱不了的规律,也即诗人所说的:"不能够挣脱,爱情将变做仇恨。"诗歌还写道:"是在自己的废墟上,以卑贱的泥土,/他们匍匐着竖起了异教的神。"③这两句诗表明本是被人践踏在脚下的"泥土",一旦被当作"神"竖起来后,人们便会在其面前"匍匐着"膜拜,这是多么荒谬的存在!这里的"繁华"与"地狱"、"爱情"与"仇恨"、"卑贱的泥土"与"异教的神"都是对立的两组词语,表现了事物对立两极的互相转化,作者对此进行了十分鲜明的对比与辛辣的讽刺,揭示可怕而真实的现实。在《祈神二章》中,作者排列了多种前后矛盾的词语。譬如,诗歌如此写道:"如果我们能够尝到/不是一层甜皮下的经验的苦心,/他是静止的生出动乱。"④这里的"甜皮"与"苦心"、"静止"与"动乱"排列在一起,表达了深刻而又复杂的辩证意义。又譬如:"如果人世各样的尊贵和华丽/不过是我们片面的窥见所赋予/如果我们能够看见他/在欢笑后面的哭泣,哭泣后面的/最后一层欢笑里,/在虚假的真实底下/那真

---

① 穆旦:《穆旦诗文集》(增订版)第1卷,人民文学出版社2018年版,第35页。
② 同上书,第44页。
③ 同上。
④ 同上书,第85—86页。

实的灵活的源泉。"①这里的由"欢笑"到"哭泣",再反转到"欢笑",形成一种情感的否定之否定的辩证关系。每一转变都具有深刻的内涵,譬如"欢笑后面的哭泣"就深刻地指出了人世各样强颜"欢笑"的背后往往具有让人悲痛的事实,人们只不过是强颜装欢,欢笑的背后是眼泪,是哭泣,但是人们虽然感到悲哀,却依然表现出欢乐的外在容貌,也就是"哭泣后面的/最后一层欢笑里",才有了"虚假的真实"。作者将人世的尊贵与华丽所表现出来的欢笑如此深刻地表现出来,显示了其对人世的深刻把握以及对矛盾词语的巧妙使用。《活下去》表达了如鲁迅《野草》那样的生命感受,诗歌表现了作者在"希望"与"幻灭"之间动摇、坚持,"希望,幻灭,希望,再活下去/在无尽的波涛的淹没中",哪怕"我们"身处黑暗之中,也要为孩子们孕育新的圣洁的感情,"孩子们呀,请看黑夜中的我们正怎样孕育/难产的圣洁的感情"②,然而这种圣洁的感情是"难产的",穆旦的这种认识与鲁迅一样深刻。鲁迅说他自己要肩扛黑暗的闸门,放孩子们到宽敞光明中去,然而鲁迅有时也对自己的启蒙深感怀疑,甚至感到希望的落空。总之,穆旦的诗歌表现了作者的情感在矛盾的两极之间摆动,呈现矛盾斗争的两极化特征。正如穆旦曾经在《隐现》中所说的那样:"有一时候拥抱,有一时候厌倦,/有一时候开始,有一时候完成,/有一时候相信,有一时候绝望。/主呵,我们摆动于时间的两极。"③诗句中的"拥抱"与"厌倦"、"开始"与"完成"、"相信"与"绝望"都是情感矛盾的两极,诗人的情感就在这矛盾之间反复摆动。

　　除了以上直接运用相互对立的词语以外,穆旦诗歌还有另一种矛

---

① 穆旦:《穆旦诗文集》(增订版)第1卷,人民文学出版社2018年版,第86—87页。
② 同上书,第95—96页。
③ 同上书,第232页。

盾体现得较为间接,但是依然呈现了矛盾双方的共处与斗争。譬如前一诗句所表现的思想情感与后一种行为可能产生的思想情感相互对立、相互矛盾,但是诗人并没有直接呈现后一种行为可能产生的是何种思想情感,而是需要读者在阅读后进行填充与完善,从而形成矛盾的两极化特征。譬如,《幻想底乘客》中的诗句"而温暖他的是自动的流亡",[1]这里的"温暖"充满正面积极意义,与其后的"自动的流亡"构成一种情感的矛盾。"自动的流亡"是一种无所归依的生命存在,它使人感到"凄苦"与"悲凉",与"温暖"构成情感的对立,然而诗人没有直接说出这样的词语,而是作者阅读"自动的流亡"后想象到的。同样,诗句"那使他自由的只有忍耐的微笑"中的"自由"与"忍耐的微笑"也构成一种矛盾关系,连微笑都需要"忍耐",可见是多么不自由!但是诗人并没有直接说不自由,而只是说"忍耐的微笑"这一行为,这种不自由是读者阅读后可想到的。这种矛盾情感的表现方法比直接使用两个矛盾词语来表现隐晦得多。从某种意义上来说,这种矛盾表现手法更加具有艺术深度。这种表现方法在《自然底梦》中也有体现,"美丽的呓语把它自己说醒"这一诗句中"美丽的呓语"与"把它自己说醒"构成一种矛盾对立语,"美丽的呓语"给人一种梦境似的甜蜜的感觉,而把"自己说醒"则会让人有一种美梦被打破之后的悲哀。这也就是诗歌后面所写的"我知道它醒了正无端地哭泣",这里较为明确地提到"哭泣"的情感表达,在艺术的表达上显然要比只呈现事实而需要读者的情感想象的方式要明显,但是缺少艺术的蕴涵。紧接着的诗句:"鸟底歌,水底歌,正绵绵地回忆。"它又将诗歌的情感实现了转化,从上一诗句的悲哀中重新回到充满活力与美丽的境况之中,让人感到快乐与

---

① 穆旦:《穆旦诗文集》(增订版)第1卷,人民文学出版社2018年版,第83页。

留恋。

穆旦的诗歌中还有一些表现矛盾的方法。譬如,有时并列使用的一对矛盾词语,其功能和作用几乎没有什么区别。例如,《隐现》一诗写道:"生从我们流过去,死从我们/流过去……/真理和谎言从我们流过去。"①"生"与"死"、"真理"与"谎言"这些对立观念的词语在诗歌中处于平等的地位,其在诗歌中的功能与作用也是差不多的。又如,在穆旦诗歌中,一些负面的行为却具有正面的作用,一些正面的行为却反而导致负面的结果,正面与负面行为的结果各自走向其反面。例如,在《时感四首》第二部分中描写了一些历史的"恶"的东西却具有正面的意义和价值:"残酷""它创造了这个世界",它是"你的钱财""我的安全",它是"女人的美貌""文雅的教养","它像金币一样的流通","它写过历史,它是今日的伟人","它是慈善,荣誉,动人的演说,和蔼的面孔",②"残酷"在一般人的眼里是一种"恶",是一种破坏力,但诗人却赋予它"创造了这个世界"的作用,在这里得到了各种各样的礼赞。为此李焯雄分析指出:"诗里的'残酷'不是破坏力而是创造力,它'慈善'但也'伪善'('动人的演说')。"③这种评价是十分深刻的。

穆旦诗歌中矛盾的双方相互对立、相互斗争,矛盾最终也没有得到解决,呈现出未完成性的特征。这种矛盾的未完成性有时表现为周而复始的"循环性"。如《隐现》一诗中写道:"无尽的河水流向大海,但是大海永远没有溢满,海水又交还河流。"④这里河水与海水形成一种循环关系,可以永远循环下去,具有未完成性的特点。不仅自然界在不断

---

① 穆旦:《穆旦诗文集》(增订版)第 1 卷,人民文学出版社 2018 年版,第 233 页。

② 同上书,第 246 页。

③ 李焯雄:《欲望的暗室和习惯的硬壳——略论穆旦战时诗作的风格》,载李怡、易彬编:《中国文学史资料全编 现代卷 穆旦研究资料》(下),知识产权出版社 2013 年版,第 509 页。

④ 穆旦:《穆旦诗文集》(增订版)第 1 卷,第 232 页。

地循环、永不停歇地变化发展,而且人类社会同样如此:"一世代的人们过了,另一个世代来临,是在他们被毁的地方一个新的回转。"①人类社会一代一代不断循环,在循环中又不断向前发展,构成了长长的历史,"在日光下我们筑屋,筑路,筑桥:我们所有的劳役不过是祖业的重复"②,"我们"艰苦的劳作也只是祖祖辈辈所进行的事业的重复与发展。诗歌表现了无论是自然界还是人类社会,都充满矛盾与斗争,循环往复、永不停歇。

矛盾的未完成性有时又体现为矛盾对立双方的互相转化,矛盾着的双方永不停歇地运动变化。《隐现》中写道:"太多的生中之死,死中之生/……这一切把我们推到相反的极端。"③人类在"生"与"死"之间循环不已,总是从一端走向相反的另一端。在《先导》中,诗人展示了"先导"与"我们"及"子孙"三代人的"不死的痛苦"与"无尽的斗争","你们(先导者们)的灰尘安息了,你们的时代却复生","而剧烈的东风吹来把我们摇醒","那醒来的我们知道是你们的灵魂","穿着你们燃烧的衣服,向着地面降临","我们最需要的"是把我们没有完成的事业再次传给我们的下一代,即先导们的子孙,"把未完成的痛苦留给他们的子孙"④,一代又一代人重复的是上一代未竟的事业。《先导》表现了无法完成的历史使命与光辉事业。《活下去》也表现两代人未完成的追求。"你和我都渐渐强壮了却又死去",但那"永恒的人""在无尽的波涛的淹没中",在其"希望,幻灭,希望,再活下去"的彷徨动摇与不舍追求中,给予孩子们希望。⑤ 这体现了事业以及矛盾斗

① 穆旦:《穆旦诗文集》(增订版)第1卷,人民文学出版社2018年版,第232页。
② 同上。
③ 同上书,第241页。
④ 同上书,第123—124页。
⑤ 同上书,第95—96页。

争的未完成性。

《诗八首》中，双方爱情的追求始终是流动不居的，"他底痛苦是不断的寻求/你底秩序，求得了又必须背离"[1]。可以说，《诗八首》体现了生命主体与爱情追求的流动性与未完成性，这也许正如唐湜评价穆旦道"那个伯格森的'生命之流'也许就是他的理想"[2]。伯格森认为宇宙的本质是一种"生命之流"，一种非理性的、永不停歇的生命冲动，它永不停歇地变化着，又称"绵延"。"生命之流"的"绵延"就是一种"未完成性"。穆旦的《诗八首》表现了爱情追求的未完成性特征。诗中也表现了对一切（包括爱情等等）"永固"的辩证否定："每人在渴求/荣誉，快乐，爱情的永固，/而失败永远在我们的身边埋伏。"[3]一切稳固的"点"都是不存在的，"我们"始终处于变动之中，永远扩大既有的边沿，"站在不稳定的点上……//享受没有安宁，克服没有胜利，/我们永在扩大那既有的边沿"[4]。人类的追求终于只是一个可怕的梦魇，一切都不真实，甚至连我们的哭泣也是一样的不真实，"终于生活在可怕的梦魇里，/一切不真实，甚至我们的哭泣"[5]。世人眼里的美好爱情，诗人却发现它伴随着错误而诞生，"除了内心的爱情/虽然它永远随着错误而诞生"，而且它也会因为"追悔，屈服，僵化"而使"它的光消殒"，那"永不甘心的刚强的英雄"，"还有什么/更能使你留恋的，除了走去/向着一片荒凉，和悲剧的命运"[6]。这好像鲁迅《过客》中的"过客"一样，明知道前面是"一片荒凉""一片坟地"，但是仍奋然前行，进行着"绝望

---

① 穆旦:《穆旦诗文集》(增订版)第 1 卷，人民文学出版社 2018 年版，第 78 页。
② 唐湜:《探求者穆旦》，《新意度集》，生活·读书·新知三联书店 1990 年版，第 104 页。
③ 穆旦:《穆旦诗文集》(增订版)第 1 卷，第 88 页。
④ 同上。
⑤ 同上书，第 89 页。
⑥ 同上。

的抗战",表现了一种"西西弗斯"式的悲剧命运。在穆旦的《诗》和鲁迅的《过客》中,我们感受到同样的永不停歇的战斗精神。

对于穆旦诗歌中的矛盾性及其未完成性,一些穆旦诗歌研究者做出了精彩的分析评论。郑敏指出穆旦诗歌的矛盾性,以及矛盾双方的非静止性和不平衡性等方面的特征,她说:"穆旦的诗,或不如说穆旦的精神世界是建立在矛盾的张力上,没有得到解决的和谐的情况上。穆旦不喜欢平衡。平衡只能是暂时的,否则就意味着静止、停顿。穆旦像不少现代作家,认识到突破平衡的困难和痛苦,但也像现代英雄主义者一样,他并不梦想古典式的胜利的光荣,他准备忍受希望和幻灭的循环。"①袁可嘉在《新诗现代化》一文中指出穆旦《时感》的主题:"'绝望里期望希望,希望中见出绝望'的二支相反相成的思想主流在每一节里都交互环锁,层层渗透。"②这里,袁可嘉关于穆旦诗歌的"希望"与"绝望"的论述,很自然地使人想起鲁迅《希望》的写作,穆旦对矛盾如此清醒的认识是真正"鲁迅式的",在现代思维和情感表现及美学追求上,穆旦与鲁迅具有内在的一致性。钱理群对穆旦诗歌的矛盾性及其矛盾双方的关系也做了深入的探讨,他说:"诗人排拒了中国传统的中和与平衡,将方向各异的各种力量,互相纠结、撞击,以至撕裂。所有现代人的生命中的困惑:个体与群体,封闭与求援,诞生与谋杀,创造与毁灭,真实与谎言,苦难与安乐,丰富与无有,信仰与流放,智慧与无能……全都在这里展开:不是简单化的二元对立,也不是直线化的'一个吃掉(否定)一个',而是互相对立,渗透,转化,纠结为一团。……在穆旦的思维视界里,总是同时关注两个(或两个以上)反向的命题;然

---

① 郑敏:《诗人与矛盾》,载李怡、易彬编:《中国文学史资料全编 现代卷 穆旦研究资料》(上),知识产权出版社2013年版,第361—362页。
② 袁可嘉:《新诗现代化——新传统的寻求》,《论新诗现代化》,生活·读书·新知三联书店1988年版,第9页。

后以他所特有的怀疑主义的眼光,对对立的双方都进行质疑;在往复诘难中旋转似的将思考引向深入(复杂化)。"①钱理群关注到穆旦诗歌矛盾双方的并存与互相渗透、转化,特别指出矛盾双方是"纠结为一团"的,而不是"一个吃掉(否定)一个",指出了穆旦诗歌矛盾最终的未完成性,具有重要意义。

穆旦的诗歌站在不稳定的点上,矛盾的双方永远相互纠结、渗透、转化,他排拒中国传统的中庸思想与大团圆式的结局,以怀疑主义的眼光审视现代社会生活与个体生命存在,打破一切美好的、和谐的、乌托邦式的神话,建立起诗歌的现代思维方式与情感方式,具有深远的意义和重大的价值。对此,有人指出:"这正意味着对以'圆'为中心的传统哲学与诗学的'超越',与以'残缺'为中心的现代哲学与诗学的建立。"②穆旦的诗歌与中国古典诗歌讲究中和与艺术的温柔敦厚有着重大的区别,与中国现代以来的诗歌也颇为迥异。譬如,穆旦的诗歌既不同于胡适式的对现实作如实书写的现代白话诗,又不同于郭沫若等创造社诗人的自我抒情诗歌的大声呼喊;既不同于戴望舒、卞之琳现代派诗歌沉溺于小我的低吟浅唱,又不同于以艾青为代表的七月诗派较为单一的矛盾呈现。穆旦的诗歌初步实现了中国新诗现代化的历史任务,是具有深切的现实关怀和创新性的现代艺术。然而这一点,一些读者并没有能够深入理解,特别是因为中国文化传统长期受到中庸思想的影响,穆旦这种具有反叛性和异质性的诗歌,更容易遭受人们的误解。就连一些对穆旦诗歌艺术颇为了解的评论家,也存在一些认识不足的地方。譬如,王佐良是穆旦诗歌研究的著名评论家,写了不少优秀

---

①　钱理群:《鲁迅与穆旦(下)》,载李怡、易彬编:《中国文学史资料全编　现代卷　穆旦研究资料》(上),知识产权出版社2013年版,第426页。
②　钱理群、温儒敏、吴福辉:《中国现代文学三十年》(修订本),北京大学出版社1998年版,第450页。

的评论文章,然而,他的个别观点我以为还是值得商榷的。譬如,他做过这样的评论:"他懂得受难,却不知至善之乐。"①这种观点就没有认识到穆旦对"至善之乐"的超越与终结的价值与意义,没有意识到穆旦诗歌内在的未完成性这一具有对话性的艺术特征。在这一点上,我赞同唐湜对王佐良的批评,唐湜说:"人们常爱把反常识的反形式逻辑的形而上学的(Metaphysical,哲学的)辩证观念看成诡辩的玄学,这是我所不敢苟同的;而他的自然主义的(朴素的唯物论的)世界观与超越的自觉心怕也会引起习于中庸之道的中国人的反感,这也该是敏感的天才们所应有的悲哀。王佐良先生说他懂得受难,却不知至善之乐,我以为还不很确当,一般地说来,辩证的发展不允许有一个真正的'至善'的终结,一个绝对的理念;一个自觉的超越的心灵是不该如此停滞了的。"②我以为唐湜的这种论断,把握住了穆旦诗歌的矛盾性与未完成性,即不存在"真正的'至善'的终结",这是十分准确而又非常深刻的,正如鲁迅对于别人希望的未来的"黄金世界"的否定一样,穆旦对于"至善之乐"的否定体现出他对社会现实深刻的认识。这也是他"自觉的超越的心灵"永不停歇的表现,具有重要的意义和价值。

---

① 王佐良:《一个中国诗人》,载《穆旦诗文集》(增订版)第 1 卷,人民文学出版社 2018 年版,第 162 页。

② 唐湜:《穆旦论》,载李怡、易彬编:《中国文学史资料全编 现代卷 穆旦研究资料》(上),知识产权出版社 2013 年版,第 348 页。

第四节　戏剧化对白与戏剧性独白

　　穆旦诗歌的戏剧化对白与戏剧性独白是其对话性的又一重要表现,主要包括:诗歌采用面具化角色的言说方式,表现几个面具化主体之间的对话或者叙述主体的戏剧独白;在片段的情境中呈现戏剧化的言说,使得诗歌具有戏剧化的场景与对话;采取拟诗剧、拟戏剧体的形式表现对话性特征。诗人通过这些艺术手法把复杂的思想情感客观地呈现出来,这样就避免了直截了当的正面陈述,从而使其诗歌具有"表现上的客观性与间接性"的"戏剧化"[1]特点,做到"现实、象征、玄学的综合"[2],取得了较高的艺术成就。穆旦诗歌的戏剧化对白与戏剧性独白主要体现在以下三个方面。

　　首先,诗歌采取面具化角色对白与戏剧性独白的方式来表现内在情思。穆旦的不少诗歌往往设置几个面具化角色,使之进行对话,同时将其与叙述主体的戏剧性独白相结合,努力探索内心世界,主体的精神活动借助外在的客观对应物得到表现。譬如,《防空洞里的抒情诗》的主体内容是叙述主体"我"的戏剧独白,但是诗歌在其戏剧性独白的过程中不时穿插几个面具化角色的对白,从而较为立体、全面地展现作者的内在情思。诗歌开始呈现的是防空洞内杂七杂八、没头没尾的谈话,

----

　　① 　袁可嘉:《新诗戏剧化》,《论新诗现代化》,生活·读书·新知三联书店 1988 年版,第 25 页。
　　② 　袁可嘉:《新诗现代化——新传统的寻求》,《论新诗现代化》,第 7 页。

且不知与叙述主体"我"进行交谈者姓甚名谁,诗歌使用的是"他"和"他们",而且这里的"他"虽然出现在诗歌的多个地方,甚至是从诗歌的开头直至末尾一直有"他",然而"他"却具有不特定性的特征。这是作者设置的一个面具化角色,在某种程度上可以理解为"他"是叙述主体"我"的一个化身,也可以理解为另一个"我"。诗歌的开篇便是"他"与"我"的对话:"他向我,笑着,这儿倒凉快。"这使"我"关注到"他"。"当我看见他的瘦弱的身体/战抖","他"继续与"我"对话,谈论上海《申报》上五光十色的新闻,并认为"我"不应该放过这个消遣的时机。"我"对"他"的谈话不做反应,"我"想起的是那些为死亡所恫吓的人们在大街上疯跑,"像是蜂踊的昆虫,向我们的洞里挤"。这样诗歌叙述的视角就由防空洞内转换到防空洞外。

诗歌的第二节,叙述视角再次转换到防空洞内,而且是群体七嘴八舌地交谈:"谁知道农夫把什么种子洒在这土里?/我正在高楼上睡觉,一个说,我在洗澡。/你想最近的市价会有变动吗?府上是?/哦哦,改日一定拜访,我最近很忙。"①这种种谈话,表现的是人们在面对生死的危险境地时,依然关注的是生命的琐碎与无意义。人们交谈过后是寂静,互相观望,"我"听到洞外"大风在阳光里"呼啸,但是这里的"听到"与其说是耳朵对风的感知,还不如说其实是"我"对防空洞外情景的一种想象。

诗歌的第三节,叙述的时空一下子跳转到古代炼丹术士做梦,"阴魂"收摄渐渐冰冷了的无魂人。这一插入性的叙述具有象征意义,与现实有着某种对应关系。炼丹术士是叙述者"我"的一个化身,"阴魂跑出地狱"象征凶恶势力的出现,"阴魂"对炼丹术士的火烧、剥皮,并

---

① 穆旦:《穆旦诗文集》(增订版)第1卷,人民文学出版社2018年版,第10页。

收摄了他的灵魂,使炼丹术士渐渐变成一具冰冷的无魂人,象征着叙述者"我"在平庸琐碎的现实环境下精神变得麻木,并直至死亡。这里炼丹术士的命运预示了"我"的命运,"我"为地狱的阴魂所"收摄",也就是"我"为平庸、无聊的民众包围,从而使得"我"的精神变得堕落、麻木、死亡。梁秉钧曾对诗歌此处的"阴魂"做出了这样的评论,他说:"在插入的段落里,人们好像被喻为阴魂。"①这种看法是有一定道理的。这才有了诗歌第四节开始所说,"我"感到"太窒息",希望走出防空洞,此时的防空洞在"我"看来简直就是一座监狱,预示"我"决心走出平庸世故的大众的包围,恢复自己清醒的知识分子的认知与高雅的生活情趣,然而这却遭到身边"他"的纠缠,"他"拉住"我"问:"这是不是你的好友,/她在上海的饭店结了婚,看看这启事!"这其实可以理解为"世俗我"对"高雅我"的纠缠与牵扯。正因为如此,叙述者"我"记起了曾经的知识分子的生活与情趣,诗歌由此展开了"我"的独白:"我"已经忘了摘一朵洁白的丁香夹在书里、在公园里摇一支手杖、听《爱的大游行》(*Love Parade*)散播、用淡紫的墨水、在红茶里加一片柠檬。值得注意的是,这里的叙述者是"我",以上的小资生活都是"我"的心理独白,然而紧接着叙述者却突然变成了"你":"当你低下头,重又抬起,/你就看见眼前的这许多人,你看见原野上的那许多人,/你看见你再也看不见的无数的人们,/于是觉得你染上了黑色,和这些人们一样。"②这几句诗中的"你"指的其实就是"我",是"我"的戏剧性独白,仿佛在"我"之外有一个主体对"我"说话,称呼"我"为"你",通过借用外在视角与"我"进行对话,将"我"的内心活动客观、生动、立体地表现

---

① 梁秉钧:《穆旦与现代的"我"》,载杜运燮、袁可嘉、周与良编:《一个民族已经起来:怀念诗人翻译家穆旦》,江苏人民出版社1987年版,第45页。
② 穆旦:《穆旦诗文集》(增订版)第1卷,人民文学出版社2018年版,第11页。

出来。以上诗句表达了"我"眼前的许多人、原野上许多人以及再也看不见的无数的人,这许多人的平庸与世俗使"我"也变得与他们一样沉沦,也即"染上了黑色"。

诗歌第六部分,叙述的时空再次转入古代的森林,在漆黑的夜里,那在前面被炼丹术士收摄阴魂的无魂人竟然又活转过来。此时的无魂人烧着炉丹,发出"毁灭,毁灭"的声音。作品再次展开对炼丹术士的戏剧性心理独白的描写:"你那枉然的古旧的炉丹。/死在梦里!坠入你的苦难!/听你极乐的嗓子多么洪亮!"①诗歌中"一个声音喊",其实就是炼丹术士在喊,所喊的话语中的"你",也就是炼丹术士"我",是炼丹术士诅咒自己"死在梦里"。这里之所以通过炼丹术士的戏剧性心理独白来表现,是因为这样就可以拉开这个声音与炼丹术士的自我距离,取得一种客观的艺术效果。诗歌通过炼丹术士复活的叙述,预示叙述主体"我"的精神蜕变,重新获得了知识分子的批判精神和价值立场。

诗歌的第七部分,也就是诗歌的最后一部分,开头的两句诗依然是"我"的戏剧性心理独白:"胜利了,他说,打下几架敌机?/我笑,是我。"②第一句诗中的"他"其实是叙述者"我",这句话是"我"的内心独白,而又不直接用"我",使用了自我的戏剧性心理对白的艺术手法,紧接着才有了后面自我的解释:"我笑,是我。"③当"我"最后离开防空洞"独自走上了被炸毁的楼",却发现"我自己死在那儿"④。这里通过戏剧化的描写,将"自我"进行分裂,从客观外在的"我"的视角展示"我"的死亡,取得了独特的艺术效果。而且,这里"我"的"生"却已"死"的

① 穆旦:《穆旦诗文集》(增订版)第 1 卷,人民文学出版社 2018 年版,第 12 页。
② 同上。
③ 同上。
④ 同上。

情况,与炼丹术士的"死"却复"生"的情况相互对比,形成一种反讽的效果。总之,《防空洞里的抒情诗》较为充分地表现了穆旦诗歌的戏剧性对话与戏剧性独白的艺术特征,具有较高的艺术价值。

同样,诗歌《从空虚到充实》也通过面具化角色的戏剧化对白与戏剧性独白来表现主体内在的精神活动,其对话性艺术也体现得非常鲜明。诗歌的第一节,叙述主体"我"向陷入家庭争吵走进咖啡店里的亨利(Henry)王发出对话的诉求,使他摆脱了生活琐事的平庸而获得新的生活的意义。街上人们"起来,不愿做奴隶的……"的歌唱使"他的血沸腾",然而"他把头埋进手里",表现他虽然精神上有了新的振奋,但是在行动上依然如旧。应该说亨利在某种程度上具有"我"的特点,或者说亨利在某种程度上就是"我"的化身。果然,诗歌第二节开始的诗句便是:"呵,谁知道我曾怎样寻找/我的一些可怜的化身"①,这一诗句对读者理解此诗很关键,诗人不仅含蓄地表明了亨利只是"我"的一个化身,而且提示了读者诗歌后面所出现的一些人物也是"我"的化身,是"我"的面具化人物,这中间有写《中国的新生》的作者,有身份模糊的"我不知道他是谁"的"他",等等。他们都是"我"的化身。

在诗歌第二节与第三节中,叙述主体"我"与"他"进行对白及自我进行戏剧性独白以探寻"他"的身份,一方面"他"对于"我"来说是陌生的,"这样不讲理的人我没有见过,/他不是你也不是我";另一方面,"他"又是"我"的弟兄,我的朋友,"我们交换冷笑,阴谋和残酷"②。胡苏珍曾对这首诗歌的自我形象做过这样的论述,她说:"文本形成明暗相对的人物结构,一方面是抽象的'自我'(包括'我'和化身的'他'),

---

① 穆旦:《穆旦诗文集》(增订版)第1卷,人民文学出版社2018年版,第16页。
② 同上书,第17页。

另一方面是真实面目的人物。"①这种论述颇具有启发意义。诗歌的第四节,叙述肆虐的洪水毁灭一切,德明太太与老张的儿子对话,实现了叙述的转换,由主体"我"的叙述转换为第三者的对白,从德明太太口中读者得知人们大多满足于世俗的生活,肯定了在家做庄稼人的老张的大儿子,而不理解外出抗日的小儿子,从此引起叙述主体"我"的忧虑,"我知道/一个更紧的死亡追在后头","吞噬着古旧的血液和骨肉",这种灾难不仅只是"洪水",②而且还有更大的灾难,那就是外敌的入侵将引起我们民族的危亡,滚滚的时代大潮将荡除一切的世故与麻木。这首诗于1940年3月27日发表在《大公报》上,这种版本的诗歌还有结尾的十七行诗,这十七句的诗行又分为两部分,前面七行诗重点表现的是"我"的戏剧性独白,"我"在游击战中病倒了,在原野上丢失了自己,这时"我"实现了自我的分裂,对于"丢失的自己","我"称之为"你":"因为这时候你在日本人的面前,/必须教他们唱,我听见他们笑。"③诗歌随后是自我的戏剧性独白:"中华民族到了最危险的时候,/为了光明的新社会快把斗争来展开,/起来,起来,起来。"④这里通过自我的分裂展开戏剧性独白,立体地展示自我的精神意识。之后的十行诗句为第二部分,在"我"的梦中,"小王的阴魂"与"我"进行对话,"小王的阴魂"说:"你的头脑已经碎了,跟我走,/我会教你怎样爱怎样恨怎样生活。""我"对此的回答则是:"我不愿意下地狱,/只等在春天里缩小,融化,消失。"⑤这是一种戏剧化的对白。其实,"我"梦中这两个

---

① 胡苏珍:《新诗"戏剧化"论说兼诗艺研究》,中国社会科学出版社2019年版,第224—225页。
② 穆旦:《穆旦诗文集》(增订版)第1卷,人民文学出版社2018年版,第19页。
③ 同上书,第14页。
④ 同上。
⑤ 同上。

阴魂的对话，既可以看作是两个人物的戏剧化对白，从某种意义上来说，又可以看作是"我"的意识中的两种声音的对话，是"自我"内心世界中两种人生道路取舍的戏剧性辩驳。

可见，穆旦诗歌采用面具化角色对白和戏剧性自白取得了较为突出的成就，它多方面展示了诗人对于社会人生的思考，深刻揭示了诗人自我内在情思的丰富性。

其次，穆旦诗歌常常在片段情境中展示人物戏剧化对白与戏剧独白。通过描写情境，并在情境中展示人物的对白与戏剧独白，作者将自身的情感蕴藏其间，而不作赤裸地袒露，这在客观、间接地表现作者的思想情感方面取得了重要的艺术成果。这种写作方式在《在寒冷的腊月的夜里》《小镇一日》《夜晚的告别》等作品中得到生动的体现。

《在寒冷的腊月的夜里》叙述了三幅北方农民在腊月寒冷的夜里的生活情境，通过环境的勾画、人物的发声等戏剧化情境的客观展示，表现北方人勤劳、坚忍、不屈不挠的精神面貌，以及诗人对这种精神的礼赞。诗歌分为三个部分。第一节展现了北方腊月天寒地冻、庄稼已经收获、牲口憩息的场景。在这一广阔的画面中，深夜里，一位农民依然在纵横的田野里奔波，他推着沉重的轮车在古老的路上前行，一盏灯光照映出他那厚重的、多纹的脸。这时诗人发出自己的声音："他想什么？他做什么？"[1]诗人通过情境化的叙述，深蕴着对农人的温暖情感。第二节，叙述视角从第一节的第三人称视角转为第一人称视角，"我们在泥草的屋顶下安眠"，在寒冷的冬夜，大风卷起的沙土吹动窗纸，将谁家的二郎吓哭了，发出长长的哭声，从屋顶传过屋顶，但是"我们不能够听见"，这是寒冷的腊月的又一幅画面。"我们"的现在便是小孩

①　穆旦:《穆旦诗文集》(增订版)第1卷,人民文学出版社2018年版,第45页。

的未来,"他就要长大了渐渐和我们一样地躺下",表现了诗人对历史循环发展的沉思。一代又一代农人的命运几乎不曾变动,从"我们的祖先"一直到现在。第三节,叙述的视角转入室内,一开始便是一个声音在静夜中响起:"火熄了么? 红的炭火拨灭了么?"①然而他的问话却以沉默作结,寒冷的夜晚更加显得旷远深沉。紧接着叙述转向悠远的历史时空,"我们的祖先是已经睡了","只剩下了灰烬的遗留",由此,历史的沧桑感非常鲜明地展示出来。诗歌最后又从历史的叙述回到梦境的叙述,"在我们没有安慰的梦里",雪花正静静地飘落在那些用旧了的农具上,诗歌画面重新回到北方农民生活的现实场景。在这三幅农民生活场景的叙述中,诗人的情感尽可能不赤裸裸地袒露出来,而是通过具体的生活情境、人物的对话以及戏剧独白客观地透露出来,显得非常深沉而有艺术魅力。

《小镇一日》也是在特定的情境中通过人物戏剧化对白与叙述主体自我的内心独白,表现诗人对中国未来的思考。《小镇一日》主要叙述的是一个旅人路过一个偏僻的小镇的所闻所感,因为篇幅较长,这里重点分析诗歌的第三小节。在这一小节中,一个农民向"我"介绍自己的几个孩子,在这种戏剧化的述说中夹杂着诗人的内心独白,这两种声音混杂在一起,形成复调艺术。诗歌开始是叙述农民的言行:"现在他笑着,他说,/(指着一个流鼻涕的孩子,/一个煮饭的瘦小的姑娘,/和吊在背上的憨笑的婴孩,)/'咳,他们耗去了我整个的心!'"②诗歌在农民的戏剧化对白之后,便转入"我"的戏剧性独白,"我"对孩子的未来人生命运进行了推测和猜想,一个"就要成为最勤快的帮手",一个"看

---

① 穆旦:《穆旦诗文集》(增订版)第1卷,人民文学出版社2018年版,第45—46页。
② 同上书,第54页。

见媒婆,/也会低头跑到邻家"①,等等。诗歌通过农民的对白,以及农民对白时戏剧性动作的描写,交织诗人主体"我"的内心独白,形成了戏剧化对白与戏剧性独白交替叙述的独特的对话艺术特征。

《夜晚的告别》也具有人物对白及戏剧性独白相交织构成的戏剧化对话的特征。诗歌开篇写道:"她说再见,一笑带上了门,/她是活泼,美丽,而且多情的。"②既有人物动作的描述,又有人物的告别,具有戏剧化的特点。诗歌紧接着叙述海上舟子的嘶叫声,这与其说是外在的舟子在风中发出的声音,还不如说是诗人主体"我"的内在声音在呐喊与质疑:"什么是你认为真的,美的,善的?/什么是你的理想的探求?"③诗歌最后指出这些美好的名词背后的本质,乃是一副让"我们"失去安乐的"毒剂"。这句话否定了表面的美好,也实质地否定了那姑娘的美好与多情。诗歌第二节,以象征的形式叙述在狂风怒吼的海上,"我"听不见"她"的细弱呼救,暗示"我"与"她"的隔膜、难以沟通。"我"在冷清的街道碰到亲切友善的面孔,"是这样的面孔让她向我说,/你是冷酷的",这里出现"她"的声音;紧接着诗歌写道:"你是不是冷酷的?"④这一诗句既像是"她"问"我",又像是"我"反问"她",又或者是"我"的扪心自问? 或许兼而有之。通过这种人物间的戏剧化对白与人物内心的独白,诗歌深入地揭示了男女恋情走向破裂后复杂的思想情感波动。诗歌第三节表现的是犹如鲁迅那样反抗无物之阵的悲哀,"我是太爱,太爱那些面孔了,/他们谄媚我,耳语我,讽笑我,/鬼脸,阴谋,和纸糊的假人,/使我的一拳落空,使我想起/老年人将怎样枉

---

① 穆旦:《穆旦诗文集》(增订版)第 1 卷,人民文学出版社 2018 年版,第 54 页。
② 同上书,第 47 页。
③ 同上。
④ 同上。

然地太息"①。诗歌第四节则可以理解为"我"回忆曾经与这位活泼、美丽、多情的"她"充满激情的交往过程,也可以理解为"我"想象"她"将会与别的男子交往的情境,"那些坦白后的激动和心跳","我并不奇怪。这样的世界没有边沿"②诗歌最后一节,表现了"我"对爱的感伤乃至于绝望,这种感情是通过诗人的内心独白以及内心情感借助于外在事物的客观呈现而展开的:"多情的思索/是不好的,它要给我以伤害。/嘶声的舟子驾驶着船,/他不能倾覆和人去谈天,/在海底,一切是那样的安详!"③诗歌表现了对于爱情的绝望的哀叹。

最后,诗歌采取拟诗剧的艺术手法,以较为广阔的社会历史作为背景,通过多个主体的发声及其活动,运用象征艺术手法,表达诗人对于社会人生的深刻认识。譬如《森林之魅——祭胡康河谷上的白骨》《神魔之争》《神的变形》《隐现》等作品都出现了不同主体的对白,表达了作者对社会人生的思考。这些作品都具有拟诗剧的形式,表现出戏剧化的特征。

《森林之魅——祭胡康河谷上的白骨》是以诗人在缅甸作战作为历史背景。穆旦曾经作为远征军出国作战,在缅甸的热带森林里,路途中不断出现战士腐烂的尸体,毒雨瓢泼一样从空中倾倒下来,他自己经受蚂蟥和大得可怕的蚊子叮咬,腿也走肿了。穆旦曾经一次断粮达八日之久,在经受极端的生死考验后,他竟然活了下来。《森林之魅——祭胡康河谷上的白骨》就是穆旦这一生活的反映。这首诗主要是拟人化的"森林"与"人"的对话。诗歌的开篇便是"森林"的话语,"森林"以拟人的"我"的口吻进行叙述,表现出一派阴森、原始的景象。然后

---

① 穆旦:《穆旦诗文集》(增订版)第1卷,人民文学出版社2018年版,第47页。
② 同上书,第48页。
③ 同上。

是"人"的感慨："无始无终,窒息在难懂的梦里,/我不和谐的旅程把一切惊动。"①这表达了"人"对森林旅途的恐惧。这之后是"森林"与"人"的对话,"森林"的话语是极其简洁又让人惊恐的:"欢迎你来,把血肉脱尽。"对此,"人"仿佛是自言自语:"是什么声音呼唤? 有什么东西/忽然躲避我?"又仿佛是"人"在诅咒"森林"的恐惧与邪恶,"而树和树织成的网/压住我的呼吸","是饥饿的空间","它散布/疾病和绝望","绿色的毒,你瘫痪了我的血肉和深心"!"森林"的回答则是:"我要把你领过黑暗的门径","美丽的将是你无目的眼","无言的牙齿"。② 读者从"森林"的话语中读到的是"人"在森林里死后的可怕情境:森林里的虫蚁将"人"的尸体吃得只剩下一具具可怕的白骨。最后是"祭歌"总括全篇,以第二人称的身份与那些死去的人对话:"过去的是你们对死的抗争,/你们死去为了要活的人们生存。"诗歌对死去的人的崇高献身精神进行总结:"没有人知道历史曾在此走过,/留下了英灵化入树干而滋生。"③表达了诗人对为国捐躯者的无限崇敬之情。

《神魔之争》主要表现"神"与"魔"的斗争,通过各方的对话与交流,展示诗人对丑恶的社会现实与愚昧麻木的国民劣根性的批判,以及对人生理想与希望的热切追求。诗歌具有较为鲜明的象征色彩。"神"与"魔"分别象征现存秩序的维护者与现存秩序的破坏者。如果说"神"代表的是一切事物的保护者、维护者、引导者等的形象,那么与此相对立的是"魔",它代表的是"破坏者"、控诉者、反抗者等的形象。当"神"认为自己是"一切和谐的顶点"时,"魔"则将自己当作是"永远的破坏者";当"神"宣称"远古的圣殿""它不能破坏,一如/爱的誓言。

---

① 穆旦:《穆旦诗文集》(增订版)第 1 卷,人民文学出版社 2018 年版,第 138 页。
② 同上书,第 138—140 页。
③ 同上书,第 140 页。

它不能破坏"时,"魔"则指出圣殿只"是铁钉,木板","神"的子民"他们得到的,是耻辱,灭亡";当"神"宣称自己是"一盏起伏的,永远的明灯"时,"魔"则乞求"黑色的风""诅咒","暴躁的波涛"泛滥,将一切凶恶赐予人类。[1] 可见,"神"与"魔"是对立的两极。另外,"东风"则象征新生事物的催生者,"东风"是万物的"诞生者""创造者"形象。"林妖"是被"东风"创造出来的树林中具有灵性的花草树木,它们象征庸众。"林妖"们"愚蠢"地存在着,"一半是醒着,一半是梦"。"林妖甲"则是庸众之甲,"林妖乙"则是庸众之乙。诗歌围绕维护现存秩序与破坏现存秩序这两种对立力量的斗争而展开叙述。"神""魔""东风"与"林妖"们众声喧哗,呈现多声调的艺术特征。诗歌以生命的催生者"东风"的发声开篇,"东风"以欢快的语调,歌颂"太阳出来了"之后一片"光明"的景象。"我是诞生者",随着"我轻捷的飞跑","新鲜的玫瑰/为我燃烧着,寂寞的哭泣","我"不仅唤醒了"山谷,河流,绿色的平原",而且唤起了"人类的乐声","但我不过扬起古老的愚蠢:/正义,公理和世代的纷争——"。[2] 接下来,诗歌转入"神"与"魔"的对话,"神"认为"魔""不能"破坏人类所创造的一切,包括屹立在海岸的"远古的圣殿"以及"心心联起像一座山"的人的信仰。"魔"则对此进行反驳,指出"神"虽然说自己是子民的保护者,但是"神的子民"也遭受厄运,"你的子民"一片"空茫","他们得到的,是耻辱,灭亡"。[3] 由此,"魔"对现存秩序表达出极端的不满,正如"神"向"魔"指出的"反抗书写在/你的脸上","神"则保护人类免受灾难的侵蚀,使"阴暗的重云再露出彩虹"。[4] 以上可以说是"神"与"魔"的正面冲突与斗争。

---

[1] 穆旦:《穆旦诗文集》(增订版)第1卷,人民文学出版社2018年版,第142—146页。
[2] 同上书,第141—142页。
[3] 同上书,第143—144页。
[4] 同上书,第144—146页。

　　诗歌后半部分,"神"消失退隐了,诗歌重点表现"林妖"在"魔"所施展的烈火面前的存在情况,批判了庸众麻木的生命意识。诗歌通过"林妖"与"魔"及"东风"之间的对话,间接地反映了普通民众在战争灾难面前庸常的生命存在形态。诗歌中部的"林妖合唱"与诗歌结尾的"林妖合唱"完全一样,形成诗歌的主旋律,表现他们的庸常、愚蠢且又对自我的庸常与愚蠢具有清醒的认识,"我们知道自己的愚蠢""我们活着是死,死着是生"。① 在"林妖合唱"之后,分别是"林妖甲"与"林妖乙"的独唱,"林妖甲"表现了应该如何消磨自己生命时光的困惑:"白日是长的,虽然生命/短得像一句叹息。我们怎样/消磨这光亮?"②"林妖乙"则惊呼他们面临烈火奔袭而来毁灭的处境:"树木已露出黑色的头发/向上飘扬,它的温柔的胸膛/也卷动着红色的舌头!"③这种书写将烈火吞噬一切的惊心动魄的景象生动形象地展示出来,这种毁灭是何等壮观! 何等恐惧! 何等悲壮! 这是"魔"的力量的表现,"魔"于是高唱:"不要躲避我残酷的拥抱,/这空虚的心正期待着血的满足!""魔"之所以要毁灭,它没有同情,没有眼泪,它是以毁灭作为自己的满足,"我的吞没是它的满足"④。"林妖"在"魔""点起满天的火焰"面前,呼唤"温暖""和平"与"希望"。这时"东风"发出了自己的声音,希望"林妖"正视现实,正视死亡,因为到处存在"无情的战斗"。"让烈火烧遍","在至高的理想隐藏着/彼此的杀伤"⑤,表现了"东风"对于社会的清醒认识。诗歌最后归结于"林妖合唱",表现他们哪怕经历烈火的焚烧与死亡的洗礼,他们的生命依然毫无改变,仍然沉

---

①　穆旦:《穆旦诗文集》(增订版)第 1 卷,人民文学出版社 2018 年版,第 147 页。
②　同上。
③　同上书,第 148 页。
④　同上书,第 148—149 页。
⑤　同上书,第 152 页。

浸在半梦半醒状态之中,"一半是醒着,一半是梦"①。

《神魔之争》通过"神""魔""东风""林妖"等的对话,表达诗人对于人生与社会的深入思考,既批判了当权者的虚伪与专断,又批判了普通民众安于现状、精神麻木、无所作为的存在状态。诗人热情地希望来一场彻底的革命,以唤起民众精神的觉醒,以实现国家和民族的新生。唐湜对《神魔之争》曾做过精彩的评论,他认为诗歌中的"东风"平衡着生死,它既到处播散种子,又让烈火燃烧。神是维持现存秩序的象征,但他的秩序本身也是分裂的,由此引起了魔的叛变,他说:"使我想起哥德的《浮士德》里的上帝与曼菲斯多费的争论与米尔顿(John Milton)的《失乐园》里的上帝与撒旦之争,有一种文艺复兴时代的新旧传统,基督教与异教斗争的气息弥漫在中间。"②唐湜的这种分析是非常准确的。

1976年,穆旦又创作了《神的变形》,在这部诗篇中,也出现了"神"与"魔"这两种对立的意象,同时出现了"权力"与"人"的形象。这些意象(或者形象)相互对话,表现了诗人对那种特殊历史环境下的"神"的否定,同时也对"魔"进行了否定,因为这两者背后的实质都是"权力"对"人"的压抑和戕害。诗歌开篇是"神"的话语,"神"自认为掌握历史的方向,推动历史的前行,"世间全由我主宰"。"神"同时自省道:"我的体系像有了病。"③为什么"神"会感到有"病"?紧接着是"权力"的自我坦白:"我是病因。"④正是"神"对"权力"的无限要求,使得"人心

① 穆旦:《穆旦诗文集》(增订版)第1卷,人民文学出版社2018年版,第152页。
② 唐湜:《探求者穆旦》,《新意度集》,生活·读书·新知三联书店1990年版,第101页。
③ 穆旦:《穆旦诗文集》(增订版)第1卷,第358页。
④ 同上。

日渐变冷,/在那心窝里有了另一个要求"。① 这另一个要求是什么呢?
这就是"魔"。"魔"把"正义,诚实,公正和热血"从"神"那里拿来,"万
众将推我继承历史的方向",这就是在那个特殊历史条件下的"神魔之
争"。作为"我们"的"人"对此的态度是:"我们既厌恶了神,也不信任
魔,/我们该首先击败无限的权力!"②然而,究竟应该推翻谁的统治呢?
"魔"认为人们现在受到"神"的"束缚"与"压迫",必须"推翻了神的统
治"。"魔"的这一呼声,得到了"人"的热烈响应:"谁推翻了神谁就进
入天堂。"③诗歌的最后是"权力"的自白:"不管是神,是魔,是人,登上
宝座,/……最后……人已多次体会了那苦果。"④这表现了不论是
"神",是"魔",是"人",一旦拥有了无限的"权力",都将给人造成灾
难,让他们体会到苦果,"权力"乃是"腐蚀剂",表现了诗人坚决反对绝
对权力的立场,热切希望人的精神能够从"神"的禁锢中解放出来。

　　我们再看《隐现》这一拟诗剧作品的戏剧化对白与戏剧性独白。
谢冕较早认识到《隐现》的重要价值,他认为《隐现》是"穆旦最重要的
一首长诗","他的诗表现当代人的缺失和疑惑,他诅咒那使世界变得
僵硬和窒息的'偏见'和'狭窄'","他在这里继续着对于心灵自由的追
寻以及对于精神压迫的谴责;谢冕关注到诗歌中"矛盾、冲突、愿望目
标的确立而又违反"⑤,他指出:"穆旦的这种自我拷问是他的诗的一贯
而不中断的主题。"⑥这种"自我拷问"的写作方式在《隐现》一诗中得
到了很好的表现。其实,解志熙对《隐现》这首诗的版本及诗人的寄托

---

① 穆旦:《穆旦诗文集》(增订版)第 1 卷,人民文学出版社 2018 年版,第 359 页。
② 同上。
③ 同上书,第 360 页。
④ 同上书,第 360—361 页。
⑤ 谢冕:《一颗星亮在天边——纪念穆旦》,载杜运燮、周与良、李方等编:《丰富和丰
富的痛苦——穆旦逝世 20 周年纪念文集》,北京师范大学出版社 1997 年版,第 15—16 页。
⑥ 同上书,第 13 页。

也做了深入分析,他比较翔实地考察《隐现》的版本,认定这首诗"始作于 1943 年 3 月"[①],这对于分析探讨这首诗的内涵具有积极的作用。解志熙指出:"贯穿于全诗的咏思有两条线索,一是人类世界之显然的表象及隐蔽其后的真相,二是超验的神性之对人类的隐藏与显现。这两条线索是交织在一起的——芸芸众生总是执迷于世界的表象和世俗的价值,不论是群体还是个人,是在战争中还是在和平中,都自以为是在追求真善美的永恒价值,往往盲目不知其存在的历史性、有限性及其行为的愚昧和价值的虚无,而亲身体验了战争之浩劫、亲眼见证了人类之愚行的诗人,则在痛定思痛地反思之后幡然觉悟,'发现'了超越性的存在之全与美、神性的真理之普遍与永恒,于是'忽然转身'祈求神的显现和引导。"[②]这种论述是颇为深刻的,但是解志熙认为《隐现》这首诗"分角色叙述不过是抒情主体的分层而已"值得商榷。这首诗在分角色叙述中,在某一角色的主声调中还插入了其他人的声音,形成了复调的艺术特征。

《隐现》分为三大部分。第一部分是"宣道",是"我们"向"救主"宣告,报告"我们"所感受到的矛盾的两极。第三部分是"祈神",是"我们"向"救主"祈求,祈求"主"舒展"我们被曲解的生命",糅合"我们枯竭的众心"。这两部分都是"我们"向"救主"的宣告和祈求。而第二部分"历程"主要展示的是人的"命运","他的努力"与"他的囚禁"等方面的内容。这一部分又分为四个小部分:"情人的自白""合唱""爱情的发现"及"合唱"。这四个小部分又可以分为两个层次,即"情人的自白"与"合唱","爱情的发现"与"合唱"。"情人的自白"与"合唱"叙述

---

① 解志熙:《一首不寻常的长诗之短长——〈隐现〉的版本与穆旦的寄托》,载李怡、易彬编:《中国文学史资料全编 现代卷 穆旦研究资料》(下),知识产权出版社 2013 年版,第 727 页。

② 同上书,第 739 页。

"我"(或"我们")与"我们"的关系,"爱情的发见"与"合唱"叙述"他" "我""她"与"我们"的关系。

第二部分"历程"第一层次"情人自白"的部分,叙述主体先由"我" 转换为"我们",又由"我们"转换为"我",再由"我"转换为"我们",最 后由"我们"转换为"我",叙述主体在"我"与"我们"间自由地转换,叙 述的声音也呈现出单一的声音与众多的声音的循环转变。为此,我们 结合作品进行具体的考察。"情人的自白"这一节诗一开始便写道: "全是不能站稳的/亲爱的,是我脚下的路程。"[①]这是以叙述者"我"的 叙述视角进行叙述的。在这之后,转变为"我们"的叙述视角,"孩童的 完整/在父母的约束里使我们前行/……世界向我们不断地扩充";而 这之后,马上又变为"我"的叙述:"可是当我爬过了这一切而来临,/亲 爱的,坐在崩溃上让我静静的哭泣。"[②]这就形成了一个循环:由"我"的 不能站稳,到"我们前行",再到"我"的哭泣,叙述的主体在"我"和"我 们"间交替转变,表现了"我"的努力的虚空性,如处于一种"悬空"的危 险的境地,这只能使"我"哭泣。在此形成此节诗的第一个层次。此 后,诗歌又转向"我们"这一大的叙述视角,"一切都在战争……不过是 谋害使我们立即归于消隐",这表现了事物对立双方的斗争与转化,特 别是后面诗句:"也没有悲/能使我们凝固,接受那样甜蜜的吻/不过是 谋害使我们立即归于消隐。"[③]这一诗句表现了情人对"爱"的悲与喜的 深刻认识与辩证的理解,这里的"消隐"与诗歌标题的"隐现"具有内在 的一致性,"隐"的背后是"现","现"的背后为"隐","隐现"这一标题 便呈现出矛盾的对立与统一。诗歌再一次回归到"我"的叙述视角:

---

① 穆旦:《穆旦诗文集》(增订版)第1卷,人民文学出版社2018年版,第234页。
② 同上。
③ 同上书,第235页。

"当我终于从战争归来，/当我把心的疲倦呈献你，亲爱的。"①诗人从九死一生的战场回来，爱是支撑他活下来的唯一信仰，可是当他将自己滚烫的心献给自己的所爱时，却遭到了拒绝，"为什么一切发光的领我来到绝顶的黑暗，/坐在崩溃的峰顶让我静静的哭泣"②，这该是怎样的一种绝望。此诗句既有自我的生命体验，又上升至人类的哲理的思考，使诗歌显得饱满厚重，充满生命的元气而又有哲理的深度。其中，这里的"坐在崩溃的峰顶让我静静的哭泣"与这节诗歌前面的"坐在崩溃上让我静静的哭泣"既是重新回归"自我"，而又在回归自我之中有变化。"情人自白"后的"合唱"部分是对"情人自白"中提到的内容的进一步深化，譬如关于"拥有"与"远离"、"欢笑"与"哭泣"、"虚假"与"真实"、"黑暗"与"微光"等辩证关系，做了更深入的思考。

我们再看"历程"的第二层次："爱情的发见"与"合唱"。"爱情的发见"这节诗歌应该划为三个部分，即三个自然段，而目前《穆旦诗文集》仅仅划为两个自然段，疑为编排有误。诗句"生活是困难的，哪里是你的一扇门？"在诗节中出现三次，应该作为划分三个自然段的起始句，这样使得诗歌内容与诗歌结构形式都更为合理，从而构成"爱情的发见"的三部分。"爱情的发见"虽然标题为"爱情"，但是真正涉及"爱情"的只是第三部分。第一部分是对"金钱"或"强权"的否定与批判。第二部分是对社会"偏见"与"狭窄的灵魂"的否定与批判。这里重点分析第三部分关于"爱情"的叙述。这里的叙述主体有三个："我们""我"与"她"。这三个主体在诗歌中实现了自由转换，形成不同角色的多声部的对话与叙述，而且在括号中还有作者的声音的直接插入与呈现。首先是"我们"作为叙述主体："生活是困难的，哪里是你的一扇

---

① 穆旦：《穆旦诗文集》（增订版）第 1 卷，人民文学出版社 2018 年版，第 235 页。
② 同上。

门？／我们追求繁茂，反而因此分离。"①在这之后，叙述的主体由"我们"变换为"我"，"我曾经爱过，我的眼睛却未曾明朗，／一句无所归宿的话，使我不断地悲伤："②注意"悲伤"的后面有一个冒号，而叙述的主体却由"我"变换为"她"了。诗歌写道："她曾经说，我永远爱你，永不分离。"③也就是说，这里"她"所说的话语引起了"我"的悲伤，形成"我"的声音中有"她"的话语，即"我永远爱你，永不分离"，这就是巴赫金所说的一种微型复调艺术。不仅如此，此时诗歌又出现了以括号引出的作者的声音："（在有行为的地方，就有光的引导。）"④这样便呈现出多声对话的情况。

　　诗歌最后的几句诗行应该是"我"的声音，虽然叙述主体"我"并没有出现，但是只有"我"才能认为她说谎，才能宽恕她。诗歌写道："虽然她的爱情限制在永变的事物里，／虽然她竟说了一句谎，重复过多少世纪。"⑤可见，在"爱情的发见"的第三部分，出现了叙述主体的不断变换，出现不同角色的叙述，而且在某一角色的声音中还出现了另一角色的声音，在角色发声之外还有作者的声音，形成一种众声喧哗的复调的艺术特征。在"爱情的发见"之后的"合唱"部分，其叙述主体为"我们"，主要针对的是"爱情的发见"中的"爱情"、"欲望的暗室和习惯的硬壳"，以及"权力"发出的诉求与希望，基本上回应了"爱情的发见"中提到的三个方面的内容。以上重点从叙述主体转换的视角探讨了《隐现》一诗的对话性以及戏剧化特点。其实，这首诗还充满了大量辩证的，甚至是悖论性的思想与诗句，其对话性的艺术特征也体现得十分

---

① 穆旦：《穆旦诗文集》（增订版）第 1 卷，人民文学出版社 2018 年版，第 237 页。
② 同上。
③ 同上。
④ 同上。
⑤ 同上。

鲜明。

　　诗歌采用诗剧或者拟诗剧的形式,从各个方面展示事物内在的矛盾,能够客观、深刻地揭示事物的内在本质,更为全面、丰富地表现诗人的内在情思。袁可嘉指出:"诗剧正配合这个要求,一方面因为现代诗人的综合意识内含强烈的社会意义,而诗剧形式给予作者在处理题材时,空间、时间、广度、深度诸方面的自由与弹性都远比其他诗的体裁为多,以诗剧为媒介,现代诗人的社会意识才可得到充分表现,而争取现实倾向的效果;另一方面诗剧又利用历史作背景,使作者面对现实时有一不可缺的透视或距离,使它有象征的功用,不至粘于现实世界,而产生过度的现实写法。"①袁可嘉的这些论述对于穆旦的拟诗剧也是非常恰当的。

　　总之,穆旦通过戏剧化的艺术手法,将自己的哲理思考与内在情感具象化,从而推进了中国诗歌现代化的发展进程。穆旦诗歌具有戏剧化的艺术特征,鲜明地体现了现代诗的"现实、象征、玄学的综合"。袁可嘉对于戏剧性的诗提出了这样的看法,他说:"现在的戏剧性的诗,恰巧相反,十分着重复杂经验底有组织的表达,因为每一刹那的人生经验既然都包含不同的、矛盾的因素,这一类诗的效果势必依赖表现上的曲折、暗示与迂回。创作这样的诗篇无疑是做一件富有戏剧性的(即是从矛盾求统一的)工作。"②他比较了徐志摩的抒情诗歌与穆旦的戏剧诗歌,并表示了他对穆旦诗歌的偏好:"徐诗底特质是分量轻,感情浓,意象华丽,节奏匀称,多主要情绪的重复,重抒情氛围的造成,换句话说,即是浪漫的好诗;穆旦底诗分量沉重,情理交缠而挣扎着想克服

---

　　① 袁可嘉:《新诗戏剧化》,《论新诗现代化》,生活·读书·新知三联书店1988年版,第28页。
　　② 袁可嘉:《诗与民主——五论新诗现代化》,《论新诗现代化》,第48页。

对方,意象突出,节奏突兀而多变,不重氛围而求强烈的集中,即是现代化了的诗。前者明朗而不免单薄,后者晦涩而异常丰富。不同时代的诗虽然都有相对的价值,但作为现代人,我们也自然不无理由对穆旦底诗表示一点偏爱。"①

第五节　悖论句式与反转话语

穆旦诗歌语言充满了智性的悖论,常常运用意义对立的语句。作者通过转折连词将其统一在一起,构成意义的反转,表现两种声音的对话与辩驳,形成多声部的艺术效果。其中,我将一句话里通过转折连词连接两个对立话语的句式叫作悖论句式,而由一个转折连词连接的前后意义对立的两个或多个句子的语言形式,我称之为反转话语。悖论句式与反转话语的语言艺术在穆旦的许多诗歌中都得到了体现,在其20世纪40年代的成熟之作中表现得更为突出。

第一,我们谈论穆旦诗歌中的悖论句式。这里所指的悖论句式,必须是在一个句子中间,且这个句子中间有由一个转折词语连接的意义对立的话语,以实现意义的反转,构成两种声音或者意义的对话与辩驳。譬如,穆旦在《隐现》中有这样的诗句:"我们有机器和制度却没有文明。"②"机器和制度"本来是文明的产物,是物质生产和文化进步的结果,应该代表正面的意义,但是诗人通过一个转折连词"却"否定了

---

① 袁可嘉:《诗与民主——五论新诗现代化》,《论新诗现代化》,生活·读书·新知三联书店1988年版,第48页。

② 穆旦:《穆旦诗文集》(增订版)第1卷,人民文学出版社2018年版,第239页。

这种正面的声音和意义,也就是"却没有文明"。这使得句子前后形成意义的悖论逆反,形成一种对话,表现了诗人对于现代社会的"机器和制度"对人的压抑和异化的抨击,因为这种"文明"并没有使人得到真正意义上的文明的结果。这句矛盾的话语突出了对现代文明的批判。"我们有复杂的感情却无处归依"这一诗句中,"我们有复杂的感情",说明"我们"是有感情的,而且是复杂的感情,然而句子的后面却又说"无处归依",也就是"我们"的感情毫无用处,其效果等于无。此句中间用"却"这一转折连词实现意义的转折,构成诗句前后声音的对话与意义的辩驳。此外,"我们有很多的声音而没有真理""我们来自一个良心却各自藏起""等我们哭泣时已经没有眼泪""等我们欢笑时已经没有声音""等我们热爱时已经一无所有"①等诗句,都与前面所仔细分析的两诗句差不多,都是悖论句式,都通过一个转折连词将对立的话语连接起来并来实现声音和意义的转换,使前后两种声音与意义形成对话与辩驳的关系,具有悖论逆反的艺术效果。这种悖论句式,在穆旦的诗歌中大量存在,形成其诗歌语言句式的一大特征。我们还可以多看几个例子,这些诗句都是悖论句式。如诗歌《神魔之争》写道"在至高的理想隐藏着/彼此的杀伤""我们活着是死,死着是生"。② "至高的理想"的背后是"彼此的杀伤",表现了对这种"理想"的反讽;"活着是死"表现了对醉生梦死生活的批判,而"死着是生"则是对为了人类进步事业而献身的人的礼赞,他们肉体的生命已经死去,但是他们的精神却永生。

又如,《幻想底乘客》写道:"一个奴隶制度附带一个理想。"③诗歌

---

① 穆旦:《穆旦诗文集》(增订版)第1卷,人民文学出版社2018年版,第239—241页。
② 同上书,第152页。
③ 同上书,第83页。

表现了对压抑人合理要求的制度的不满。又如,《出发》中的诗句"告诉我们和平又必需杀戮"①,这是诗人对权势阶层为了维护他们的统治而滥杀无辜的批判;诗句"而那可厌的我们先得去欢喜"②则对我们所具有的奴性进行自我解剖和批判,本来是令人讨厌的事物,"我们"却在外力的压迫下曲意逢迎、不分是非、助纣为虐;"给我们善感的心灵又要它歌唱/僵硬的声音"③这一诗句是对僵化教条的批判;"让我们相信你句句的紊乱/是一个真理"④这一诗句是对权势阶层企图欺骗人们、蒙蔽人们思想的嘲讽。权势阶层所说的本来是谎言,但是他们却要求人们相信他们所说的是真理。又如,《我歌颂肉体》中写道:"一切的事物使我困扰,/一切事物使我们相信而又不能相信,就要得到/而又不能得到,开始抛弃而又抛弃不开。"⑤这里表现了诗人对事物非确定性、非把握性的认识,并由此而感觉到困惑等。总之,这种悖论句式在诗歌中比比皆是,表现出诗人对人生与社会极其深刻的批判精神和洞察力,具有深刻的哲理内涵。

第二,我们再来看穆旦诗歌的反转话语。穆旦诗歌中存在大量的反转话语。这种反转话语主要表现为相邻的两句诗,前面一句表达一种声音或者一种意义,后面一句表达相反的声音或者意义,中间由一转折连词相连。前后两诗句的声音或者意义相互对立、相互辩驳,构成一种对话性的关系。譬如,《隐现》写道:"我们追求繁茂,反而因此分离。/我曾经爱过,我的眼睛却未曾明朗。"⑥这四句诗中,第二句诗和第四句诗分别与第一句诗和第三句诗形成对立,中间分别由转折连词

---

① 穆旦:《穆旦诗文集》(增订版)第1卷,人民文学出版社2018年版,第80页。
② 同上。
③ 同上。
④ 同上书,第81页。
⑤ 同上书,第272页。
⑥ 同上书,第237页。

"反而"和"却"连接,构成前后诗意的反转。又如,诗歌写道:"这世界充满了生命,却不能动转。"①这句也以一个转折连词"却"将前后两个具有对立意义的话语连接起来,形成对立的关系,表现了在作者所叙述的场景下人们没有自由意志、不能进行反抗这一可悲的现实处境。又如,《旗》写道:"常想飞出物外,却为地面拉紧。"②这既描写了旗帜迎风飘扬的情况,又揭示其与大地紧密相连,准确生动地表现了旗帜的特性。又如,《诗八首》写道:"等季候一到就要各自飘落,/而赐生我们的巨树永青。"③这里将人的生命与树叶作类比,季候一到,树叶就会飘落,人的生命就像那树叶一样,到了一定的年龄生命也将必然逝去,但是上帝赐予我们的爱情就像那巨树一样永青。又如,《冥想》写道:"这才知道我的全部努力/不过完成了普通的生活。"④表现了诗人对现实的批判和嘲讽。又如,《问》写道:"我曾诅咒黑暗,歌颂它的一线光,/但现在,黑暗却受到光明的礼赞。"⑤诗人批判了现实的黑白颠倒,转折词语"但"之后的诗句实现对前面诗句意义的颠覆和嘲讽。又如,《沉没》写道:"爱憎、情谊、职位、蛛网的劳作,/都曾使我坚强地生活于其中,/而这一切只搭造了死亡之宫。"⑥诗句表现了"我"活得很坚强,然而这一切的结果却是"死亡之宫",意义的转折在第三句,构筑了生命的虚幻之感。

　　有时两诗句之间使用的连词并非转折连词,但却具有转折意义。

----

① 穆旦:《穆旦诗文集》(增订版)第1卷,人民文学出版社2018年版,第236页。

② 同上书,第109页。

③ 同上书,第79页。

④ 同上书,第328页。

⑤ 同上书,第356页。穆旦有两篇诗歌标题同为《问》,一篇原载于《人民文学》1957年第7期,一篇为诗人生前没有发表而由其家属提供的作品,创作时间约为1976年。这里的这篇为后者。

⑥ 同上书,第344页。

譬如,《出发》写道:"而我们皈依的,/你给我们丰富,和丰富的痛苦。"[1]这里的"和"是连词,不是转折连词,在这里却有转折之义,表现了"上帝"(也可以理解为命运)给予"我们"人类丰富的生活,但这种丰富的生活充满了各式各样的精神痛苦。本诗句具有深刻的哲理意蕴。再如,诗句之间甚至不用连词,但同样实现转折意义。譬如,《哀悼》写道:"O,那里是我们的医生?/躲远! 他有他自己的病症。"[2]这里没有连词,但是"躲远"一词具有转折意义,在前后两诗句中形成两种声音,后一诗句对前一诗句进行了辩驳。同样,有的诗句中间并没有连接词,但是前后词组却是相反的意义,譬如,《控诉》写道:"一个平凡的人,里面蕴藏着/无数的暗杀,无数的诞生。"[3]这里,"无数的暗杀"与"无数的诞生"是意义相反的两个偏正词组,中间没有连词,但是两者并列在一起,形成一种意义的转折和复杂的存在状态。

总之,不论是悖论句式还是反转话语,穆旦的很多诗歌中都具有两种声音。这两种声音相互对立、相互辩驳、相互斗争,使其诗歌在内容上呈现较强的哲理深度,在艺术上则呈现较强的对话性特征,体现了穆旦诗歌独特的艺术价值。

第六节　《诗八首》:爱的寻求与背离的辩驳

《诗八首》在穆旦诗歌中具有重要的地位。如果说前面我们主要

---

①　穆旦:《穆旦诗文集》(增订版)第1卷,人民文学出版社2018年版,第81页。
②　同上书,第58页。
③　同上书,第67页。

是从整体上对穆旦诗歌的对话性艺术进行研究,那么,这节则是针对穆旦代表作《诗八首》①的对话性艺术进行专门分析研究。关于这首诗,穆旦曾向一个年轻人袒露自己的创作心声,他说:"你大概看到我的那《诗八首》,那是写在我二十三四岁的时候,那里也充满爱情的绝望之感。"②也就是说《诗八首》这首诗具有作者个体的生命体验。据穆旦的同学杨苡回忆,穆旦曾经与一位燕京大学的女生恋爱,女生家境很好,后来女生被家里逼迫与原来有婚约的男子结婚,"这件事引起了穆旦相当大的愤怒。有人说,从来也没有看过穆旦那么愤怒过,整个楼道都听得到他愤怒的声音。很多人认为是那女子把穆旦甩了,诗人受了很多苦,大家都很同情诗人"③。当然,穆旦与此女孩分手于1938年初,而此诗创作于1942年,不能说一定与此事有关。况且,穆旦写作此诗的前后与别的异性有着亲密的交往。最为重要的是,《诗八首》的主题与穆旦跟天津女孩的恋情故事并不恰当。也就是说,《诗八首》虽然具有穆旦个人的生命体验,但又不局限于个人,而是上升为普遍的、理性方面的认识,正如穆旦自己所说:"因为我是特别主张要写出有时代意义的内容。问题是,首先要把自我扩充到时代那么大,然后再写自我,这样写出的作品就成了时代的作品。这作品和恩格斯所批评的'时代的传声筒'不同,因为它是具体的,有血有肉的了。"④

《诗八首》是穆旦对爱情过程的全面展示以及对爱情离合的深度

---

① 本节所提到的诗句除非特别注明外,均引自穆旦:《穆旦诗文集》(增订版)第1卷,人民文学出版社2018年版,第76—79页。不再一一注明。
② 穆旦:《致郭保卫二十六封 1975年9月9日》,《穆旦诗文集》(增订版)第2卷,人民文学出版社2018年版,第215页。
③ 易彬:《"他非常渴望安定的生活"——同学四人谈穆旦》,载李怡、易彬编:《中国文学史资料全编 现代卷 穆旦研究资料》(上),知识产权出版社2013年版,第80页。
④ 穆旦:《致郭保卫二十六封 1975年9月9日》,《穆旦诗文集》(增订版)第2卷,第217页。

思考。诗歌深刻地表现了恋爱所面临吸引与分离两种力量时个体的斗争与搏击,这两种力量贯穿整个爱情的始终,相互吸引又相互排斥,努力寻求又趋向背离,形成一种爱的二律背反,表现了诗歌内部两种声音的对立与辩驳,两种力量的对立与统　　,具有对话性艺术特征。

《诗八首》的第一部分叙述"爱"之初始阶段的相爱与隔膜。诗歌第一节表现了主体"我"与"你"恋爱之初对"爱"的热度的差异与隔膜。"我"因为"成熟的年代"而被"你点燃",也就是"我"与"你"都处于最好的年华,"我"爱上了正当其时的"你",然而"我"热烈的爱在"你"的心目中却是充满着危险的"火灾",这就造成了"我们相隔如重山"的感叹。这里体现了"我"对"你"的无限恋情和对"你"的无比渴求,然而却遭到"你"的冷漠和拒绝。这是"爱"的寻求与"爱"的排拒的生动展示,是"我"对爱的热切呼唤与"你"对爱的深层恐惧,这是两种对立力量相颉颃的表现。诗歌第二节是诗人对"我"所热恋的对象的叙述,展示出爱的虚幻本质。"我"所爱的只是"自然底蜕变底程序里"的"一个暂时的你","你"只不过是自然蜕变的程序中的一员,也就是说,"我"所爱的对象与其本质的优劣好坏无关,这就构成了对"我"热烈的爱的嘲讽,哪怕"我"爱得死去活来,但这一切都是虚幻的、暂时的。"我"是如此爱"你","我"因爱而死去,又因爱而新生,但是姑娘"你"对"我"的爱却依然不为所动,也就是诗歌所说的:"即使我哭泣,变灰,变灰又新生,/姑娘,那只是上帝玩弄他自己。"诗歌叙述了"我"的爱情被你"点燃"与"我们相隔如重山"、"我"对爱的执着与"你"对爱的"游戏"态度、"我"对爱的渴求与"你"对爱的拒斥等等,形成两种力量的对立与两种声音的辩驳,构成爱的二律背反,给人提供智性的艺术魅力。

第二部分展示了爱情成长的丰富与危险。第一节叙述"我们"生命的成长,这是爱的生命基础。"你""我"乃自然运动的结果,是"水流山石间沉淀下你我","我们"还是生物孕育之结果。"我们""在死底子宫里"成长,这种成长具有无数可能和永不完结性,"在无数的可能里一个变形的生命,/永远不能完成他自己"。第二节叙述"我"与"你"的爱的成长,这是一个充满多变而危险的过程。"我"由单相思而进入到爱的行动中来,"我和你谈话,相信你,爱你","我"已经向"你"明确地发出了爱的声音,然而此时的造物主却对"我"的爱的声音进行了"暗笑",也就是说在"我"的誓言中,也许还没有那种唯一的坚定性,"我"对自己所发出的爱的誓言似乎还颇有犹豫性。另一方面,因为造物主不断地使"你""我"发生改变,"不断地他添来另外的你我/使我们丰富而且危险",这就使得这种爱在成长过程中始终面临着内外两方面的危险。"我"对"你"的爱也将面临不断的挑战与危机,究竟是坚持爱下去但却可能遭受挫折? 还是放弃? 诗人感到"爱"的脆弱性并为此而深感忧惧。

　　第三部分叙述爱的自然欲求与理智束缚的矛盾冲突。第一节生动地叙述了爱的自然生长与不可压抑的活力,呈现爱的精灵像"小小野兽"一样茁壮成长,像"春草一样"随季节的来临而变青、芳香,这是自然的律动给予爱的力量。"它要你疯狂在温暖的黑暗里",生动地表现了爱的自然性及非理智性的特征。诗歌第二节则生动地展示爱的理性与非理性的斗争,"我越过你大理石的理智殿堂,/而为它埋藏的生命珍惜",表明爱的冲动终于突破理性的压抑和束缚,"你我底手底接触是一片草场",这非常生动地表明"你""我"不仅是身体的接触,更是心灵的契合。"你""我"的爱由第一节的"春草"变成了"草场",说明爱像春草一样蓬勃发展、欣欣向荣,生长成一片绿茵茵的草场。然而这种爱的新获得与新进展,是不断突破理智的"固执"而得到的,才有了"那里有它底固执,我底惊喜",表现爱的情感与理性的相互斗争,爱的非理性不断突破理性的束缚,从而使爱不断获得新进展,不断获得爱的"惊喜"。

第四部分叙述的是爱的激情体验中的"自由与美丽",在这一激情体验中,非理性的情感让人"沉迷",而人的理性暂时"游离"与缺失。诗歌写道:"静静地,我们拥抱在/用言语所能照明的世界里。"这表明"我们"的理性尚存,依然能够用"言语"照明世界。紧接着叙述的是爱的非理性的极致的体验,"而那未成形的黑暗是可怕的,/那可能和不可能的使我们沉迷",诗人在这里完全摒弃了理性对爱的束缚与压抑,爱得天昏地暗,爱得让"我们沉迷"。诗人甚至用"窒息""死亡"来叙述爱到极致的体验:"那窒息着我们的/是甜蜜的未生即死的言语。""爱情"最终超然世外,进入"幽灵"境界,爱已失去自我,实现阳间与阴间的合一:"它底幽灵笼罩,使我们游离,/游进混乱的爱底自由和美丽。"诗人这里使用"可怕""沉迷""窒息""幽灵""混乱"等词语来表现爱的非理性,在这一过程中那唯一带有一点理性色彩的"言语"已不再发声,成了"未生即死的言语"。至此,爱的非理性完全战胜了理性,形成一种"幽灵笼罩"的极致体验,"使我们游离"到人的理性之外,完全"游进混乱的爱底自由和美丽",这是一种全身心投入的爱的巅峰体验。

第五部分叙述的是对爱的留恋与爱情的恬静阶段,也是爱的非理性体验逐步消退,人的理性逐步恢复的阶段,是爱的情感体验与人的理性和谐共处的阶段。这首诗并没有马上接续上一首诗歌继续叙述爱的情感体验,而是将视野转向外在平静而美丽的自然景色,"夕阳西下,一阵微风吹拂着田野",这不仅转换了诗歌的视野,而且有利于诗歌情感节奏的转变,由第四首诗的激烈、紧急、深切的情感节奏转为较为舒缓、和谐的情感节奏,为诗歌后面对爱的恬静的叙述进行了过渡与铺垫。"那移动了景物的移动我底心/从最古老的开端流向你,安睡",这一诗句表现的是在爱的激情之后回复到爱的恬静阶段,"你""我"在灵肉的沟通与交流中得到慰藉,得到完全的释放直至恬然的安睡。第二节又是从叙述自然之物来开篇,以自然之物的恒久存在来喻示爱的永存:"那形成了树林和屹立的岩石的,/将使我此时的渴望永存。"为此,孙玉石评论道:"诗人在大自然的永恒中,寻找自身爱情永存的力量。"①我认为这是非常恰当的。诗人"我"也因为"你""我"在爱的过程中流露出的美而变得更加温柔、体贴、和顺,"我"与"你"相处得更为和谐、美满,也就是诗歌所叙述的:"一切在它底过程中流露的美/教我爱你的方法,教我变更。"

第六部分是对爱的反思,爱是一个矛盾体,是一个悖论性的存在。在第一节中,诗人认为爱情中两人的关系既不能完全相同,又不能差距过大,需要有合适的度,否则会影响到爱情的存在。诗歌写道"相同和相同溶为怠倦,/在差别间又凝固着陌生",穆旦认为爱情需要一定的情感限度,他在给郭保卫的信中也表达过类似的看法。穆旦在书信中引用了奥登的一首爱情诗《太亲热,太含糊了》,他在这首诗的注解中写道:"爱情的关系,生于两个性格的交锋,死于'太亲热、太含糊'的俯顺。这是一种辩证关系,太近则疏远了。该在两个性格的相同和不同之间找到不断的平衡,这才能维持有活力的爱情。"②而要把握好爱情的这种合适的度并不是一件容易的事情,诗人才有了这样的感叹:"是一条多么危险的窄路里,/我制造自己在那上面旅行。"

第二节诗歌写道"他存在,听从我底指使,/他保护,而把我留在孤独里",对诗歌中的"他"的理解,成为理解此诗的关键。这里的"他"我

---

① 孙玉石:《一曲爱情与人生的美丽交响——〈诗八首〉解读》,载孙玉石主编:《中国现代诗导读(穆旦卷)》,北京大学出版社2007年版,第142页。
② 穆旦:《致郭保卫二十六封 1975年9月9日》,《穆旦诗文集》(增订版)第2卷,人民文学出版社2018年版,第217页。

以为应该是抒情主人公"我"分裂出的另外一个"我","我"具有李方所说的"分裂的双重人格的象征"的特征,李方说:"这里,抒情主人公被变形为'他'——外在之自我,和'我'——心灵之自我,成为分裂的双重人格的象征。"①但是,我认为这里的"他"是从"我"派生出的"我的我"——"我的爱",这种阐释似乎更为妥当,更贴切诗歌的含义。"他存在,听从我底指使"意思是"我的爱的存在,是听从我的指使的",换句话来说就是,"我"能够指使"我的爱"的存在,也就是"我"的理智能够掌控"我"的情感,掌控"我"的爱。"他保护,而把我留在孤独里"这一诗句该作何理解?我认为应该理解为诗歌主体"我"一旦爱了对方,给予对方以保护,把自己投入到爱对方中去,就会失去自己的主体地位,迷失了自己,也就是诗歌所说的"而把我留在孤独里"。这两句诗表现了爱的存在的悖论,不论"我"相爱与否,"我"永远都处于孤独里,这就与存在主义者萨特对爱的理解具有某种一致性。萨特认为爱情的最高目标是要求别人爱自己,而爱情又是双方的,要求双方都是自由的存在。如果对方爱我,企图与我融为一体,取消他的自由,使他成为我的一个"对象",一个纯粹的肉体,没有自由意志的肉体。然而,这从根本上消灭了爱情,两人之间的关系已不再是自由的存在,两人之间的交往已不是意识之间的了。萨特说:"我要求别人爱我并且埋头苦干以便实现我的谋划;但是如果别人爱我,他就由于他的爱情本身完全使我失望……并且他一旦爱我,他就体验到我是一个主体并且沉没到他面对我的主观性的对象性中了。"②后面两诗句为:"他底痛苦是不断的寻求/你底秩序,求得了又必须背离。"这表明"我的爱"总是在不断寻求

---

① 李方:《爱的二律背反与合一——读〈诗八首〉》,载孙玉石主编:《中国现代诗导读(穆旦卷)》,北京大学出版社2007年版,第152页。

② 〔法〕萨特:《存在与虚无》,陈宣良等译,生活·读书·新知三联书店1997年版,第473页。

对应之爱,寻求"你的秩序",而一旦寻求到了爱,又必须背离它,从而不断地进行自我否定,不断地寻求新的爱,经受着永无休止的爱的苦役。诗句表现了爱不是静止的,也不是封闭的,而且爱的追求"成功"了也不是就可以停止了,它总是处在不断更新之中。这又会造成主体的痛苦,这便形成了爱的又一个悖论性存在。

穆旦在给郭保卫的信中引用了奥登的《太亲热,太含糊了》一诗,这首诗歌讽刺了在爱情中封闭自己心灵的情形,"因为'不'不是爱;'不'就是'不'。/是关一道门户,/是绷紧了下颚,/意识到的难过";诗歌也否定了把爱情只看作"成功"的认识,"说'是'吧,把爱情/变成成功,凭栏看风景,/看到陆地和幸福,/一切都很肯定,/沙发压出吱扭声。/如果这是一切,爱情/就只是颊贴着颊,/亲热话对亲热话"。[1] 这种爱情观或许受到奥登的影响,在奥登看来,"爱情不会在那里……这是设计自己的不幸,/预言自己的死亡和变心"。[2] 可见,关于爱情的悖论性存在这一点,穆旦与奥登具有某种一致性。对此,李方指出:"种种悖论也正日益渗透于现代社会的种种人生问题之中。即便是爱情,同样难以脱离两难的困境——要在爱情中与对方(以至于人类)认同,但又不愿完全融入人类中丧失自身。绝刻的自我封闭或者自我遗忘,其实是无法实现的,也不可能成为真正的爱情。浪漫主义的以感情淹没智性、在爱中求得合一的思维模式或抒情方式,显然不能满足现代人对爱的思索与追求。《诗八首》在对爱情中'同'与'异'的敏锐感应与深切省悟上,在对爱情探寻者的心灵裂变与执着追求的表现上,都具有空前的独创性,也更切近现代人生与爱情以及现代爱情诗歌艺术的本

---

① 穆旦:《致郭保卫二十六封·1975 年 9 月 9 日》,《穆旦诗文集》(增订版)第 2 卷,人民文学出版社 2018 年版,第 215—216 页。
② 同上书,第 216—217 页。

质。从真纯谐美的情歌,到'两个性格交锋'的心灵恋歌,《诗八首》标志了中国现代爱情诗的艺术思维与表现方式的全新转换。"①我以为这种评论是非常准确而深刻的。

第七部分叙述主体"我"对抗外在的艰难与内在的困苦而获得爱的安憩。如果说第六部分主要探讨的是爱本身的悖论性存在,那么这里主要探讨在克服各种障碍之后爱的发展与和谐。影响与破坏爱的因素有外在的艰难和时光的流淌,"风暴,远路,寂寞的夜晚,/丢失,记忆,永续的时间",这里前一诗句是外在的、共时的景象,后一诗句是内在的、历时的意象,这两者构成了爱情的障碍,对爱情的发展起到破坏性的作用,然而真正的爱情具有强大的精神力量,它可以战胜这一切,这样就能够做到:"所有科学不能祛除的恐惧/让我在你底怀里得到安憩——"然而这种"安憩"是"你"和"我"共同的成长、肩并肩的进步,而不是停滞不前,更不是一方依赖另一方,"而是从相互独立而又形成为一体的爱情中,各自都获得了支撑自己的力量"。② 为此,诗人坚定而动情地叙述道:"那里,我看见你孤独的爱情/笔立着,和我底平行着生长!"这种爱相互依存而又互不过分依赖,独立支撑而又共同发展,这才是真正的爱,这是诗人爱的认识的一个飞跃。这句诗表明,真正的爱既要能克服爱情道路上的各种障碍,又能彼此保持各自独立的主体地位,"平行着生长",才能实现爱的长远。

第八部分叙述的是爱终将化为平静,但是诗人在表现这一平静的过程中,同样表现了爱的和谐中的不和谐因素,表现出两种力量的博弈与争斗。诗歌开篇进一步深化前面对爱的和谐的叙述:"再没有更近

---

① 李方:《爱的二律背反与合一——读〈诗八首〉》,载孙玉石主编:《中国现代诗导读(穆旦卷)》,北京大学出版社 2007 年版,第 153 页。

② 孙玉石:《一曲爱情与人生的美丽交响——〈诗八首〉解读》,载孙玉石主编:《中国现代诗导读(穆旦卷)》,第 144 页。

的接近,/所有的偶然在我们间定型。"诗人并没有停留在情感的抒发上,而是很快将情感的叙述客观化、具体化:"只有阳光透过缤纷的枝叶/分在两片情愿的心上,相同。"两片枝叶同样承受着阳光,在微风中和谐共舞,这预示爱情的甜美与和谐。然而在这种爱的和谐境况中,读者也能感受到其中的不和谐因素,爱的和谐只不过是一种"偶然",正像张爱玲《倾城之恋》中,白流苏与范柳原的结合只是因为香港的陷落这一个偶然事件才促成的,具有一种沧桑而悲凉的意味。而且,"我们"的爱"如缤纷的枝叶","等季候一到就要各自飘落",这是无法抗拒的自然法则,表现了诗人对爱情最终结局的清醒认识,但是诗人并不对此感到悲哀。诗歌写道:"而赐生我们的巨树永青,/它对我们的不仁的嘲弄/(和哭泣)在合一的老根里化为平静。"爱像飘落的"枝叶",而"巨树"却"永青","爱"终于像地底下的老树根一样互相平静地勾连在一起,也就是说生命可以逝去,但是爱却永恒。然而,这是"赐生我们"的"造物主""对我们的不仁的嘲弄/(和哭泣)",也就是表面上"爱"似乎终于得到了圆满的结局,可是对于这样的结局,"造物主"的态度是"嘲弄"和"哭泣"的。这样的结局随时会遭到"造物主""不仁"的破坏,构成了"爱"的结局中平静中的不平静。另外需要指出的是,这一节诗歌的写作,或许受到了英国十八世纪后期杰出的诗人威廉·布莱克的诗歌《歌》的影响,穆旦曾经在西南联大听威廉·燕卜荪讲授英国诗歌,并从此喜欢上了威廉·布莱克的诗歌,穆旦翻译了不少威廉·布莱克的诗作,《歌》是其中之一。《歌》的第一节诗句为:"爱情与和谐拉手/把我们的灵魂缠绕,/当你我的枝叶汇合,/我们的根须相交。"①穆旦《诗八首》与布莱克的《歌》在某些意象上具有某种相似性。

---

① 〔英〕布莱克:《布莱克诗选·歌》,载《穆旦(查良铮)译文集》第4卷,查良铮译,人民文学出版社2020年版,第304页。

从整体上看,《诗八首》揭示了爱情历程上的相爱与隔膜、"丰富"与"危险"、情感的"小野兽"与"理智"的"殿堂"、"照明的世界"与"未成形的黑暗"、"寻求"与"背离"、"恐惧"与"安憩"以及生命如枝叶"飘落"与"爱"的"巨树永青"等矛盾双方的相互对立与相互博弈,两种对立声音的相互对话与相互辩驳,两种对立力量的相互依存与相互斗争,真切剖示了爱的探寻者的心灵裂变,深刻揭示爱的二律背反,生动展示现代爱情的丰富与美丽,在艺术思维和艺术表现上呈现出双声复调的艺术特征,这是一曲爱情与人生的美丽的交响乐,在中国现代爱情诗发展历程中具有里程碑式的价值与意义。

总之,穆旦诗歌的对话性主要体现为:诗歌主体的分裂与灵魂的辩驳、矛盾的两极与斗争的未完成性、戏剧化对白与戏剧化独白,以及诗歌句式的悖论式与反转话语,这极大地深化了中国现代诗对话性艺术的发展,推进了中国现代诗歌的现代化。穆旦诗歌是一个时代诗歌的标志。穆旦诗歌的对话性的形成,固然有着种种复杂的原因,但我以为主要是以下三个方面的原因造成的。

首先,穆旦诗歌的对话性是当时复杂的社会矛盾冲突在其诗歌艺术上的反映。穆旦身处动荡与变革的时代,民族危亡与时代大变动使他感受到可怕的历史真实与梦醒后无路可走的悲痛,诗人直面"自我"内心的驳杂与心灵的争斗,表现出一个知识分子自我灵魂的挣扎与矛盾、坚持与动摇。正如王佐良所说,穆旦"最善于表达中国知识分子的受折磨而又折磨人的心情"[1]。穆旦在《玫瑰之歌》中感叹中国传统文化太古老了,"我长大在古诗词的山水间,我们的太阳也是太古老了",一切静止不变,压抑人的活力,"人在单调疲倦中死去",这好像是鲁迅

① 王佐良:《一个中国诗人》,载《穆旦诗文集》(增订版)第1卷,人民文学出版社2018年版,第159页。

所说的"铁屋子"一样令人窒息。然而面对这一切,穆旦并没有悲观失望,相反,"我要赶到车站搭一九四〇年的车开向最炽热的熔炉里",因为他有"一颗充满着熔岩的心/期待深沉明晰的固定"①。穆旦在绝望与希望中挣扎,他并没有因为中国传统文化的"太古旧"而气馁,而是"一颗冬日的种子期待着新生"。中国社会现实的黑暗,虽然让人感觉到"绝望",然而也正是在"绝望"里"我"得到新生,"从历史的扭转的弹道里,/我是得到了二次的诞生"②,穆旦这种生命体验,是对鲁迅《野草》里自我灵魂挣扎的回应。穆旦与鲁迅的自我灵魂的动摇、追求与反抗是相通的。鲁迅的《野草》表现了自我的彷徨、矛盾,以及他与现实世界的搏斗与挣扎。穆旦诗歌中的"自我"与鲁迅《影的告别》中的"影"一样,也处于"过去和未来的两大黑暗间","自我"不断"举起了泥土,思想和荣耀"③,进行人生的斗争。鲁迅在《野草·秋夜》中描写苍翠的小青虫,扑打灯罩,在灯火里牺牲。在穆旦的《蛇的诱惑》中,"我"只是"凄迷无处"的"夏日的飞蛾",哪怕身处黑夜也要寻找光明,"朝电灯光上扑"④。穆旦灵魂上感到"凄迷无处",然而,穆旦并不因为现实的黑暗与光明的难以实现而遁入虚无与颓废,相反,他甚至主动投入"黑夜",正如他的诗歌写道"我要盼望黑夜",因为只有身处黑夜,他才有可能永久保持对光明的希望,只有身处不完美的世界才能保持对未来完美世界的渴望。

其次,穆旦诗歌的对话性也是他对现代化诗歌艺术追求的必然结果。袁可嘉认为新诗现代化是新诗的发展道路,是多种对立方的共存

---

① 穆旦:《玫瑰之歌》,《穆旦诗文集》(增订版)第1卷,人民文学出版社2018年版,第29—30页。
② 同上书,第35页。
③ 同上书,第254页。
④ 同上书,第25页。

与浑然一体，是"现实、象征、玄学的新的综合"。袁可嘉对以穆旦为代表的九叶诗派的艺术追求作了这样的评论，他认为这些现代诗人作品中的自我意识和社会意识同样强烈，通过现实描写与宗教情绪、生与死、传统与当前、抽象思维与敏感感觉、轻松与严肃等方面的结合与渗透，形成现代诗歌的"现实、象征、玄学的新的综合传统"。① 袁可嘉在《九叶集·序》中认为九叶诗派在艺术上力求"智性"与"感性"的融合，幻想与现实的渗透，通过象征与联想、烘托与对比，"把思想、感情寄托于活泼的想象和新颖的意象"，从而增强诗歌的"厚度和密度，韧性和弹性"②等方面的艺术效果。唐湜则指出穆旦诗歌中的自我分析与人格分裂是一种最深入、最细致的人性的抒情，是现实与灵魂、情感与理性等一切对立的共存。他说："一切对立都在咬啮着他的完整的生活，他的'自我'在向一切自然的欲望与社会的存在战斗。"③蓝棣之在《论四十年代的"现代诗"派》中对九叶诗人的艺术追求作了如下论述："他们追求现实主义与现代派的结合，现实、象征、玄思三者的'综合'，意识与下意识的'关联'，挖掘内心与反映现实的结合，人生与艺术的'交错'。"④公刘则在《〈九叶集〉的启示》中对穆旦诗歌中的心灵的辩驳与对话做出准确的判断，他说："我也发现，他总是在同自己辩论，——没有任何结论的辩论。"⑤

　　最后，穆旦诗歌的对话性与他努力学习和借鉴西方现代诗歌艺术

　　① 袁可嘉：《新诗现代化——新传统的寻求》，《论新诗现代化》，生活·读书·新知三联书店1988年版，第4页。
　　② 袁可嘉：《九叶集·序》，载王圣思选编：《"九叶诗人"评论资料选》，华东师范大学出版社1996年版，第83页。
　　③ 唐湜：《诗的新生代》，《新意度集》，生活·读书·新知三联书店1990年版，第22页。
　　④ 蓝棣之：《论四十年代的"现代诗"派》，载王圣思选编：《"九叶诗人"评论资料选》，第114—115页。
　　⑤ 公刘：《〈九叶集〉的启示》，载王圣思选编：《"九叶诗人"评论资料选》，第136页。

有关。王佐良曾对穆旦诗歌的艺术资源论述道:"他的最好的品质却全然是非中国的。"①这种论述表明,穆旦诗歌与西方现代诗歌有深刻联系。王佐良同时认为"穆旦的胜利却在他对于古代经典的彻底的无知",这一论断便有些偏激了。穆旦诗歌艺术受到艾略特、奥登、叶芝等西方现代派诗歌艺术的滋养,他不仅亲自翻译了这些诗人的作品,而且多次明确地表达他对这些诗人的诗歌的喜爱。譬如穆旦在给杜运燮的信中谈到这两位诗人,"我想还要陆续译一些,比如 Eliot(艾略特——笔者注)的 Wasteland(《荒原》——笔者注),以便将来凑成集子"②;"Auden(奥登——笔者注)仍是我最喜爱的"③。穆旦在《致孙志鸣》时提到自己翻译艾略特和奥登诗歌的情况,他说:"译艾略特十首和奥登五十多首,及其大量解释已接近完工。"④在 20 世纪 70 年代中期,艾略特、奥登等国外现代派诗人的诗歌的译作的出版是无望的,穆旦依然坚持翻译两人的作品,可见其对两人诗歌的喜爱。另外,穆旦对英国诗人布莱克的诗歌也十分喜欢,并翻译了他的不少作品。穆旦去世后,随着整个国家文化政策的调整与松动,这些翻译的诗歌才得以出版。

穆旦认为中国诗的文艺复兴要靠介绍外国诗。他在《致巫宁坤》的书信中说:"我认为中国诗的文艺复兴,要靠介绍外国诗。人家真有两手,把他们的诗变为中国白话诗,就是我努力的目标,使读者开开眼

---

① 王佐良:《一个中国诗人》,载《穆旦诗文集》(增订版)第 1 卷,人民文学出版社 2018 年版,第 159 页。
② 穆旦:《致杜运燮(六封) 1975 年(日期不详)》,《穆旦诗文集》(增订版)第 2 卷,人民文学出版社 2018 年版,第 174 页。
③ 穆旦:《致杜运燮(六封) 1976 年 6 月 28 日》,《穆旦诗文集》(增订版)第 2 卷,第 175 页。
④ 穆旦:《致孙志鸣(七封) 1976 年 3 月 31 日》,《穆旦诗文集》(增订版)第 2 卷,第 265 页。

界,使写作者知所遵循。"①穆旦在给杜运燮、郭保卫等人的信件中也多
次表达过类似的意思。现代派诗人的诗歌主张也得到穆旦的极力认
可。譬如,关于"奥登说他要写他那一代人的历史经验","就是前人所
未遇到过的独特经验",穆旦对此深为赞同,并进行了更进一步的阐
释,他说:"我由此引申一下,就是,诗应该写出'发现底惊异'。"②穆旦
不仅自己谈到其受艾略特和奥登的影响,而且他在西南联大的同学王
佐良也曾指出穆旦受到西方现代主义诗人的影响,王佐良说"穆旦和
他的朋友们在昆明带着惊喜读着奥登、艾略特、叶芝等人"的作品,"不
止是通过书本受到了西方现代派的影响",而且还有冯至、卞之琳等现
代派,以及从英国来的威廉·燕卜荪"为他们开课讲授英国当代诗
歌",③这些都促成穆旦接受西方现代派的诗歌艺术。王佐良在另一处
也有过近似的表述:"当时我们都喜欢艾略特……但是我们更喜欢奥
登……这一切肇源于燕卜荪。"④

此外,我们可以从穆旦诗歌作品中具体感受其受艾略特、奥登、叶
芝等西方现代派诗歌的影响。譬如穆旦在《致郭保卫》的信中明确提
到自己创作的《还原作用》就是"仿外国现代派写成的",穆旦认为这首
诗"是用了'非诗意的'辞句写成诗"。⑤ 关于穆旦的《从空虚到充实》
的艺术创作手法,杜运燮指出它受到艾略特艺术手法的影响,他说:

① 穆旦:《致巫宁坤(二封) 1977年2月12日》,《穆旦诗文集》(增订版)第2卷,
人民文学出版社2018年版,第209页。
② 穆旦:《致郭保卫(二十六封) 1975年9月6日》,《穆旦诗文集》(增订版)第2
卷,第213页。
③ 王佐良:《谈穆旦的诗》,载《穆旦诗文集》(增订版)第2卷,第349页。
④ 王佐良:《穆旦:由来与归宿》,载李怡、易彬编:《中国文学史资料全编 现代卷
穆旦研究资料》(上),知识产权出版社2013年版,第285页。
⑤ 穆旦:《致郭保卫(二十六封) 1975年9月19日》,《穆旦诗文集》(增订版)第2
卷,第219页。

"其实在那之前,他写的《从空虚到充实》(1939 年 9 月 7 日),已可看出现代派诗人艾略特手法的影响了。"①王佐良也指出穆旦的《五月》受到奥登诗歌的影响。他说:"穆旦的诗里有明显的奥登的影响。"②1944 年 6 月 1 日,穆旦在昆明曾将《赠别》一诗寄给中国航空公司重庆办事处的曾淑昭,其中所写的"等你老了,独自对着炉火"③这一诗句便与叶芝的诗歌《当你老了》具有相似性。穆旦的《赠别》与叶芝的《当你老了》都是情诗,而且都充满了忧郁的情调,都写了"当你老了,对着炉火"这一情景,而且这两首诗歌都写了"多少人"这一语句,在穆旦的《赠别》第一部分第一句诗为"多少人的青春在这里迷醉",而在叶芝的《当你老了》的第二部分的开头则是"多少人爱你青春欢畅的时辰"④,这两诗句无论是诗句内容,还是诗句形式都具有某种相似性。江弱水的《伪奥登风与非中国性:重估穆旦》一文较为深入地分析了穆旦所受西方现代派诗人诗作的影响,他指出"穆旦受之于艾略特的影响,远比叶芝深入而广泛得多"⑤,正如前面所说的,穆旦"喜欢艾略特""更喜欢奥登",为此江弱水仔细比较穆旦的《饥饿的中国》(三)、《农民兵》(一)与奥登的《西班牙》《在战时》的关联,指出两者在反讽艺术手法乃至语言句式等方面都具有某种内在的一致性。江弱水甚至认为穆旦一些诗歌的主题以及人物形象也与奥登的诗歌具有某种相似性。⑥ 穆旦从这

---

① 杜运燮:《穆旦著译的背后》,载《穆旦诗文集》(增订版)第 2 卷,人民文学出版社 2018 年版,第 337 页。

② 王佐良:《穆旦:由来与归宿》,载李怡、易彬编:《中国文学史资料全编 现代卷 穆旦研究资料》(上),知识产权出版社 2013 年版,第 285 页。

③ 穆旦:《穆旦诗文集》(增订版)第 1 卷,第 90 页。

④ 叶芝:《当你老了》,载郑克鲁选编:《外国文学作品选》,复旦大学出版社 2019 年第 3 版,第 106 页。

⑤ 江弱水:《伪奥登风与非中国性:重估穆旦》,载李怡、易彬编:《中国文学史资料全编 现代卷 穆旦研究资料》(下),第 807 页。

⑥ 同上书,第 812 页。

些现代派诗人那里汲取的诗歌艺术营养,自然影响到其诗歌的对话性艺术特征。

综上分析,我们可以认为,复杂而动荡的现代社会构成穆旦诗歌对话性艺术的现实基础,其诗歌对话性是穆旦对现代化诗歌艺术的追求与创新的必然结果,而他对西方现代派诗歌艺术的学习与借鉴是其诗歌对话性艺术的直接来源之一。

第四章

真实是虚构的另一个与突围是无尽的转化：张枣所开辟的诗歌对话性的当代路径

张枣是当代杰出的诗人。他的诗歌既吸收中国传统诗歌艺术营养，又广泛借鉴西方现代诗歌的艺术手法，形成独特的艺术风格，取得了卓越的艺术成就，对中国现代诗的未来发展具有新的指向性的意义，开辟了中国现代诗对话性写作的当代路径，在海内外享有崇高的声誉。北岛认为张枣"无疑是中国当代诗歌的奇才"，"他对汉语现代诗歌有着特殊的贡献"①。2000 年，张枣与多多一起获得安高诗歌奖（Anne Kao Poetry Prize），这个奖是一项民间奖项，它是由五位才华横溢且品位严谨的诗歌同行评定的，以表彰诗人杰出的诗歌艺术成就。20 世纪 80 年代中期，张枣便以《镜中》《何人斯》等作品蜚声海内。1986 年 9 月，张枣去国外深造，旅居德国十余年。张枣曾受北岛邀请担任海外复刊的《今天》杂志编辑十几年，很多著名诗人和新手的诗作都经他之手发表在这个刊物上，他对中国当代诗歌的发展功不可没。1996 年 8 月，张枣获德国特里尔大学文哲博士学位，同年任教图宾根大学。2004 年，张枣丢了工作，他在德国不再有任教的机会。2005 年，张枣受聘到

---

① 北岛：《悲情往事》，载宋彬、柏桦编：《亲爱的张枣》，中信出版社 2015 年版，第 100 页。

河南大学任教。2007年下半年,张枣正式转入中央民族大学文学与新闻传播学院任教授。2010年3月8日,张枣因肺癌病逝于德国图宾根,年仅47岁。张枣生前只出版过《春秋来信》①一册诗集。张枣去世后,他的研究生颜炼军收集整理出版了《张枣的诗》②、《张枣随笔选》③和《张枣诗文集》④。张枣这些诗文的出版再次引发诗坛的震动,越来越多的人对其诗歌艺术进行研究,取得了不少令人惊喜的研究成果,但是这些研究成果于张枣诗歌杰出的艺术成就而言依然显得颇为不够,还有待于进一步深入发掘。

第一节　张枣诗歌对话性研究回顾

张枣诗歌艺术的创新体现在多方面,有关研究也从多方面展开,取得了一些可喜的成绩。这里重点梳理有关其诗歌艺术对话性的研究成果。张枣诗歌艺术的对话性研究是张枣诗歌艺术研究的一个重要方面,取得了一定的成果。

德国汉学家顾彬较早关注到张枣诗歌的对话性,他在张枣诗集《春秋来信》译后记《综合的心智》中指出对话形式是张枣作品的一个重要特色,并从"生者与死者""现在与往昔""东方与西方"等方面分析其间的对话因素。⑤ 德国学者苏珊娜·格丝的《一棵树是什么?——

---

① 张枣:《春秋来信》,文化艺术出版社1998年版。
② 张枣:《张枣的诗》,人民文学出版社2017年版。
③ 张枣:《张枣随笔选》,颜炼军编选,人民文学出版社2012年版。
④ 张枣:《张枣诗文集》,颜炼军编,四川文艺出版社2021年版。
⑤ 〔德〕顾彬:《综合的心智——张枣诗集〈春秋来信〉译后记》,《作家》1999年第9期。

"树","对话"和文化差异:细读张枣的〈今年的云雀〉》①一文,将张枣的《今年的云雀》与布莱希特的《致后来人》和策兰的《一片叶,没有树》进行对比研究,认为《今年的云雀》体现了张枣诗歌的对话性以及对"知音"的寻觅。苏珊娜·格丝还以论文《论张枣诗歌的对话性》获得博士学位,可惜这篇论文至今没有人翻译成中文。

张枣的好友钟鸣曾经写作《笼子里的鸟儿和外面的俄耳甫斯》一文,重点分析了张枣的两首代表性诗歌《镜中》和《卡夫卡致菲丽丝》,他认为《镜中》和《卡夫卡致菲丽丝》"分别表现着作者早期的对话意识和中期与印欧语系碰撞后的对话意识"②。

张枣去世后不久,张枣的朋友宋彬、柏桦编选出版纪念张枣的论文集《亲爱的张枣》③,其中收录了宋彬、柏桦、陈东东、北岛、钟鸣、颜炼军、敬文东等人的回忆与评论文章。在这些文章中,有些学者的文章涉及张枣诗歌艺术的对话性,譬如柏桦谈到张枣诗歌中的"人称变换技巧"以及"戏剧化手法",他说:"张枣的戏剧化手法,即人称在诗中不停地转化,像极了卞之琳,同时也是向戴着各种面具歌唱的叶芝学习的结果。"④柏桦指出了张枣诗歌与卞之琳诗歌一样具有主体多变性的特点及采用戏剧化的艺术手法。从某种意义上来说,这种论述勾连起以张枣等为代表的"第三代"诗人与20世纪30年代中国现代派诗歌艺术的内在关联。

陈东东关注到张枣诗歌中"自我"追寻的主题,他说:"'我'对

① 〔德〕苏珊娜·格丝:《一棵树是什么?——"树","对话"和文化差异:细读张枣的〈今年的云雀〉》,商戈令译,《当代文学评论》2000年第2期。
② 钟鸣:《笼子里的鸟儿和外面的俄耳甫斯》,《秋天的戏剧》,学林出版社2002年版,第64页。
③ 宋彬、柏桦编:《亲爱的张枣》,中信出版社2015年版。
④ 柏桦:《张枣》,载宋彬、柏桦编:《亲爱的张枣》,第23页。

‘我’的探究，‘我’同‘我’的争辩，‘我’与‘我’的迷失，‘我’与‘我’的相逢，这正是现代人的际遇，现代性的主题。由此可见张枣借用古典的‘演生’。”①而且陈东东引人注目地提出张枣诗歌的“自语式对话”，他分析指出《历史与欲望》（组诗）等这些改写自文化原型和原典的诗篇，“再次被他以自语式对话这招牌化的特色诗艺，排演成一幕幕小型戏剧”②。这种判断是十分深刻的。钟鸣则明确指出张枣诗歌具有“复调诗叙法”，并且将其与陀思妥耶夫斯基的“复调小说”进行类比。钟鸣说：“他所发明的诗歌套路，一种‘复调诗叙法’，跟巴赫金论述陀思妥耶夫斯基的‘复调小说’有点类似。”③同样，宋彬指出张枣诗歌中的对话“虚拟主体”，认为《卡夫卡致菲丽丝》和《跟茨维塔伊娃的对话》“这两组十四行诗中的对话形式都是虚拟的”④，是一种庄子对知音的寻求与对话，认为《灯芯绒幸福的舞蹈》是一首“隐含元诗结构的复调诗”⑤。此外，宋彬认为张枣诗歌具有“自我争辩性”与“对话性”的艺术特征。宋彬说：“消极因素在 1989 年后的作品中明显增长，叶芝式的自我争辩（我记得叶芝的原话是：‘与别人争论产生雄辩，与自己争论产生诗歌。’）使形式内部的交叉性话语趋于紧张，更多的悖论修辞，更多的现实抵牾，更多的形而上问思。”⑥这里，宋彬联系张枣的部分诗歌进行较深入的论述，无疑是有说服力的。

　　敬文东认为张枣诗歌具有“寻找理想自我”的主题，其诗歌说出了“我”分离于“我”导致的可怕性，揭示“我”和“我”的关系的断裂性，表

　　① 陈东东：《“我要衔接过去一个人的梦”》，载宋彬、柏桦编：《亲爱的张枣》，中信出版社 2015 年版，第 59 页。
　　② 同上书，第 75 页。
　　③ 钟鸣：《诗人的着魔与谶》，载宋彬、柏桦编：《亲爱的张枣》，第 136 页。
　　④ 宋彬：《精灵的名字——论张枣》，载宋彬、柏桦编：《亲爱的张枣》，第 186 页。
　　⑤ 同上书，第 161 页。
　　⑥ 同上书，第 169 页。

达出"我"对"我自己"求之而不得的尴尬状况，以及"我"向"我"自身走去的可能性与现实性。① 敬文东虽然是对张枣诗歌的主题进行分析，但是也客观地触及张枣诗歌主体的叙述艺术，值得关注。

以上这些诗人或学者都跟张枣有着较深的交往，曾经与张枣探讨过诗歌创作艺术，故能对张枣诗歌艺术的特点切中肯綮。然而，这些文章大多带有印象式的评点特征，故有待于对张枣诗歌艺术作进一步的深入研究。

对张枣诗歌的对话性作专题研究的，首先值得注意的是孙捷的硕士论文《论张枣诗歌的对话结构》②，这篇论文专题研究张枣诗歌的对话结构，重点分析了张枣诗歌中的他者与对话结构的构建，提出一些具有启发性的观点，譬如大型对话与对话的两个系统、微型他者与三角对话结构，以及他者的参与性、互文性、镜像性以及复调性等特性。其观点具有一定的创新性，但是有的论述值得商榷，如对对话结构中的"他者"的论述有不太准确的地方，一些论证的严密性也有待加强。刘美玉的《论张枣诗歌的面具化抒情特征》③一文认为张枣诗歌具有分裂式的自我对话和文本间的互文性对话这两种对话形式。令狐兆鹏的《张枣的对话诗学》④认为张枣诗歌的对话色彩很强烈，主要体现在人称变化、戏剧化场景以及"自我"的分裂方面。天明的《寻找诗的倾听者——浅谈张枣的诗》⑤一文认为张枣诗歌的对话形式在于寻找诗的倾听者。邓萦梦的《论张枣诗歌的对话结构》⑥一文认为张枣诗歌出现

①　敬文东：《抵抗流亡——张枣三周年祭》，载宋彬、柏桦编：《亲爱的张枣》，中信出版社 2015 年版，第 229—238 页。
②　孙捷：《论张枣诗歌的对话结构》，复旦大学 2012 年硕士学位论文。
③　刘美玉：《论张枣诗歌的面具化抒情特征》，华东师范大学 2019 年硕士学位论文。
④　令狐兆鹏：《张枣的对话诗学》，《山东科技大学学报》2017 年第 5 期。
⑤　田明：《寻找诗的倾听者——浅谈张枣的诗》，《江西教育学院学报》2010 年第 4 期。
⑥　邓萦梦：《论张枣诗歌的对话结构》，《名作欣赏》2021 年第 17 期。

了对话式结构。李倩冉的《被悬置的主体——论张枣》①一文论述张枣诗歌对话的虚拟性。叶礼赛的《张枣诗歌中的声音问题研究》②一文中的第三部分研究张枣诗歌的声音营造与对话性的生成。这些论文的整体或是部分章节对张枣诗歌的对话性做了有益的探讨,但是总的来说并不是很深刻,有的论述浮于表面。在这中间特别值得关注的是周文波的论文《从"调式"到"对话"——论张枣突围"现代抒情"的可能与限制》,这篇论文从"调式"到"对话"对张枣诗歌进行了较为深入的研究,论文指出:"张枣习惯用第一人称'我'来支起诗歌写作的整个对话,'我'并非自白抒情的使用,是他'抒情主体的虚构'所致,但更重要的是另一面,这个由虚构之'我'发出的声音,时常因饱满的知音期待而显得亲昵。"③特别是周文波指出张枣诗歌"对话性"所面临的局限性,颇值得人们反思。另有一些论文则对张枣单篇诗歌的对话性进行研究,譬如张光昕的《茨娃密码——张枣诗歌的微观分析》④是解读张枣代表作《跟茨维塔伊娃的对话》的对话格局的重要论文,刘玉美的《对话与抒情——读张枣〈跟茨维塔伊娃的对话(十四行组诗)〉》⑤一文研究的是《跟茨维塔伊娃的对话》的对话与抒情,徐臻的《对话性与批判性——论〈危险的旅程〉中的诗学理想》⑥则是对张枣诗歌《危险的旅程》中的对话性与批判性的研究,这些论文有助于对张枣单篇诗歌

---

① 李倩冉:《被悬置的主体——论张枣》,《文艺争鸣》2020 年第 3 期。

② 叶礼赛:《张枣诗歌中的声音问题研究》,浙江师范大学 2020 年硕士毕业论文。

③ 周文波:《从"调式"到"对话"——论张枣突围"现代抒情"的可能与限制》,《上海文化》2018 年第 11 期。

④ 张光昕:《茨娃密码——张枣诗歌的微观分析》,《诗探索》2011 年第 5 期。

⑤ 刘玉美:《对话与抒情——读张枣〈跟茨维塔伊娃的对话(十四行组诗)〉》,《名作欣赏》2018 年第 23 期。

⑥ 徐臻:《对话性与批判性——论〈危险的旅程〉中的诗学理想》,《湖南工业大学学报》2013 年第 3 期。

对话性的深入了解。

　　另外,与张枣诗歌对话性研究紧密联系的是其戏剧化的研究。下面这些成果值得关注,譬如张桃洲、雷奕在其论文《论1990年代诗歌中的跨文体书写》①中,以张枣诗歌灵活多变的戏剧化创作为例进行分析,认为1990年代诗歌的创作呈现戏剧化的趋势;胡苏珍的著作《新诗"戏剧化"论说兼诗艺研究》②附录有《张枣元诗写作中的戏剧化技艺》一文,她还发表《张枣的戏剧化技巧》③一文,这些论文对张枣诗歌的戏剧化进行了较深入的探讨,取得了一些成绩。

　　在张枣诗歌研究中,特别值得关注的是赵飞的《张枣诗歌研究》④,它是国内第一部张枣诗歌研究专著,这部著作是赵飞在她的博士学位论文基础上修订出版的。《张枣诗歌研究》体现了赵飞诗歌文本细读的深厚功力以及娴熟运用广博的中外文化知识的能力。著作不仅提供了不少新的理解张枣诗歌内涵的文献知识,而且运用相关的文艺理论对张枣诗歌的主题内涵、艺术思想以及艺术手法等做出了颇有深度的探析,写得非常扎实有分量,填补了张枣诗歌研究的不少空白。该论著在论及张枣诗艺时,涉及张枣诗歌的"戏剧化""主体的分裂""对话性"等方面的内容。此外,赵飞还发表了一系列研究张枣诗歌艺术的论义,如《论现代汉诗的情境写作》⑤、《论现代汉诗叙述主体"我"的差异性——以张枣和臧棣为例》⑥等。可以说,赵飞将张枣诗歌研究推进到

---

　　①　张桃洲、雷奕:《论1990年代诗歌中的跨文体书写》,《中国现代文学研究丛刊》2011年第8期。

　　②　胡苏珍:《新诗"戏剧化"论说兼诗艺研究》,中国社会科学出版社2019年版。

　　③　胡苏珍:《张枣的戏剧化技巧》,《长沙理工大学学报》2019第2期。

　　④　赵飞:《张枣诗歌研究》,社会科学文献出版社2019年版。

　　⑤　赵飞:《论现代汉诗的情境写作》,《求索》2015年第11期。

　　⑥　赵飞:《论现代汉诗叙述主体"我"的差异性——以张枣和臧棣为例》,《求索》2017年第11期。

一个新的高度。

　　以上便是张枣诗歌对话性研究的相关论著,应该说,张枣诗歌对话性研究取得一定的成果,但是整体来说研究得还不够,主要体现在张枣诗歌对话性的认识深度有待于进一步加强,其艺术特征有待于进一步探究,其背后的艺术渊源有待于进一步挖掘,其艺术价值有待于进一步确立。

第二节　知音的寻觅与灵魂的交流

　　张枣诗歌具有强烈的知音寻觅意识,叙述主体"我"总是去"虚构和寻找对话和交谈的可能性",寻觅知音,实现主体"我"与客体的交流与沟通。正如张枣所说"现代人如何在一种独白的绝境中去虚构和寻找对话和交谈的可能性"[1],正因这种"虚构和寻找对话和交谈"的写作姿态,张枣诗歌呈现出主体与客体之间平等的"谈话风",从而使得诗歌显得亲切、温润与甜美。

　　张枣诗歌总是设置一位聆听者(或者是潜在的听众),主体"我"通过呈现自己"现代性"的"荒原"处境,诉说生命的孤独与无助,寻找理想的聆听者,发出超越"荒原"处境的憧憬和幻想。张枣说:"现代生活中没有交谈是一种遍在的难以终止的生存体验,而诗的使命正是最恰切地说出这种无言的无助,唤醒和加深人们对自身处境的体验,以期在

---

　　[1]　张枣:《略谈"诗关别材"》,《张枣随笔选》,颜炼军编选,人民文学出版社2012年版,第23页。

消极性中发出超越它的憧憬和幻想。"①而这种"对话"的倾听者呈现为多个客体形象,张枣曾经对自己翻译过的保罗·策兰的诗歌的对话性及其对话客体的多样性做过精彩的评论,他说:"造成策兰作品晦涩难懂的原因,不仅仅是那些不平常的语法语义现象,更重要的是他的抒情方式。他的诗是'对话式'的(dialogisch),也就是说,他用每首诗来追寻一个对应面,'那另一个'——一个神秘莫测的'你'。'你'时而是被戕害的母亲,时而是情人,时而是自身,时而是神,更多的时候是这一切的综合体。这种源于犹太教神秘主义的对话式与西方正统的'独白式'(monologisch)抒情方式是迥然有别的。"②张枣虽然指出的是保罗·策兰诗歌的对话性特征,其实张枣的诗歌也同样如此,即追寻一个对应者,寻求与"你"的对话。

下面,我以张枣的诗歌创作,特别是以他的两首著名的十四行组诗《卡夫卡致菲丽丝》和《跟茨维塔伊娃的对话》为例,揭示其诗歌对知音的寻求,并探讨他跨越时空阻碍,与自己的知音卡夫卡、茨维塔伊娃等人所进行的深度的灵魂对话和交流,以此表达他对社会现实、人生命运及艺术本质等的思考与认识。

张枣的《卡夫卡致菲丽丝》(十四行组诗)写于1989年,在其诗歌创作过程中具有重要的意义。诗歌与卡夫卡并没有太多实事上的联系,而是涉及张枣与自己的批评家朋友钟鸣之间亲密的知音问题。张枣说:"出国后的作品,尤其是《卡夫卡致菲丽丝》,它与死者卡夫卡没太多实事上的关联,而是与我一直佩服的诗人批评家钟鸣有关,那是我

① 张枣:《略谈"诗关别材"》,《张枣随笔选》,颜炼军编选,人民文学出版社2012年版,第23页。
② 张枣:《保罗·策兰》,《张枣诗文集·译作卷》,颜炼军编,四川文艺出版社2021年版,第2—3页。

在 1989 年 6 月 6 日十分复杂的心情下通过面具向钟鸣发出的,发出寻找知音的信号。"①钟鸣也曾经指出:"《卡夫卡致菲丽丝》就显得比其他所有的诗都重要了……是他关于对话问题,寻求知音的'始作俑者'。"②钟鸣认识到《卡夫卡致菲丽丝》是一篇寻求知音之作,这固然是非常准确的,但是他将这篇诗歌当作张枣"寻求知音的'始作俑者'",这种认识显得过于保守了。

《卡夫卡致菲丽丝》以卡夫卡致菲丽丝这一外在形式,深刻地表现了主体"我"存在的孤独、交流的困境与生命的无助,以及叙述主体"我"对"知音"的渴求与追寻,它是主体"我"面对一个想象性的对象发出的召唤。诗歌以《卡夫卡致菲丽丝》为题,这只是一个抒情的面具。张枣认为鲁迅写作《两地书》也采用了面具化的写作方式,他说:"所以在《两地书》中,鲁迅用了一个典型的面具,就是作为许广平的父亲或老师来说话,他所说的都是要发表给公众看的:你们看看,我写得多牛!"③其实,张枣本人也是通过卡夫卡致菲丽丝这一"面具"来表达自己的思想与情感的诉求。

《卡夫卡致菲丽丝》的第 1 节,是以主体卡夫卡"我"的口吻叙述自己与恋人菲丽丝的初次相遇及相互交往的过程,"我"渴求向菲丽丝表白。这种主体"我"的对话口吻表现得亲切、轻快、优雅,充满了温馨、和谐与甜蜜的气氛。诗篇开始便是卡夫卡"我"的自我独白:"我叫卡夫卡,如果您记得/我们是在 M. B. 家相遇的。""我"对"我们"第一次

---

① 转引自〔德〕苏珊娜·格丝:《一棵树是什么? ——"树","对话"和文化差异:细读张枣的〈今年的云雀〉》,商戈令译,《当代文学评论》2000 年第 2 期。

② 钟鸣:《聋子里的鸟儿和外面的俄耳甫斯》,《秋天的戏剧》,学林出版社 2002 年版,第 59 页。

③ 张枣:《〈野草〉讲义》,《张枣随笔选》,颜炼军编选,人民文学出版社 2012 年版,第 133 页。

的相遇进行了回忆,"当您正在灯下浏览相册,/一股异香袭进了我心底"①。诗歌追叙了"我们"相遇的情形,特别是菲丽丝身上的"一股异香"是那么具有冲击力,诗人用了"袭"字来表现,而且这"异香"又是那么持久,至今让"我"回味无穷。"我"对菲丽丝充满了爱,"我"赞美其美丽的身影,"您的影在钢琴架上颤抖","我"像一个虔诚者敬奉神灵一样,愿意为"您"敬献出自己的血肉身躯,"我时刻惦记着我的孔雀肺,/我替它打开血腥的笼子"②,"我"压抑不住自己激动的心,终于鼓起勇气向恋人表白。诗人在这里有两种声音:一种声音是自己对自己说的,"去啊,我说,去贴紧那颗心";另一种声音是"我"在内心里向恋人表白:"我可否将您比作红玫瑰?"③两种声音相交织,形成一种艺术上的复调。

《卡夫卡致菲丽丝》第2节,表现的是张枣在德国孤独无助的生存体验,以及他缺少知音的寂寞与痛苦。诗歌的叙述主体在这一节中实现了分裂,分裂为"他"与"我"。"他"的外在表现为生活在布拉格的卡夫卡这位作家,但其实"他"更是一个"我"的面具化者,表现的是"我"的生命处境与生命感受。关于诗歌中的"他""神的使者""天使"这些形象的指向,正如赵飞所说的"既附着卡夫卡的形象,也有作为诗人的自喻"④。张枣十分喜爱荷尔德林,荷尔德林曾经说过:"在一贫乏的时代里做一诗人意味着,去注释、去吟唱远逝诸神的踪迹。此正为何在世界之夜的时代里诗人歌唱神性。"⑤或许正因如此,张枣才在诗篇中写

① 张枣:《张枣的诗》,人民文学出版社2017年版,第171页。
② 同上。
③ 同上书,第172页。
④ 赵飞:《张枣诗歌研究》,社会科学文献出版社2019年版,第6页。
⑤ 〔德〕海德格尔:《诗人何为?》,《诗·语言·思》,彭富春译,文化艺术出版社1991年版,第85页。

道:"布拉格的雪夜,从交叉的小巷/跑过小偷地下党以及失眠者。/大地竖起耳朵,风中杨柳转向,/火灾萧瑟? 不,那可是神的使者。"①这里的"神的使者"与荷尔德林对诗人"吟唱远逝诸神的踪迹"的描述相呼应,与张枣的诗人身份相吻合。诗篇对这位"神的使者"进行了如此叙述:"他们坚持说来的是一位天使,/灰色的雨衣,冻得淌着鼻血。"②这样一位冻得淌鼻血的天使不仅处境凄凉,而且"他"孤独寂寞,渴望交流,"他们说他不是那么可怕,伫立/在电话亭旁,斜视漫天的电线"③,"他"伫立在电话亭旁,斜视可以交流信息的电线,表现了他缺乏"知音",企图通过电话与远方的朋友进行对话。"他"的伤心让周围的人产生了对"他"的同情,希望帮助"他"走出孤独的处境,"伤心的样子,人们都想走近他,/摸他",但是,"他"拒绝别人的同情与帮助,"谁这样想,谁就失去/了他",④"他"只能处于孤独而悲哀的处境之中。"人们"无法走近"他","他"与"人们"是隔膜的,这就导致"他"的孤立无援,"他"孤身一人行走在灌木丛中的小路上,"剧烈的狗吠打开了灌木。//一条路闪光。他的背影真高大"⑤。这使人想起阮籍因穷途末路而大哭的情景。"他"只能借酒浇愁,然而借酒浇愁却使"他"更为痛苦,"我听见他打开地下室的酒橱,/我真想哭。我的双手冻得麻木"⑥。张枣本人有饮酒的嗜好,常常一个人在深夜独自喝酒哭泣,直到大醉方休。这里的"他"与"我"有了休戚与共的生命感受,实现了"他"与"我"的统一。

《卡夫卡致菲丽丝》第 3 节,表现了主体"我"寻求"知音"的虚幻

---

① 张枣:《张枣的诗》,人民文学出版社 2017 年版,第 172 页。
② 同上。
③ 同上。
④ 同上。
⑤ 同上。
⑥ 同上。

性。诗歌依然借用的是卡夫卡对恋人爱丽丝的追寻这一"面具",作者将"知音"比喻为在天空自由飞翔的"鸟",也就是说"鸟"是作者的"知音"的化身,"那最高的是/鸟。在下面就意味着仰起头颅"①。作者企图以"鸟"为引导来实现自己的突围,"致命的仍是突围","哦,鸟!我们刚刚呼出你的名字,/你早成了别的"②,"我们"对"鸟"的呼唤,乃是对自由的呼唤,但是"鸟"成了别的,这一切都预示着"我们"的徒劳无功,"歌曲溶满道路"表示这是虚幻的假象。这里值得注意的是"鸟"成了"歌曲",表示知音的难觅。"知音"就"像孩子嘴里的糖块化成未来/的某一天"③,表示"知音"消失得无影无踪,无迹可寻,哪怕经历各种艰辛与挫折,依然无法寻找到它,"哦,怎样的一天,出了/多少事"④。作者借用卡夫卡的恋人菲丽丝的出现,比喻"知音"的出现,"我看见一辆列车驶来/载着你的形象。菲丽丝,我的鸟"⑤,这该会是怎样的美丽与甜蜜的事情啊!然而,诗歌很快实现了转折,"我永远接不到你,鲜花已枯焦/因为我们迎接的永远是虚幻"⑥,这里"知音"虽然出现,然而却"永远接不到",永远无法与之沟通,永远无法与之亲密接触,这是何其虚幻!"我"得到的只是一场虚幻的欢喜,诗人以人的背影随着阳光的变化而变化,非常生动形象地将这种虚幻具象化:"上午背影在前,下午他又倒挂//身后。"⑦在此,作者又对"虚幻"进行了追问:"然而,什么是虚幻?我祈祷。"⑧作者没有正面回答,而是以小雨点"敲响"万物的

① 张枣:《张枣的诗》,人民文学出版社2017年版,第173页。
② 同上。
③ 同上。
④ 同上。
⑤ 同上。
⑥ 同上。
⑦ 同上。
⑧ 同上。

"无尽的转化"来表现一切的虚幻性,"小雨点硬着头皮将事物敲响:/
我们的突围便是无尽的转化"①。这里进一步表现了寻求"知音"的无
望,同时在诗歌结构上首尾相连:由这首诗的开篇"致命的仍是突围",
到结尾的"我们的突围便是无尽的转化"。这样的叙述不仅深化了诗
歌的主题,而且形成浑然一体的结构形式。

　　《卡夫卡致菲丽丝》第4节,表现主体"我"无法寻到"知音"的彻底
的孤独与锥心的痛苦,同时也表达了诗人自我写作的艰辛与存在的危
机。诗歌开篇便是"夜啊,你总是还够不上夜"②,这是怎样的无边黑暗
啊!在这种处境中的孤独又是怎样痛彻心扉的孤独,"孤独,你总是还
不够孤独!""我"在地下室听外面大雷轰鸣,"地下室里我谛听阴郁
的//橡树(它将雷电吮得破碎)"③,"我"感到无比的忧郁,这里叙述橡
树"将雷电吮得破碎"显得非常精彩,仿佛是橡树的"吮吸"才有了撕破
天宇的闪电。张枣把自己的诗歌写作比喻为寻找"知音","而我,总是
难将自己够着"④,因为知音难觅,所以才难将自己够着。张枣说:"万
象皆词;言说之困难即生活的困难。"⑤"我"总是难将自己够着则意味
着"我"努力寻求"知音"但却难以实现。"时间啊,哪儿会有足够
的"⑥,生命有限而知音难觅,导致主体"我"产生了时不我待的焦灼与
痛苦,作者将这种没有"知音"的生活比喻为"活着,无非是缓慢的失
血"⑦,主体"我"甚至有了出离人世的悲哀的感慨,"我真愿什么把我载

　　① 张枣:《张枣的诗》,人民文学出版社2017年版,第173页。
　　② 同上。
　　③ 同上书,第174页。
　　④ 同上。
　　⑤ 张枣:《朝向语言风景的危险女性——中国当代诗歌的元诗结构和写者姿态》,
《张枣随笔选》,颜炼军编选,人民文学出版社2012年版,第176页。
　　⑥ 张枣:《张枣的诗》,第174页。
　　⑦ 同上。

走，/载到一个没有我的地方"。① "我"为什么会如此悲哀? 因为"我"无法实现与知音交流，"那些打字机，唱片和星球，都在魔鬼的舌头下旋翻"②，这里出现的"打字机""唱片"等都是交流的语素，象征着"我"期盼对话与交流，然而这一切却不能实现，因为外在的"恶"势力破坏了交流，即"都在魔鬼的舌头下旋翻"。

《卡夫卡致菲丽丝》第5节，表现主体"我"通过写作来抗拒孤独，寻求"知音"，然而这一希望无从实现，只留下"我"在孤独里。诗歌开篇便是对自我的追问："什么时候人们最清晰地看见/自己? 是月夜，石头心中的月夜。"③认清自己可以说是一个重要的人生问题，也是一个重要的哲学命题，然而诗人的重点却不是回答这个问题，而是追问什么时候人们最清晰地看见自己? 诗人认为是"月夜"，因为只有在"月夜"两个人才能更好地幽会，更好地进行亲密的"对话"，那像"石头"一样封锁自己心灵的人才有可能敞开自己的心胸进行"交流"。这表现了诗人对"知音"的渴求。诗歌继续写道："凡是活动的，都从分裂的岁月//走向幽会。"④这里的"幽会"，使人想起屈原笔下的山鬼等待她的恋人的出现，不过此诗中是在"月夜"进行幽会，情调更加浪漫，氛围更加温馨，而屈原的《山鬼》中的幽会是在雷声滚滚、猿鸣啾啾的夜晚，显得阴森恐怖。本节写道："哦，一切全都是镜子!"⑤这一振聋发聩的感叹使人震醒! 镜子在表现人们的同时又在欺骗人们，镜中之物乃是一种虚幻，正如卡夫卡所说的："一切在我看来皆属虚构。"⑥为什么全都

---

① 张枣:《张枣的诗》，人民文学出版社2017年版，第174页。
② 同上。
③ 同上。
④ 同上。
⑤ 同上。
⑥ 〔奥〕卡夫卡:《卡夫卡书信日记选》，叶廷芳、黎奇译，百花文艺出版社2009年版，第39页。

是镜子？为什么全都是虚幻？这一诗句在这首诗歌中处于核心地位。主体"我"以写作的方式寻求"知音"。张枣曾经在评论鲁迅《野草·秋夜》时指出："我们可以把他写作的过程，看作是挣扎着发声的过程。"①然而，诗人主体"我"通过写作最终得到的依然只是"沉寂"。"我写作。蜘蛛嗅嗅月亮的腥味"②，这一诗句让人联想到卡夫卡小说里蜘蛛网般纠缠拘制现代人的荒诞。蜘蛛也可以理解为卡夫卡《变形记》里那只甲虫，小说中格里高尔一觉醒来，发现自己变成了甲虫，无论它怎么挣扎，总是挣脱不了自己悲哀的命运。本诗对"文字醒来"的描述，也喻示写作无法寻找到自己的"知音"，"文字醒来，拎着裙裾，朝向彼此，//并在地板上忧心忡忡地起舞"③。瓦雷里认为诗是舞蹈，张枣这里"文字……起舞"，说的就是写诗。这里将文字的"运动"写得十分鲜活与灵动，"拎着裙裾，朝向彼此"，喻意"我"是那么勤勉地写作，努力寻找知音，寻觅过程显得极其欢快、轻悠。而诗句"在地板上忧心忡忡地起舞"就充满了忧愁的情绪，因为知音难觅，无法实现自己的心愿。"真不知它们是上帝的儿女，或/从属于魔鬼的势力"④，这一诗句表现"我"的人生困惑，作者将诗歌写作的结果喻为"上帝的儿女"（喻为温情、可爱）和"魔鬼的势力"（喻为丑恶、冷酷），"我"因无法得知自己写作的结果而感到痛苦，以使主体"我真想哭。/有什么突然摔碎，它们便隐去//隐回事物里"⑤，这里指的是"镜子"的"突然摔碎"，一切烟消云散，一切"隐回事物里"，呈现事物虚幻的本质，一切全都是假象！正如里尔克在其诗歌《杜伊诺哀歌》中说："镜子把自己流露出去

---

① 张枣：《〈野草〉讲义》，《张枣随笔选》，颜炼军编选，人民文学出版社 2012 年版，第130 页。
② 张枣：《张枣的诗》，人民文学出版社 2017 年版，第 175 页。
③ 同上。
④ 同上。
⑤ 同上。

的美/再吸回到自己的镜面。"为此,主体"我"重新回到"沉寂"的孤独之中,"现在只留在阴影/对峙着那些仍然朗响的沉寂"①,表现了诗人以写作求"知音"的脆弱性,此举依然无法实现交流与对话。正如陈东东所指出的:"'镜子'和'月亮'这两句提示的困境之甚。它们构成'我写作'的阻碍,但它们又是'我'必须'写作'的理由。"②诗歌最后写道:"菲丽丝,今天又没有你的来信。/孤独中我沉吟着奇妙的自己。"③诗人借卡夫卡等待菲丽丝的来信的失望来表现自己的孤独,知音寻觅乃至于不可能,但是"我"却依然不放弃对"知音"的寻求。

《卡夫卡致菲丽丝》第6节,表现的是阅读也无法让"我"寻找到"知音"。如果说第5节表现的是以写作抗拒孤独、寻求"知音"的话,那么这里表现的就是阅读与"知音"的问题。"我"通过阅读也无法实现与人们的对话与交流,"我"处于不被人们所了解的隔膜与痛苦之中。诗歌开篇就写"阅读就是谋杀"④,这是多么让人震惊啊! 这也是这节诗的核心观点。为什么主体"我"会有这样的认识? 诗歌继续写道"我不喜欢/孤独的人读我"⑤。钟鸣认为:"比如'阅读就是谋杀',一般我们很容易理解为一种生命之'误解',通过错误地'读'一个人,从而歪曲了这个人。实际上,关键在'我不喜欢孤独的人读我'这一句。因为对这个人的正确把握,只能是把这个人放进众人中,就像把一根树梢放入它永恒的根须之中才是可能的。……张枣《镜中》的各种人称,和《卡夫卡致菲丽丝》中的各种关系,也毫无例外地都处在这样一种复原的关系中。只有这样的他(或她),才是他自己。孤独的人往

---

① 张枣:《张枣的诗》,人民文学出版社2017年版,第175页。
② 陈东东:《"我要衔接过去一个人的梦"》,载宋彬、柏桦编:《亲爱的张枣》,中信出版社2015年版,第79页。
③ 张枣:《张枣的诗》,第175页。
④ 同上。
⑤ 同上。

往是不真实的,而让一个不真实的人去读一个不真实的人,就等于双重
谋杀。"①这里主体"我"坚守自己纯洁、高尚的精神性追求,不容许人们
将其视为宣泄个人欲望之物,然而他们的阅读却只是一种情欲的释放,
"那灼急的/呼吸令我生厌;他们揪起/书,就像揪起自己的器官"②。为
此,赵飞指出:"诗不可被利用,甚至不可为孤独利用。如此,把诗作为
发泄之物便是对诗的一种严重的亵渎,揪自己的器官一样'揪起书'更
尤其可恶。"③张枣说:"中产阶级对一切事物的态度,包括对艺术的态
度,它的本质是消费性的。而贵族是对艺术内部的顶礼膜拜和信仰,中
产阶级不信仰,他们不在乎艺术说了什么,对文学和艺术以及一切非物
质化的东西进行消费,是典型的资本生产—消费态度。"④显然,张枣坚
持文学的精英立场,反对以消费的态度来对待文学艺术,"他们用我呵
斥勃起的花,/叫鸡零狗碎无言以答"⑤,这是主体"我"所不齿的。主体
"我"更不容许别有用心的人将诗歌艺术当作工具使用,"叫面目可憎
者无地自容"⑥。"我"面对这一切对待文艺的不正确态度陷入了深深
的苦痛之中,"这滚烫的夜呵,遍地苦痛"⑦。具有讽刺意义的是,这些
别有用心的人自己却寡廉鲜耻、胡作非为,"自己却溜达在妓院药店,/
跟不男不女的人们周旋,/讽刺一番暴君,谈谈凶年"⑧。主体"我"与这
些人无法实现对话和交流,他们更不会成为"我"的"知音","我"与他

① 钟鸣:《聋子里的鸟儿和外面的俄耳甫斯》,《秋天的戏剧》,学林出版社 2002 年版,第 66 页。
② 张枣:《张枣的诗》,人民文学出版社 2017 年版,第 175 页。
③ 赵飞:《张枣诗歌研究》,社会科学文献出版社 2019 年版,第 12 页。
④ 张枣:《〈普罗弗兰克情歌〉讲稿》,《张枣随笔选》,颜炼军编选,人民文学出版社 2012 年版,第 82 页。
⑤ 张枣:《张枣的诗》,第 175 页。
⑥ 同上。
⑦ 同上。
⑧ 同上书,第 176 页。

们势不两立。所以诗歌写道："天上的星星高喊：'烧掉我！'"①卡夫卡病逝前曾要求朋友销毁自己未发表的作品，但是他的朋友却没有遵照其遗嘱而将其作品保留下来。这里"我"要求"烧掉"自己的作品，表现了"我"不屑于自己的作品被那些别有用心的人阅读。"布拉格的水喊：'给我智者'"②，这一诗句表明诗人希望自己的作品能够得到与自己心灵相契的"智者"的阅读。然而诗句最后却是："墓碑沉默：读我就是杀我。"③这里的"读我就是杀我"与开篇的"阅读就是谋杀"，形成首尾呼应的结构，有力地表现了"阅读我"也没有使"我"获得"知音"这一主题。

《卡夫卡致菲丽丝》第7节，表达主体"我"对于一种压制人的词语系统和生活方式的怀疑和否定，赞颂敢于把自己真实声音表达出来的英勇的行为。诗歌开篇就提到："突然的散步：那驱策着我的血／比夜更暗一点：血，戴上夜礼帽，／披上发腥的外衣，朝向那外面。"④某种意义上，"突然的散步"也可以理解为游行，"那驱策我的血""发腥的外衣"这些词语都预示着主体的表达遭到强力的镇压。诗歌提到夜里"那些遨游的小生物"，特别是诗歌后面出现的"恶枭""枯蛾"扑火，使读者联想到鲁迅《秋夜》所描写的"恶鸟"与扑火的"小青虫"。张枣曾对鲁迅的《秋夜》做过非常精细的解读，他说："鲁迅把小虫子命名为英雄。这个英雄是什么意思？他们小，苍翠，精致。严格地讲，这是个精密的元诗语素，但它们勇敢地冲破了他们自己的非命名状态，所以他们是英雄。而这里英雄的观念又与命名联系在一起，他当然不是那种传

---

① 张枣：《张枣的诗》，人民文学出版社2017年版，第176页。
② 同上。
③ 同上。
④ 同上。

统意义上的大英雄,他是我们现代人的英雄。压制主体表达的动作是对主体的损害和压抑,而能够把自己主体表达出来的行为就是英雄的行为。"①其实,张枣在这里也运用了鲁迅的笔法,他由衷地赞美了这里的"枯蛾",诗歌写道:"灯像恶枭;//别怕,这是夜,陌生的事物进入/我们,铸造我们。枯蛾紧揪着光,/作最后的祷告。生死突然交融,/我听见蛾们迷醉的舌头品尝//某个无限的开阔。"②这些平时沉默的"枯蛾们"终于发出了它们自己的轻呼:"向这边,向这边,不左/不右,非前非后,而是这边,怕不?"③勇敢的"枯蛾们"终于表达了自己的声音,它们否定和反抗外部势力所给予它们的话语系统和生活方式。这与鲁迅《秋夜》笔下的小青虫一样,"枯蛾"也是英雄。由此,诗歌写道:"只要不怕,你就是天使。快松开/自己,扔在路旁,更纯粹地向前。/别怕,这是风。铭记这浩大天籁。"④诗人热情赞美"枯蛾",称它们为"天使",希望它们轻装上任,"更纯粹地向前"。

《卡夫卡致菲丽丝》第 8 节,可以理解为主体"我"对爱情话语系统的否定,表达了诗人对爱情知音的追寻、失落乃至于绝望。这首诗歌的标题《卡夫卡致菲丽丝》便隐含了爱情的因素与话语,而在这节中得到更为明显的表现。张枣称钟鸣为自己的"知音",他对钟鸣的解读给予极高的评价,他说:"正如后来出国后的作品,尤其是《卡夫卡致菲丽丝》……他当然不知道那些外部前提,而竟然,在一年之后我突然收到了他的一篇析读文章,那是一篇洋洋得意的文章,整个儿在细节上洋溢着知音的分寸和愉悦,那是语言的象征的分寸和愉悦。它传给了我一

---

① 张枣:《〈野草〉讲义·〈秋夜〉讲评》,《张枣随笔选》,颜炼军编选,人民文学出版社 2012 年版,第 139 页。

② 张枣:《张枣的诗》,人民文学出版社 2017 年版,第 176 页。

③ 同上。

④ 同上书,第 177 页。

个近似超验的诗学信号:另一个人,一个他者知道你想说什么。也就是:人与人可以用语言联结起来。对我而言,证实了这点很重要。"①钟鸣是如何解读《卡夫卡致菲丽丝》这首诗的呢? 他说:"他要让什么'隐回到事物里'呢,是不是和卡夫卡著名的婚姻困境相似的东西? 不排除这个因素,里尔克也未排除这个因素。这种因素也是《卡夫卡致菲丽丝》成为他生命转换的一个部分。全诗充满了危机感,它源于个人,却大于个人。"②1986 年,张枣与此前在四川外语学院任教的德国女教师达玛结婚,这年 9 月赴德,后来在德国威茨堡大学学习。1988 年初,张枣与达玛离婚。直到 1994 年,张枣才与来自上海的女孩李凡结婚,同年 9 月长子张灯出生。《卡夫卡致菲丽丝》创作于 1989 年,如果钟鸣所猜的这首诗与张枣婚姻困境有关,那便是此时的张枣刚刚与达玛离婚不久,形成个人情感的危机。有了这些张枣个人的人生背景知识,我们就可以对这节诗进行具体的分析研究了。本节写道"很快就是秋天,而很快我就要/用另一种语言做梦"。③ 这里可以理解为诗中主体"我"离开自己的国家,在另一国使用另一种语言,开始了"做梦"一样的爱情婚姻生活。诗人在爱情婚姻生活中,一切都敞开,一切都敞亮起来,正如诗歌所说:"打开手掌,/打开树的盒子,打开锯屑之腰,//世界突然显现。"④诗人还进一步将这种爱情的敞亮用一句诗具象化地表现出来:"这是她的落叶,/像棋子,被那棋手的胸怀照亮。"⑤这里的"落叶"可以理解为"爱情婚姻",张枣曾这样评鲁迅的《野草·腊叶》:"任

① 转引自〔德〕苏珊娜·格丝:《一棵树是什么? ——"树","对话"和文化差异:细读张枣的〈今年的云雀〉》,商戈令译,《当代文学评论》2000 年第 2 期。
② 钟鸣:《聋子里的鸟儿和外面的俄耳甫斯》,《秋天的戏剧》,学林出版社 2002 年版,第 64 页。
③ 张枣:《张枣的诗》,人民文学出版社 2017 年版,第 177 页。
④ 同上。
⑤ 同上。

何一个物象在爱情话语的逻辑之中,都可能成为爱情的物具,枫叶与病叶都一样。这是现代诗歌理解困难的地方。"[1]我想,张枣在这里以"落叶"暗喻"爱情",可能也是受到鲁迅《腊叶》写作方式的影响。"落叶"像棋子被"棋手的胸怀照亮",也就是男女双方在爱情的荣光之中无限敞亮,暗示爱情婚姻的和谐、美好,"落叶"才如此轻悠、欢快,"它们等在桥头路畔,时而挪前/一点,时而退缩,时而旋翻,总将//自己排成图案"[2],这种轻捷、甜美的话语叙述似乎暗示寻找到了爱的"知音"。然而,诗歌继续写道"可别乱碰它们,/它们的生存永远在家中度过"[3],诗歌情调马上转换,爱情婚姻琴瑟和鸣的状况在这里很快失去,表现了爱情婚姻的局限性与脆弱性。诗歌之后并没有继续写爱情婚姻,而是出现孩子的意象,似乎与婚姻爱情的内容没有关联,"采煤渣的孩子从霜结的房门/走出,望着光亮,脸上一片困惑"[4],其实"孩子"就是爱情婚姻的产物,"孩子"、"采煤渣"、"从霜结的房门走出"预示爱情婚姻生活的贫困、艰辛与琐碎,在一地鸡毛的现实面前,哪怕如孩子那样"望着光亮",也只能是"脸上一片困惑",还有什么比这种景象更让人痛心与惨烈的吗?这表现了主体"我"对于爱情婚姻美好话语的否定,也就是表现了主体"我"对于温馨美满的爱情婚姻生活的深深疑惧,使人认识其虚幻性。诗歌最后写道:"列车载着温暖在大地上颤抖,/孩子被甩出车尾,和他的木桶,/像逬脱出图案。人类没有棋手……"[5]赵飞对此评论道:"这是对列车飞驰而孩子静止的相对状态的骇异变形,孩子被

---

①　张枣:《〈野草〉讲义·〈腊叶〉讲评》,《张枣随笔选》,颜炼军编选,人民文学出版社 2012 年版,第 142 页。

②　张枣:《张枣的诗》,人民文学出版社 2017 年版,第 177 页。

③　同上。

④　同上。

⑤　同上。

甩出温暖,正呼应那万劫不复的绝望感。"①张枣曾经对现代性进行批判,他指出:"我们的科学主义就像没有闸的列车,不知道它要带我们到哪里去。我们不能这样,那么该怎么办?"②在现代性面前,主体"我"无法寻找到爱情婚姻的"知音"。张枣指出:"爱情需要慢,需要时间,人总是在考虑对方在想什么来感到心的接近,这种感觉方式就在工业革命快速发展中成了一种怀旧。爱情话语就被工业化的效益化所替代。"③快速发展的工业文明将爱情话语消解了,诗人才发出感叹:"人类没有棋手……"这同时与前面的棋子"被那棋手的胸怀照亮"形成对照。张枣对现代爱情的这种认识无疑是十分深刻的。

《卡夫卡致菲丽丝》第9节,表达了主体"我"对于"知音"乃至整个世界谜一般存在的形而上的追寻与拷问。诗歌写道:"人长久地注视它,那么,它/是什么?"④尽管人们长久地注视它,但是"它是什么",人们依然不得而知。诗歌便如屈原的《天问》一样,展开循环反复地追问,"它是神,那么,神/是否就是它? 若它就是神,/那么神便远远还不是它",主体"我"将"它"的地位放置于"神"的地位并反复拷问。"它"是"神",但是"神"不一定就是"它";若"它"就是"神","神"还远远不是"它",也就是说"它"超越了"神"。"它"比"神"还具有"神性",显示了诗人形而上的哲理思考。为此,诗人以"光明"与"光本身"的关系来说明"神"与"它"的关系,"像光明稀释于光的本身",也就是"它"比"神"更具有本体存在的意义。诗歌写道:"那个它,以神的身份显现,/

①　赵飞:《张枣诗歌研究》,社会科学文献出版社2019年版,第15页。
②　张枣:《〈普罗弗兰克情歌〉讲稿》,《张枣随笔选》,颜炼军编选,人民文学出版社2012年版,第96页。
③　同上书,第100页。
④　张枣:《张枣的诗》,人民文学出版社2017年版,第178页。

已经太薄弱,太苦,太局限。/它是神:怎样的一个过程!"①人在菩提树下思考,也不能对于"它"的本质是什么有所了解,正如诗歌所说,"世界显现于一棵菩提树,/而只有树本身知道自己",因为"它""来得太远,太深,太特殊"②,表现了诗人绝对的孤立,以及对于追寻"知音"的渺茫,"它"就像那卡夫卡《城堡》中的"城堡"一样,虽然近在咫尺,可以"从翠密的叶间望见古堡",但是测量员却不管怎么努力也进不到城堡里面去,在如此荒诞、异己的世界面前,主体"我"发出这样无奈而又绝望的感慨:"我们这些必死的,矛盾的/测量员,最好是远远逃掉。"③表现了诗人彻底的宿命论思想。

总之,《卡夫卡致菲丽丝》通过对话的形式,对于自我与社会、现实与历史、个人处境与文学神话等方面话语存在形式进行追问,反映了"荒原"似的世界存在,批判了压抑人性的工业文明,表现了诗人的孤独与焦虑、挣扎与呼救,强烈要求消除隔膜,渴求人与人之间的沟通与交流,追求人生"知音",表达了诗人对当下实现超越以及对未来无比憧憬的希望,具有非常深刻的思想内涵和独特的艺术价值,是一首杰出的诗作。

《跟茨维塔伊娃的对话》也是一首杰出的十四行组诗,这首诗也具有鲜明的对话性特征。如果说《卡夫卡致菲丽丝》表现对知音的寻觅的话,那么《跟茨维塔伊娃的对话》则表现的是灵魂的交流。诗歌虚构了"我"跟茨维塔伊娃的关于生命内涵的探寻、对现实的批判,以及对诗歌本质的追求等方面灵魂的交流与对话,表现了他们精神上的相知与不同,情感上的共鸣与变异,艺术上的共通与差异,形成了一曲复调

---

① 张枣:《张枣的诗》,人民文学出版社 2017 年版,第 178 页。
② 同上。
③ 同上。

的交响曲。

《跟茨维塔伊娃的对话》第1节是张枣根据俄国诗人茨维塔伊娃的一篇回忆录《中国人》而改写的,诗歌虚构了"我"向茨维塔伊娃兜售"绣花荷包"这一故事。歌篇的题记为"他是个中国人,他有点慢",化用茨维塔伊娃在《中国人》回忆录中的话。茨维塔伊娃曾在《中国人》这篇文章中,记叙了她在法国巴黎一个邮局处碰见一个中国人向邮局小姐兜售小玩意儿的事,中国人要价三个法郎,而邮局小姐却只愿意出价两个法郎,最后在茨维塔伊娃的尽力撮合下,买卖双方终于以两个半法郎成交。茨维塔伊娃在与中国人分手时,中国人又折回来送给她一朵花以示感激。茨维塔伊娃之所以愿意帮助这个中国人,是因为在法国巴黎,同为外邦人的身份让她有一种"在危险中结为同志"的想法,"不过总没遇上这种同志"①。张枣创作这首诗歌时的境况也与茨维塔伊娃这种境况相似。

这首诗写作于1994年,当时张枣在德国生活了8年,过着非常孤独寂寞的生活。与茨维塔伊娃一样,张枣也具有非常深切的流落他乡、孤独寂寞的生命体验,在寻求知音这一心理感受上,他与茨维塔伊娃具有契合性。所以,张枣就以这个带有"南方口音"的中国人"我"与茨维塔伊娃"你"相遇的故事作为这首诗的开篇与起点。不过诗歌叙述的口吻已经不再是以茨维塔伊娃作为叙述主体,而是以中国人"我"作为叙述主体,是"我"与茨维塔伊娃"你"进行对话,这个"我"在诗歌中还进行了身份的转换,由小贩的身份转变为带有"南方口音"的一名知识分子,这明显带有张枣本人的身份特点。诗歌虚构了"我"与茨维塔伊娃的相遇,诗歌写道:"亲热的黑眼睛对你露出微笑,/我向你兜售一只

---

① 〔俄〕茨维塔耶娃:《中国人》,《茨维塔耶娃文集·回忆录》,汪剑钊主编,东方出版社2003年版,第304页。

绣花荷包,/翠青的表面,凤凰多么小巧,/金丝绒绣着一个'喜'字的吉兆——/两个？NET,两个半法郎。你看,/半个之差会带来一个坏韵,/像我们走出人行道,分行路畔/你再听不懂我的南方口音;/等红绿灯变成一个绿色幽人,/你继续向左,我呢,蹀躞向右。"①这里叙述的故事与茨维塔伊娃的《中国人》中谈到"吉兆"的问题相关,在《中国人》中,茨维塔伊娃说她在俄国时买了一个中国女商贩的戒指后"并没有带给我特别的幸运"②,诗歌中"半个之差会带来一个坏韵",这里的"坏韵"不仅仅指的是音韵上的不好,而且还具有"坏运"的隐含意义。在张枣的元诗理论看来,"词就是物"③,那个"绣花荷包"简直就是潘多拉盒子,暗示茨维塔伊娃人生的"坏运",同时这也是张枣的谶。由此,"坏韵"构成了全篇组诗的一个核心内容,它与主人公如影随形,形成两位诗人与现实中"坏运"的关系。其实诗歌中"我"与"你"的对话,是一种面对面的对话形式,具有戏剧性场景。张光昕分析指出:"在从小贩到诗人的身份转换中,为了实现这种伟大对话的可能,'我'扮演了一个诱惑者的角色:像一个善解风情的绅士主动搭讪一位女孩那样,'我',用一只神秘的'绣花荷包'来向茨维塔伊娃炫耀,诱惑她讲出内心的价码和她不为人知的生活(也许是一种窘迫潦倒的生活),用一个故意为之的'坏韵',来让这位充满热情却时运不济的女诗人中计(也许是命中注定的),以便让她面对面地出现在'我'的眼前。"④值得关注的是,诗歌后面出现了一个非"我"非"你"的"某人","不是我,却突然向我,某人/头发飞逝向你跑来,举着手,//某种东西,不是花,却花一样/递到你

① 张枣:《张枣的诗》,人民文学出版社2017年版,第218页。
② 〔俄〕茨维塔伊娃:《中国人》,《茨维塔耶娃文集·回忆录》,汪剑钊主编,东方出版社2003年版,第308页。
③ 张枣:《朝鲜语言风景的危险旅行——中国当代诗歌的元诗结构和写者姿态》,《张枣随笔选》,颜炼军编选,人民文学出版社2012年版,第191页。
④ 张光昕:《茨娃密码——张枣诗歌的微观分析》,《诗探索》(理论卷)2011年第3期。

消声细语的剧院包厢"①。这里的"某人"可以理解为茨维塔伊娃回忆录《中国人》中的邮局小姐，也可以理解为诗句前面的"绿色幽人"——灵魂，是一个幽灵将"花一样"的"某种东西"递到茨维塔伊娃的剧场包厢。少女时代的茨维塔伊娃曾经因为初恋失败而决定在剧场开枪自杀，但没有成功。这首诗将置身于剧院的女诗人转换成为此诗中的主角，"某种东西"已经"悄无声息"地递到了她的手中，"坏运"从此就要展开，构成这首诗歌的一个起点。

《跟茨维塔伊娃的对话》第 2 节是主体"我"与茨维塔伊娃"你"关于诗的本质及其功能的认识与对话。前面第 1 节曾提到女诗人将成为主角，在这里马琳娜——茨维塔伊娃的镜像——开始登台表演，"马琳娜，你煮沸一壶私人咖啡，/方糖迢递地在蓝色近视外愧疚/如一个童仆"②，"方糖""愧疚"暗示马琳娜生活中"甜"的匮乏和物的缺乏，这是现实生活的"坏韵"。张光昕对于这一戏剧性的叙述所具有的"对话性"作了精彩的论述："这些戏剧动作充满了丰富的象征性。利用这种象征性，本诗将'我'跟茨维塔伊娃的对话格局嵌进戏剧情节的微观结构中(如'方糖'和'咖啡'间的'坏韵')。在这里可以参照米哈伊尔·巴赫金(Mikhail Bakhtin)的一个区分，他认为作家在自己的作品中应当反映人类生活与人类思维本身的对话性，因此整个作品将被构造成一个大型对话，作者只是这个对话的组织者和参与者；不仅要有作者的音调，而且还要有'剧中人'(包括所有赋予生命的事物)的音调，每句话都是双重声音的，都能听得见争论，这就是微型对话，它是大型对话的回声。在本诗中，幕后的幽暗力量将这种对话性逐步'向内转'的过程中，大型对话不断地激起层层微型对话，从而导致了一派众声喧哗的

---

① 张枣：《张枣的诗》，人民文学出版社 2017 年版，第 218—219 页。
② 同上书，第 219 页。

戏剧氛围。"①我认为这种观点是十分准确的。

　　这节诗歌开篇是"我天天梦见万古愁"②,"万古愁"来源于李白诗歌《将进酒》的诗句"与尔同销万古愁",这里的"万古愁"可以理解为诗歌。这种诗歌"他向往大是大非",表现的是诗与政治的关系。诗与政治的关系出现在"我"的梦中,说明这种关系的非现实性。马琳娜在咖啡中加"方糖",表现了她对于"甜"——"知音"的寻求,主体"我"认为诗与政治的关系只是梦一样的虚幻,由此引出"我"与茨维塔伊娃关于诗的本质与功能的对话。茨维塔伊娃对于诗歌艺术有这样的看法,她说:"我知道,维纳斯是双手的事业,/我是手艺人,——我懂得手艺。"③在茨维塔伊娃看来,写诗如同煮沸咖啡一样,都是"手艺",都是对"知音"的追求。对此,张枣深为赞同,他写道:"诗,干着活儿,如手艺,其结果/是一件件静物,对称于人之境,/或许可用? 但其分寸不会超过/两端影子恋爱的括弧。"④张枣与茨维塔伊娃关于诗歌本身的对话,是一种本体意义上的认识,他们都强调了诗歌的"手艺性",与对于"知音"——诗的过程的追求姿态。这与张枣提出的"元诗"(metapoetry)理论具有本质的一致性。他说:"对写作本身的觉悟,会导向将抒情动作本身当做主题,而这就会最直接展示诗的诗意性。这就使得诗歌变成了一种'元诗歌'(metapoetry),或者说'诗歌的形而上学',即诗是关于诗本身的,诗的过程可以读作是显露写作者姿态,他的写作焦虑和他的方法论反思和辩解的过程。因而元诗常常首先追问如何能发明一

---

① 张光昕:《茨娃密码——张枣诗歌的微观分析》,《诗探索》(理论卷)2011年第3期。
② 张枣:《张枣的诗》,人民文学出版社2017年版,第219页。
③ 〔俄〕茨维塔耶娃:《去为自己寻找一名可靠的女友》,《茨维塔耶娃文集·诗歌》,汪剑钊主编,东方出版社2003年版,第253页。
④ 张枣:《张枣的诗》,第219页。

种言说,并用它来打破萦绕人类的宇宙沉寂。"①在张枣看来诗的"手艺性"就在于诗的"抒情动作本身",是一种寻求"知音"、与"知音"进行对话交流的过程,诗的结果是"对称于人之境"的"静物",诗的功能就在于获得自我愉悦的情感,"其分寸不会超过/两端影子恋爱的括弧"。人们如果将诗歌当作具有魔幻性的"圆手镜"(注意,在《卡夫卡致菲丽丝》中也有对于镜子虚幻性的叙述:"哦,一切全都是镜子!")来使用,这种"圆手镜"由于它具有阿尔都塞所说的"意识形态性",就会对社会现实产生歪曲与错误的反映,如诗歌所说"它错乱右翼和左边的习惯","两个正面相对,翻脸反目",挑起"红与白"的"决斗",引起社会的动荡与纷争,从而使人迷茫,破坏诗歌的本质,"人,迷惘,//照境,革命的童仆从原路返回;/砸碎,人兀然空荡,咖啡惊坠……"②这里的"革命的童仆"喻指将诗歌作为宣传"革命"的工具,"革命的童仆从原路返回"这一诗句乃是说如果将诗歌作为"意识形态"的宣传工作,那么就会使诗歌不成为诗歌了,"圆手镜""砸碎"了,也就失去了诗的本质。可以看出,张枣的"元诗"写作,反对将诗歌当作反映意识形态的工具,而是提倡沉浸于语言本体的写作,表达一种难以言说的情绪及其追问的姿态。同样,茨维塔伊娃对于政治也比较冷淡,她执着于煮沸"私人咖啡",在诗艺的追求中表现自己的才情。

《跟茨维塔伊娃的对话》第3节主要对茨维塔伊娃在俄罗斯的生活及巴黎流亡时期的遭遇进行叙述,同时进一步表达独立的诗歌艺术观。本节开篇为"……我照旧将头埋进空杯里面",③它紧接着诗歌第2

---

① 张枣:《朝向语言风景的危险女性——中国当代诗歌的元诗结构和写者姿态》,《张枣随笔选》,颜炼军编选,人民文学出版社2012年版,第174页。
② 张枣:《张枣的诗》,人民文学出版社2017年版,第219页。
③ 同上。

节最后一句诗,表现了主体"我"沉浸于诗歌语言本体的创作态度,体现反对诗歌成为政治斗争工具的鲜明态度,诗人将"词的传诵"提高到生命存亡的高度,这可以从这节诗歌的最后两行诗得到证实,"人,完蛋了,如果词的传诵,/不像蝴蝶,将花的血脉震悚"①,这表明了诗人"我"对诗歌本体的鲜明态度和坚定立场。那么,反观茨维塔伊娃对于诗歌的认识呢? 茨维塔伊娃在其丈夫出征后,她一边担心丈夫的安危,一边百无聊赖地打发自己琐碎的时光,"你完蛋了,未来一边找葬礼服,/一边用绷紧的零碎打发下午","俄罗斯完蛋了——黑白时代的底片,/男低音:您早,清脆的高中生:/啊——走吧　进来呀　哭就哭——好吗? /尊称的面具舞会,代词后颤'R'/马达般转动着密约桦林和红吻",②在这里,"男低音"与"高中生"的戏剧性对话,再次表现出巴赫金所说的微型对话形式,"男低音"与"高中生"的话语都具有独立于叙述主体"我"与茨维塔伊娃的声音之外的形态。在此,几个声音同时展开,形成一种众声喧哗的艺术效果。茨维塔伊娃流亡法国巴黎后感到孤独,因为她离开俄罗斯之后,与俄罗斯的大众失去了联系,有的只是"小团体"和"小客厅","这里的文学符合规范,但离开了生活的轨道。没有那种宏大的规模,也没有对生活的回应"③,为此诗歌写道:"巴黎也完蛋了,我落座一柄阳伞下/张望和工作。人在搭构新书库,/四边是四座象征经典的高楼,/中间镶嵌花园和玻璃阅读架。"④表现了茨维塔伊娃对于巴黎隔绝生活状态的不满,她强烈希望与俄罗斯大众取得联系,进行沟通,她说:"在俄罗斯,有如置身原野或大海,有别人

---

① 张枣:《张枣的诗》,人民文学出版社 2017 年版,第 220 页。
② 同上书,第 219—220 页。
③ 〔俄〕茨维塔耶娃:《诗人与时代》,《茨维塔耶娃文集·散文随笔》,汪剑钊主编,东方出版社 2003 年版,第 294 页。
④ 张枣:《张枣的诗》,第 220 页。

跟我说话和我跟别人说话的地方。如果允许说的话。"①表现了茨维塔伊娃与俄罗斯人民的深厚情感,因为这是她艺术的源泉。

《跟茨维塔伊娃的对话》第 4 节主要探讨流亡生活与母语的关系。茨维塔伊娃与张枣都从各自的国家出走,国外的生活使他们孤独,难以真正融入当地人的生活中去,他们深切感受到这种离开不仅是身体离开祖国,而且会生发对母语的魂牵梦绕的牵挂。诗歌写道:"我们的睫毛,为何在异乡跳跃?/恍惚,溃散,难以投入形象。"②诗歌在这里表现了"我们"共同的生命感受。然而,"我"与茨维塔伊娃对母语的态度又有着区别。"我"与母语的关系是"母语之舟撇弃在汪洋的边界,/登岸,我徒步在我之外,信箱/打开如特洛伊木马,空白之词/蜂拥,给清晨蒙上肃杀的寒霜"③,张枣离开祖国去德国,是为了获得一种新的语言资源以及新的思维方式,目的是丰富现代汉语这一母语。张枣曾指出自己出国"还有一个秘密的目的":"我特别想让我的诗歌能容纳许多语言的长处。因为从开始写作起,我就梦想发明一种自己的汉语,一个语言的梦想,一个新的汉语帝国……而且我也需要一种陌生化,当时我的反思意识告诉我,我在任何地方都可以写作,因为一个诗人是去发明一种母语。这种发明不一定要依赖一个地方性,因为母语不在过去,不在现在,而是在未来。所以它必须包含一种冒险,知道汉语真正的边界在哪里。"④这就需要诗人能够跨越异域的"空白""寻找母语"。张枣说:"母语递交给诗人的是什么?是空白。……今天,个人写作的危机

---

① 〔俄〕茨维塔耶娃:《诗人与时代》,《茨维塔耶娃文集·散文随笔》,汪剑钊主编,东方出版社 2003 年版,第 294 页。
② 张枣:《张枣的诗》,人民文学出版社 2017 年版,第 220 页。
③ 同上。
④ 张枣:《访谈三篇·"甜"》,《张枣随笔选》,颜炼军编选,人民文学出版社 2012 年版,第 209 页。

乃发轫于母语本身深刻的危机。它将给诗人以前所未有的巨大考验,无情地分开'死者'与'生者'的行列……但真正的诗人必须活下去。他荷戟独往,举步维艰,是一个结结巴巴的追问者,颠覆者,是'黑暗中的演讲者'(北岛语);他必须越过空白,走出零度,寻找母语,寻找那母语中的母语,在那里'人类诗篇般栖居大地(荷尔德林)'。"①然而,诗人"我"将信箱打开,犹如打开特洛伊木马,而这特洛伊木马仿佛是潘多拉盒子,呈现出各种丑陋的语言,使人感到严霜般的冷酷。张枣曾经在《诗人与母语》一文中较为翔实地指出:"要么卑颜屈膝,以通俗的流利和出口成章的雄辩继续为官为话语添油加醋;要么醉生梦死,以弱智的想像力为一个小气、昏庸、虚无、躁动的时代留下可怜的注脚;要么自命为新形式的馈赠者,却呼啸成群地彼此派生、舞弊、喂养,甘心做种族萎靡不振的创造性的殉葬品。"②这些恶浊的语言仿如潘多拉盒子里飞出来的各种灾难与丑恶,"给清晨蒙上肃杀的寒霜"。那么,流亡带给茨维塔伊娃怎样的命运呢? 首先,流亡带给茨维塔伊娃艰辛的生活,"陌生,在煤气灶台舞动蛇腰子,/流亡的残月散发你月经的辛酸"③。其次,更重要的是,茨维塔伊娃那充满真知灼见的思想与高超美妙的艺术却不为俄罗斯人民所知、所信,她就像古希腊罗马神话中特洛伊城的公主卡珊德拉一样,虽然具有精准的预言能力,但是人们并不当真。诗歌以儿童的口吻叙述,形成一种微型对话:"妈妈,卡珊德拉,专业的预言家,/他们逼着你的侧影吸外国烟,/而阳光,仍舒展它最糟糕的惩罚。"④卡珊德拉因太阳神阿波罗的赐予而拥有精确的预言能力,但是

① 张枣:《诗人与母语》,《张枣随笔选》,颜炼军编选,人民文学出版社 2012 年版,第57—58 页。

② 同上书,第 58 页。

③ 张枣:《张枣的诗》,人民文学出版社 2017 年版,第 220 页。

④ 同上书,第 221 页。

她的预言却因为得罪阿波罗而遭到他的破坏而不被人相信,这才有了"鸟越精确,人越不当真"①这一诗句。而对于茨维塔伊娃来说,她的作品在俄罗斯遭到禁毁,人们无法得到历史的真相,"虽然//火中的一页纸咿呀,飒飒消失,/真相之魂夭逃——灰烬即历史"②。

《跟茨维塔伊娃的对话》第5节依然追问预言与现实世界的关系。诗节开篇继续叙述卡珊德拉预言失灵之原因。阿波罗向卡珊德拉求爱遭到了拒绝,他便请求和她接吻并趁机沾湿她的舌头,让她的预言无人相信。诗歌写道:"阳光偶尔也会是一只狼,遍地/转悠,影子含着回忆的橄榄核,/那是神,叫你的嘴回味他色情的/津沫,让你失灵。"③这里的"阳光"是"一匹狼"影射阿波罗实为"色狼"④。阿波罗让卡珊德拉的预言无人相信,从而使得她的"预言"像是一破蔽的盒子被扔在没有人看见的沙滩上,无法对现实世界产生任何影响,"预言之盒/无力装运行尸走肉,沐浴在/这被耀眼的盲目所统辖的沙滩"⑤。接下来的诗句:"看见即说出,而说出正是大海,/此刻的。"⑥这该作如何理解呢?茨维塔伊娃在给帕斯捷尔纳克的信中写道:"在海边,我在本子上记下了要对你说的话:有一些物,我常常与它们处于隔绝的状态中,如:大海,爱情。……海洋像君主,像金刚石——它只能听到那不歌唱它的人的声音,而高山则是高贵的(有神性的)。"⑦在茨维塔伊娃看来,"大海"对于她来说意味着隔绝状态,"说出正是大海"这一诗句则表明卡

---

① 张枣:《张枣的诗》,人民文学出版社2017年版,第221页。
② 同上。
③ 同上。
④ 赵飞:《张枣诗歌研究》,社会科学文献出版社2019年版,第49页。
⑤ 张枣:《张枣的诗》,第221页。
⑥ 同上。
⑦ 《茨维塔伊娃致帕斯捷尔纳克(一九二六年五月二十三、二十五、二十六日)》,〔奥〕里尔克、〔俄〕帕斯捷尔纳克、〔俄〕茨维塔伊娃:《三诗人书简》,刘文飞译,中央编译出版社1999年版,第99页。

珊德拉的话没有人相信,那么诗歌后面所叙述的:"圆。看的羊癫疯。看。/生活,在哪?"①这些诗句都表明卡珊德拉完全隔绝的生活状态,她的预言无法被人相信,从而使她发出对于生活的追问,这也是茨维塔伊娃对于自己不被俄罗斯人信任的追问。卡珊德拉预言特洛伊城被攻陷,但是她被国王软禁起来;她预言自己的哥哥战败身死,诗歌写道:"'赫克托,我看见你/坐在一万双眼睛里抽泣,发愣'——"②这句诗歌是卡珊德拉发出的预言,构成巴赫金所说的微型对话。但是,特洛伊人都不相信她。卡珊德拉只能眼睁睁地看着自己哥哥的尸体发白,"你站在这,但尸体早发白。等你/再回到外面,英雄早隐身"③,茨维塔伊娃也只能眼睁睁地看着人们过着醉生梦死的生活,自己却无能为力,"只剩//非人和可乐瓶,围观肌肉的健美赛,/龙虾般生猛的零件,凸现出未来"④。卡珊德拉的预言不被人相信的宿命,也是茨维塔伊娃的宿命。

《跟茨维塔伊娃的对话》第 6 节表现的是诗人希望回到语言之故乡,即追寻母语。张枣和茨维塔伊娃生活在异国时,都希望追寻母语。"樱桃,红艳艳的,像在等谁归来"⑤,这里的"樱桃"像一位美丽的少女,等人去怜爱,"樱桃"在这里更是祖国"母语"的隐喻,"它"在召唤"我"。"某种东西,我想去取"⑥这一诗句中的"某种东西"指的是"母语","我"想寻找"母语"之乡。紧接着诗人将寻觅语言之乡的想法化为具体的过程,"下午,/我坐着坐着就睡了,耳朵也倦怠,/我答应去外

---

① 张枣:《张枣的诗》,人民文学出版社 2017 年版,第 221 页。
② 同上。
③ 同上。
④ 同上书,第 221—222 页。
⑤ 同上书,第 222 页。
⑥ 同上。

地取回一本俄文书"①，从这里读者可以感觉到"我"的愿望并没有实现。而"茨维塔伊娃"呢？"你坐在你散发里，云雀是帽子"②，隐喻茨维塔伊娃披散着头发，戴着绘有云雀的帽子。这种叙述呈现给读者一幅温馨甜美的景象。诗歌继续写道："笔，因寻找而温暖。远方，来客。"③这里指的是茨维塔伊娃通过写作寻找母语，从而感到温暖，正如远方来的客人一样，使人感到快乐。这是诗人企图通过使用母语而获得知音。"梦寐之中，你的手滴落着断指，/我想去取：人，铜号，和火车"④，这里的诗句表现的是人被现代文明异化，人丢失了"自我"，必须重新寻找自己。张枣说："我完全感觉到我生活在一个我追赶我自己的时代，一个神经质的、表情同一的、众物疲惫的时代。我们丢失了安详的表情，我想复制这种表情，重新去梦想它，我对我们时代的感觉就是我们丢失了太多，在这种丢失中，我们非常多的愿望不能再得到满足，我做的工作，就是想在语言中来弥补它。"⑤正因为诗人如此渴望在母语中得到自我的复归，他（或她）是那么急切等待那像"樱桃"一样可爱的母语，"樱桃，红艳艳的，等的纯粹逻辑，/我心跳地估算自己所剩的时光"⑥，"我"的生命与祖国的"母语"在一起，"母语"是祖国的灵魂，所以诗人深情地发出这样的感慨："没有你，祖国之窗多空虚。"⑦它深切地表现了诗人内心之痛。如何让自己回到母语之乡？为此"我"

---

① 张枣：《张枣的诗》，人民文学出版社 2017 年版，第 222 页。
② 同上。
③ 同上。
④ 同上。
⑤ 张枣：《访谈三篇·甜》，《张枣随笔选》，颜炼军编选，人民文学出版社 2012 年版，第 223 页。
⑥ 张枣：《张枣的诗》，第 222 页。
⑦ 同上。

要像获取"呼吸"才能有生命去获取自己的"母语","呼吸,/我去取"①。而茨维塔伊娃是怎样回到自己的语言之乡呢? 诗歌写道"生词像鳟鱼领你还乡;//你去取"②。但是,茨维塔伊娃在回归自己母语的过程中,却感到被电触及的锥心"疼痛","你去取,门锁里小无赖哇吐静电——痛",当权者人为地让她与人民"绝缘","但合唱惊警地凌空,绝缘"③。

　　《跟茨维塔伊娃的对话》第7节主要叙述茨维塔伊娃回到莫斯科后遭到苏联当局的迫害及至死亡,表现的是诗人"生活的困厄与诗歌的困厄紧密相关"的艺术观念,那就是:"生活的踉跄正是诗歌的踉跄。"④茨维塔伊娃结束流亡生涯回到莫斯科,开始了她在国内的"坏运"(也是"坏韵")。"你回到莫斯科,碰了个冷钉子"⑤这一诗句对于茨维塔伊娃的生活作了总的评说。紧接着诗人用了非常生动的意象描述苏联当时不正常的社会状况,"除夕夜,乌鸦的儿女衣冠楚楚地/等钟声,而时间坏了,只好四散"⑥,诗句中的"乌鸦"喻指苏联当局,诗歌表现的是正常的社会历史进程受到破坏,人们遭受着深重的灾难,包括茨维塔伊娃在内的社会精英更是受到各种各样的迫害,过着极为艰难的生活。诗歌重点叙述了集中了俄国作家精英的"作协"这一"总机员"的情况,"带担架的风景里躺着那总机员"⑦,诗句中"总机员"躺在担架上,表现了作协在苏联极权的高压下像一个病人一样无所作为、懦弱平庸。对此,诗歌进一步叙述:"作协的电话空响:现实又迟到,/这

---

① 张枣:《张枣的诗》,人民文学出版社2017年版,第222页。
② 同上。
③ 同上。
④ 同上。
⑤ 同上。
⑥ 同上书,第223页。
⑦ 同上。

人死了,那人疯了,抱怨,/抱怨的长脚蚊摇响空袭警报。"①"作协"对于人们的"死了""疯了"等方面的痛苦,只能发出像长脚蚊一样细微的抱怨音,根本不能起到惊醒人们的空袭警报的作用。诗歌再又回到茨维塔伊娃的"坏运"(也是"坏韵"),叙述她在作协所受到的厄运,"完美啊完美,你总是忍受一个/既短暂又字正腔圆的顶头上司,/一个句读的哈巴儿,一会说这/长了点儿,一会说你思想还幼稚"②,茨维塔伊娃遭受"哈巴儿"样的"顶头上司"的各种羞辱,精神上受到压抑,诗句中的"字正腔圆的顶头上司"表示这位顶头上司装腔作势,只会照本宣科地执行上级的文件,控制人民的思想,扮演的是为主子服务的"哈巴儿"的角色。此外,茨维塔伊娃还遭受极端的物质的匮乏,1941 年 8 月,茨维塔伊娃从莫斯科移居鞑靼叶拉堡市,希望能在作协食堂谋求一份洗碗的工作,遭到作协领导的拒绝,茨维塔伊娃在万念俱灰之下自缢身亡。"楼顶的同行,事后报火,他们/跛足来贺,来尝尝你死的闭门羹"③,诗歌对茨维塔伊娃"同行"的"幸灾乐祸"进行了嘲讽。

《跟茨维塔伊娃的对话》第 8 节主要叙述"我"与茨维塔伊娃的灵魂进行交谈,探讨"词与物"的关系。这节诗的引言为茨维塔伊娃写给里尔克书信中的一句俄文,其译文意思是:"如果你真想看见我,那么你必得行动。"诗歌首先叙述"我"与茨维塔伊娃的灵魂进行彻夜交谈,这是一场甜蜜的知音之间的心灵碰撞与交流:"东方既白,静电的一幕正收场:/俩知音一左一右,亦人亦鬼,/谈心的橘子荡漾着言说的芬芳,/深处是爱,恬静和肉体的玫瑰。"④这里"东方既白"是指"我俩"的

---

①　张枣:《张枣的诗》,人民文学出版社 2017 年版,第 223 页。
②　同上。
③　同上。
④　同上。

交谈一直持续到天亮,而"静电的一幕""知音""言说的芬芳""爱""恬静""玫瑰"等词语的密集使用烘托出"我俩"谈心的愉悦、温馨与甜蜜。如果说前面这些叙述主要是谈心的氛围的渲染的话,那么,紧接着这些诗句更多的是对谈心的内容的叙述,充满了温情与柔美。"手艺是触摸,无论你隔得多远"①,"手艺"乃诗艺,它是一种精神对话,这一诗句表现了张枣的诗艺观,诗艺这种精神对话也需要寄寓于"肉感"与"色相"而进行,这也与这节诗的引言"如果你真想看见我,那么你必得行动"有了呼应。因为这是"我"与茨维塔伊娃的灵魂对话,所以才有了这样空幻的诗句"你的住址名叫不可能的可能——/你轻轻说着这些,当我祈愿/在晨风中送你到你焚烧的家门"②,诗歌之后进一步探讨了"词"与"物"的关系。茨维塔伊娃认为:"词比物大——词本身也是物,物只是一个标志。"③茨维塔伊娃的这种观点反映的是西方语言的逻各斯思想,张枣对此有自己不同的看法,他在诗歌中写道:"词,不是物,这点必须搞清楚,/因为首先得生活有趣的生活。"④在此,张枣非常明确地表达了自己有关"词"与"物"的观点,肯定物质的感性生活,紧接着他用非常具象化的诗句表现自己对现世生活的赞赏态度:"像此刻——木兰花盎然独立,倾诉,/警报解除,如情人的发丝飘落。"⑤诗句中的"木兰花盎然独立"表示一种盎然的勃勃生机,情人间因为"警报解除"而可以纵情地倾诉,又该是怎样的甜蜜与温馨!张枣坚持的是中国传统的"词"与"物"的一体观,他说:"'太初有言。'母语第一次逼

---

① 张枣:《张枣的诗》,人民文学出版社 2017 年版,第 224 页。
② 同上。
③ 《茨维塔伊娃致帕斯捷尔纳克(一九二六年五月二十三、二十五、二十六日)》,〔奥〕里尔克、〔俄〕帕斯捷尔纳克、〔俄〕茨维塔伊娃:《三诗人书简》,刘文飞译,中央编译出版社 1999 年版,第 99 页。
④ 张枣:《张枣的诗》,第 224 页。
⑤ 同上。

视并喊出'山，水，鸟，人，神'的时候，古致翩翩，令人神往。词与物欣然交融，呼声中彼此相忘。……换言之，词即物，即人，即神，即词本身。这便是存在本身的原本状态。"①张枣对"词与物"关系的看法，其实是对于茨维塔伊娃的观点的一个反驳，两人的观点形成一种争论。另外，张枣与茨维塔伊娃关于"爱"的理解也是不同的。张枣心目中的"爱"更多带有"肉体"的感性，"深处是爱，恬静和肉体的玫瑰"，"手艺是抚摸"，"首先得生活有趣的生活"，而茨维塔伊娃心目中的"爱"，更多具有纯精神的超越性，她说："我不活在自己体内——而是在自己的体外。我不活在自己的唇上，吻了我的人将失去我。"②诗歌中的"木兰花益然独立"正表现了"词"与"物"的"合一"，达到物我两忘的境地。诗歌的最后是随着黎明的到来，茨维塔伊娃的灵魂在白昼里隐去，像一个精灵一样在天堂飞翔，"东方既白，你在你名字里失踪，/植树的众鸟齐唱：注意天空"③。

《跟茨维塔伊娃的对话》第 9 节是诗人对压抑茨维塔伊娃的自由思想、戕害其生命的生活的控诉，他希望每个人都能独立发声、自己掌握自己命运。茨维塔伊娃最终自缢身亡，虽然她的肉体消亡，但她的灵魂是自由的。诗歌写道"人周围的事物，人并不能解释；/为何可见的刀片会夺走魂灵？两者有何关系？绳索，鹅卵石，/自己，每件小东西，皆能索命，/人造的世界，是个纯粹的敌人"④。诗歌中的"刀片""绳索""鹅卵石"等物品隐喻权势，诗歌对违背人的自由精神、无端毁灭人

---

①　张枣：《诗人与母语》，《张枣随笔选》，颜炼军编选，人民文学出版社 2012 年版，第 54 页。

②　《茨维塔伊娃致里尔克（一九二六年八月二十二日）》，〔奥〕里尔克、〔俄〕帕斯捷尔纳克、〔俄〕茨维塔伊娃：《三诗人书简》，刘文飞译，中央编译出版社 1999 年版，第 204 页。

③　张枣：《张枣的诗》，人民文学出版社 2017 年版，第 224 页。

④　同上。

的生命的罪行表示强烈谴责。张枣曾经对"极权语境设置好的不容更改的现实秩序"作了这样的评论,他说:"这个秩序的特征不是冷漠(那是后工业文明的日常表情),而是挑衅式的逼迫,它以狰狞的面目即特别具象的动作入侵并逼迫和规范个人的姿势和发声,逼迫他忧郁,以致最终使他无力就范。"①诗句"空缺的花影愤怒地喝彩四壁"②中的"空缺的花影"暗喻自由的灵魂,"四壁"暗喻思想束缚,诗人在四壁严实的铁屋子里呐喊。"使你害怕,我常常想,不是人/更不是你本身,勾销了你的形体;而是这些弹簧般的物品,窜出,/整个封杀了眼睛的居所"③,这些诗句表明"你"将死亡置之度外,不论是别人还是自己"勾销""你"的生命,"你"都毫无畏惧,"你"害怕的是那些毫无人性的机械一样的势力,他们闭塞"你"的视野,使"你"无法感知外面的世界。这才有了茨维塔伊娃的呼喊:"逼迫/你喊:外面啊外面,总在别处!"④只有在"外面","你"才能自由地看、自由地想,才真正属于"你"自己。"甚至死也只是衔接了这场漂泊"⑤,"你"终于在死亡里获得了自由,获得了"新生"。诗歌主体"我"对茨维塔伊娃挣脱控制而获得"灵魂"自由这一事件进行反思,"自我"在世界上有可能陷入可怕的"被抛"的不确定状态:"无根的电梯,谁上下玩弄着按钮?"⑥"我"感觉到自己的生命被外在的无形的大力所控制,仿佛沉浮于"无根的电梯"之中,无法掌握自己的命运,"我"与茨维塔伊娃具有相似的人生处境,这使"我"担心自己也会走上茨维塔伊娃自裁的道路,"我最怕自己是

---

① 张枣:《当天上掉下来一个锁匠》,《张枣随笔选》,颜炼军编选,人民文学出版社2012年版,第35页。
② 张枣:《张枣的诗》,人民文学出版社2017年版,第224页。
③ 同上。
④ 同上书,第224—225页。
⑤ 同上书,第225页。
⑥ 同上。

自己唯一的出口"①,表现了诗人对于自己未来人生命运的迷茫、困惑乃至于忧惧。

《跟茨维塔伊娃的对话》第 10 节表现的是哪怕是身体的缺陷、时空的间隔,都不妨碍诗性心灵对话的和谐与美丽。诗歌首先叙述的是"我"愿是盲人,是聋哑人的翻译,"我摘下眼睛,我愿是聋哑人的翻译"②,"我"要从盲人无声的手语中寻觅它的真义,"宇宙的孩子们,大厅正鸦雀无声:/空气朗读着这首诗,它的含义/被手势的蝴蝶催促开花的可能","我"在哑语的蝴蝶似的比划里感受到两个知音交流的快乐,像"催促开花"一样美妙,将"空气"朗诵这首诗的美妙的含义感悟出来。③ 诗句中的"空气"可以理解为缺少"眼睛"的"盲人",更可以理解为一种无形的存在,一种本体意义上的存在。诗人认为尽管人的形体有缺陷,甚至人的形体不存在,但是这并不妨碍两位知音交流的和谐与甜蜜。它的真实意蕴是什么? 诗歌写道:"真实的底蕴是那虚构的另一个,/他不在此地,这月亮的对应者,/不在乡间酒吧,像现在没有我。"④这表明"真实的底蕴"可以是不存在的,"他"不在此地,不在当下,"他"只是在心里"虚构的另一个","一杯酒被匿名地啜饮着,而景色/的格局为之一变"⑤,在月光下,一名匿名的饮者对着月亮啜饮,这使人想起李白的《月下独酌四首·其一》里的诗句:"举杯邀明月,对影成三人。……醒时同交欢,醉后各分散。永结无情游,相期邈云汉。"这里张枣隐隐地将自己当作是在月光下饮酒的饮者,而将茨维塔伊娃当作高高挂在天宇中的那轮洁白的月亮,表达了自己对于茨维塔伊娃

---

① 张枣:《张枣的诗》,人民文学出版社 2017 年版,第 225 页。
② 同上。
③ 同上。
④ 同上。
⑤ 同上。

的知音情缘,由此"而景色/的格局为之一变"①。"我"在似幻似真的醉意之中,实现"自我"的分裂:"满载着时空,/饮酒者过桥,他愕然回望自己/仍滞留对岸,满口吟哦。"②这一诗句中的"饮酒者"可以理解为诗人自我,"我"如"庄周梦蝶"似的,一个过了桥,一个仍然滞留对岸。"我"在醉意朦胧中感到一种奇妙的幻境,自己的灵魂不曾离开茨维塔伊娃,与她在原地尽情地交流。诗歌继续写道:"某种/悲天悯人的情怀,和变革之计//使他的步伐配制出世界的轻盈。"③表现的是一种借酒浇愁、自我陶醉、自得其乐的情怀,那些悲悯的情怀与宏大的叙事在饮者醉态的步履中已经远去了。诗歌的最后是诗人"他"跨越历史间隔,与诗人阮籍进行交谈:"大人先生,你瞧,遍地的月影……"④阮籍是魏晋时期的竹林七贤之一,著有《咏怀八十二首》《大人先生传》等,他崇奉老庄之学,对当权者司马氏不满,但又采取明哲保身的态度,常常酣醉不醒,以避免灾祸。诗歌以戏剧的形式,表现诗人"我"与中国古代诗人进行或隐或显的对话,在"遍地的月影"中实现两人亲密无间的交流。

《跟茨维塔伊娃的对话》第 11 节表现对知音的追寻与知音的难觅。这首诗的开篇接续上一节中与"大人先生"的对话,"是的,大人,月亮扑面而起"⑤,在诗人心中"阮籍"与"茨维塔伊娃"都是其"知音",他们在诗人内心的形象极其鲜活与生动。阮籍与代表光明纯洁的月亮同在,"四望皎然,峰顶紧贴着您腮鬓"⑥。而茨维塔伊娃的存在更为鲜

---

①　张枣:《张枣的诗》,人民文学出版社 2017 年版,第 225 页。
②　同上。
③　同上。
④　同上。
⑤　同上书,第 226 页。
⑥　同上。

活,那么触手可及,那么具有生活的气息,"下面,城南的路灯吐露香皂气,/生活的她夜半淋浴,双眼闭紧,/窗纱呢喃手影,她洗发如祈祷,/回身隐入黑暗,冰箱亮开一下"①,这种叙述极具生活魅力,予人以无限的遐想,表现了诗人对于知音的渴求,其中"窗纱呢喃手影"使人想起李白的诗歌《乌夜啼》。《乌夜啼》写道:"机中织锦秦川女,碧纱如烟隔窗语。停梭怅然忆远人,独宿孤房泪如雨。"张枣这里的"窗纱呢喃手影"与李白的诗句"碧纱如烟隔窗语"具有一定的相似性,李白的《乌夜啼》表现了织锦的秦川女子隔着碧绿如烟的纱窗好像在与人说着什么,其实她是在自言自语,她在思念远行的男子,渴望"知音"的到来。这一诗句以及诗歌后面的"万古愁"的运用,都是"我"与李白形成"潜对话",表现诗人对于"知音"的渴求。诗人在这之后进一步将"知音"拓展为"广告美男子"与"夜莺"。诗人对于"广告美男子"的叙述同样充满了奇幻的美妙与生活的情趣,"永恒像夜猫,广告美男子蹿到/彗星外,冰淇淋天空满是俏皮话……"②在英国诗人济慈的《夜莺颂》中,夜莺被称为"永生的灵鸟",它的声音迷住那被幽禁的年轻公主。张枣在这里将"夜莺"象征为"知音",那么它在哪里呢?"夜莺啊正在别处,是的,您瞧"③,这里的"您瞧"形成一种转折的意义,诗歌的重心转向了对于"知音"的追寻,"没在弹钢琴的人,也在弹奏,/无家可归的人,总是在回家"④。

　　诗人在与中外诗人的精神交流中,应和自己的忧愁,"不多不少,正好应和了万古愁——"⑤正是在对"知音"的不断追寻中,诗人的精神

---

①　张枣:《张枣的诗》,人民文学出版社 2017 年版,第 226 页。
②　同上。
③　同上。
④　同上。
⑤　同上。

得到振奋,获得生存的希望,诗歌写道:"呵大人,告诉我,为何没有的桂树/卷入心思,振奋了夜的秩序?"[①]传说中月亮里有一株桂树,可是实际上月亮里根本没有桂树,所以才被称为"没有的桂树"。然而正是这洁白的月亮让历代诗人魂牵梦绕,让他们在夜晚里精神振奋,向月亮述说自己的心曲。事实上,月亮里的桂树是没有的,它只是一种虚幻的美好,人与月亮的沟通只不过是一场虚空而已,说明知音的难觅。

《跟茨维塔伊娃的对话》第 12 节是对一切存在事物的反问与质疑,表现出诗人内在的困惑与迷茫。诗节的开始便是对"告别"的质疑:"九月,果真会有一场告别?"[②]这种"告别"既是诗人"我"与茨维塔伊娃的"告别",又是全诗的结束。但是,诗人"我"又感觉到这一切似乎并不会就此"结束",所以才用了"果真"以及疑问号来表示质疑。诗歌紧接着叙述"我"对于茨维塔伊娃按照自己的意愿摆设物件的"无畏"的勇气的赞赏,赞美她独立的人格精神和不惧外在势力压迫的决心:"你的目光,摆设某个新室内:/小铜像这样,转椅那样,落叶,/这清凉宇宙的女友,无畏:对吗,对吗? 睫毛的合唱追问,/此刻各自的位置,真的对吗?"[③]诗句连续两个"对吗"以及"真的对吗"的系列追问,表面上质疑新室内小物件摆设位置的合理性,其实质是对现存事物与现存社会秩序的质疑。正如赵飞所说:"小铜像、转椅这些生活中不起眼的事物所处的局部位置与社会现实的权力位置是同构的,生活、政治与言说是一体的。"[④]茨维塔伊娃按照自己的"目光"摆设新室内的物件,否定的是外在权威——"王"的控制与压迫,才有了诗句"王,掉落在棋局之外"的结果,也才有了"西风"带给人们的自由生活的图景:"西风/将

---

① 张枣:《张枣的诗》,人民文学出版社 2017 年版,第 226 页。
② 同上。
③ 同上书,第 226—227 页。
④ 赵飞:《张枣诗歌研究》,社会科学文献出版社 2019 年版,第 65 页。

云朵的银行广场吹到窗下;/正午,各自的人,来到快餐亭,/手指朝着口描绘面包的通道。"①诗歌最后表达的是坚守诗之自由,用自己的声音坚定地说"不",否定外在压迫的愿望:"对吗,诗这样,流浪汉手风琴/那样? 丰收的喀秋莎把我引到//我正在的地点:全世界的脚步,/暂停!对吗? 该怎样说:'不'?!"②张枣曾在《大地之歌》中有这样的诗句:"我们得有一个'不'的按钮,装在伞把上;/我们得有一部好法典,像/田纳西的山顶上有一只瓮。"③(诗句"田纳西的山顶上有一只瓮"来源于华莱士·史蒂文斯的诗歌《坛子的轶事》)在《大地之歌》中,张枣不仅强调了对于不合理的事物的否定,而且提出了诗人对于未来的构想,那就是构建一部"好法典",一部诗性的法典。

《跟茨维塔伊娃的对话》表现了诗人与茨维塔伊娃两人灵魂的交流与对话,彰显了他们对于社会人生的深刻洞见,对于独立思想意识的坚守,对于祖国人民的深切同情,对于知音的寻求,以及对于诗歌自由精神和语言本体的坚守。与此同时,诗歌也展现了诗人面临外在压力的孤独,知音难觅的痛苦,坏运连连的困惑乃至于人生的虚无感。总之,这是一部全面深入展示作者人生观、社会观以及艺术观的作品,在张枣的诗歌创作中具有特别重要的地位及价值。

《跟茨维塔伊娃的对话》这首诗也非常鲜明地体现了张枣的"元诗"理论,就是他将对于外在世界形形色色的主题的处理等同于对诗本身的处理。他说:"所谓元诗(metapoetry)是有关诗的诗,或曰:诗之诗(poetry about poetry)。我用这个术语来指向写者在文本中所刻意表现的语言意识和创作反思,以及他赋予这种意识和反思的语言本体主

---

① 张枣:《张枣的诗》,人民文学出版社 2017 年版,第 227 页。
② 同上。
③ 同上书,第 267 页。

义的价值取向,在绝对的情况下,写者将世界形形色色的主题的处理等同于对诗本身的处理。"①

　　不仅仅是《卡夫卡致菲丽丝》与《跟茨维塔伊娃的对话》这两部杰作表达了寻求知音与渴望灵魂交流这一主题,张枣其他一些重要诗歌作品也同样表现了这方面的内容。譬如,《楚王梦雨》《何人斯》以及张枣的成名作《镜中》都具有鲜明的知音寻求意识,以及诗人渴望摆脱孤独,渴望与知音进行灵魂的交流。

　　《楚王梦雨》一诗以楚王这一面具表达诗人强烈的知音寻求意识,以及渴望与之合一的愿望。诗歌第一节写道"我要衔接过去一个人的梦……我的梦正梦见另一个梦呢",②这里的"另一个人"与"另一个梦",其实都是"我"的"知音",从某种意义上这个"知音"就是我自己,这才有了诗句所说的:"让那个对饮的,也举落我的手。"③这使人想起李白《月下独酌·其一》的诗句:"花间一壶酒,独酌无相亲。举杯邀明月,对影成三人。"《楚王梦雨》与《月下独酌·其一》这两首诗歌都描述一个人的独酌。《楚王梦雨》叙述楚王独酌狂欢,"我的心儿要跳得同样迷乱,/宫殿春叶般生,酒沫鱼样跃","我的手扪脉,空亭吐纳云雾"④,其实这不过是借楚王表达诗人"我"的孤独,才有了"我"对"另一个人""另一个梦"——"我的知音","我"的"我"——的追寻。

　　诗歌第二节出现两个称谓,即"那个一直轻呼我名字的人"以及"她",他们都是"我"努力追寻的知音。诗节开篇写道:"枯木上的灵芝,水腰系上绢帛,/西边的飞蛾探听夕照的虚实。/它们刚辞别幽

---

　　① 张枣:《当天上掉下来一个锁匠》,《张枣随笔选》,颜炼军编选,人民文学出版社2012年版,第36—37页。
　　② 张枣:《张枣的诗》,人民文学出版社2017年版,第66页。
　　③ 同上。
　　④ 同上。

所。""我"认为那轻灵的飞蛾"必定见过/那个一直轻呼我名字的人"①，"她"也就是"我"的知音。诗人对于飞蛾的叙述非常灵动可爱，称它为"枯木上的灵芝"，称其翅膀为"水腰系上绢帛"。"我"认为"西边的飞蛾探听夕照的虚实"②，就一定能够探听到"我"的知音的处所。然而这个人是谁？诗歌写道："那个可能鸣翔，也可能开落，/给人佩玉，又叫人狐疑的空址。"③诗人没有明确告知读者，只告诉说"她"是"空址"，这是多么虚玄的名字啊！这个"空址"可以"鸣翔""开落""给人佩玉""又叫人狐疑"，这是多么的空灵，几乎无影无踪，然而，"她的践约可能是渐渐潮湿的"，诗人这才让读者感知到"她"原来是楚王梦中的"雨"。"雨"的"鸣翔"即"雨"呼啸着飞翔发出声音，"雨"的"开落"即"雨"从空中直落下来，"雨"还可以变成白雪粘在人的身上让人犹如佩戴了美玉，而"雨"落入土地后常常消失得无影无踪，让人狐疑"她"去哪了？"雨"的到来留下的只是地面"渐渐潮湿的"一片。楚王梦"雨"，楚王只是"我"的一个代言人，"雨"则是"我"不断寻找的知音，"雨"的变幻无穷、无踪无影预示知音的空幻无形与难以寻觅。

　　诗歌第三节表现"我"对于"那湫隘的人"——"我"的知音的热切期盼。"我"是那么热切地期盼"她"的到来，"真奇怪，雨滴还未发落的前夕，/我已感到周身潮湿呢"④，"雨"还没有落下，"我"就感到"潮湿"。诗人之后用一系列空灵的意象表现"雨"的存在形式，"青翠的竹子可以拧出水，/山谷的风吹入它们的内心，/而我的耳朵似乎飞到了半空"⑤，"我"感到雨水被翠竹吸收，山谷的风将雨吹得乱飞，表现了

---

① 张枣：《张枣的诗》，人民文学出版社 2017 年版，第 66 页。
② 同上。
③ 同上。
④ 同上。
⑤ 同上。

"我"对于"雨"的到来的急切心情。热情使"我"燃烧起来,"我"希望与"那淼隘的人"——"我"的知音——一起燃烧,"或者是凝仁而燃烧吧,燃烧那个/一直戏睡在里面,那淼隘的人"。

诗歌第四节表现"我"希望燃烧"她的耳朵","烧成灰烟","决不叫她偷听我心的饥饿"。① 因为与知音分离,导致"我心的饥饿"。竹子经历了无数晨曦和无数岁月的雨水,诗句为此写道:"你看,这醉我的世界含满了酒,/竹子也含了晨曦和岁月","我"要在竹子中寻找"知音","我"才剥削"它",哪怕"它"经历痛苦,"我"也要将它剥成七窍,诗歌写道:"它们萧萧的声音多痛,多痛,/愈痛我愈要剥它,剥成七孔。"②只有这样才能寻找到"我"的知音,才能解除"我的病","那么我的病也是世界的痛"③。

诗歌第五节,也是诗歌的最后一节,表现"我"热切希望实现与知音的合一。诗人在这里将"知音"称之为"你""莫名的人""梦中之梦""住址""神"等,"你"与"我""隔风嬉戏","我"为"你"彻夜难眠,热切希望寻找到"你","我知道你在某处,隔风嬉戏。/空白的梦中之梦,假的荷叶,/令我彻夜难眠的住址"④。诗歌的最后是"我"希望与"我"的知音殊途同归,实现合一。"如果雨滴有你,火焰岂不是我?/人神道殊,而殊途同归,/我要,我要,爱上你神的热泪。"⑤

同样,《何人斯》也是张枣通过戏剧化的艺术手法来追寻知音、寻求与之合一的一篇杰作。柏桦曾指出:"(张枣)终其一生都在问:我是哪一个? 张枣的这首《何人斯》也从当前一问'究竟什么人?'一路追踪

---

① 张枣:《张枣的诗》,人民文学出版社 2017 年版,第 67 页。
② 同上。
③ 同上。
④ 同上。
⑤ 同上书,第 67 页。

下去,直到结尾'我就会告诉你,你是哪一个'。"①张枣对《诗经·小雅·何人斯》进行了创新性改写。《诗经·小雅·何人斯》开篇四句诗歌为:"彼何人斯? 其心孔艰;胡逝我梁,不入我门?"张枣的《何人斯》显然受到此诗的影响,但是张枣在这首诗歌里又融入了自己的生命感受和人生经历,同时也体现了他的诗歌观念,即中国现代诗如何向中国古代诗歌学习,从另一个方面来说也就是如何让中国古典诗歌加入到中国现代诗的创作中去,也就是柏桦所说的"就是一种对现代汉诗的古典意义上的现代性追求"。② 这首诗叙述"我"对于"你"——"我"的知音的追寻,其实质是对自我本身的追寻,因为这个"你"其实就是"我"的分化,就是自我的分裂,也就是诗歌所说的"你和我本来是一件东西"③。

诗歌第一节,"我"对曾经的知音"你"的冷漠离去十分不解。听到门外"你"的声音,"究竟那是什么人? 在外面的声音/只可能在外面",但"你"让"我"感到"你的心地幽深莫测","你"对"我"如此"暴虐",因为"你"进了门,"你"不来找"我","只是溜向/悬满干鱼的木梁下"④,而"我们"的关系曾经是多么的亲密无间啊! 诗歌写道:"我们曾经/一同结网,你钟爱过跟水波说话的我。"⑤可是现在的"你"为何对"我"如此的冷漠与"暴虐"? "你此刻追踪的是什么? /为何对我如此暴虐?"⑥

诗歌第二节,首先是"我"追忆与"你"共度的美好时光。诗歌写

---

① 柏桦:《张枣》,载宋琳、柏桦编:《亲爱的张枣》,中信出版社 2015 年版,第 19 页。
② 同上书,第 18 页。
③ 张枣:《张枣的诗》,人民文学出版社 2017 年版,第 44 页。
④ 同上。
⑤ 同上。
⑥ 同上。

道:"我们有时也背靠着背,韶华流水/我抚平你额上的皱纹,手掌因编织/而温暖。"①这是一幅多么温馨与甜蜜的图景啊! 两心相契,亲密无间! 因为"你和我本来是一件东西","我"回忆与知音相处的美好时光,"享受另一件东西:纸窗、星宿和锅/谁使眼睛昏花/一片雪花转成两片雪花/鲜鱼开了膛,血腥淋漓"②,这种生活是张枣当年在四川外国语大学读研究生时与柏桦、陈东东等几位志同道合的诗友的生活的表现,他们一起吃重庆的火锅,在雪地里赏雪,一起在市场上观看剖鱼,这种生活是张枣一生中难得的幸福生活。但是,随着张枣去德国留学,这种生活很快不存在了,张枣为此感到孤独,正如诗歌写道:"你进门/为何不来问寒问暖/冷冰冰地溜动,门外的山丘缄默。"③诗歌由快乐的往事回忆再次回转到冷落与不解的当下。

诗歌第三节,表现的是诗人的孤独情怀。"我"想要找一个人来分享美好的事物,"这是我钟情的第十个月/我的光阴嫁给了一个影子","我"找他倾诉自己内心的喜悦,"我咬一口自己摘来的鲜桃,让你/清洁的牙齿也尝一口,甜润得/让你也全身膨胀如感激",④然而这一切现在都不能实现了,只留下自己一个人在烦闷无聊、孤独寂寞中打发日子,诗歌写道:"为何只有你说话的声音/不见你遗留的晚餐皮果/空空的外衣留着灰垢/不见你的脸,香烟袅袅上升——/你没有脸对人,对我?"⑤这里的"你"其实就是"我"的知音,难道是"你"没有脸面对"我"吗? 诗人对此发出追问。

诗歌第四节,"我"继续追问为何"你"冷落"我"。诗歌写道:"究

---

① 张枣:《张枣的诗》,人民文学出版社 2017 年版,第 44 页。
② 同上。
③ 同上。
④ 同上书,第 45 页。
⑤ 同上。

竟那是什么人?""我"追问"我们"曾经的知音之情为何遭遇如此的变故,"一切变迁/皆从手指开始。伐木丁丁,想起/你的那些姿势"①。但是人生的"一个风暴"就能使人之间的关系受到挫折,"一个风暴便灌满了楼阁/疾风紧张而突兀/不在北边也不在南边/我们的甬道冷得酸心刺骨"②。诗人也由此感受到人生锥心的痛苦,说明人在倏忽而至的打击面前的脆弱性。

诗歌第五节,对于"你"在人生前行路上可能的人生样态进行推测。"你"有可能是悠游自在,"你要是正缓缓向前行进/马匹悠懒",也有可能是"匆匆急行","你"不得不在道路上扬鞭策马,"六根辔绳积满阴天/你要是正匆匆向前行进/马匹婉转,长鞭飞扬"。③

诗歌第六节,叙述"你"无论如何都逃脱不了"我"的追寻,表现"我"追寻知音的执着。诗歌写道:"二月开白花,你逃也逃不脱。"④这是此节诗意的一个核心。诗人随后连续用了四个假设诗句来叙述"你"为什么"逃不脱":"你在哪儿休息/哪儿就被我守望着。你若告诉我/你的双臂怎样垂落,我就会告诉你/你将怎样再一次招手;你若告诉我/你看见什么东西正在消逝/我就会告诉你,你是哪一个。"⑤诗歌表现了"我"不仅执着地追寻知音,而且与知音亲密无间,甚至彼此是一体两面的关系。

我们再来看给张枣赢来巨大声誉的《镜中》,这也是他的成名作。对于这首诗歌,近年来得到不少诗歌研究者的不同阐释,可以说这显示了这首诗歌所具有的巨大的阐释空间。譬如钟鸣从八种交错、隶属的

---

① 张枣:《张枣的诗》,人民文学出版社 2017 年版,第 45 页。
② 同上。
③ 同上。
④ 同上。
⑤ 同上书,第 45—46 页。

人称关系及其诗学意图对《镜中》进行研究，柏桦则对《镜中》进行了直觉式的评论，赵飞则从现实的美与古典的美这两种美的对比中对《镜中》进行评论。值得注意的是，胡苏珍从张枣"元诗"诗学观视角分析评论《镜中》，她认为这首诗中的"'她'和'皇帝'都是诗人的自我镜像想象"，她说：《镜中》能幻化出几个戏剧化自我……'镜中'折射出写者'我'的不同姿态——'她''皇帝'。"①这种论述是非常深刻的。

这里，我从诗人寻求"知音"的视角对《镜中》进行新的阐析。《镜中》整个诗篇没有出现主体"我"，但是这一切都是在主体"我"的"想起"与"看"的情况下展开叙述的。譬如，诗歌第一节写道："只要想起一生中后悔的事/梅花便落了下来/比如看她游泳到河的另一岸/比如登上一株松木梯子/危险的事固然美丽/不如看她骑马归来。"②诗歌叙述她"游泳到河的另一岸""登上一株松木梯子""骑马归来"，"她"的这一系列动作都具有幻美的色彩，是诗人"我"对"知音"的想象和期盼。"她"仿如一个美丽、清新、优雅的精灵，在"我"的梦境中翩翩起舞，表现"我"对"知音"的热望。从某种意义上来说，"她"就是另一个"我"，是理想的"我"自己。诗歌第二节表现的是诗人自我幻化为两个，即"她"与"皇帝"的对话与交流。诗歌为读者勾画了一幅宫中皇帝与他的爱妃交流的戏剧化图景，也就是紧接着上一节诗句"不如看她骑马归来"，诗歌对爱妃娇羞可爱的情态动作作了如此精彩的描绘："面颊温暖，/羞惭。低下头，回答着皇帝"③。这里的"皇帝"既象征着至高无上的权力的拥有者，又隐喻诗人对于自己创造的人物具有掌控力与喜爱之情，还可以理解为是诗人自我的幻化与分裂，是两个知音之

---

① 胡苏珍：《张枣元诗写作中的戏剧化技艺》，《新诗"戏剧化"论说兼诗艺研究》，中国社会科学出版社 2019 年版，第 233 页。
② 张枣：《张枣的诗》，人民文学出版社 2017 年版，第 43 页。
③ 同上。

间的彼此欣赏与情感的契合,也就是"我"与另一个"我"的融洽无间,是诗人自爱自怜的戏剧化展示,也即诗人自恋的表征。因为这幅宫内怜爱图是在诗人自我的热切关注下发生的,诗歌用了三个连续的选择词语"比如看……比如……不如看……"来表达,显示了诗人最终寻觅到知音,或者说是诗人最终实现了与自我的同一。然而,这一切都是在镜中,"一面镜子永远等候她/让她坐到镜中常坐的地方/望着窗外"①,这也就是说,这种知音之乐是短暂而虚幻的,也是诗人"一生中后悔的事",它仿如那美丽而纯洁的梅花,在时间的流变中最终都将凋落。从诗歌的开篇"只要想起一生中后悔的事/梅花便落了下来",到诗歌的末尾"只要想起一生中后悔的事/梅花便落满了南山",②这让读者更加感受到这种镜中之美的虚幻性,正如张枣在接受黄灿然采访时所指出的,这是"幻美的冲动和对辞色结构的迷醉"③。爱伦·坡指出:"诗的本源就是人类对超凡之美的渴望,同时这种本源总是在一种使灵魂升华的激动中得到证明——这种激动与激情无关,因激情只能使凡心激动;这种激动也与道理无关,因道理只能使理智满足。"④

　　其实,张枣诗歌中还有一些寻求对话与寻觅知音的佳作,譬如《深秋的故事》《历史与欲望》《海底被囚的魔王》《德国士兵雪曼斯基的死刑》《云天》《纽约夜眺》《大地之歌》等,由于篇幅的原因,这里不再展开分析。

　　张枣诗歌的对话性,来源于张枣对诗歌本质的认识以及受中国文化中知音传统的影响。1995 年 8 月 12 日,张枣接受电台访谈,他谈道:"真的,我相信对话是一个神话,它比流亡、政治、性别等词儿更有益于

---

　　①　张枣:《张枣的诗》,人民文学出版社 2017 年版,第 43 页。
　　②　同上。
　　③　黄灿然:《黄灿然访谈张枣》,《张枣诗文集·书信访谈卷》,颜炼军编,四川文艺出版社 2021 年版,第 167 页。
　　④　〔美〕爱伦·坡:《诗歌原理》,《爱伦·坡诗集》,曹明伦译,湖南文艺出版社 2012 年版,第 300 页。

我们时代的诗学认知。不理解它就很难理解今天和未来的诗歌。这种
对话的情景总是具体的,人的,要不我们又回到了二十世纪独白的两难
之境。这儿我想中国古典传统,它的知音乐趣可以帮助我们。这个传
统还活着。"①张枣这里非常明确地将今天和未来的诗歌与 20 世纪独
白的诗歌进行了区分,那就是今天和未来的诗歌具有对话性,而且这种
对话性与中国传统寻求"知音乐趣"具有一致性,它是一种寻求知己的
心灵对话与平等交流的乐趣,它关涉个体之间直接的人际交流、诗人与
读者之间的交流,它源于伯牙与钟子期之间的知音之乐。在张枣看来,
对话性某种程度上可说起源于中国,对话与倾听构成了辩证的两极。
他说:"巴赫金就用对话的理论,来阐释复调小说。事实上,对话性某
种程度源于中国,中国人最先发现了文本的对话性,比如高山流水,伯
牙和钟子期的事。没有一个对话者,创作者就不成立,是对话者本身创
造了创作者,是倾听,也就是耳朵创造了嘴巴,没有耳朵,嘴巴就没意
义,因为一个嘴巴不能对一个嘴巴说话。"②这对于认识张枣诗歌的对
话性具有重要的作用。

第三节　主体的分裂与自我的戏剧化

在张枣的诗歌创作中,叙述主体常常呈现出较为明显的分裂状况,

---

①　转引自〔德〕苏珊娜·格丝:《一棵树是什么?——"树","对话"和文化差异:细
读张枣的〈今年的云雀〉》,商戈令译,《当代文学评论》2000 年第 2 期。
②　张枣:《〈普洛弗洛克情歌〉讲稿·第二讲》,《张枣随笔选》,颜炼军编选,人民文学
出版社 2012 年版,第 96—97 页。

常含两个分裂的主体,各自从自己的立场与视角进行叙述,它们相互对话,具有戏剧化的特征,表达了"忧郁的现代主体"的"消极"的生命感受。张枣指出现代诗学的一个经典原理在于其"主体的分裂",并对现代诗歌"消极主体"的特征进行深入论述,他说:"主体的分裂不仅是现代人悲凉的日常感受,也是现代诗学的一个经典原理。"①"这个忧郁的现代主体含带着许多消极特征,以至于文学现代性最早最明锐的观察者如 Hugo Friedrich 和 Michael Hamburger,都干脆把它称为'消极主体'(negative subject),因为它生成于现在生存的一系列的主要消极元素中:空白,人格分裂,孤独,丢失的自我,噩梦,失言,虚无……我的观察是,凡是消极的元素和意绪,都会促成和催化主体对其主体性的自我意识,而这意识,又会引发遍在的生存的忧郁感,正是这种忧郁缔造了现代书写的美学原则。"②为此,颜炼军说:"张枣一直致力于发明自我戏剧化结构,来探究和呈现主体复杂性。"③

《灯芯绒幸福的舞蹈》通过戏剧化的手法,将自我虚拟化为观舞者"我"与舞蹈者"我",这两个"我"都是诗人自我的化身,两者共同地从不同的视角对舞台表演进行叙述,表达张枣对于元诗创作的认识与反思。这首诗被柏桦认为是"足以令他的同行们胆寒"④的作品。张枣此诗可能受到叶芝《学童中间》(Among School Children)一诗的启发,《学童中间》以舞者和舞蹈探讨艺术的短暂与永恒、有形与抽象等意义对立概念之间的关系,而张枣的《灯芯绒幸福的舞蹈》被认为"是对诗艺

---

① 张枣:《当天上掉下来一个锁匠》,《张枣随笔选》,颜炼军编选,人民文学出版社2012 年版,第 45 页。

② 张枣:《秋夜的忧郁》,《张枣随笔选》,颜炼军编选,第 118 页。

③ 颜炼军:《诗歌的好故事——张枣论》,《文艺争鸣》2014 年第 1 期。

④ 柏桦:《张枣》,载宋琳、柏桦编:《亲爱的张枣》,中信出版社 2015 年版,第 27 页。

之美的舞台化隐喻"。①《灯芯绒幸福的舞蹈》分为两部分,前面一部分以一位男性观舞者"我"的口吻对"她"的跳舞进行评说,后面一部分则以一位女性舞蹈者"我"的口吻对自己的舞蹈进行说明。

　　诗歌第一部分,表现了"她"对"我"具有超凡的吸引力。诗歌开篇,"'它是光',我抬起头,驰心/向外,'她理应修饰'"②,这是"我"的戏剧性独白。紧接着是"我"所关注到的舞台,"它由各种器皿搭就构成",这之后依然是"我"的内心独白:"我看见的她,全是为我/而舞蹈,我没有在意//她大部分真实。"③这其实只是"我"的一种猜想,而当下舞台真实的情况则是"台上/锣鼓喧天,人群熙攘"④。诗歌呈现了一片锣鼓喧天、人声鼎沸的演出场景,在这铺垫之后,"她"终于出场了,"她的影儿守舍身后,/不像她的面目"⑤,这表现了"她"灵动的身影。"衬着灯芯绒/我直看她娇美的式样"⑥,这里"我直看她","她""衬着灯芯绒"表现出"娇美的式样",表现了"她"所具有的中国传统的古典朴素美。诗句中"直看"二字,非常生动地表现了"我"的深情与专注的神态。这之后,诗歌进一步表现"我"对"她"的喜爱之情:"待到/天凉,第一声叶落,我对//近身的人士说:'秀色可餐。'"⑦这是"我"又一次内心的想象和独白,因为"她""秀色可餐",诗人便将自己的内心世界以生动的戏剧化的形式展现出来。诗句"第一声叶落"中的"声"字用得特别精妙,让人仿佛听到树叶落下的细微的声响。在"我"的心目中,

　　① 胡苏珍:《张枣元诗写作中的戏剧化技艺》,《新诗"戏剧化"论说兼诗艺研究》,中国社会科学出版社 2019 年版,第 235 页。
　　② 张枣:《张枣的诗》,人民文学出版社 2017 年版,第 63 页。
　　③ 同上。
　　④ 同上。
　　⑤ 同上。
　　⑥ 同上。
　　⑦ 同上。

"她"就像"神"一样足以让"我"拜倒,"我跪下身,不顾尘垢,/而她更是四肢生辉"①。"她"在舞台上不停地表演"出场/入场,声色更迭;变幻的器皿/模棱两可"②。诗人在叙述"她"表演的不断变幻时,突出"她"身上那陈旧的"灯芯绒","各种用途之间/她的灯芯绒磨损,陈旧"③。"我"因"她"不断变幻的舞蹈而内心狂乱不已,"我的五官狂蹦/乱跳,而舞台,随造随拆","我"甚至进入到某种迷狂状态,感觉到那陈旧的灯芯绒也发生了改变,"衣着乃变幻:'许多夕照后/东西会越变越美'",然而,这一切只不过是一场虚幻,"我站起,面无愧色,可惜/话音未落,就听得一声叹喟"。④ 舞台、器皿、锣鼓,女舞者的灯芯绒、式样、四肢、声色,无不具有张枣元诗的语素特征,即通向诗人写作的语素、语调、语法等语言形式方面的内容。可以说这一部分诗歌表达的是诗人对于诗歌理想的古典追求,灯芯绒之美在于其"陈旧"与"久远",历经岁月的淘洗反而"会越变越美",尽管灯芯绒已经"磨损,陈旧",然而"我"仍然为此倾倒,陷入迷狂状态。正如胡苏珍所说:"'灯芯绒'越旧越美的格式,正是张枣着意的古典美的先锋感。"⑤

　　诗歌第二部分,书写女舞者"我"的内心活动。叙述视角发生了变化,从男性视角的观众"我",转化为女性视角的舞者"我"。诗歌写道:"我看到自己柔弱而且美,/我舞蹈,旋转中不动。"⑥"我是酒中的光,/是分币的企图,如此妩媚。"⑦"我的衣裳丝毫未改,我的影子也热泪盈

---

① 张枣:《张枣的诗》,人民文学出版社 2017 年版,第 63—64 页。
② 同上书,第 64 页。
③ 同上。
④ 同上。
⑤ 胡苏珍:《张枣元诗写作中的戏剧化技艺》,《新诗"戏剧化"论说兼诗艺研究》,中国社会科学出版社 2019 年版,第 235 页。
⑥ 张枣:《张枣的诗》,第 64 页。
⑦ 同上书,第 65 页。

盈。"①女舞者"我"与观众"他"既有"合一"处,又有不同。"我"与"他""合一",体现在:"他的梦,梦见了梦,明月皎皎,/映出灯芯绒——我的格式/又是世界的格式;我和他合一舞蹈。"②"我"与"他"的不同在于:"只因技艺纯熟(天生的)/我之于他才如此陌生。/我的衣裳丝毫未改/我的影子也热泪盈盈,/这一点,我和他理解不同。"③柏桦指出,这是张枣运用"互为主体性来进行书写",他说:"此诗正是这两层眼界,第一部分是以男性为中心,张枣以男主角的口吻说话;第二部分则以女性为中心,张枣又以女主角的口吻说话。如此书写阴与阳,真是既讲究也平衡。用现在一句时髦的话说,就是运用互为主体性来进行书写。当然这种写法也表现出张枣雌雄同体的后现代写作风格,即他不是单面人,而是具有双向度或多向度的人。"④其实,张枣通过这一部分诗歌书写表达了他元诗创作的理念,譬如舞蹈者"我"强调物质生活的真实,以及认为写诗是一种技艺,这与张枣诗歌创作的理念很接近。《灯芯绒幸福的舞蹈》一诗写道"我并非含混不清,/只因生活是件真事情",⑤"我更不想以假乱真;/只因技艺纯熟悉(天生的)/我之于他才如此陌生"。⑥ 这使人想起张枣在《跟茨维塔伊娃的对话》中的诗句:"词,不是物,这点必须搞清楚,/因为首先得生活有趣的生活。"⑦"诗,干着活儿,如手艺。"⑧可见,这两首诗所体现的诗艺观具有某种一致性,它

---

①　张枣:《张枣的诗》,人民文学出版社 2017 年版,第 65 页。

②　同上书,第 64 页。

③　同上书,第 65 页。

④　柏桦:《张枣》,载宋彬、柏桦编:《亲爱的张枣》,中信出版社 2015 年版,第 22—23 页。

⑤　张枣:《张枣的诗》,第 64 页。

⑥　同上书,第 65 页。

⑦　同上书,第 224 页。

⑧　同上书,第 219 页。

们都是张枣诗艺观的表现。《灯芯绒幸福的舞蹈》中女舞者"我"独白："他的梦，梦见了梦，明月皎皎，/映出灯芯绒——我的格式/又是世界的格式；/我和他合一舞蹈。"①"'唉，遗失的只与遗失者在一起。'/我只好长长叹息。"②这两处诗句表现了观舞者"我"与舞蹈者"我"是同一个主体，这个同一主体却被分裂成两个"自我"，诗人通过虚构这两个自我进行戏剧化的叙述，表达自己的元诗诗学。

《灯芯绒幸福的舞蹈》由于将主体"我"分裂成两个不同的主体进行叙述，形成了两种不同的声音，构筑其复调的艺术特点。而且，在诗歌的第一部分，观舞者"我"不仅自言自语，而且还与近身的人交谈，也构成不同的声音相交织而形成的复调性。

《高窗》的叙述主体实现了分裂，表现理想之"我"与现实之"我"（或者为理想之"你"与现实之"你"）的对话与交流，体现了主体自我的戏剧化艺术特征。

诗歌第一节叙述的是现实中的"我"审视对面的高窗里的画眉鸟——"你"——理想中的"我"。诗歌写道："对面的高窗里，画眉鸟。/对面的隐秘里，我看到了你。/对面的邈远里，或许你，是一个跟我/一模一样的人。是呀，或许你/就是我。"③而在《跟茨维塔伊娃的对话》中有这样的诗句："鸟越精确，人越不当真。"④在《卡夫卡致菲丽丝》中有诗句："那最高的是/鸟。在下面就意味着仰起头颅。/哦，鸟！"⑤在这些诗句里，"鸟"隐含有自由、理想、高贵的意义，因此《高窗》中的"画眉鸟"隐含着相似的意义，它是现实中的"我"的理想化，是

---

① 张枣：《张枣的诗》，人民文学出版社 2017 年版，第 64 页。
② 同上书，第 65 页。
③ 同上书，第 291 页。
④ 同上书，第 221 页。
⑤ 同上书，第 173 页。

理想的"我"的象征。

诗歌第二节的叙述视角进行了多次转换。首先由第一节的现实中的"我"的叙述视角转换为"我"设想高窗中"你"所观看到的情况,"你或许也看到我在擦拭一张碟片如深井眼里的/白内障"①,这是一种心理猜测,然后是现实中"我"的心理对白:"是的,我在播放,但瞬刻间我又/退出了那部电影。"②诗歌中"我"退出电影,可以认为是"我"退出播放电影,也可以理解为"我"从播放的电影情节中回到现实中来,由沉浸于虚幻之中到回归现实自我,也可以理解为"我"由理想之"我"回归现实之"我",这引起了对面的"画眉鸟"——理想之"我"的震动,"虚空嘎地一响,画眉鸟/一惊",现实之"我"回归日常的平庸与琐碎,"我哆嗦着在红沙发上,/剥橙子"。③ 在这之后,诗歌展开高窗中的"你"——理想中的"我"与现实中的"我",即理想中的"我"与"我"眼中的"你"的对话:"我说,你在剥橙子呀,你说:/没错,我在剥橙子。我说:瞧,世界又少了一颗橙子。"④现实中的"我"执着于满足自己的口腹之欲,而理想中的"你"却追求精神享受的艺术之美。

诗歌第三节,叙述空间发生两次转换,进一步对比理想之"我"与现实之"我"的不同追求。上一节诗歌谈到理想中的"你"不屑于满足物质追求,这才有了"而你//把眉毛向北方扬起,把空衣架贴上玻璃窗,/把仙人掌挪到旋梯上拍照"⑤,"我"与"你"形成对比。很快,诗歌的叙述空间从室内转向室外,由眼前转向辽远,"这时,长城外,/风沙乍起"⑥。诗歌紧接着又转入室内叙述:"这时,/你和我/几乎同时走到

---

① 张枣:《张枣的诗》,人民文学出版社 2017 年版,第 291 页。
② 同上。
③ 同上。
④ 同上。
⑤ 同上。
⑥ 同上书,第 291—292 页。

书桌前,拧亮灯,但/我们唯一的区别是:只有你,写下了/这首诗。"①因为诗歌中的"你"带有更多的精神性特征和艺术追求意向,所以尽管"我"与"你"是同样的经历和遭遇,但是只有"你"写下了这首诗,这是一种必然的结果。

其实,《高窗》这首诗是现实中的诗人张枣写下的,诗人自我在这里实现了分裂。诗歌由于采用自我戏剧化叙述的艺术手法,生动而深入地表现了现实之"我"与理想之"我"的对话与交流,表达了诗人对于写作的反思,这是诗人元诗写作的又一成功典范。胡苏珍对《高窗》做出了这样的分析,她说:"把当下真实的'我'幻化出一个'你','我'看着剥橙子的、写诗的'你'。总之,在文化传统长河中,在当下情境中,张枣都要找'你'来观察、证明'我'。"②我的分析与胡苏珍的论断有所区别,即剥橙子的是现实中的"我",而写诗的是具有精神特征的"你",两者是不能混为一谈的。但是胡苏珍认为张枣写诗"都要找'你'来观察、证明'我'"的论断又是十分深刻的,这也就是张枣所说的元诗写作。张枣指出:"诗是关于诗本身的,诗的过程可以读作是显露写作者姿态,他的写作焦虑和他的方法论反思和辩解的过程。因而元诗常常首先追问如何能发明一种言说,并用它来打破萦绕人类的宇宙沉寂。"③

张枣《父亲》一诗中的父亲"他"这一诗歌主体也分裂为两个自己,诗歌对现实中的"他"与"理想"中的"他"的挣扎与斗争进行了叙述。诗歌第一节叙述父亲年轻时的人生困境与迷茫,父亲生活的一筹莫展,

---

① 张枣:《张枣的诗》,人民文学出版社 2017 年版,第 292 页。
② 胡苏珍:《张枣元诗写作中的戏剧化技艺》,《新诗"戏剧化"论说兼诗艺研究》,中国社会科学出版社 2019 年版,第 234 页。
③ 张枣:《朝向语言风景的危险女性——中国当代诗歌的元诗结构和写者姿态》,《张枣随笔选》,颜炼军编选,人民文学出版社 2012 年版,第 174 页。

来源于他理想的高远与现实的残酷,"他,/还年轻,很理想,也蛮左的,却戴着/右派的帽子"①。1962年那个大饥荒的年代,父亲饿得虚胖从新疆逃回长沙老家,祖母给他准备了猪肚萝卜汤,他却彷徨无主,"他想出门遛个弯儿,又不大想"②。诗歌第二节对父亲"他"去不去湘江橘子洲头的心理进行了自我分离的戏剧化的表现:"中午,他想去湘江边的橘子洲头坐一坐,/去练练笛子。"③这体现了父亲是一位拥有高雅精神追求的"他"。另一方面,父亲对这种精神追求又表示怀疑,"他走着走着又不想去了,他沿着来路往回走"④,这体现的是一个有高雅精神追求的"他"向一个平凡乃至平庸的"他"的回归。这样在父亲身上就具有两个"他":一个是高雅的,一个是世俗的,也就是诗歌所写的"他突然觉得/总有两个自己"⑤。高雅的"他"与世俗的"他"在诗歌中呈现两种截然相反的行走方向与行为方式,在诗歌中体现为:"一个顺着走,/一个反着走,/一个坐到一匹锦绣上吹歌,/而这一个,走在五一路,走在不可泯灭的/真实里。"⑥诗歌将父亲"他"的内在心理的犹豫与矛盾通过这"两个自己"的相反行为非常生动而深刻地展示出来了,这两个"他",一个为理想的"他",一个为世俗的"他"。理想的"他"在诗歌中表现为:这个"他"要去湘江橘子洲练笛子,坐到锦绣上吹歌,"他"的追求是"很理想"的,具有空灵的精神性的特点。而世俗的"他"却是走在五一路的马路上,活在生活的真实里。如何进行人生的抉择?诗歌第三节对父亲"他"的行为进行叙述"他想,现在好了,怎么都行啊",父亲首先表现为世俗性的"他",然而,很快理想的"他"战胜了世俗的

---

① 张枣:《张枣的诗》,人民文学出版社2017年版,第286页。
② 同上。
③ 同上。
④ 同上。
⑤ 同上。
⑥ 同上书,第286—287页。

"他","他停下。他转身。他又朝橘子洲头的方向走去"①,父亲"他"终于摆脱了自己的困惑,毅然向自己的理想走去,"他"这一转身,"惊动了天边的一只闹钟","搞乱了人间所有的节奏","一路奇妙,也//变成了我的父亲"。②这便是父亲"他"的人生选择的结果,诞生了一个将诗歌视为生命的诗人张枣"我"。其实,这首诗歌表面上是在叙述诗人的父亲"他"在理想与现实之间的矛盾及其人生选择,然而诗歌内在本质上表现的却是诗人自己对于诗歌创作所面临的理想与现实的矛盾冲突的反思,究竟是应该将诗歌当作真实摹写生活的工具呢? 还是应该将诗歌当作超越现实生活,追求诗之为诗的理想? 张枣追求的显然是后者,诗之为诗的元诗创作才是张枣的根本追求。张枣曾经翻译荣格的作品《论诗人》,其中有这么一句话:"作家是一个相互牵制的悟性的双元体或综合体。他一方面是一个经历着人生的个人,另一方面是非个人的、创造性的程序。"③这句话中关于作家两面性的论说用以说明张枣也是很贴切的,父亲身上的两个"他",未尝不是诗人张枣身上的理想性与世俗性的反映,父亲只不过是具象化的一个面具,张枣不过是借父亲这一个形象表现自己的人生矛盾与诗艺追求。

《第二个回合》通过主体自我的分离与戏剧化叙述,诗人以超越现实经验的写作方式,表达了自己独特的元诗诗学。对于这首诗歌的题目,赵飞做出了别有新意的解读,她说:"这是一首典型的语言诗学之诗。所谓'第二回合',即相对于依赖生命经验的写作这第一回合而言。语言可以建构世界,抵达那不可思议的非现实而可能的世

---

① 张枣:《张枣的诗》,人民文学出版社2017年版,第287页。
② 同上。
③ 张枣:《译稿两篇·论诗人(G. G. 荣格)》,《张枣随笔选》,颜炼军编选,人民文学出版社2012年版,第246页。

界。"①也就是说,对于这首诗的解读不能按照生活常识进行,而必须超越生活常识作艺术变形的理解。《第二个回合》开篇写道:"这个星期有八天,/体育馆里/空无一人;但为何掌声四起?"②这种叙述是不符合生活常识的。因为每个星期都只有七天,没有任何一个星期有八天,这里说"这个星期有八天",显然这是与日常生活的认知相冲突的,但是作为艺术和语言创新来说,这就打破了常规语言组合的作用,重新恢复语言的诗性意义,这种写作是不依赖于生命经验的写作。同样,在空无一人的体育馆里,是不可能有掌声的,然而诗歌却追问为何掌声四起?这也是不依赖生活经验的创新性的语言组合。如果说,依赖现实生活常识和生命经验的写作为第一回合的写作,那么超越现实生活常识和对生命经验的变形写作就可以称为第二个回合的写作,它不是刻板地对现实生活和生命经验的真实摹写,而是对其进行艺术的虚构与变形,形成一种陌生化的艺术,从而更具有思想的深度和艺术的魅力。下面叙述同样是第二个回合的写作,"我手里只有一只红苹果。/孤独;/但红苹果里还有//一个锻炼者"③,这里,诗歌主体"我"实现了自我的分裂和戏剧化的展现,手里拿一个红苹果的"我"与在红苹果里锻炼者都是诗人本人的分化,也可以说红苹果里锻炼者是"我"的替身。诗歌对于红苹果里的锻炼者进行了这样的叙述:"雄辩的血,/对人的体面不断地修改,/对模仿的蔑视。/长跑,心跳,//为了新的替身,/为了最终的差异。"④这些诗句其实表达的是张枣的元诗艺术追求。锻炼者具有"雄辩的血",表示张枣追求的是语言诗学之诗,注重个人主体的内心

① 赵飞:《张枣诗歌研究》,社会科学文献出版社2019年版,第244页。
② 张枣:《张枣的诗》,人民文学出版社2017年版,第274页。
③ 同上。
④ 同上。

情感的叙述，而不是将诗歌作为外在服务的工具。诗句"对人的体面不断地修改"表现的是张枣对诗艺的精雕细琢、精益求精，以求得艺术的完美。诗句"对模仿的蔑视"表现了张枣对只是一味模仿、没有艺术创新的写作方式的蔑视。在张枣的心目中，诗歌创作必须殚精竭虑，仿佛锻炼者那样"长跑，心跳"，经过辛苦的磨炼，目的是取得艺术的创新，"为了最终的差异"。

《刺客之歌》也具有主体的分裂及戏剧化的特征。张枣将自我的形象转化为"刺客"与"我"两个主体形象，"刺客"与"我"都背负着神圣的历史使命，都面临重大的个人生命决断。荆轲离开太子丹去刺秦王，而"我"则离开祖国来到异国他乡寻求中国新诗发展的新资源与新路径，通过"刺客"与太子、"我"与"少年的朋友"的诀别的戏剧化场景的叙述，表现诗人在异国诗歌写作的"凶险命运及任务"。① 这首诗歌带有比较鲜明的自传色彩，作品创作于 1986 年 11 月 13 日，此时的张枣去德国不久。诗歌可以分为两部分，其中诗歌第 1、2、3、4 节为第一部分，叙述的是刺客"我"与岸上的太子和其他谋士的告别，"从神秘的午睡时分惊起/我看见的河岸一片素白/英俊的太子和其他谋士/脸朝向我，正屏息敛气"②（第 1 节），"河流映出被叮咛的舟楫/发凉的底下伏着更凉的石头/那太子走近前来/酒杯中荡漾着他的威仪"（第 3节）③，其中第 1 节及第 3 节这两节诗歌呈现出太子及谋士送别刺客时的戏剧性场景，"从神秘的午睡时分惊起"，他们"屏息敛气"，"酒杯中荡漾着"太子的威仪，表示刺客告别的紧急与气氛的严肃。他们身着素白的衣服，"我看见的河岸一片素白"④，发凉的舟楫以及更凉的石

① 柏桦：《张枣》，载宋琳、柏桦编《亲爱的张枣》，中信出版社 2015 年版，第 25 页。
② 张枣：《张枣的诗》，人民文学出版社 2017 年版，第 68 页。
③ 同上书，第 68—69 页。
④ 同上书，第 68 页。

头,预示刺客此次行动的悲剧性结局,刺客一去不复返! 诗歌的第二部分,表现的是"我"对自己离别祖国去异国他乡寻求中国现代诗写作艺术创新的悲壮情怀。诗歌第 5 节进行"血肉之躯要今昔对比"①,实现了刺客与"我"身份的由分裂走向合一,但是"不同的形象有不同的后果"。与此同时,"那太子是我少年的朋友/他躬身问我是否同意"②,太子与"我少年的朋友"的身份由分裂走向合一。诗歌第 7 节则将"我"的行为与"刺客"的行为相混合进行叙述:"为铭记一地就得抹杀另一地/他周身的鼓乐廓然壮息/那凶器藏到了地图的末端/我邃将热酒一口饮尽。"③这节诗歌中的第一、四诗句叙述的是诗人"我"的行为,第二、三句诗叙述的是"刺客"的行为,这种叙述在浅层面上将诗人"我"的行为与"刺客"的行为相区别,其实诗歌第二、三句虽然写的是刺客的行为,但是其在内在精神与情感上写的就是诗人自己。张枣曾经在访谈中说过这样的话:"我在国内好像少年才俊出名,到了国外之后谁也不认识我。我觉得自己像一块烧红的铁,哧溜一下被放到凉水里,受到的刺激特别大。"④张枣到了德国之后,在国内那种受到众人尊重的掌声已平息了,而"那凶器藏到了地图的末端"这一诗句则预示诗人在异国的诗歌写作所面临的困境与危机。"我邃将热酒一口饮尽"这一诗句表现的是诗人"我"坦然接受革新中国现代诗歌写作艺术的历史重任,表现敢于接受这一挑战的信心和勇气。由此可见,这里的"我"与刺客"他"都是诗人张枣自我的分化。而且从整首诗来看,对刺客形象的书写也就是诗人张枣的个人书写,"我"只不过借着刺客的面具进

---

① 张枣:《张枣的诗》,人民文学出版社 2017 年版,第 69 页。

② 同上。

③ 同上。

④ 张枣、刘晋锋:《八十年代是理想覆盖一切》,《张枣诗文集·书信访谈卷》,颜炼军编,四川文艺出版社 2021 年版,第 217 页。

行戏剧化表演。另外,《刺客之歌》的第 2、4、6、8 偶数节诗歌都是完全一样的两行诗句:"'历史的墙上挂着矛和盾/另一张脸在下面走动'。"这都用双引号标示出来,好像是回荡在整部诗歌中的坚定的声音,"历史的墙上挂着矛和盾"这一诗句既是刺客挂在墙上的矛和盾这一武器,又是刺客对于行刺秦王的矛盾心理,同时也是诗人内心的矛盾状态的表现。第二句诗中的"另一张脸"预示的是诗人自己,"我"相对于刺客来说是"另一张脸"。诗人离开祖国既感到恋恋不舍,又有非离开不可的毅然决绝,构成一种矛盾的心态,响彻整个诗篇。

此外,《告别孤独堡》《春秋来信》《醉时歌》《邓南遮的金鱼》等诗歌也具有主体的分裂及戏剧化的艺术特征。譬如,《告别孤独堡》写道:"我设想去电话亭给我的空房间拨电话:/假如真的我听到我在那边/对我说:'Hello?/我的惊恐,是否会一窝蜂地钻进听筒?'"①此外,诗歌还写道:"你没有来电话,而我/两小时之后又将分身异地。"②这里,叙述主体"我"在另一个房间听到自己的声音,以及主体"我""分身异地",都表现了主体的分离及戏剧化的艺术手法。又如,《春秋来信》中的"你"与"我"为一体,"我,/就是你呀!我也漂在这个时辰里";③但是,另一方面,"你"与"我"又相分离,"我"向"你"鸣锣示警,"工地上就要爆破了,我在我这边/鸣这面锣示警。游过来呀,/接住这面锣,它就是你错过了的一切",④这里体现了主体自我的分离与对话,具有戏剧化的特征。又如,《醉时歌》叙述主体"我"分裂为"胖子"与"醉汉",他们都进行着戏剧化的表现:"有人把打火机夺过去,'我心里,'/胖子呕吐道,'清楚得很,不,朕,'/胖子拍拍自己,'朕,心里有

---

① 张枣:《张枣的诗》,人民文学出版社 2017 年版,第 283 页。
② 同上。
③ 同上书,第 258 页。
④ 同上。

数。’/刺客软了下来。厅外,冰封锁着消息。……而我,像那/胖子,朝遍地的天意再三鞠躬:我或是/那醉汉,万里外,碰巧在电话亭旁,/听着铃声,蹀躞着过来,却落后于沉寂,/那醉汉等在那空电话亭边,唱啊唱:‘远方啊远方,你有着本地的抽象!’”①这里,胖子的说话与醉汉的唱歌都是“我”分裂出来的化身的表演,构成自我分裂与戏剧化的艺术手法。再如,《邓南遮的金鱼》中叙述主体“我”化身为“革命家”,“我要抚摸那个忧伤的人,那个/泪汪汪的俊儿,那个樟脑香味袅袅的//革命家,他正穿上我的形象冲锋陷阵”②,本来是“我”化身为“革命家”,但是诗人却反过来说“革命家”穿上“我”的形象冲锋陷阵,这样“我”的内在情感借助“革命家”这一化身进行了戏剧化表现,取得重要的艺术成果。

　　以上,我们结合张枣的一些诗歌探讨了其诗歌主体的分裂及戏剧化呈现,这种自我分裂与戏剧化呈现表现了张枣对知音的寻求及其元诗诗学追求。张枣认为鲁迅为“中国现代诗之父”,是鲁迅“缔造和发明一个现代主体”,一个“分裂儒雅的自我形象”③,张枣诗歌的创作也是沿着鲁迅《野草》的创作道路,在他的不少优秀诗歌中也创造了一个“分裂儒雅的自我形象”。但是,张枣诗歌的自我分裂与戏剧化写作,又与鲁迅、穆旦等现代诗人诗歌创作不同,他不像鲁迅、穆旦等现代诗人重点表现自我分裂式的挣扎与迷茫、欢欣与痛苦,而是正视主体的孤独与无助,正视自我存在的危机。诗人将这种危机转化为自己对知音的追求,对元诗创作的追求,以此接纳和升华这一分裂式主体。在自我戏剧化的创造性写作中,张枣的诗具有中国传统诗歌的甜润与流转,在

---

① 张枣:《张枣的诗》,人民文学出版社 2017 年版,第 281 页。
② 同上书,第 95 页。
③ 张枣:《秋夜的忧郁》,《张枣随笔选》,颜炼军编选,人民文学出版社 2012 年版,第 120 页。

激活中国传统诗歌艺术的同时进行了洋气的现代转化,进一步推进中国现代诗的现代化进程,开辟了中国现代诗的对话性写作的当代路径。

第四节 主体独白话语里的他者发声

张枣诗歌常常在主体独白话语里另设一个发声主体,在独白场景里出现另一种或是几种声音,构成两种或者两种以上的声音相交织的情形,表现复杂的思想内涵,形成一种复调艺术,显示出极富魅力的艺术特征。以下,我结合张枣诗歌作品进行具体阐述,来感受其杰出的艺术创新。

《祖国》叙述的是除夕之夜旧式的火车等信号时,作为孤独游子"你"的所见所闻所感所忆。诗歌叙述主体"我"虽然没有现身,但是诗歌是以"我"的口吻叙述"你"的一切,这样便形成一种"我"对"你"的全知视角,在"我"的叙述中,交代"你"所处的具体场景,"已经夜半了,南方阴冷之香叫你/抱头跪下来,幽蓝渗透的空车厢停下/等信号,而新年还差几分钟才送你到站"[①]。因为新年的到来,可以看见车窗外处处火树银花、张灯结彩,家家户户准备欢度一年中最大的节日,"梅树上你瞥见一窝灯火,叽叽喳喳的,/家与家之间,正用酒杯摆设多少个/环环相扣的圆圈"[②]。别人正在享受节日的团圆、欢乐、祥和,而"你"的处境却是孤独与凄清的,"你跳进郊野,泥泞在脚下叫你的绰号,/你连声

---

① 张枣:《张枣的诗》,人民文学出版社 2017 年版,第 236 页。
② 同上。

答应着,呵气像一件件破陶器"①,"你"在郊野的泥泞中行走,脚下发出像叫你的"绰号"一样的单调声音,预示了"你"的寂寞与孤独,乃至于厌烦的心情,而"你"的呵气像"破陶器"这种比喻非常新颖而又非常贴切。打碎的破陶器是银白色的,而在极为寒冷的夜空之中,在灯光的映照之下,"你"的呵气像"破陶器"非常生动地表现了夜晚的寒冷与凄清。"夜,漏着雪片,你眼睛不知该如何/看"②,这一诗句中的"漏"非常简洁而形象地勾画了夜雪的暴虐,以至于"你"的眼睛几乎睁不开。

在这种情形下,"你"在心里发问:"真的空无一人吗?"③然而没有丝毫的回应。只有"冷"被"抖"出,诗人将"冷"这一无形的感觉具象化地展示出来,"冷像一匹/锐亮的缎子被忍了十年的四周抖了出来,/倾泻在田埂上命令你喝它"④,空中的雪花飘落下来铺在田埂上像一匹锐亮的缎子,一种透心的寒冷直刺"你"的肺腑。诗人以极简练的几句诗行为读者勾勒了郊野寒夜的景象,这里荒凉而幽静,寒冷而孤寂。很快,"砰""砰"的节日的烟花的震响打破了这里的静谧,这样就形成了"动"与"静"的转化与对比,"突然,第一朵焰火/砰上了天,像美人儿/对你说好吧。青春做伴,第二朵/更响"⑤,这里的诗句"青春做伴"使人想起杜甫生平第一首快诗《闻官军收河南河北》中的诗句:"白日放歌须纵酒,青春作伴好还乡。"⑥由于新年焰火次第燃放,凄清孤寂的景象一下子烟消云散,整个诗篇充满了节日欢乐的气氛。

很快,诗歌在叙述主体"我"对于"你"的叙述中,展现出你的声音,

---

① 张枣:《张枣的诗》,人民文学出版社 2017 年版,第 236 页。
② 同上。
③ 同上。
④ 同上。
⑤ 同上。
⑥ 杜甫:《闻官军收河南河北》,《唐诗三百首》,中华书局 2016 年版,第 266 页。

"你呼啸:'弟弟!弟弟!'——/天上的回响变幻着佼佼者的发型"①,"你"的欢呼是在诗人"我"对于"你"的叙述中呈现的,形成两种声音的交织,具有复调的艺术特征。这之后,诗歌叙述再次转向当下的火车,"这时火车头也吼了几声,一绺蒸汽托出/几只盘子和苹果,飞着飞着猛扑地,/穿你而过"②,这里是说火车准备重新启动时发出轰鸣声,车外的"你"飞跑着越过一个个车窗,见到车窗里的盘子和苹果向后移动,也就是"飞着飞着猛扑地,/穿你而过",这是从车窗外看所见的车窗里的情境,与诗歌前面从车窗里往车窗外的观看形成一个对比。诗歌最后写道:"挥着手帕,像祖父没说完的话。/你猜那是说:'回来啦,从小事做起吧。'/乘警一惊,看见你野人般跳回车上来。"③这里,"你"对于"你"祖父猜想的话语直接呈现于主体"我"对于"你"的叙述之中,构成两种声音、两种话语的交织,形成复调的艺术。

总之,《祖国》这首诗比较典型地体现了张枣诗歌独白话语中穿插他者话语的艺术特征。

《大地之歌》这首诗探讨的是"如何重建我们的大上海",它以叙述主体"我"对"你"的述说口吻进行,在"我"对"你"的话语中出现多声部对话的情况。诗歌第1节,表现的是广阔的空间背景下"你"对于"一万多公里外"上海各种现代生活的想象,并发出"那是否就是大地之歌"④的追问。诗歌第2节,表现的是一种人生哲理的反思,即"人"总是在与"人"的关系中来呈现自己,"人是戏剧,人不是单个","总在穿插,联结,总想戳破空虚"⑤,就像那在云层中不断翻飞的"鹤"一样。

---

① 张枣:《张枣的诗》,人民文学出版社2017年版,第236页。
② 同上书,第237页。
③ 同上。
④ 同上书,第264页。
⑤ 同上。

诗歌第 3 节,"我"对"你"倾诉时出现了多声部的对话,即马勒的话语以及马勒与女伯爵的对话。马勒是奥地利著名的作曲家与指挥家,他曾经创作交响乐《大地之歌》,张枣这首诗歌的名称也是《大地之歌》,实际上与马勒的交响乐《大地之歌》形成对话。诗歌首先对比"你"与马勒的生活以及对于未来的想象,"你不是马勒,但马勒有一次也捂着胃疼,守在/角落。你不是马勒,却生活在他虚拟的未来之中,/迷离地忍着"①。紧接着的是马勒的话,"马勒说:这儿用五声音阶是合理的,关键得加弱音器,/关键是得让它听上去就像来自某个未知界的/微弱的序曲。错,不要紧,因为完美也会含带/另一个问题";之后是马勒与女伯爵的对话,诗歌写道:"一位女伯爵跷起小拇指说他太长,/马勒说:不,不长。"②这里,无论是马勒的话,还是马勒与女伯爵的对话,都是在主体"我"对"你"的述说这一诗歌主调中进行的,形成"我"与"你"对白之中的多声部对话的艺术特征。这形成一种复调艺术,打破了诗歌单一的叙述口吻,其实也构成了叙述主体"我"与马勒关于"未来"与"未知"、"完美"与"问题"等思想的碰撞与交流。

　　诗歌第 4 节是对于所谓"此刻早已是未来"的现代生活的批判,这种现代生活乃是一种凌乱、虚假、机械、欺骗、平庸、偏狭的生活,诗人坚信诗歌艺术可以拯救这个城市的生命,"这支笛子,这支给全城血库/供电的笛子,它就是未来的关键。/一切都得仰仗它"③,然而对于这些在现代社会异化的人,"他们同样都不相信"。诗歌第 5 节,诗人"我"将自己隐喻为"鹤",通过"鹤之眼"感叹道:"里面储存了多少张有待冲洗的底片啊!"④作者批判了模糊不清、是非不明的社会现实,希望能有

---

①　张枣:《张枣的诗》,人民文学出版社 2017 年版,第 264 页。
②　同上书,第 264—265 页。
③　同上书,第 266 页。
④　同上。

一个明净清新的世界。这首诗末尾署有"1999 赠东东",陈东东在回忆文章《"我要衔接过去一个人的梦"》①中指出这首诗有 7 节,而目前《张枣的诗》②以及《张枣诗文集·诗歌卷》③这两部著作都只有 6 节,而没有 7 节。我认同陈东东的划分,诗歌应该划分为 7 节,因为这首诗是写给陈东东的,陈东东见证了此诗的写作过程,他说:"这首题为《大地之歌》的诗,我初看到时分为 5 节,不久张枣把它舒展成 7 节。后来加进去的短短的第 2 节和只有一行的第 5 节,其必要性,有如交响乐里的一记定音鼓和一声三角铁的轻击。或许他知道'7'是我钟爱的数字,分成 7 节后,的确,这首长诗才节奏缓急疏密起伏错落有致,达成了结构的稳定和平衡。"④由此看来,将《大地之歌》划分为 6 节是值得商榷的。《张枣的诗》和《张枣诗文集·诗歌卷》中的《大地之歌》的第 6 节诗主要叙述我们如何重建大上海,在这节诗中至少有十余个包含"得"的排比诗句,譬如"得仰仗""得相信""得有""得学会""得发誓""得发明""得知道"等,表现了重建大上海需要物质、文化、法律、精神等方面的破旧立新。诗歌特别提到"我们得有一部好法典,像/田纳西的山顶上有一只瓮;/而这一切,/这一切,正如马勒说的,还远远不够"⑤,华莱士·史蒂文斯创作有诗歌《田纳西山顶的坛子》,张枣在这里将它作为诗歌的典范,并通过马勒这一人物来表达,但这还远远不够,还不足以防止生活出现各种错失,说明了艺术对于生活的无助感和无力感。

我认为诗歌第 7 节应该从"鹤,/不只是这与那,而是/一切跟一切

① 陈东东:《"我要衔接过去一个人的梦"》,载宋琳、柏桦编:《亲爱的张枣》,中信出版社 2015 年。
② 张枣:《张枣的诗》,人民文学出版社 2017 年版。
③ 张枣:《张枣诗文集·诗歌卷》,颜炼军编,四川文艺出版社 2021 年版。
④ 陈东东:《"我要衔接过去一个人的梦"》,载宋琳、柏桦编:《亲爱的张枣》,第 86 页。
⑤ 张枣:《张枣的诗》,第 267 页。

都相关"①开始，一直到诗歌结束。诗歌再次以"鹤"这一精灵审视当下的一切。诗歌在"我"的独白中再次出现马勒的话，形成复调的艺术。诗歌写道："三度音程摆动的音型。双簧管执拗地导入新动机。/马勒又说，是的，黄埔公园也是一种真实，/但没有幻觉的对位法我们就不能把握它。"②然后再转入主体"我"的独白，并且在"我"的独白中呈现出以"你爱人"的声音作为第一人称"我"的发声，诗歌写道："我们得坚持在它正对着/浦东电视塔的景点上，为你爱人塑一座雕像……她低回咏叹：我/满怀渴望，因为人映照着人，没有陌生人；/人人都用手拨动着地球；/这一秒，/至少这一秒，我每天都有一次坚守了正确/并且警示：仍有一种至高无上……"③这种在叙述者"我"的独白中直接呈现另一个人的声音的艺术手法，符合巴赫金所指称的微型对话艺术的特征，诗歌在此表现了人与人可以用语言联结起来，实现对于平庸现实的超越性追求。

总之，《大地之歌》既表现了现代生活的平庸与堕落，又表现了诗人企图重建人与人之间的联系，重建现代文明的追索。这种重建来源于人对于至高无上的理想的追求，像鹤一样戳破空虚，在天空里自由地飞翔；这种重建来源于诗人对诗歌艺术能重新构筑人与人之间关系的艺术追求与艺术信仰。

《枯坐》也体现了自我独白中的多声部对话特征。诗歌一开篇以叙述主体"我"的口吻独白："枯坐的时候，我想，那好吧，就让我//像一对夫妇那样搬到海南岛/去住吧，去住到一个新奇的节奏里——"④此

① 张枣：《张枣的诗》，人民文学出版社2017年版，第268页。
② 同上。
③ 同上。
④ 同上书，第288页。

句破折号的后面,全是主体"我"的想象。在这想象之中,诗中这对夫妇不仅以第三人称出现,而且在他们的对话中,还出现他们以"你"与"我们"这些指代词进行对话,这样就在自我独白中出现多声部的对话,形成复调的艺术特征。首先,在叙述这对夫妇时,主体"我"的声音依然处于主导的地位,"那男的是体育老师,那女的很聪明,会炒股;/就让我住到他们一起去买锅碗瓢盆时/胯骨叮当响的那个节奏里"①,诗句在叙述夫妇两人时,依然没有完全将"我"的声音隐没。而在之后,"在路边摊,/那女的第一次举起一个椰子,喝一种/说不出口的沁甜"②,叙述主体"我"的声音似乎完全隐没了,其实不然,因为关于这对夫妇生活的这些内容都是主体"我"想象中的,特别是这对夫妇还在主体"我"的想象中进行着对话,"那男的望着海,指了指/带来阵雨的乌云里的一个熟人模样,说:你看,/那像谁?那女的抬头望,又惊疑地看了看/他。突然,他们俩捧腹大笑起来"③。值得注意的是,诗句"乌云里的一个熟人模样"中的人应当指的是那丈夫,那丈夫竟然与乌云中的一团云相似。这使平时熟悉不过的夫妇感到惊奇,在一个新的环境里他们重新发现对方的新鲜与新奇,从而使他们平淡无奇的生活重新得到了快乐,这让他们已经充满危机的夫妻生活得以平稳度过,这也就是诗歌结尾,"那女的后来所总结说:我们每天都随便去个地方,去偷一个/惊叹号,/就这样,我们熬过了危机"④,诗歌的最后完全是女性的话语,以"她"的口吻直接指称"我们",但是"她"指称的"我们"乃是在"我"的想象与独白中的,形成巴赫金所说的微型对话,从而具有复调的艺术特征。

---

① 张枣:《张枣的诗》,人民文学出版社 2017 年版,第 288 页。
② 同上。
③ 同上。
④ 同上。

　　自我独白中的多声部对话,还在以下诗歌中得到生动体现,譬如《湘君》《醉时歌》《一个发廊的内部或远景》《春秋来信》《云》(组诗)《纽约夜眺》《跟茨维塔伊娃的对话》(十四行组诗)《卡夫卡致菲丽丝》(十四行组诗)《德国士兵雪曼斯基的死刑》《在夜莺婉转的英格兰　一个德国间谍的爱与死》(组诗)等等,这些诗歌都是在主体"我"的独白中出现另一个人或者两个人的话语。例如,《湘君》的叙述主体为"我",但是在"我"的独白话语中,总是不断地出现"你"的话语,"你"的话语与"我"的话语相交织,构成两者之间的对话,诗歌写道:"不过,你脸色一亮,说,我还记得去游泳,/那时湘江的水真是清得钻心。/'鱼翔浅底',我说。'嗯',你说。/那时你有志气,你又说,所以你帅,/所以你爱大吼出'临风骋望'的模样。"①又如,《醉时歌》在"我"的独白的叙述声音之中有胖子的说话与醉汉的唱歌,这些都是在叙述主体"我"的独白之中出现的,形成多声部的交响曲。再如,《德国士兵雪曼斯基的死刑》的叙述主体为"我",但是在"我"的独白中夹杂有上尉的话语,"虽然是第一次来/对我却像来过多次。什么,dajevn?/'我们最熟悉的反而是/陌生的地方,对吗,上尉?'/上尉说:'雪曼斯基,/我们得修一座暗堡/像尖刀插在敌人的心脏'"②。不仅如此,在"我"的独白中还有牧师的话语,"我,雪曼斯基,好一个人!/牧师哭了,搂紧我,亲吻我:/——孩子,孩子,Du bist nicht verloren!/还有一点儿时间,你要不要写封信?/你念,我写——可您会俄语吗?上帝会各种语言,我的孩子"③,这里牧师的话语直接以第一人称"我"出现,在主体"我"的独白中形成另一种声音,然后是叙述主体"我"对于"卡佳"的

---

①　张枣:《张枣的诗》,人民文学出版社 2017 年版,第 294 页。

②　同上书,第 127 页。

③　同上书,第 128 页。

独白与倾诉,"于是,我急迫地说,卡佳,我的蜜拉娅,/蜜拉娅,卡佳,我还有十分钟……"以及"我"对刽子手的要求:"嘿,请射我的器官。/别射我的心。"然后诗歌再转入"我"对"卡佳"的倾诉:"卡佳,我的蜜拉娅……/我死掉了死——真的,死是什么?/死就像别的人死了一样。"①整首诗歌是以德国士兵雪曼斯基"我"的口吻进行叙述,在"我"的独白之中,有上尉和牧师的声音交织,形成多声部的艺术效果。其他作品中的多声部艺术手法,由于篇幅的原因,就不再一一进行论述。

　　总之,张枣诗歌具有鲜明的对话性艺术特征,体现为诗人强烈的追寻知音的意识,热切希望与知音进行深度的对话与灵魂的交流;诗歌叙述主体常常表现为自我的分裂与戏剧化,两个分裂的主体从各自的视角和立场相互对话,以及在抒情主体的独白话语中出现另一主体的声音。张枣通过这些对话艺术深刻而立体地展示了他内在的精神追求和情感世界,表达了"忧郁的现代主体"的"消极"的生命感受,展现了其对于社会人生与未来发展的深入思考和理性判断,同时也表现自己的朝向语言风景的元诗写者的诗歌艺术追求,取得了杰出的艺术成就,为中国新诗的对话性写作开辟了一条新的路径,成为中国现代诗创作中一颗耀眼的星星,必将照亮中国未来的诗坛。

---

① 张枣:《张枣的诗》,人民文学出版社 2017 年版,第 129 页。

第五章
复调性艺术与悖论性话语：
现代诗对话性的总体特征

　　前文分别对鲁迅的散文诗集《野草》，以及卞之琳、穆旦、张枣的现代诗歌进行了较为深入的研究，对其相关作品的对话性艺术特征进行了较为深入的发掘与揭示，获得了一些新的成果。但是，如何从整体上对中国现代诗的对话性艺术特征进行把握，通过对以上这些诗歌作品的分析研究，它们的共通性体现在什么地方？我们可以提炼出中国现代诗的哪些基本特点？这些问题仍然值得我们进行综合思考。为此，我以前面几个章节为基础，进行归纳与总结，综合论述中国现代诗的基本特点，从而对中国现代诗的对话性形成一个综合的认识。由于前文已经对鲁迅的《野草》，以及卞之琳、穆旦、张枣的现代诗歌分别进行了详细的辨析，故在这里涉及其相关作品时就只对其中的观点进行一些必要的归纳与综合，具体的论述不再重复进行，只选取具有代表性的作品进行简要的评论，特此说明。

第一节　主体的分裂性

现代诗对话性主体往往是分裂的，呈现为两个主体（或者称为两个主人公），即"我"与他人之"我"（即"自在之你"），后者不作为客体而作为另一个主体，进行"我"与"你"（即他人之"我"）的对话。巴赫金在论述陀思妥耶夫斯基的诗学问题时，认为："陀思妥耶夫斯基笔下的主要人物，在艺术家的创作构思之中，便的确不仅仅是作者议论所表现的客体，而且也是直抒己见的主体。……主人公议论在这里也不是作者本人的思想立场的表现（例如像拜伦那样）。主人公的意识，在这里被当作是另一个人的意识，即他人的意识；可同时它却并不对象化，不囿于自身，不变成作者意识的单纯客体。在这个意义上说，陀思妥耶夫斯基笔下的主人公形象，不是传统小说中一般的那种客体性的人物形象。"①

现代诗中对话性主体呈现为分裂的主体形象，而不是一个完整的主体形象，这两个分裂的主体之间相互对话、相互辩驳，呈现出复调的艺术特征。这就与现实主义或者浪漫主义的诗歌中所呈现的完整的主体具有了明显的区别。譬如，鲁迅的《野草》往往呈现出两个对立的主体，或者是一个主体分裂为两个对立的方面，他们之间相互对话、相互辩驳，表现人生选择的两难困境。如《野草》的《死火》中，"死火"这一

---

① 〔苏〕巴赫金：《陀思妥耶夫斯基诗学问题》，《巴赫金全集》第5卷，白春仁、顾亚铃译，河北教育出版社2009年版，第4—5页。

意象具有鲁迅自我的生命印记,"死火"与"我"的对话,其实质是鲁迅自我生命分裂出的两个主体的对话。此散文诗创作于 1925 年,此时的鲁迅正与许广平发展着爱情关系,但是鲁迅对于这种情感也曾一度犹豫,因为鲁迅已有名义上的妻子朱安,虽然鲁迅并不喜欢她,称她是母亲送给自己的"礼物",但他却不能加以拒绝。鲁迅出于"人道主义"的同情曾想陪着她"做一世"的牺牲。然而许广平的爱让他恢复了"自我",鲁迅终于发出了"我可以爱"①的热烈呼声,"死火"在"冻灭"与"烧完"之间选择的困惑,也正是鲁迅的人生困惑,"死火"最终选择"烧完",正预示着鲁迅勇敢地接受许广平的爱情。日本学者丸尾常喜认为:"《死火》正是基于这种自我解剖而产生的作品。……留下了鲁迅身上'人道主义'与'个人主义'纠葛的印迹。"②

《影的告别》中"影"决心离别"形"而与之进行告别,表现了鲁迅对于现实的清醒认识,不再相信那些"天堂""黄金世界"的虚幻宣传,而是回归自我本真,哪怕是"沉没"于黑暗也欣然前行。"影"通过与"形"的告别与告白,实现了主体的自我分裂,表现鲁迅心灵的痛苦和精神的困惑,以及他直面黑暗与虚无的勇气。李玉明指出:"'影'的两难境地和游移不定表明,鲁迅的自我已然分裂为两种方向上的张力与相互冲突。"③

《过客》中,过客发出勇往直前的声音,老翁则发出安于现状的声音,他俩其实表现的是鲁迅自我精神的两个方面,这两种声音在鲁迅的生命中不断斗争、不断辩驳,形成一个分裂的自我形象。

---

① 鲁迅:《两地书·一一二》,《鲁迅全集》第 11 卷,人民文学出版社 2005 年版,第 280 页。
② 〔日〕丸尾常喜:《耻辱与恢复:〈呐喊〉与〈野草〉》,秦弓、孙丽华编译,北京大学出版社 2009 年版,第 256—257 页。
③ 李玉明:《"人之子"的绝叫:〈野草〉与鲁迅意识特征研究》,北京大学出版社 2012 年版,第 21 页。

《墓碣文》中,叙述者"我"审视墓碣文,也是作者审视内在的自我,"游魂"的"抉心自食"乃是作者自我的解剖与批判。总之,鲁迅在《野草》中通过自我的分裂与对话,深刻地表现了他对于人生的执着追求与矛盾困惑,取得了重要的艺术成果。

卞之琳不少诗歌也往往呈现出多个主体,或者是主体多层形式的对话,这些不同的主体以及主体的不同层次各自具有自己的声音,这些声音交织在一起便形成一种复合的声音。《春城》通过主体"我"、车夫、小孩、老方、老崔等多个人物视角述说北平故都,形成多声部的艺术效果,生动地展示了北平故都的多个方面。《距离的组织》中,叙述主体"我"与访友各自发出自己的声音,特别是来访友人的内心独白:"('醒来天欲暮,无聊,一访友人吧。')"这种叙述视角的巧妙转换,形成一种复调艺术,取得很好的艺术效果。《白螺壳》的主调是"我"的倾诉,但是在"我"的声调中却出现了白螺壳的声音。两种声音相互对照、相互交织,形成一曲合奏曲。《尺八》叙述寄居在现代日本的"海西客"的孤独寂寞,当他发出"归去也"的呼声时,他遥想唐朝时期寄居在长安的日本"番客"也发出"归去也"的呼声,这两种声音相互交织,具有复调的艺术效果,寄托了诗人对于祖国当下衰落的哀怨与深深的忧惧。《登城》不仅有多个主体进行对话,而且叙述主体"我"的内部也在进行对话,形成分层的对话形式。卞之琳诗歌通过多个叙述主体的声音的书写,表现其突出的现代诗艺的追求,具有重要价值。

穆旦诗歌中的主体"自我"常常是分裂的,"自我"呈现不同的化身,甚至虚化为对立的形象,分裂的自我进行对话与辩驳,表现了穆旦对于社会现实的清醒认识,以及他对人的现代性处境的深刻把握。穆旦诗歌形成主体内在的对话性与未完成性,表现出复调的艺术特征。唐湜认为穆旦诗歌中的两个"自我"的抗争,是其"生理的自我"与"心理的自我"的抗争,或者说是"潜意识"与"半意识甚至意识"的抗争,或者说是纯粹自我与社会自我的抗争,前者更多地回归"自然"、回归肉体,"新旧传统在他心里的交战也正是新时代的较健康的意识与落后的传统意识的交战",唐湜认为这"正是一切布尔乔亚时代共有的精神"。① 唐湜的评论是颇为深刻的。譬如,在《防空洞里的抒情诗》中,诗歌叙述主体"我"分裂为在防空洞里躲避敌机袭击的"我"与被炸死在大楼里的"我",表现了作者对于人们庸俗苟且生活的讽刺与批判,这些人虽生如死,生命不过是苟延残喘而已。《从空虚到充实》中,"我"与"张公馆的少奶奶"、"我的朋友"、渴望能安稳写作的作家、诅咒战争的人这四个人的生命或多或少地存在某种相似性,诗歌最后"我"与"小王的阴魂"的对白以及混合了"我"的独白,形成自我的分裂与分裂的自我的对话,展现了穆旦对战争状态下苟且人生的批判,对理想的不懈追求,以及对大无畏的牺牲精神的歌颂。《葬歌》中的"自我"分裂为"现在的自己"与"过去的自己","过去的自己"是"小资产阶级"意识强烈的自我,"现在的自己"告别"过去的自己",与之进行对话与决裂。诗歌表现了"自我"在摆脱"过去的自己"的过程所感受到的痛苦与困惑、矛盾与执着。

张枣诗歌中的叙述主体"我"总是努力去寻觅知音,渴望与知音进行对话与交流,其叙述主体"我"常常呈现为两个分裂的主体,这两个分裂的主体各自从自己的立场与视角进行叙述与对话,呈现出立体的戏剧化的艺术特征,表现"忧郁性"主体的现代体验,并借此表达作者自己的元诗创作的诗歌理念。例如,《灯芯绒幸福的舞蹈》的主体"我"分裂成一位男性观舞者"我"与一位女性舞蹈者"我",诗歌分别以这两

---

① 唐湜:《探求者穆旦》,《新意度集》,生活·读书·新知三联书店1990年版,第106页。

个"我"进行叙述,形成"男""女"声音的交织,呈现现代人之间的隔膜,
同时表达诗人的元诗诗学。《高窗》的叙述主体分裂为理想的"我"与
现实的"我",两者之间进行对话与交流,表现诗人在理想与现实之间
的挣扎与矛盾,实现诗人对于写作的反思。《父亲》中的父亲"他"分裂
为现实中的"他"与"理想"中的"他",两者进行挣扎与斗争,但是父亲
只是一个面具化的角色,其实质是诗人自己对于"理想"与"现实"的思
考,也是诗人在艺术追求与平庸现实间抉择的思考。《第二个回合》的
诗歌主体"我"实现了自我的分裂,分裂为手里拿红苹果的"我"与在红
苹果里的"锻炼者",这两个都是诗人本身的分化,诗歌通过对红苹果
里的"我"的锻炼行为的叙述,表达的是诗人语言诗学的追求,即对于
艺术独立性的坚守与对于艺术完美的不懈追求。《刺客之歌》对太子
送别刺客与"我"离别祖国奔赴异乡求学进行戏剧性对比叙述,预示诗
人企图为中国现代诗歌写作寻求新的路径的宏大愿望,刺客"他"与诗
歌中的"我"都是诗人张枣的化身。《楚王梦雨》表达诗人强烈的知音
追求,也就是诗人对于理想的"我"的追寻,楚王是诗人自我的分化。
同样,《卡夫卡致菲丽丝》也是通过卡夫卡致菲丽丝这一事件,从而表
现诗人对知音的寻求,诗人亦借此表达了自己的艺术观念。《何人斯》
表现的也是诗人张枣通过自我的分裂来追寻自我的合一。《镜中》的
"她"就是诗人另一个理想的"我"自己,这首诗表达诗人对于"知音"的
热切希望,以及因为知音之乐的短暂和虚幻而感到淡淡的忧伤与后悔。
此外,《春秋来信》《告别孤独堡》《醉时歌》《邓南遮的金鱼》等诗歌的
主体也实现了分裂,表现了张枣对于知音的寻求及其元诗诗学的追求。

第二节　声音的复调性

对话性现代诗打破了单一主体的发声,实现了多个叙述主体的发声,这些不同的声音相互辩驳、相互缠绕、相互激荡,构成叙述的多声部性,这些具有众多的各自独立而不相融合的声音和意识形成了复调性。巴赫金指出:"有着众多的各自独立而不相融合的声音和意识,由具有充分价值的不同声音组成的复调——这确实是陀思妥耶夫斯基长篇小说的基本特点。"[1]发声的多声部性与复调性在对话性现代诗中也得到生动体现。鲁迅的《野草》,以及卞之琳、穆旦、张枣的诗歌中,都具有叙述的多声部性与复调性的特点。

《野草》中常有分裂的两个主体,这两个分裂的主体各自发出自己的声音,这些声音都具有充分的价值,它们相互对话与辩驳,表现鲁迅复杂的内心世界与精神情感。例如,《死火》中的"我"与"死火"关于"燃完"和"冻灭"的对话,具有充分的价值与意义,这也是鲁迅自己内在的精神情感的体现。《过客》中的"过客"与"老翁"关于"前行"与"留下来"的对话,其实也是鲁迅本人的人生选择困境与抉择,表现了他坚忍执着的人生态度,以及明明知道前面是坟地也要执着前行反抗绝望的精神。《墓碣文》中"我"与"死尸"的交流与对话,是鲁迅对于自己彻底的解剖精神的展示。《死后》更为诡异,作为死尸的"我"不仅能

---

① 〔苏〕巴赫金:《陀思妥耶夫斯基诗学问题》,《巴赫金全集》第 5 卷,白春仁、顾亚铃译,河北教育出版社 2009 年版,第 4 页。

够感受到外在的一切事物,并在自己内心引起种种的猜测与对话,而且能够与外在的对象发生交流与谈话,表达了鲁迅对于社会丑恶的尖锐讽刺与彻底的批判。《影的告别》是"影"跟"形"的告白,是"影"在同"形"进行对话,"形"的隐形的对话虽然没有直接表现出来,但是通过"影"的话语仍然可以推测出"形"的话语,形成一种隐形的对话,这种形式被巴赫金称为"交谈式演说体"。《希望》的外在形式只是一种自我交谈,但是自我总是猜测另一个对话者在反驳"我","我"由此而与之进行辩论。总之,鲁迅《野草》多声部叙述的艺术特征是较为鲜明的,这有力地体现了鲁迅对于社会的深刻认识及其丰富的情感内涵。

　　卞之琳诗歌的多声部性与其多元叙述主体以及主体的多层形式具有紧密的联系,各个叙述主体或者主体的各个层面都发出自己的声音,这些声音相互对话、相互对比、相互辩驳、相互激荡,形成艺术的复调性。例如,《春城》以"我"的叙述声音为主,另外还夹杂着小孩、车夫、"老方"、"老崔"等人的对话与交流,形成众声喧哗的多声部艺术特征。《距离的组织》有"我"的内心独白:"哪儿了? 我又不会向灯下验一把土。""好累呵! 我的盆舟没有人戏弄吗?"也有友人的内心独白:"醒来天欲暮,无聊,访友人吧。"还有友人在门外呼唤"我"的名字。这三种声音共同编织成一个奇幻的艺术复调。《登城》既有现实层面"我"、老兵、朋友之间的对话,也有"我"内心设想的朋友与"我"的对话,形成两个对话层次。《尺八》既有"海西客"的内心独白与渴望回家的内在的呼声,又有"海西客"所设想的唐代"番客"热烈思乡的归家呼声,形成一曲复调的"归去也"的感伤之歌。《白螺壳》一开始是"我"的倾诉,之后则是在"我"的叙述中出现白螺壳的声音,在这之后,再一次回返到叙述主体"我"的声音,形成一种回环的复调艺术。《候鸟问题》既有"我"与"你"关于"去"与"留"的对话,又有"我"内心里关于"去"与

"留"的独白,这两种声音相互缠绕、相互交织,构成叙述的多声部性与复调性。《酸梅汤》中出现叙述主体"我"与"卖酸梅汤老人"、路人、车夫"老李"的对话以及"我"内心中的"潜对话"。此外,卞之琳诗歌中还出现自我话语中的他者话语,以及他者话语中的自我声音。总之,卞之琳诗歌通过叙述主体的转变及主体的分层,有力地实现了现代诗歌艺术的突破,使得中国现代诗歌的对话性艺术取得了杰出的表现。

穆旦诗歌的多声部性更多表现为主体"我"与外在的对话者,特别是主体"我"与分裂出来的另一个"我"的对话,这种对话打破了单一的声音的呈现,形成两种或者两种以上声音的交织与复合,构成一种复调艺术。例如,《防空洞里的抒情诗》中的主体"我"既与防空洞中的其他人对话,"我"又与"我"的化身——那看见"原野上的那许多人"的"你"对话,"我"还与那被炸死在楼上的"我"(另一个化身"他")进行对话,表现了多声部的对话艺术。《从空虚到充实》既有"我"与Henry王的对白,又有德明太太与老张的儿子的对话,还有"小王的阴魂"与死去的"我"的对话,呈现出复杂的对话形式,多声部对话艺术特征在此得到生动体现。《森林之魅——祭胡康河谷上的白骨》一诗,以拟人化的手法构建了"森林"与"人"之间的对话场景。而在《神魔之争》中,"神""魔""东风""林妖"乃至细分的"林妖甲""林妖乙"等多元角色展开对话。尽管如此,作品主线仍聚焦于"神"与"魔"之间的较量,围绕是否应维持现状抑或颠覆秩序展开激烈辩论,各主体各抒己见,呈现出众声交响的艺术风貌。《神的变形》一诗,既包含"神"与"魔"的对话,又涉及"权力"与"人"的对话。诗人于此诗中同时质疑并否定了"神"与"魔",理由在于两者皆对"人"的自由意志构成压迫。至于《隐现》一诗,"我们""我"与"她"三个叙述主体灵活切换,各自发出独特声音,且诗人巧妙地在括号内直接插入个人言辞,进一步强化了作品的多声部艺术效果。综上所述,穆旦诗歌中多声部艺术特征的展现,无疑是其作品的一大显著艺术特色。

张枣诗歌的多声部特性集中体现在主体独白中所融入的他者声音,即在"我"的独白话语内部,其他主体(一个或多个)亦发出各自的声息,使得诗歌承载两种及以上声音,它们彼此碰撞、对话、交融,构筑起复调的艺术格局。以《祖国》为例,"我"在向"你"描绘时,穿插了"你"对"弟弟"的呼唤及对祖父教诲的揣摩,三人之声交融,共同营造出祖国新年浓郁的节庆氛围。《大地之歌》中,"我"对"你"的倾诉中,嵌入了马勒的话语、马勒与女伯爵的对话以及"你爱人"的声音,形成多声部艺术景观。《枯坐》中,"我"的叙述中出现了夫妇间以"我们"为代言的对话,形成叙述中的套层结构,即在"我"的大叙述框架内嵌套了一段夫妇的小叙述。此外,《湘君》中"我"的独白频繁穿插"你"的言辞,《醉时歌》中"我"的独白混杂了胖子的言语与醉汉的歌声,《德国士兵雪曼斯基的死刑》中"我"的独白中交织着上尉与牧师的话语等,诸如此类,均在"我"的独白脉络中巧妙植入他者声音,形成多声部的艺术表达。综上所述,多声部艺术特征在张枣诗歌创作中表现得尤为鲜明。

总而言之,无论鲁迅《野草》中的散文诗篇,抑或卞之琳、穆旦、张枣的诗歌创作,其文本发声皆展现出叙述主体所蕴含的多声部性与复调特质,此乃构建其诗歌艺术对话属性的关键要素。于中国现代诗歌艺术发展历程而言,这一特征具有极高的意义与价值。

第三节　表现的戏剧化

对话性现代诗往往摒弃对现实的直观摹写或传统的主观抒情方式,转而将内在情感思绪转化为戏剧化的客观情境,精心布局戏剧化情节,借客观意象传达诗旨,以此践行新诗戏剧化艺术中对表现客观性与间接性的追求。

鲁迅《野草》中诸多篇章富含戏剧冲突与戏剧情境等戏剧元素,鲜明地展现出戏剧化的艺术特色,这对于立体深入地展现作者内心世界具有积极作用。如《过客》如同一幕独幕剧,时间设定为黄昏时分,地点设定在老翁家门前,作品围绕过客、老翁、女孩三角色展开:过客执意前行,老翁劝其止步,女孩赠予布片以疗伤,然过客却退还布片,坚拒老翁之劝,最终身影消失于前方墓地。鲁迅借此戏剧化情境,生动传达其反抗绝望之精神。

同样具有戏剧化特点的《秋夜》,描述了"我"后花园中颤抖的小粉红花、遍体鳞伤却直指苍穹的枣树,以及屋内扑向灯罩的小青虫。作者于这一相对封闭的空间内集中呈现这些景象,通过客观化的描绘,"我"为扑火而亡的小青虫致哀,借以抒发情感并引发人生哲思。《死火》中,"我"跌入冰谷,与"死火"展开对话,探讨"冻灭"与"烧完"两种命运抉择,构成情景剧般的情节,戏剧色彩浓厚。《墓碣文》中"我"阅读墓志铭,目睹死尸复活,颇具戏剧性场景。《影的告别》以"影"向"形"的告别为线索,流露出"诀别剧"特质。《这样的战士》则生动刻画

"这样的战士"向"无物之阵"投掷长矛的戏剧性场景。综上所述,鲁迅《野草》的"戏剧化"艺术特征无疑极为显著。

卞之琳诗歌的戏剧化特征主要体现在对戏剧化对话、戏剧性情境的构建以及"戏剧性台词"的运用,以此展现其诗歌多样的戏剧化艺术手段。首先,卞之琳诗作通常具备空间感,于其中设定多个主体展开戏剧化对话,构建出独特的戏剧化艺术特质。例如,《春城》对比描绘了北平春天的两种风貌:一是风沙蔽日、惹人生厌的场景;二是明媚和谐、洋溢喜庆气氛的画面。诗人通过刻画小孩在垃圾堆上放风筝、车夫间的交谈、独轮车游行与红纱灯下赏牡丹等戏剧性情境,立体展现了北平故都的春色。《酸梅汤》关注北平街头底层民众生活,以车夫"我"为叙述中心,通过"我"与酸梅汤老人、路人及车夫"老李"间的直接对话及潜在对话,鲜活刻画了底层人民虽困苦却乐天知命的精神风貌。

其次,卞之琳诗歌时而通过构设戏剧性情境来彰显其戏剧化特性。如《距离的组织》中,"我"在梦中拜访友人时,却有另一位友人来访"我","我"在千重门外听见自己的名字回响,"友人带来了雪意和五点钟"。此种梦境叙事极富戏剧性情境,体现了戏剧化的艺术特点。《尺八》述说"海西客"深夜闻楼下醉客吹尺八而引发乡愁,忆及昔年长安寓居的番客闻尺八声后次日市集买尺八归三岛,其间"归去也"的悲凉呼唤贯穿全诗,戏剧化情境的叙述有力地凸显了此类特征。《候鸟问题》运用骆驼、陀螺、风筝等外在物象象征"我"对于去留抉择的内心纠葛,最终决定借阅《候鸟问题》以求解答,借外在象征与事件揭示诗人内心世界,戏剧化韵味浓厚。

此外,卞之琳善于运用"戏剧性台词"传达诗歌情感。如《音尘》中,叙述者"我"直接引用远人言辞:"'翻开地图看,'远人说。/他指示我他所在的地方/是那条虚线旁那个小黑点。"这种借助"戏剧性台词"

进行叙述的手法,成为其诗歌展现戏剧化特征的又一艺术策略。同样,《圆宝盒》中亦运用"戏剧性台词"强化戏剧效果,如诗句"我幻想在哪儿(天河里?)"作为戏剧性台词,"我幻想在哪儿"与"天河里?"构成对话结构,富含戏剧化艺术魅力。卞之琳诗歌在戏剧化的艺术形式与手法上呈现出丰富多样性,成就显著。

穆旦诗歌在戏剧化艺术形式与手法上同样展现出丰富的多样性与鲜明特色。诗人运用戏剧化情境的叙述、自我分裂产生的戏剧性对白与独白,甚至创作拟诗剧作品,以客观呈现内在情思,构建穆旦诗歌独特的戏剧化艺术特质。

穆旦诗歌通过营造戏剧化情境凸显其戏剧化艺术特征。如《小镇一日》中,诗人以过路旅客"我"的视角记录途经小镇的所见所闻,尤其聚焦于一位农民对其子女艰辛生活的无奈叙述:"现在他笑着,他说,/(指着一个流鼻涕的孩子,/一个煮饭的瘦小的姑娘,/和吊在背上的憨笑的婴孩,)/'咳,他们耗去了我整个的心!'"此情境引发"我"对孩子们未来命运的深沉联想,显现出明显的戏剧化特征。同样,《在寒冷的腊月的夜里》生动描绘中国北方严冬景象,空间感强烈且细腻,尤其是风沙中的小孩啼哭、农人夜话等元素,交织成一幅鲜活的农村冬夜画卷,富有戏剧化艺术色彩。

《防空洞里的抒情诗》则兼具情境化叙述与自我分裂的戏剧化叙述。前者体现在对防空洞内混乱场景、对外部世界的遐想以及对古代炼丹术士复活的描绘;后者表现为"我"回家后惊觉自己已被炸死于楼顶废墟的戏剧性情境。《从空虚到充实》以自我分离为基点,通过叙述"我"战死后与阴魂对话的荒诞情境,戏剧性地展现了民族情感与积极精神。

此外,穆旦创作的几篇拟诗剧作品如《神魔之争》,通过"神""魔"

"东风""林妖"等主体围绕"破坏"与"新生"等主题展开论争,宛如一场诗剧,推进诗歌情节,体现了诗人对社会人生的深度思索,戏剧化特征尤为突出。穆旦诗歌展现出鲜明的戏剧化艺术特征,这对于其诗歌的复调艺术具有积极意义。

张枣的诗歌常常通过情境化处境的叙述和对自我分裂所引发的戏剧性行为的描绘,赋予作品戏剧化的特质。如《镜中》一诗,通过叙述主体"我"所幻化的"她"完成游泳、攀登松木梯、骑马、应对皇帝直至端坐镜前等一系列动作,精心构筑一系列戏剧性情境,从而赋予诗歌显著的戏剧化艺术特性。在《何人斯》中,"你"被视为"我"的分身,"你和我本来是一件东西",诗中"我"竭力追寻"你",却遭遇"你"的回避与疏离,如"你"避入木梁之下、策马而去,通过对"你"的这种戏剧性情境的刻画,传达了"我"对知音的热切渴望,戏剧化特征明显。《灯芯绒幸福的舞蹈》首节描绘"我"观看"她"的舞台表演,次节转为"她"内心独白,"我与他合一舞蹈",暗示二者皆为诗人自我之投影,诗歌将主观精神情感外化为具象事物,充盈着戏剧化艺术魅力。同样,《楚王梦雨》《刺客之歌》亦展现出此类艺术特性。

另一方面,《卡夫卡致菲丽丝》《跟茨维塔伊娃的对话》《祖国》《父亲》《枯坐》等作品富含情境化处境的描述。如《卡夫卡致菲丽丝》中详述卡夫卡与菲丽丝的邂逅,《跟茨维塔伊娃的对话》描绘"我"与茨维塔伊娃在十字路口依依惜别的场景,《祖国》再现除夕夜火车于荒野小站交汇时的氛围,《父亲》中"父亲"前往橘子洲头途中内心的徘徊与挣扎等。诸如此类情境描绘生动细腻,戏剧化特征尤为突出。

综上所述,对话性现代诗通过叙述主体间的戏剧化对话、构建戏剧性情境、设计"戏剧性台词",乃至采用拟诗剧形式,有效地赋予诗歌戏剧化特征。这种戏剧化手法使得作者情思得以全面、立体且客观、间接地展现,其间交织多元声调,彰显诗歌的对话性与复调性,对中国现代诗创作具有重要价值。

第四节　矛盾的未完成性

现代诗对话性的一个显著特征在于其对矛盾的处理方式:诗人并不寻求在诗作中化解矛盾,而是着力展现对立双方的持续交锋、激烈论辩与深度碰撞。这一过程直至诗歌终结,矛盾依然悬而未决,呈现出未完成状态,或者说矛盾斗争的无结局性。

鲁迅《野草》系列散文诗鲜明地展现出矛盾的未完成性。如在《希望》中,"我"虽感受到希望,却又深切体验到希望背后的虚无,希望与绝望相互交织,作品在二者间的矛盾冲突中反复摇摆,最终以"绝望之为虚妄,正与希望相同"①总结。作者对希望与绝望同时予以否定,使作品矛盾呈现出未解之态。《影的告别》揭示"影"仅能在明暗对立矛盾间存续:无法完全投入光明,因光明会导致其消亡;也无法彻底陷入黑暗,因黑暗会将其吞噬。因此,"影"在明暗边缘徘徊无定,矛盾斗争未得解决,这恰是其存在的本质。《复仇》中的赤裸男女置身荒原,手持利刃,似欲拥抱或杀戮,却终无实际行动,作者仅呈现这对对立男女的存在,直至篇末,矛盾两极的斗争未有任何实质进展。《这样的战士》仅描绘战士与无物之阵的对抗,战士虽屡次举起投枪,直至生命终结,其与无物之阵的斗争仍未见结果。至于《过客》中,过客与老翁互

---

① 鲁迅:《野草·希望》,《鲁迅全集》第 2 卷,人民文学出版社 2005 年版,第 182 页。

不妥协,过客继续前行与老翁安守土屋的生活态度始终未变,矛盾双方
未能影响对方。过客前方的道路无终点可言,"从我还记得的时候起,
我就在这么走,要走到一个地方去,这地方就在前面",而这"前面"永
无止境,过客因而不断前行,生命不息,脚步不止。鲁迅《野草》中矛盾
的未完成性特征表现得十分突出。

　　穆旦诗歌亦鲜明地体现出矛盾的未完成性。其诗歌常展现矛盾双
方的对立、斗争、无结局,乃至相互转化,凸显矛盾的未决状态。这种矛
盾性存在首先体现为现代社会条件下人的本质属性呈现出矛盾对立的
两方面特性。如《出发》中,现代社会使"人"趋于机械化、思想僵化,甚
至与野兽无异:"知道了'人'不够,我们再学习/蹂躏它的方法,排成机
械的阵式/智力体力蠕动着像一群野兽"①,"人"与野兽是对立的,但是
现代社会却使"人"具有这矛盾对立的两方面特征,作品表现出对于专
制制度的批判。同样,在《"我"的形成》中,外在的强权使"我"变成了
"非我","等我需要做出决定时,/它们就发出恫吓和忠告";"我"成为
权力人物任意处置的对象,"正当我走在大路的时候,/却把我抓进生
活的一格";"我"成为现代社会机器运转的一环,"我的生命的海洋"在
"印章下凝固"②,"我"的生命囿于高楼之中并被它摧毁。

　　《城市的舞》中,人本是城市"巨厦"的主人,是这钢筋混凝土里的
"神",但是在现代快速的生活节奏下,"我们"却变成了寄生在大厦玻
璃窗里的害虫,失去了自我,"把我们这样切,那样切,等一会儿就磨成
同一颜色的细粉","我们以渺小、匆忙、挣扎来服从/许多重要而完备
的欺骗,和高楼指挥的'动'的帝国"③。作品批判了现代社会快速的城

①　穆旦:《穆旦诗文集》(增订版)第1卷,人民文学出版社2018年版,第80页。
②　同上书,第350页。
③　同上书,第277页。

市生活已经将人彻底"异化"的恐怖现实。《线上》则叙述长年累月每天八小时的办公室生活,将人变成了没有生机与活力的"机器","八小时躲开了阳光和泥土,/十年二十年在一件事的末梢上,/在人世的谷嚣里,要找到安全","学会了被统治才可以统治",这种生活只是无尽的"忍耐和爬行"以及"长期的茫然后他得到奖章"。生活不仅使他双眼无神,两肩陷落,更重要的是他那"痛苦的头脑现在已经安分,/那就要燃尽的蜡烛的火焰"![1] 这说明,在现代社会这一巨大机器的运转下,人的理想之光已经微茫,成为现代社会的一个牺牲品,时代从他身上"碾过","却只碾出了一条细线",作品表达了现代生活对于人性的戕害,正如《隐现》所说:"我们有机器和制度却没有文明/我们有复杂的感情却无处归依/我们有很多的声音而没有真理/我们来自一个良心却各自藏起"[2],也如《幻想底乘客》所说,人被时代的巨轮旋进了"一个奴隶制度附带一个理想"[3]。

穆旦诗歌还呈现了人的现实存在无比荒谬的处境。《出发》中,我们需要"和平",现实却是"必需杀戮";"你"句句"紊乱",但却让我们相信"是一个真理";那让我们讨厌的,我们却先得去喜欢;这些都构成一个矛盾性的荒谬存在。《成熟》中,追求光明的人却跌落进黑暗里,年轻人本来应该是天真纯洁的,现实却使他们变得世故,"那改变明天的已经为今天所改变"。《还原作用》中,处于污泥里的猪却梦见生了翅膀,喻示人哪怕在现实的污淖中也不缺乏崇高的理想追求,"污泥里的猪梦见生了翅膀/从天降生的渴望着飞扬"。然而现实却对"猪"的理想开了一个幽默的玩笑,那空怀"飞扬"的猪却在丑恶的现实面前不

---

① 穆旦:《穆旦诗文集》(增订版)第 1 卷,人民文学出版社 2018 年版,第 97 页。
② 同上书,第 239 页。
③ 同上书,第 83 页。

仅不能"起床",还要跟"跳蚤""耗子"一样的小人委曲求全,"胸里燃烧了却不能起床,/跳蚤,耗子,在他的身上黏着:/你爱我吗？我爱你,他说"①,这是多么具有嘲讽的书写。

　　穆旦诗歌还呈现出矛盾双方并存及相互转化的特点。以《五月》为例,"我"遭受枪击,被"爆进人肉去",此情境象征"我"的极度痛苦与彻底绝望。然而诗歌巧妙地将其转化为"绝望后的快乐",实现了情感的逆转。在《潮汐》一诗中,"爱情"与"仇恨"之间发生了转变:原本的爱情转瞬间变为仇恨,卑微泥土被塑造为神像后,成为众人虔诚跪拜之物。《祈神二章》则揭示对立情绪的循环互换:"静止"孕育"动乱","欢笑"之后紧随"哭泣",而"哭泣"过后又重拾"欢笑",生动展现了矛盾双方在特定情境下的相互转化过程。至于《先导》,诗人描绘了人类历史中世代相传的未竟之痛:"把未完成的痛苦留给他们的子孙",以此揭示人类事业的未竟状态,即人类所面临的矛盾之未完成性。

　　另外,卞之琳与张枣的诗歌同样体现出矛盾的未完成特性。以卞之琳为例,《候鸟问题》聚焦于内心"要走"与"要留"的纠结冲突;《春城》则通过"我"对北京春天的厌恶与钟爱并存,展示了情感的双重性;《旧元夜遐思》中的"人在你梦里,你在人梦里"②更是揭示了复杂缠绵的情感纠葛。

　　至于张枣的诗歌,矛盾的未完成性同样显著。《十月之水》中的诗句"如此我承担从前某个人的叹息和微笑/如此我又倒映我的后代在你里面"③描绘了个体生命历程的未竟之态。又如《早晨的风暴》写道:"一些东西丢失了,又会从/另一些东西里面出现/一些事情做完了;又

①　穆旦:《穆旦诗文集》(增订版)第1卷,人民文学出版社2018年版,第39页。
②　卞之琳:《雕虫纪历　1930—1958》(增订版),人民文学出版社1984年版,第38页。
③　张枣:《张枣的诗》,人民文学出版社2017年版,第58页。

会使/其他的事情显得欠缺"①,此处表达的是矛盾现象的持续演变与未完成状态。最后,《薄暮时分的雪》中"真的,大家的历史/看上去都是一个人医疗另一个人/没有谁例外,亦无哪天不同"②揭示了历史循环往复的未完成性质。

综上所述,对话性现代诗歌中普遍存在着矛盾对立双方的共存现象,二者相互辩驳、交锋,并且时常发生相互转化,直至作品结束,这一矛盾斗争仍未止息,构成了诗歌内在的未完成性,进而塑造出一种典型的复调艺术特质。

第五节　结构的循环性与开放性

现代诗歌的对话性在结构层面体现出循环性与开放性的辩证统一,这是诗歌内部两种对立力量相互博弈、辩证否定的结果。以下将以鲁迅《野草》及卞之琳部分诗作为例进行阐述。

鲁迅《野草》中诸多散文诗以独特的循环性结构形式呈现,同时兼具循环与开放的统一特性。如《影的告别》中,"我"由初始不愿于明暗间徘徊,继而陷入彷徨,终至决定向黑暗深处无边无际地彷徨(即回归不愿彷徨的状态),形成否定—肯定—否定的结构框架。第二次否定相较于初次否定,层次提升且带有开放特质。《希望》通过现在—过去—现在的时空跳跃,描绘"我"失望—希望—再失望的心路历程,看

---

① 张枣:《张枣的诗》,人民文学出版社 2017 年版,第 34 页。
② 同上书,第 75 页。

似循环的结构后,以"绝望之为虚妄,正与希望相同"的否定性表述,打破循环,构建开放结构。《这样的战士》描绘"战士"面对"无物之阵"不断"举起了投枪"的循环斗争场景,然而尾声以"战士"虽老衰寿终,但"他举起了投枪"的开放式结尾,生动诠释其不屈斗争精神:即使生命终结,与"无物之阵"的抗争亦永无止息。

卞之琳诗歌的结构同样展现出独特的循环性特征,其在情感矛盾的转化过程中实现结构的循环往复。如《候鸟问题》首述"我"离去之意,继而展现种种挽留之景象,终以坚定决心离开收束。全诗架构呈"要走"—挽留—"要走"的形态,形成一种特殊的回环模式,蕴含循环与开放的双重属性;其中,第二次"欲走"较首次更具深层含义,超越单纯重复。

《音尘》的结构表现为现实—想象—现实,诗歌的开篇是鱼雁传书,"我"收到远方朋友的书信。随后,诗作借助书信内容展开对远方友人所在环境的联想,想象"远人"所在的地方:一个孤独的火车站。诗歌的最后再次回到"我"的现实,"我"手捧一本历史书,在夕阳里等到了一匹快马的蹄声,这是传递书信的"绿衣人"到了。这一结尾与开篇遥相呼应,构筑了结构上的循环性,同时蕴含更深层次的开放性特质。

《尺八》同样展现出独特的循环结构特征,起首描绘"海西客"于夜半因尺八声触发乡愁,呈现当前现实情境。诗作中段转而记述历史片段:唐朝长安都城中,日本番客闻邻家尺八之音,于早市觅得尺八而携归日本"三岛"。全诗最后重归"海西客"之当下,整体架构为当下现实——历史遥思——当下现实,构建起循环叙事形态。然而,此诗的循环结构更为复杂微妙,其独特之处在于对历史番客叙述中嵌入两行关于现世情景的诗句,以括号标明:"(为什么霓虹灯的万花间/还飘着一缕凄凉的古香？）"①此举打破了单纯的历史叙事线，于史事追忆中融入诗人对现实的深沉思索，将历史情境巧妙置入当下语境，映射诗人内心的凄寂情怀。括号的使用确保了对历史叙述的连贯性，使得诗作在现实与历史之间展开对话与对照，既丰富多元，又灵动变幻。

　　上述现代诗作均呈现出结构上的循环性与开放性特质。这些诗篇内部的矛盾双方激烈对峙、冲突、互相否定，进而向对方转化，生动展现了辩证否定的过程。这一矛盾运动的轨迹在诗歌结构层面凝练为循环性与开放性的和谐统一。须强调的是，尽管并非所有对话型诗歌均是独特的循环开放结构，但此类结构无疑构成了众多对话性诗歌不可或缺的重要构造方式。

第六节　修辞的矛盾性

　　对话性现代诗在修辞层面体现为矛盾词语或矛盾句式的运用，即诗句中包含一对含义相反的词语，或由两个含义相悖的诗句联结而成，从而营造出修辞上的矛盾效果。此处所指的"修辞"，既涵盖了单个矛盾性诗句，也包括由此类诗句组成的群体，属广义修辞范畴，以区别于日常仅针对词汇层面的狭义修辞理解，这是由现代诗歌对话性研究的特性所决定的。

　　鲁迅《野草》在修辞上展现出鲜明的矛盾性特征。《野草》常将一对意义相反的词语通过连词或其他手法编织为一句，或对接两个矛盾

---

　　①　卞之琳：《雕虫纪历　1930—1958》（增订版），人民文学出版社 1984 年版，第39 页。

对立的句子，构建出修辞矛盾。如《野草·题辞》中，"为我自己，为友与仇，人与兽，爱者与不爱者，我希望这野草的死亡与朽腐，火速到来"①。"友"与"仇"、"人"与"兽"、"爱者"与"不爱者"等对立词语，经"与"字连接，形成矛盾性修辞。又如《墓碣文》："于浩歌狂热之际中寒；于天上看见深渊。于一切眼中看见无所有；于无所希望中得救。"②这里，"浩歌狂热"与"中寒"，"天上"与"深渊"，"一切眼中"与"无所有"，"无所希望"与"得救"，这些对立词语在同一句中并置，传达出深邃意蕴，展现单句内部的矛盾修辞。

此外，《野草》中大量采用意义相反的两句组合，构建出更宏观的矛盾修辞。如前后语句或段落意义的反转，通常借助"然而""而""但是"等连词实现。如《复仇》中写道："他们俩将要拥抱，将要杀戮……""拥抱"与"杀戮"在前后句中形成对立，构建句间矛盾修辞。此修辞手法进一步扩展至上下段落，形成更大规模的矛盾。诗中后续叙述"然而也不拥抱，也不杀戮，而且也不见有拥抱或者杀戮之意"③，这就与前面的句子"他们俩将要拥抱，将要杀戮"形成意义之转折，构建段落间的宏大矛盾修辞。《影的告别》对此类修辞手法亦有生动展现，已在第一章探讨鲁迅《野草》反转话语时详细论述，此处不再赘述。总之，鲁迅《野草》修辞矛盾性特征显著，有力揭示了其深刻思想内核。

穆旦诗歌中矛盾性修辞手法同样引人注目。诗人时常将一对意义相反的词语，借由连词联结，构置于同一诗句中，以此映射对社会人生的深度洞察。以《出发》为例："让我们相信你句句的紊乱/是一个真理。而我们是皈依的，/你给我们丰富，和丰富的痛苦。"④此处，"紊乱"

① 鲁迅：《野草·题辞》，《鲁迅全集》第2卷，人民文学出版社2005年版，第164页。
② 同上书，第207页。
③ 同上书，第176页。
④ 穆旦：《穆旦诗文集》（增订版）第1卷，人民文学出版社2018年版，第81页。

与"真理"、"丰富"与"痛苦"形成对立,巧妙融合于一句之中,彰显诗人对社会现实的深刻批判精神。

《祈神二章》中写道:"在我们的前面有一条道路/在这路的前面有一个目标/这条道路引导我们又隔离我们/走向那个目标"①,"引导"与"隔离"以连词"又"相连,深化对"道路"复杂性的认知。《线上》写道:"学会了被统治才可以统治。"②"被统治"与"统治"这一对反义词组的结合,精辟揭示了中国历史上被统治阶级与统治阶级间的关系。类似矛盾性词语组合的诗句在穆旦作品中比比皆是,此处不再枚举。

穆旦诗歌还呈现前后诗句意义对立的组合,形成更大层面的矛盾修辞结构。如《旗》中:"常想飞出物外,却为地面拉紧。"③转折连词"却"联结两句话,既生动勾勒出旗的形象,又富含理想与现实辩证关系的哲思。《甘地》写道:"甘地,骄傲的灵魂,他站得最低。"④这"甘地,骄傲的灵魂"与"他站得最低"构成对立句式,深刻揭示甘地崇高精神境界与其自视为社会一员的谦逊态度之间的对比,诗人借此表达对甘地的敬仰之情。《神魔之争》中写道:"我们活着是死,死着是生。"⑤此处前后诗句意义对立,流露出对现实的批判意识。诸如此类的诗句,均鲜明展示了修辞矛盾性特征。

总结而言,现代诗的对话性特质常常寓含修辞的矛盾性,诗人运用这种矛盾性修辞手段,从对立的两面深入探讨社会人生的本质,此法不仅蕴含积极的思想内涵,且富于艺术魅力。

综合分析鲁迅《野草》以及卞之琳、穆旦、张枣等人的诗歌作品,我

---

① 穆旦:《穆旦诗文集》(增订版)第1卷,人民文学出版社2018年版,第87页。
② 同上书,第97页。
③ 同上书,第109页。
④ 同上书,第114页。
⑤ 同上书,第152页。

们确信对话性乃中国现代诗歌不可或缺的核心特征,并预示着未来中国诗歌发展的关键趋势。现代诗的对话性具体体现为:主体的分离性、声音的复调性、表现的戏剧化、矛盾的未完成性、结构的循环性兼开放性、修辞的矛盾性等六大特性。当然,中国现代诗的共有特征远不止上述六点,但这六项无疑是其主要且基础的共性元素。这些特性对于塑造中国现代诗独特的对话艺术形态起着至关重要的作用。

对话性现代诗歌往往体现出强烈的思想性和复杂的情感性,其思想与情感并非统一的整体,而是在对话中各自独立并展开,由两种或多种具备充分价值的思想与情感相互作用,形成张力结构。这种张力是对单一理念与情感的颠覆与解构,犹如一组中心分散却内在关联的碎片,摒弃了单一化表达。与独白性诗歌相比,对话性诗歌在思想意识上更加全面、深刻且清醒,对人生体验的描绘更为复杂且真实,能够更辩证地揭示客观事物的本质,以及诗人丰富多元的人生感悟。

对话性现代诗的内涵特征包括歧义性、矛盾性、未完成性和争辩性。在创作上,这类诗歌力求将意象与思想紧密融合,将传统主观抒情转化为戏剧化的客观情境,精心构建戏剧化的情节布局。

对话性现代诗歌的核心思维方式被定义为双声思维,或称复调艺术思维,它与一系列特定的艺术表现手法密切相关:狂欢化、极端化、异常化以及对立化。狂欢化旨在冲破所有束缚,塑造人与人之间崭新的互动模式;其思维特征显著表现为成对出现的形象,它们或是对立冲突,或是相似交融。极端化则是对话主体将各自承载的思想与情感推向极致,充分彰显其内在价值。异常化表现为对现实既有事物的偏离,虽显荒诞怪异,却能深刻揭示事物本质。对立化则体现为两个元素间的对峙与逻辑悖论。这四类手法均能有效激发并体现双声思维的特质。现代对话性诗歌凭借其双声思维特质,能够精准捕捉并生动再现我们这个时代复杂的社会现象与丰富的情感世界。

　　现代对话性诗歌之所以取得丰硕成果，除直面复杂现实矛盾、采用双声思维外，还在于其积极汲取各类诗歌艺术养分，特别是大胆借鉴西方现代诗歌艺术。以鲁迅《野草》为例，作品广泛吸收中外文学、文化典籍精华，尤以尼采《查拉图斯特拉如是说》、法国象征主义诗人波德莱尔等艺术手法为甚，结合个人生命体验，对开启中国现代诗对话性艺术产生了重大价值与意义。在卞之琳诗歌艺术中，其"欧化古化"或"化欧化古"的追求鲜明，既吸取李商隐、温庭筠、姜白石等婉约派诗人及徐志摩、闻一多等新月诗派之长，又深入研习法国象征主义、英美现代主义诗歌，如波德莱尔、魏尔伦、艾略特、里尔克、瓦雷里等诗人的艺术技巧，经转化与创新，形成独特现代诗风。唐祈评价道："卞之琳既吸收了从法国象征派到英美现代主义诗歌的影响，又将中国传统哲学和艺术思想创造性地融会于一身，独辟蹊径，凝成了自己独特的诗的结晶。"①穆旦对西方文学造诣颇深，大量阅读并亲聆燕卜荪、奥登等英籍学者讲授，杜运燮认为："穆旦是中国最早有意识地采取叶慈、艾略特、奥登等现代诗人的部分表现技巧的几个诗人之一。"②穆旦承袭鲁迅批判现实的精神，其诗作多展现自我心灵挣扎与痛苦，具有丰富独特的生命体验。张枣同样广泛深入地吸收中外优秀诗歌艺术，成就卓越。他既珍视《诗经》《楚辞》等中国传统诗歌遗产，力促其现代化转型，又高度认可鲁迅《野草》在中国现代诗歌创作中的开创性地位。同时，张枣熟谙西方现代派文学，旅德十数年间，对西方现代派诗歌艺术了如指掌，翻译并深度剖析艾略特、庞德、叶芝等现代派诗人作品。其诗歌创

----

　　①　唐祈：《卞之琳与现代主义诗歌》，载袁可嘉等主编：《卞之琳与诗艺》，河北教育出版社1990年版，第19页。

　　②　杜运燮：《穆旦诗选·后记》，人民文学出版社1986年，第148页。

作中融入卡夫卡、茨维塔伊娃、邓南遮、史蒂文斯等西方现代诗人元素，使作品兼具中国传统诗歌的圆润甜美与现代诗歌的"洋气"，展现出深厚宽广的文化底蕴。

中国现代诗对话性研究是一项极具价值的研究课题，对于深入理解现代诗歌艺术特性及展望中国现代诗歌艺术未来均具有重要意义。然而，本书所作研究仅为中国现代诗对话性探讨的初步成果，仅选取20世纪20至40年代及新时期最具代表性的作家作品，如鲁迅《野草》散文诗及卞之琳、穆旦、张枣等现代诗人的诗歌进行分析。尽管这些作家作品艺术代表了其所在时代的最高水准，展现了中国现代诗对话性创作的起源、拓展、深化及当代诗歌创作新路径，充分体现了对话性艺术创作阶段性成就，但对其他众多具有对话性特征的中国现代诗作家作品探讨尚显不足。例如，"新月诗派"闻一多、徐志摩，现代派戴望舒、冯至，"七月诗派"及"中国新诗派"（又称"九叶诗人"）诗人，以及当代朦胧诗派、先锋诗派等诗人的创作，皆不同程度地蕴含对话性艺术特性。因此，对现代诗对话性艺术特征进行全面深入研究仍是一项亟待进一步开展的工作。

中国现代诗对话性艺术创作已取得显著成就，成功开启了现代诗歌发展的全新境界，对未来现代诗歌整体格局与发展方向将产生深远影响。然而，此类创作在某些方面仍存在不足，如部分表达略显生硬，未能与作者深层生命体验紧密相连。因此，对现代诗对话性艺术探索的优劣得失进行充分研究，将为当今诗歌创作的健康持续发展提供宝贵的艺术参考。

后　记

　　《中国现代诗的对话性研究》是我的国家社科基金项目"现代汉诗的对话性研究"（17BZW163）结项成果。著作出版时,出版社认为因为"现代汉诗"意指同一时期世界范围内有别于古典诗歌的华文诗歌,涵盖的地域从中国扩展到整个华语诗歌圈,表现出较为广阔的诗歌地域范围;而书稿内容主要论述中国现代诗的几位代表诗人,从出版角度来讲,题目可考虑使用"中国现代诗的对话性研究"。我对此欣然接受。本著作所选取研究的几位诗人,虽然也都有过在国外求学或者游历的经历,但他们都是中国诗人,而且其诗歌艺术的现代派特征颇为鲜明,以"中国现代诗的对话性研究"作为著作的名称似乎更为恰当些。

　　在此项目立项之前,我的科研成果主要集中在中国现当代小说领域,曾先后出版《沈从文小说艺术研究》（湖南人民出版社 2012 年版）、《孙健忠评传》（合著,湖南文艺出版社 2008 年版）两部著作,在《文学评论》《中国现代文学研究丛刊》《民族文学研究》《文艺理论与批评》《新文学史料》等刊物发表 80 余篇学术论文。2017 年,"现代汉诗的对话性研究"立项之后,我的主要精力便转移到诗歌研究这一新的领域,这对我来说确实是一个不小的挑战,因为诗歌研究似乎比小说研究更为艰难,特别是对于现代派诗歌的研究。我常常会为一两句诗的正确阐释而花费整整一个上午,好在我从不畏惧挑战,勇于在现代派诗歌研究的道路上奋力攀登,领略沿途美丽的风景。

为此,我对中国现代派诗歌进行了较为广泛而深入的阅读,努力获得真实而深切的诗歌艺术感受,为项目研究打下较为扎实的基础。同时,我又参阅了大量相关的诗歌研究著作及学术论文,极大地拓展与深化了我对现代派诗歌的理解。但项目在具体实施过程中却颇费周折。我在申报此项目时,曾经从宏观与综合的角度对于研究所要呈现的内容进行了规划。然而,当我按照项目设计的提纲进行论文的撰写时,却遇到一个颇为困苦的问题,那就是对诗歌的阐释不如小说那样容易归纳,特别是对现代派诗歌的阐释,有时必须结合整首诗歌,甚至诗人的整体创作,才有可能阐释清楚,对其思想内涵和艺术特征才有一个较为深入的论述。如果按照项目设计的提纲撰写,文章对所涉诗人及作品的论述就会显得非常零碎,并最终难以为继,由此我只得对原来的写作计划忍痛割爱了。后来,我按现代诗发展的时间顺序,选取各个时期有代表性的现代派诗人创作作为研究中心,进行文本细读,以求得对这些作家诗歌艺术特征有一个较为全面、深入的认识,同时也能对中国现代诗对话性艺术的发展变迁有一个纵向的把握,最后从整体上归纳总结中国现代诗的对话性艺术的一般特征,这样就能避免对代表性诗人诗歌认识的琐碎与零散。这便是我写作的一个思想历程。当我重新调整写作思路之后,撰写工作仿佛一下子豁然开朗起来,真正撰写本书仅花了一年半左右的时间。

在撰写过程中,我要特别感谢我曾经的同事赵飞博士。当时,我与赵飞博士都在湖南省社会科学院文学研究所工作,后来又都同时去了不同的高校从教。赵飞博士师从首都师范大学王光明教授,其博士学位论文《张枣诗歌研究》于 2019 年在社会科学文献出版社出版。赵飞博士渊博的诗歌知识和新锐的诗歌见解给我许多有益的启迪,在此深表谢意！另外,湖南城市学院图书馆中外文献网络服务中心也给我的写作提供了极大的便利。2022 年大年三十的那天,我抱着试一试的态度,向学校网络服务中心提出查询资料的请求,很快便得到满意的答复,这着实让我非常感动！

在我的学术生涯中,我要特别铭记与感谢师长和学友们给予我的帮助和支持。凌宇先生曾经是湖南师范大学中国现当代文学硕士研究生招生面试老师,他不介意我身体残疾,坚持录取我攻读硕士研究生。后来我分在王攸欣老师名下读研,但凌宇先生的沈从文研究等课程的精彩讲授仍然使我受益匪浅。研究生毕业后,我在湖南省社会科学院文学研究所工作。不久,我又报考了凌宇先生的博士研究生,但得知我的成绩达线后,我却怎么也高兴不起来,因为凌宇先生博士招收名额有限,很可能无法录取我。在我的希望就要破灭之时,没有想到凌宇先生特地为我向学校打报告,申请增加博士招收指标,这才让我圆了攻读博士研究生之梦。凌宇先生对我恩重如山！不然,我现在可能还在湘西大山深处做我的文书工作。我同样非常感谢我的硕士研究生导师王攸欣教授。2000 年,我刚从湘西来到长沙,对学术研究可以说一窍不通,是王攸欣先生引导我走上文学研究这条道路,他始终强调要有学术创新精神。他扎实严谨的学术风范,使我受益良多。我硕士研究生毕业至今已有二十余年,每逢节假日,我总要去拜访王攸欣先生,仔细聆听他的教诲,不断得到新的学术启迪。另外,在我的学术道路上,谭桂林教授、赵炎秋教授、宋剑华教授、周仁政教授、赵树勤教授、杨经建教授、胡良桂研究员、卓今研究员、向志柱研究员,以及已经去世的颜雄教授、罗成琰教授等,都给了我非常大的帮助与支持,在此表示诚挚的谢意！我的师兄、师姐、师弟、师妹也给了我很大的帮助,他们是:龚政文、夏义生、汤素兰、罗宗宇、李永东、傅建安、龚敏律、熊权、龙永干、肖太云、唐东堰、张森、杨姿、马新亚等,在此向他们表示衷心的感谢!祝愿他们在自己的学术道路上取得更大的成绩。

最后我要感谢国家哲学社会科学基金项目评审专家以及匿名鉴定专家的严谨评审和鉴定。在本项目申请结项之时,其中一位专家写下了如下鉴定评语:

> 巴赫金对话理论是一个热点,但是在现代汉诗领域,运用巴赫金对话理论进行研究,显得相对薄弱,不成系统。本项目在研读大量分散的相关研究成果的基础上,能够比较系统地展开"现代汉诗的对话性研究",做出了可贵的努力,富有较强的创新性。本成果在深入研究鲁迅、卞之琳、穆旦、张枣四位极具代表性个案的基础上,提炼出现代汉诗对话性研究的框架:主体的分裂性、声音的复调性、表现的戏剧化、矛盾的未完成性、结构的循环性与开放性、修辞的矛盾性,均为现代汉诗对话性的基本关键词,形成了潜在的学术体系。在这个成果中,充分显示出作者非常扎实的文本细读能力,大量代表性文本的解读非常精彩。这种细读既能解释诗艺奥旨,又能抵达诗人的精神内涵,富有成效性。该成果融合了文本细读、复调理论、叙述学、阐释学、形式主义、符号学等理论或方法展开研究,具有一定的学术价值和理论价值,同时有助于现代汉诗的解读范式的打开,有助于把握诗人精神世界和文本质地的复杂性,有助于理解现代汉诗的文本解读规律与创作规律。

这位未曾谋面的专家给予我的项目如此高的评价,着实让我感动!这里我将其当作鞭策我前进的动力。

　　本著作的出版只是我学术生涯的一道风景,希望还有更多、更亮丽
的风景等待我去领略。

吴正锋

2024 年 3 月 27 日

图书在版编目（CIP）数据

中国现代诗的对话性研究 / 吴正锋著 . — 北京 : 商务
印书馆 , 2024
ISBN 978-7-100-23952-3

Ⅰ . ①中… Ⅱ . ①吴… Ⅲ . ①诗歌研究—中国—
现代 Ⅳ . ① I207.2

中国国家版本馆 CIP 数据核字（2024）第 094240 号

中国现代诗的对话性研究

吴正锋 著

商 务 印 书 馆 出 版
（北京王府井大街 36 号 邮政编码 100710）
商 务 印 书 馆 发 行
南京新世纪联盟印务有限公司印刷
ISBN 978-7-100-23952-3

2024 年 7 月第 1 版 开本 890×1240 1/32
2024 年 7 月第 1 次印刷 印张 10⅜

定价：59.00 元